Das jüngste Gericht

Ein Frankfurt-Krimi
von
Udo Scheu

SOCIETÄTSVERLAG

Umschlaggestaltung: Katja Holst, Frankfurt
Satz: Nicole Proba, Societäts-Verlag
Druck und Verarbeitung: Bercker Graphischer Betrieb GmbH,
Kevelaer
Printed in Germany 2009

ISBN 978-3-7973-1160-3

Wir brauchen keinen Hurrikan
Wir brauchen keinen Taifun
Was der an Schrecken tuen kann
Das können wir selber tun.

(Bertolt Brecht, Aufstieg und Fall der Stadt Mahagonny, Edition Suhrkamp, 1963)

Prolog

Als Wolfgang Beuchert von dem lächelnden Mönch durch die goldlackierte eiserne Pforte der unendlich langen Ziegelmauer gebeten wurde, eröffnete sich ihm ein überwältigendes Bild. Seine Müdigkeit nach dem zehnstündigen Flug von Frankfurt nach Bangalore in Südindien war wie weggeblasen. Von einer Sekunde auf die andere war ihm klar, dass er in eine märchenhafte fremde Welt eingetaucht war.

Schon am Flughafen hatte er einen Vorgeschmack darauf bekommen, was ihn hier erwartete. Als er mit unsicheren Schritten die Gangway betreten hatte, war ihm der am Eingang zur Ankunftshalle wartende kahl geschorene Mann in seiner erdfarbenen Robe aufgefallen. Das musste der ihm telefonisch angekündigte Transportservice zum buddhistischen Kloster der Samsara Society sein.

Der Mönch hatte ihm zur Begrüßung eine Sandelholzkette aus handgeschnitzten Blumenornamenten um den Hals gelegt. Anschließend hatte er ihm den Weg durch ein Ameisenheer von gestikulierenden und marktschreierisch werbenden Taxifahrern gebahnt, bis sie an dem kleinen verbeulten Landrover angelangt waren. Ungläubig hatte er immer wieder nach dem Mönch am Steuer geblickt, der sie mit infernalischem Hupen und atemberaubender Geschwindigkeit zum Ziel gebracht hatte.

Nun stand Wolfgang Beuchert im Innenhof des Klosters und traute seinen Augen nicht. Mehrmals musste er die Brille absetzen und die Gläser abwischen. Der Schweiß lief ihm in Strömen über das füllige Gesicht, so dass von seinem glatt rasierten Kinn ein kleines Rinnsal tropfte. Dort sammelten sich in kurzen Intervallen Tropfen, die auf dem klatschnassen weißen Hemd landeten, das für hohe Temperaturen einfach zu körperbetont geschnitten war.

Vor ihm bildeten etwa einhundert braunhäutige dunkelhaarige Jungens aller Altersstufen nach Größe aufgestellt eine schmale Gasse. Alle trugen saubere helle Hemden und dunkle kurze Hosen. Jeder hielt eine rote Rose in der Hand.

Am Kopf des Spaliers standen zwei Mönche, die ihre zusammengelegten Hände vor das Gesicht hielten und sich vor Beuchert zum Gruß verneigten. Der Junge in der vordersten Reihe nahm vom Boden ein silbernes Tablett auf, das er Beuchert in die Hände drückte. Anschließend begleiteten ihn die beiden Mönche durch den von den Kindern gebildeten Weg. Dabei legte ihm jeder der Buben seine Rose auf das Silbertablett, während sämtliche Kinder gemeinsam ein Lied anstimmten.

Nach dem Ende des Defilees nahm einer der Mönche Beuchert das Tablett ab, während der andere ihn zu einem weiß getünchten Flachbau geleitete, der durch eine Hibiskushecke vom Innenhof abgeschirmt war. Lächelnd kehrte er Beuchert sein Gesicht zu. »Ich bringe Sie jetzt zu Bodhi Bhante, unserem Abt.«

Seitlich vor dem Eingang des Gebäudes saß neben einem mit Buddhafiguren ausgestatteten Schrein ein alter Mönch kerzengerade in einem mit dicken Kissen ausgepolsterten Weidenkorbsessel. Auf einem runden Holztischchen drehte sich gemächlich ein Ventilator, der auf sein Gesicht gerichtet war. Rechts und links von ihm saßen je zehn Mönche im Lotossitz auf dem Boden. Der alte Mönch winkte Beuchert zu sich.

Mit verlegenem Gesichtsausdruck ging Beuchert auf den Abt zu, während sein Begleiter zurückblieb. Als er vor dem alten Mann stand, bedeutete der ihm, auf dem dunkelroten runden Kissen vor seinem Sessel Platz zu nehmen. Mit unsicherem Blick schaute Beuchert auf den Halbkreis der Mönche, die jedoch ihre halb geschlossenen Augen starr zu Boden gerichtet hatten. Er zog die Bügelfalten seiner dunkelblauen Anzughose hoch und ließ seinen Körper mit einem kurzen Seufzer auf das Kissen sinken. Dabei machte er eine leichte Verbeugung zu dem Abt hin.

Der alte Mann setzte ein strahlendes Lächeln auf und sah Beuchert aus wachen Augen an. Er zupfte mit einer raschen Bewegung das Oberteil seiner Robe über der rechten Schulter zurecht. »Herzlich willkommen im Samsara-Kloster in Bangalore. Hatten Sie eine gute Reise?«

»Danke, ja! Nur der Jetlag steckt mir noch ein wenig in den Knochen. Vielen Dank auch für die großartige Begrüßungszeremonie. Wie geht es Ihnen?«

Bodhi Bhante schien die Frage nicht wahrgenommen zu haben. Mit unveränderter Haltung maß er den sich hin und her räkelnden Beuchert, der Probleme mit der Lage seiner Beine zu beheben versuchte. »Soll ich Ihnen einen Stuhl bringen lassen? Ich hatte vergessen, dass die Europäer an unsere Art des Sitzens nicht gewöhnt sind.«

Beuchert wehrte ab. »Bitte machen Sie sich keine Mühe. Es geht recht gut. Der Flug hat etwas lange gedauert. Dadurch ist mein Körper ein bisschen steif geworden. Darf ich Sie etwas fragen?«

»Selbstverständlich!«

»Ich habe bei meiner Ankunft hier keine Mädchen gesehen. Nur Jungen. Ihnen ist sicher bekannt, dass ich die beiden Töchter meines Bruders abholen möchte.«

Der Abt schmunzelte. »Ich kann verstehen, dass Sie zur Eile drängen. Bei uns gehen die Dinge ihren Weg nicht so schnell wie in Ihrer Heimat. Sie werden Ihre beiden Nichten morgen in die Arme schließen können. Sie sind nicht hier.«

Beuchert machte ein erstauntes Gesicht. »Das verstehe ich nicht. Ich hatte geglaubt, sie hier in Empfang nehmen zu können.«

Bodhi Bhante schüttelte den Kopf. »Dies ist ein Kloster für Männer. Frauen haben hier keinen Zutritt. Die Jungen, die Sie gesehen haben, sind Schüler unserer Klosterschule. Sie sind alle aus ärmsten Verhältnissen. Wenn sie möchten, können sie Mönche werden. Ansonsten lernen sie einen Beruf oder studieren. Unser Abschluss ist staatlich anerkannt.«

»Ja, aber die Mädchen ...?«

Der alte Mann machte mit erhobener Hand deutlich, dass er mit seinen Ausführungen noch nicht fertig war. »Wir haben Zeit, miteinander zu sprechen. Ihr Rückflug geht nicht schon heute. Unsere Mädchenschulen befinden sich im Norden Indiens. Wir wollten Ihnen nicht zumuten, sich dorthin zu begeben. Nach Ihrer Zeitrechnung leben wir im Mai des Jahres 2003. Wir feiern gerade Buddhas Geburtstag und seine Erleuchtung. In der Himalaya-Region ist es zu dieser Zeit noch sehr kühl. Es fallen viele Flüge aus. Auch wären unsere Möglichkeiten, Sie dort unterzubringen, nicht angemessen gewesen.«

Bodhi Bhante legte eine Pause ein. Beuchert entlastete seinen schmerzenden linken Arm, machte eine Drehbewegung mit dem

Körper und stützte ihn mit dem anderen Arm vom Boden ab. Es drängte ihn, weitere Fragen zu stellen. Nach der vorangegangenen Belehrung bevorzugte er jedoch, sich auf das Abwarten zu verlegen.

Der Abt nahm ein neben ihm stehendes Wasserglas in die Hand und trank in langsamen Schlucken. Dann wandte er sich wieder zu Beuchert. »Wir haben die beiden Mädchen in unser Schulheim nach Mysore bringen lassen. Mein Sekretär, der ehrenwerte Mönch Kassapa, wird Sie morgen mit dem Zug dorthin begleiten. Auf der Fahrt passiert die Eisenbahn den Streckenabschnitt, wo Ihr Bruder mit seiner Frau vor über einem Jahr tödlich verunglückte. Sie werden sicher die Stelle sehen wollen.«

Beuchert bekam einen heftigen Schweißausbruch, den er weder auf die vorherrschenden hohen Temperaturen und die Luftfeuchtigkeit noch auf die an Bord genossenen Alkoholmengen zurückführte. Er schämte sich. Wahrscheinlich wusste sein zurückhaltendes Gegenüber, dass er der Beerdigung seines Bruders und seiner Schwägerin ferngeblieben war. »Unbedingt. Ich bin noch nie zuvor in Ihrem Land gewesen.«

Bodhi Bhante wiegte den Kopf mehrmals nach rechts und links. »Wir haben natürlich keine Veranlassung, Ihnen Ihre Nichten vorzuenthalten. Zumal es bestimmt einen gewichtigen Grund geben dürfte, warum Sie die beiden Mädchen erst nach einem längeren Zeitablauf nach Deutschland holen wollen. Sie haben sicher die seit dem Unglück verstrichene Zeit benötigt, um in Ihrem Land alle Vorbereitungen für die Aufnahme Ihrer Nichten zu treffen. Immerhin differieren die gesellschaftlichen Verhältnisse im Vergleich zu unserem Land nicht ganz unerheblich.«

Beuchert wischte sich mit der flachen Hand den Schweiß von der Stirn und änderte erneut seine Sitzhaltung. Jetzt hätte er wieder einen Schnaps gebrauchen können. Ob dieser alte Mann etwas ahnte oder sogar wusste, warum er erst jetzt diese Reise unternommen hatte?

Ihm war unbehaglich.

Seltsamerweise strahlte dieser Mann, der weit über achtzig Jahre sein musste und ihm unverändert wie ein steinernes Monument gegenübersaß, auf der anderen Seite eine ungeheure Vertrauenswürdigkeit aus.

Wie ein Beichtvater.

»Sehe ich Sie noch einmal, bevor ich in meine Heimat zurückkehre? Oder bleibt dies unser einziges Treffen?«, fragte Beuchert.

Der alte Abt lächelte. »Hier bin ich. Ich atme, und Sie atmen. Das ist die Gegenwart. Mehr gibt es nicht. Alles liegt in uns. Folgen Sie dem Pfad.« Er schnipste mit dem Finger und gab dem ihm am nächsten sitzenden Mönch ein unauffälliges Zeichen. Der Mönch betrat den Flachbau und kehrte mit einem schmalen Buch zurück, das er unter einer Verbeugung vor Beuchert auf dem Boden ablegte.

Der achtfaltige Pfad, las Beuchert. Eine totale Verwirrung zeichnete sich auf seinem Gesicht ab. Der Mut verließ ihn. Zu gerne hätte er sich diesem lebenden Fels anvertraut. Doch was nützte dies, wenn er nicht einmal den Inhalt seiner Rede und den Titel der überreichten Schrift verstand? »Danke, vielen Dank!«

Bodhi Bhante bedeutete ihm mit einer Handbewegung, dass die Begegnung beendet sei. Aus dem Haus kam gleichzeitig ein weiterer Mönch, der auf Beuchert zuging. Er mochte um die vierzig Jahre alt sein und hatte die Gesichtszüge der nördlichen Bergvölker. Mit Beuchert sprach er im Flüsterton. »Mein Name ist Kassapa. Bitte folgen Sie mir. Ich zeige Ihnen jetzt Ihr Zimmer.«

Gemeinsam durchschritten sie den mit Palmen, Aurelien und blühendem Hibiskus bestandenen Klostergarten. Sie passierten eine alte säulengeschmückte Tempelanlage, von deren Galerie die vielfarbige buddhistische Fahne im lauen Abendwind wehte. Wenige Meter dahinter erreichten sie eine Treppe, die zu einer auf Stelzen gebauten Terrasse führte. An ihrer Seitenwand waren drei kleine steinerne Bauten aneinandergereiht.

Kassapa öffnete die vorderste Tür. Sie traten in das Einzimmerappartement, das gerade Raum für ein Bett und einen Schreibtisch bot. Darauf standen eine Buddhafigur, eine kleine Glasvase mit frischen Blumen und ein Teller mit Obst. An der linken Wandseite war eine Nasszelle eingelassen.

»Hier können Sie jetzt ausruhen und noch ein paar Früchte zu sich nehmen. Ihr Gepäck liegt neben dem Bett. Wir sehen uns morgen früh um 5:00 Uhr zu unserer Puja, unserer allmorgendlichen Gesangs- und Meditationsfeier. Sie findet im großen Tempel an der östlichen Mauerseite statt. Im Anschluss daran sage ich Ihnen, wie es weitergeht.«

Der Mönch zog sich unter einer Verbeugung mit dem Rücken zur Tür zurück. Beuchert war zu verblüfft, um zu antworten. Offenbar war es keine Frage, dass er sich als Gast den Gepflogenheiten des Klosters zu unterwerfen hatte.

Er nahm sein Gepäck und legte es auf das Bett. Mit zittriger Hand griff er zu der Duty-free-Tüte und entnahm ihr eine Flasche Jack Daniels, die er auf dem Flughafen erstanden hatte. Er setzte sich vor den Schreibtisch und trank einen tiefen Schluck aus der Flasche.

Nach dem dritten Whisky zog er sich aus, legte sich auf sein Bett und fiel in einen unruhigen Schlaf. Vor den drei Hyänen, die ihn im Traum gerade erreicht hatten und an seinen Beinen hochspringen wollten, bewahrte ihn ein seltsames blechernes Geräusch, das ihn aus dem Schlaf riss. Zufällig konnte es nicht sein, da die Töne eine rhythmische Folge aufwiesen.

Beuchert schaute auf seine Armbanduhr. 4:30 Uhr. Er benötigte eine Weile, bis er seinen Aufenthaltsort erkannte. Oberflächlich machte er Toilette und verließ den Raum.

Den großen Tempel fand er auf Anhieb. Mehrere Marmorstufen führten ihn in eine große geflieste Halle, an deren Stirnseite ein goldener Buddha auf einem Altar thronte. Rechts und links umgab die Figur ein Meer von frischen Blumen und brennenden Kerzen. Beuchert nahm sich von einem in der Ecke liegenden Stapel ein Kissen und setzte sich nahe an den Ausgang.

Mit dem Gesicht zu der Statue saßen die Mönche zu deren Füßen in langen parallelen Reihen. In der Mitte der ersten Reihe erkannte er Kassapa, der die Rolle des Vorsängers einnahm. Mit ihm stimmten die übrigen Mönche und die hinter ihnen sitzenden Kinder in die einfachen Melodien ein. Der Abt war nicht anwesend.

Plötzlich erhoben sich die Mönche und die Kinder nach und nach und verließen den Tempel. Kassapa trat auf Beuchert zu. »Um sieben Uhr gibt es in dem großen dreistöckigen Gebäude neben dem Haus unseres Abtes ein Frühstück«, sagte er. »Der Speisesaal ist im Erdgeschoss.«

Bevor Beuchert nach dem Zeitpunkt der geplanten Zugfahrt fragen konnte, war Kassapa verschwunden. Er ging zurück auf sein Zimmer und überlegte, ob er sich umziehen oder es bei der Tuchhose und dem weißen Hemd belassen sollte. Die steigenden

Temperaturen nahmen ihm die Entscheidung ab. Er starrte aus dem Fenster und verspürte Angst.

Als er den Frühstückssaal betrat, war er verwirrt. In langen Reihen standen die Kinder mit Blechgeschirr in den Händen vor einem Tisch, hinter dem zwei ältere Jungen aus einigen Blechtöpfen das Essen ausgaben. Mehrere Sorten buntes Gemüse, Reis und Tee. Die bereits abgefertigten Kinder setzten sich an die Längsseiten hölzerner Tische, aßen und flüsterten miteinander.

Die Mönche saßen abgesondert am Ende des Speisesaals schweigend um ihre Tische und wurden dort bedient. Beuchert wollte auf Kassapa zugehen und ihn nach dem weiteren Programm fragen. Der Mönch bedeutete ihm mit vor den Mund gelegten Zeigefinger zu schweigen und deutete auf einen kleinen leeren Einzeltisch.

Beuchert setzte sich. Ein kleiner Junge trug sofort das Frühstück auf. Gedünstetes Gemüse und gedämpfte Linsen in einer sehr flüssigen Sauce. Beuchert nippte nur ein wenig und legte dann den Löffel ab.

Kassapa trat hinzu und wies nach draußen. Vor dem Speisesaal wartete er. »Machen Sie sich bitte fertig. Wir fahren in einer halben Stunde zum Bahnhof. Ein paar Kinder werden Ihr Gepäck holen. Sie kommen bitte zur Ausgangspforte.«

Der Bahnhof quoll über vor Menschen. Die Saris der Frauen leuchteten in zahllosen Farbkombinationen im strahlenden Sonnenschein. Dagegen nahmen sich die durchgängig im europäischen Stil gehaltenen weißen oder hellblauen Hemden und dunklen Hosen der Männer langweilig aus.

Mit einer knappen halben Stunde Verspätung traf der bereits übervolle Zug ein. Dem fragenden Blick Beucherts begegnete Kassapa mit einer beruhigenden Geste. Er geleitete Beuchert zu einem Wagen der ersten Klasse und wies ihn in ein reserviertes Abteil. »Die Fahrt dauert etwas mehr als eine Stunde.«

Beuchert nickte und setzte sich in einen der nachgebenden Polstersessel. Nach fünfzehn Minuten zeigte Kassapa aus dem Fenster. »Hier war der Unglücksort.«

Irgendwo in seiner Hosentasche fühlte Beuchert den Flachmann. Er hätte einiges darum gegeben, sich unauffällig bedienen zu können. Den Gedanken, die Toilette aufzusuchen, verwarf er. Der Mönch würde es riechen. Zu eng waren die Sessel beieinandergestellt.

Mit gerunzelter Stirn schaute er aus dem Fenster. Vor seinen Augen floss Blut, krümmten sich Verletzte, lagen überall die zerfetzten Leiber der Toten. In seinen Ohren dröhnten die Schreie der entsetzten Menschen, auf einmal die Stimme seines Bruders. Er hielt sich die Hände vor sein Gesicht und wischte sich über die Augen, als könnte er damit die Bilder auslöschen, die ihn verfolgten. »Hier also. Ich hatte gehofft, alles werde sich regeln. Aber es belastet mich mehr und mehr. Mit Ihrem Abt wollte ich darüber sprechen. Er ging leider nicht darauf ein.«

»Das verstehe ich nicht. Ich habe Ihr Gespräch mitverfolgt. Er wusste um Ihr Dilemma und hat Ihnen alles Wesentliche gesagt, was es zu sagen gibt. Worauf wollten Sie ihn noch hinweisen?«

»Am Tag des Zugunglücks hatte meine Frau Karin Geburtstag. Ich weiß es noch so genau, weil ich schon früh das Haus verlassen hatte. Wir haben uns auseinandergelebt. Tags darauf habe ich von dem Tod meines Bruders und dessen Frau erfahren. Ich bin weder zur Beerdigung, noch habe ich einen Gedanken auf das weitere Schicksal der beiden Töchter verwendet.«

Kassapa saß mit ausdruckslosem Gesicht regungslos in seinem Sessel. Den erwartungsvollen Blicken Beucherts begegnete er gleichmütig. »Das war unserem Abt bekannt.«

»Dann geschah das Seltsame. Genau ein Jahr später, wieder am Geburtstag meiner Frau. Ich war gerade in einer angespannten Gemütsverfassung. Aus Niedergeschlagenheit habe ich etwas zu viel getrunken. Dann machte ich wohl einen folgenreichen Fehler. Jetzt will ich ihn wiedergutmachen, indem ich die Kinder aufnehme und sie aufziehe. Sie sollen alles haben.«

Der Mönch lächelte. »Wie anders Sie denken. Sie haben unseren Abt wirklich nicht verstanden. Niemand kann Ihnen vergeben, was Sie getan haben, ganz gleich, worum es sich handelt. Sie meinen, ein Gebet oder eine aufgelegte Hand machen Dinge ungeschehen. Das ist widersinnig. Alles liegt an Ihnen und in Ihnen. Nur Sie sind für sich verantwortlich, im Bösen wie im Guten. So waren die Worte von Bodhi Bhante gemeint.«

Beuchert schüttelte den Kopf. »Entweder will mich niemand verstehen, oder ich muss wohl immer alle Last alleine tragen. Ich habe Angst vor dem, was kommt.«

1. Kapitel

Allerheiligen, Mittwoch, der 1. November 2006. Über die nassen Pflastersteine der Haupteinkaufsmeile Frankfurts, der Zeil, bummelte am frühen Morgen ein elfjähriges Mädchen. Sie hatte ein ausgesprochen hübsches Gesicht und war auffällig zierlich, jedoch groß gewachsen. Ihre dichten schwarzen Haare reichten fast bis zur Hüfte. Die Hände hatte sie tief in die Taschen ihrer Jeans vergraben, die Schultern gegen den schneidenden Wind zusammengepresst.

Die ganze Nacht über hatte es kräftig geregnet. Erst mit Anbruch des Tages beruhigte sich das Wetter. Doch zogen nach wie vor dunkle Wolkenmassen über die Innenstadt von Frankfurt hinweg. Ein schneidend kalter Wind trieb sie vor sich her. Eine hellgraue Dunstglocke schien die oberen Stockwerke der Hochhäuser im Bankenviertel verschluckt zu haben. Nur noch einige zaghaft durch den Wassernebel blinkende rote Lämpchen deuteten die tatsächliche Höhe an.

Es war kurz vor neun Uhr. Das Mädchen schaute sich um. Hinter den frisch geputzten Glastüren der großen Warenhäuser trafen die Angestellten letzte Vorbereitungen an den Verkaufstischen. Schon jetzt warteten Menschentrauben fröstelnd darauf, eingelassen zu werden. Sie hatten, wie alljährlich an diesem Tag, zu einem großen Teil schon eine längere Anreise aus Rheinland-Pfalz oder Bayern hinter sich. Dort war heute, anders als in Hessen, Feiertag, den die wartenden Menschen zu einem Einkaufsbummel nutzen wollten. Als sich die Türen endlich öffneten, drängten sich alle mit einer Wucht in die Eingangsbereiche, als gelte es, eine unwiederbringliche Gelegenheit zu ergreifen.

Zwischen den Warenhäusern und den rechts und links der Fußgängerzone entlanglaufenden Platanenreihen nahmen die ersten Bettler ihre Stammplätze ein, stellten ihre Pappschilder mit den Almosenbitten auf und schützten die neben ihnen liegenden Haustiere mit einer Decke gegen das feuchtkalte Wetter. Ein Dudelsackspieler nestelte an seiner Strumpfhose, die er vorsorglich unter den Kilt angezogen hatte, um sein Publikum möglichst ohne längere Unterbrechungen mit seinem Standardlied »Amazing Grace« zu erfreuen.

Von diesen Vorgängen unbeeindruckt schlenderte das junge Mädchen aus der Richtung der Konstablerwache die Zeil entlang auf die Hauptwache zu. Sie ließ den Kopf hängen und seufzte. Mehrmals krallte sie die Fingernägel in die Innenflächen ihrer Hände. Dabei holte sie ein paar Mal zu kurzen abgehackten Schritten aus, als müsse sie einige im Weg liegende Gegenstände zur Seite treten.

An einem Laden für junge Mode blieb sie eine Weile vor einem bodenlangen Spiegel stehen und betrachtete sich. Ihr kräftiges Haar, der braune Teint, der rosa Blouson und die strassbesetzten Jeans, alles sah sehr harmonisch aus. »Sunita, du siehst nicht schlecht aus«, sagte sie zu ihrem Spiegelbild. Es geschah wohl nicht nur aus Höflichkeit, wenn ihr mit zunehmendem Alter immer mehr Jungen nachschauten und ihr Komplimente machten.

Gedankenverloren wandte sie sich ab und ging langsam weiter, den Blick auf die noch immer nassen Pflastersteine gerichtet. Alles könnte so schön sein, wenn nicht ...

Drei Jahre war es nun her, seit sie aus Indien nach Deutschland gekommen war, zusammen mit ihrer zwei Jahre jüngeren Schwester. Nach dem schrecklichen Zugunglück, bei dem ihre Eltern gestorben waren, hatten sie Aufnahme in einem Schulheim in Leh gefunden, der Hauptstadt von Ladakh, auf dem Dach des Himalaya-Gebirges. Das Internat war ein Zweig der Samsara Society, die seit einigen Jahrzehnten zur Verbreitung des buddhistischen Glaubens Indien mit Klöstern, Kinderheimen und Krankenhäusern überzog. In diesem Glauben war sie schon zuvor erzogen worden.

Ihr Onkel Wolfgang Beuchert hatte sie in der *Internationalen Schule Frankfurt* im Stadtteil Sindlingen eingeschult. Ihre Mitschüler und Mitschülerinnen kamen aus allen Ländern der Erde. Einige von ihnen wiesen, ebenso wie Sunita, unvollkommene Deutschkenntnisse auf.

Am heutigen Mittwoch blieb diese Schule wegen irgendeiner Baumaßnahme, die sich Sunita mangels Interesses nicht weiter gemerkt hatte, geschlossen. Sie hatte sich deshalb auf der Zeil verabredet.

Da ihr Adoptivvater Wolfgang Beuchert an diesem Morgen etwas in der Innenstadt erledigen wollte, hatte er sie mit dem

Auto mitgenommen und an der Konstablerwache abgesetzt. Auf der Zeil wollte sie im Telekom-Shop nach einem neuen Mobiltelefon schauen. Ihr altes Handy war gestern ins Waschbecken gefallen und durch die Nässe unbrauchbar geworden. Doch der Telefonladen war noch geschlossen.

Und auch für ihre Verabredung war es noch zu früh.

Sunita schlang ihre Arme fest um ihren Oberkörper und rieb die Hände an ihrem Blouson. Sie fror. Zu dumm, dass sie heute Morgen entgegen ihrer sonstigen Gewohnheit nicht meditiert hatte. Danach fühlte sie sich immer so warm und geborgen. Aber sie war eben in Eile gewesen. Sie reckte sich auf und gebot sich mehr Disziplin.

Wieder warf sie einen Blick in eines der Schaufenster, hinter welchem eine Dekorateurin gerade einige leuchtend bunte T-Shirts auslegte. Das obenauf liegende rosa Top gefiel ihr ausgesprochen gut. Sie gestand sich ein, dass die Konsumwelt des Westens schon Besitz von ihr ergriffen hatte. Im Prinzip gefiel es ihr hier in Deutschland.

Das galt allerdings nicht uneingeschränkt für die Menschen, mit denen sie Umgang hatte.

Sie setzte ihren Weg fort. Fast wäre sie über einen Pappbecher gestolpert, den ein kleiner Romajunge vor sich hingestellt hatte. Der Junge saß auf dem Straßenpflaster und spielte in der Hoffnung auf ein paar Cents auf einer uralten Ziehharmonika immer wieder dieselbe unbekannte Melodie.

Erschrocken sah sie zu ihm hin. Dabei glaubte sie für einen kurzen Moment, aus den Augenwinkeln eine Person gesehen zu haben, die sie verfolgte und beobachtete.

Da war der Schatten eines Mantels, der ihr bekannt vorkam. Sie blickte sich um und meinte, dass sich die Person mit einer raschen Bewegung in den Eingang des hinter ihr liegenden Warenhauses zurückgezogen hatte, um nicht gesehen zu werden.

Unschlüssig erwog sie, zu dem Ladengeschäft zu laufen und nachzusehen. Sie verwarf den Gedanken jedoch gleich wieder, zumal sie in dem Gewühl ohnehin keine Chance mehr gesehen hatte, die Person noch einzuholen.

Sie musste Opfer ihrer Einbildung geworden sein. Es gab keinen Grund, sie am helllichten Tag auf einer Einkaufsstraße zu verfolgen. Dennoch spürte sie ein Angstgefühl, wie sie es schon einmal erlebt hatte.

Damals war sie in dem Kloster neben ihrem Schulheim durch ein Geräusch aus der Meditation gerissen worden. Ihr Blick war auf einen zwischen zwei Schränken stehenden Mann gefallen, der auf eine zwischen seinen nackten Füße platzierte Rasierklinge gestiert und sie dann plötzlich mit rollenden Augen fixiert hatte. Angsterfüllt war sie damals weggerannt, das Bild hatte sie aber noch nächtelang im Traum verfolgt.

In der ersten Zeit wollte sie nie mehr nach Indien zurück. Doch was sie dann in Deutschland erwartet hatte, war noch viel schlimmer gewesen. Ihre Situation war ihr ohne Ausweg erschienen. So viele Tränen hatte sie vergossen, nächtelang ihr Gehirn gemartert.

Ihr Herz klopfte bis zum Hals. Suchend griff sie mit der linken Hand nach ihrem goldenen Halskettchen, an dem eine kleine Buddhafigur baumelte. Sie ergriff die Figur ganz fest und lenkte ihre Gedanken konzentriert auf diesen Vorgang. Ganz allmählich beruhigte sie sich wieder und ging schlurfend weiter.

Nach wenigen Metern stand sie vor einer hoch aufragenden Glasfassade. In gelber Leuchtschrift blinkte der Name *Zeilgalerie*. Hier oben in der Cafébar war sie später verabredet. Sie kannte das Café noch nicht und beschloss, es sich anzusehen. Ohnedies blieb noch viel Zeit.

Sunita betrat den mehrgeschossigen Bau und bewegte sich auf dem in einer Spirale nach oben führenden Weg zu den beiden gläsernen Fahrstühlen hin. Auf ihren Knopfdruck hin setzten sich die hinter den Glastüren befindlichen schwarzen Transportkabel in Bewegung und zogen den Fahrkorb aus einem der Obergeschosse nach unten ins Erdgeschoss.

Sie stieg in den Fahrstuhl ein und drückte den Knopf für das achte Stockwerk. Die Türen schlossen sich. Die Ziffer 8 blinkte auf, doch der Fahrkorb bewegte sich nicht. Ratlos verharrte sie einen Augenblick. Dann drückte sie den Knopf für die siebente Einkaufsebene. Jetzt endlich fuhr der Fahrstuhl los. Von oben konnte sie in die wie Bienenwaben im Kreis angelegten einzelnen Läden schauen und sah die Kunden ameisengleich den stufenlosen Spiralweg wie auf einer Prozession entlangziehen.

Der siebente Stock war fast noch menschenleer, die kleinen Geschäfte zumeist noch geschlossen. Sunita ging zu Fuß weiter bis zur achten Ebene, an deren Ende sich in einem Außenbogen eine schwach beleuchtete Cafébar befand. Sie blieb davor stehen, schaute durch die Glastür, konnte jedoch keinen Menschen sehen, nicht einmal eine Bedienung. Vorsichtig drückte sie gegen einen der Türflügel und stellte zufrieden fest, dass er nachgab.

An dem rechtsseitig gelegenen Tresen entlang durchquerte sie rasch das Café und schaute sich dabei nach allen Seiten um, als hätte sie Angst, bei etwas Verbotenem erwischt zu werden. Sie erreichte eine weitere Glastür, die zur Außenterrasse führte.

Aufgeregt ging sie nach draußen, quetschte sich durch die Bestuhlung von zwei winzigen Tischchen und lehnte sich auf das von drei horizontal angebrachten röhrenförmigen Eisenbändern gebildete Geländer. Es reichte ihr aufgrund ihrer überdurchschnittlichen Körpergröße gerade bis zum Bauchnabel.

Was für eine Aussicht!

Ihr Blick schweifte in die Tiefe und verursachte ihr ein krampfartiges Ziehen im Bauch. Was wäre, wenn sie jetzt schnell die Beine über das Geländer heben würde und sich dann einfach fallen ließe? Leben, so hatte sie in Indien gelernt, bedeutete ein ständiges Abschiednehmen.

Nichts auf dieser Welt würde sich ändern, niemanden würde ihr Tod berühren. Höchstens ihrer kleinen Schwester würde sie fehlen. Vielleicht sogar dieser anderen Unperson, an deren Namen und Aussehen sie nicht erinnert sein wollte.

Sie richtete den Blick nach vorn. Sie schaute auf die endlose Kette von regennassen Dächern und Türmen, die sich irgendwo am näher gerückten Horizont in den schwarzgrauen Wolken verloren, wie von einem Staubsauger verschluckt. Das erinnerte sie an die Berge im Himalaya. Wie oft hatte sie von da oben auf die Dächer von Leh geschaut.

Mit dem Unterschied, dass sie da noch glücklich gewesen war.

Langsam nahm sie ihre Hände vom Geländer und spürte, wie das flaue Gefühl in ihrem Inneren wiederkehrte. Mit beiden Füßen stellte sie sich auf das flache Mäuerchen, worin das Geländer verankert war.

Dann überschlugen sich plötzlich die Ereignisse. Sunita fühlte sich an den Beinen hochgehoben, spürte gleichzeitig einen heftigen Kopfschmerz, vollzog eine Rolle vorwärts, wie um eine Reckstange geschlungen, und stürzte mit einem lang gezogenen Schrei in die Tiefe.

Als Sunita mit dem Kopf auf dem Pflaster der Zeil aufschlug, hörte alles Denken abrupt auf. Ihre Ängste waren ausgestanden, ihre Schmerzen vorbei.

Sunita war sofort tot.

Ihre Armbanduhr war durch den Aufprall auf 9:11 Uhr stehen geblieben.

2. Kapitel

Phillip Krawinckel stand im Ankleidezimmer seiner Bad Homburger Villa, zog den Ärmel seines Designeranzugs zurück und schaute auf die Armbanduhr. Ein zufriedenes Lächeln überflog seine Lippen. Noch einmal zupfte er an seiner Seidenkrawatte und warf einen prüfenden Blick auf seine spitz gefeilten, farblos lackierten Fingernägel.

Als er aus der Tür trat, lief er Mike Kellermann in die Arme. »Vielen Dank, dass Sie mir die Sachen zum Umziehen herausgelegt haben. Dadurch bin ich gerade noch rechtzeitig fertig geworden, bevor die ersten Gäste eintreffen. Ich habe bei meinem Stadtbummel zu viel Zeit vertrödelt, und jetzt ist es schon 12:15 Uhr.«

Kellermann machte eine ruckartige Bewegung mit dem Hals, als sei ihm der goldene Kragen seiner weißen Livree zu eng. »Das ist kein Wunder. Heute ist Allerheiligen. Da ist die Innenstadt übervoll von Pendlern aus den benachbarten Bundesländern. Ich geleite Sie nach unten. Es ist alles gerichtet.«

Auf der halbrunden Marmortreppe warf Krawinckel mehrmals einen Blick in die barocken Wandspiegel, um sein Aussehen zu kontrollieren. Er bückte sich und entfernte mit den Fingerspitzen eine Fluse von seinen schwarzen Lackschuhen. »Wie viele Gäste haben wir heute?«

Mit den Innenflächen seiner Hände glättete Kellermann den Sitz seiner ölig schimmernden dunklen Haare, die er zur Betonung seines kantigen Gesichts locker nach hinten gekämmt trug. »Es sind heute zweiunddreißig Leute. Fast nur Männer, wie üblich. Ich habe davon abgesehen, Ihnen eine Liste schreiben zu lassen, da Sie alle heutigen Gäste kennen. Sie kommen aus Politik und Wirtschaft. Bei der morgigen Runde wird das anders sein. Da sind die Kulturträger und Künstler dran.«

Die beiden Männer erreichten ein mit Carrara-Marmor gefliestes, mit orientalischen Teppichen ausgelegtes Foyer, das mit zahlreichen runden Stelltischen bestückt war. Gegenüber vom Eingangsbereich waren auf einem Längstisch mit barocken Füßen alle Vorbereitungen für ein Büffet getroffen. Die auf zahlreichen Brennern abgestellten Wärmebehälter blinkten silbern.

Am Ende des Tisches erhoben sich wie eine Säule ein Stoß von hochwertigen Porzellantellern und ein in sich versetzter Stapel weißer Tuchservietten. Mehrere fünfarmige Silberleuchter mit weißen Kerzen und mächtige Sträuße weißer Rosen rundeten das Bild ab. An den Wänden dominierten zahlreiche zeitgenössische Bilder und Skulpturen. Die hintere Fensterfront gab den Blick in einen angrenzenden Park frei.

»Perfekt«, sagte Krawinckel. »Nur meine Frau fehlt noch, um das Bild zu vervollständigen.«

Wieder drehte Kellermann mit einem Ruck den Kopf zur Seite. »Die gnädige Frau hat von unterwegs angerufen und mitgeteilt, dass sie bedaure. Sie werde sich um ein paar Minuten verspäten.«

Krawinckel schaute aus einem der Fenster, die zur Außentreppe zeigten. Bei den Fahrzeugen, die jetzt nacheinander die rondellartige Auffahrt zu seinem Wohnhaus nahmen, handelte es sich nahezu ausschließlich um Nobelkarossen. Die Scheibenwischer waren durchgängig in Hochbetrieb, da es seit dem Morgen unaufhörlich schüttete. Zwei livrierte Bedienstete nahmen die Gäste an den Autotüren mit Hotelschirmen in Empfang und geleiteten sie trockenen Fußes bis in den Eingangsbereich. Dort wartete inzwischen Kellermann, um die Besucher zu Krawinckel zu begleiten, der nun Aufstellung vor den mit weißen Damasttüchern gedeckten Stelltischen genommen hatte und jeden persönlich begrüßte.

Weitere Bedienstete in schwarzer Hose und gold-weißer Jacke schlenderten umher und boten auf silbernen Tabletts reihum Getränke an. Nach und nach bildeten sich kleine Grüppchen, die sich über Belanglosigkeiten unterhielten.

Ein Mann im dunkelblauen Anzug mit schütterem Haar schlich sich an Krawinckel heran. »Sie sehen aus wie das blühende Leben. Als würden Sie gerade Ihren vierzigsten Geburtstag feiern.«

Krawinckel klopfte ihm auf die Schulter. »Danke, mein lieber Müller-Algesheim. Sehr freundlich, aber übertrieben. Bestenfalls gesund gelebt und gut gehalten. Sechsundfünfzig Jahre alt werde ich in diesem Jahr. Da muss man sehen, wo man bleibt.«

Müller-Algesheim senkte die Augenlider. »Bei dieser Gelegenheit – dürfte ich Sie in den nächsten Tagen einmal aufsuchen? Es gibt da in meiner Bank ein kleines Problem. Wir sind offenbar im Immobilienbereich hereingelegt worden. Keine ausreichenden werthaltigen Sicherheiten für unsere Kredite, Sie verstehen?«

Ein heiseres Lachen grub eine Vielzahl kleiner Fältchen in das von der Sonnenbank gleichmäßig gebräunte Antlitz Krawinckels. »Ihre Nöte stehen Ihnen im Gesicht geschrieben. Außerdem sind Sie schon Thema in der Branche. Kommen Sie trotzdem. Rufen Sie an und überlegen Sie vorher gut, was Sie mir für eine etwaige Stützaktion als Gegenleistung zu bieten haben. Und jetzt entschuldigen Sie mich bitte. Ich muss mich noch ein paar anderen Freunden widmen.«

Krawinckel steuerte schnurgerade auf einen Mittvierziger in einem nachlässig aufgebügelten grauen Zweireiher zu. »Herr Minister, wie schön, dass Sie es einrichten konnten. Es ist mir eine Ehre.«

Der Minister nahm das Kompliment mit der Haltung eines *elder statesman* entgegen. »Wenn die Zeit es zulässt, immer gerne, lieber Krawinckel. Da wir gerade so nett beieinander stehen, will ich Ihnen eine kleine Information zukommen lassen. Wir haben ein paar Veranstaltungs- und Ausstattungsideen entwickelt, die das uns entgegengebrachte Wohlwollen stärken könnten. Im Augenblick möchte ich noch nicht präziser werden.« Er lachte. »Nicht aus Misstrauen Ihnen gegenüber, aber hier ist nicht der Rahmen dafür. Ich darf auf Ihre Unterstützung für ein Sponsoring rechnen?«

Mit abgeklärter, aber gleichwohl auch geschmeichelter Miene strahlte Krawinckel den Minister an. »Keine Frage! Ich stehe Ihnen wie immer zur Verfügung. Eine Kleinigkeit hätte ich allerdings auch auf dem Herzen. Vielleicht könnte Ihr Büro mit meinem Sekretariat einen Ihnen genehmen Termin abstimmen? Um Ihre Zeit nicht über Gebühr in Anspruch zu nehmen, komme ich gerne in Ihr Büro nach Wiesbaden.«

Als der Minister gerade seine mit einer Kopfbewegung signalisierte Zustimmung aussprechen wollte, kamen wie schlagartig alle Gespräche an den Stelltischen zu einem Ende. Die Köpfe der Gäste drehten sich in ungeteilter Bewunderung wie an einer Schnur gezogen sämtlich zu dem Treppenaufgang zum Obergeschoss hin.

Von dort kam mit klappernden Stöckelschuhen eine schlanke Mitdreißigerin in kleinen Schritten nach unten, als trippele sie einen Laufsteg entlang. Mehrmals warf sie dabei ihre wallende blondgelockte Mähne hinter ihre Schultern, die aufgrund der hauchdünnen Träger des kurzen schwarzen Kleidchens fast nackt erschienen. Sie war stark geschminkt. Ihre ebenen Züge, die großen stahlblauen Augen, die leichte Stupsnase und die vollen Lippen präsentierten das Bild einer Schönheit in den besten Jahren.

Im krassen Gegensatz zu der unauffällig eleganten Kleidung stand der protzige Schmuck, den Ellen Krawinckel trug. Die mit einkarätigen Diamanten besetzte goldene Halskette ergänzten passende Finger- und Ohrringe sowie ein daumenbreites Armband.

Mit gewohnt selbstsicherem Lächeln ging Ellen Krawinckel auf ihren Mann zu und gab ihm ein Küsschen. »Tut mir leid, Schatzi, dass es etwas später geworden ist. Ich bin aufgehalten worden. Alles hat ein bisschen länger gedauert, als ich geplant hatte.«

»Kein Problem. Die meisten unserer Gäste sind eben erst eingetroffen. Ich hatte selbst Mühe pünktlich zu sein. Du glaubst nicht, wie nervig es heute Morgen in der Innenstadt war.«

Ellen Krawinckel küsste ihn nochmals und ging dann nach und nach zur Begrüßung an die Stelltische. Sie genoss die verstohlen auf ihre Figur gerichteten Blicke der Männer sowie den unvollständig versteckten Neid der Damen. Wohin sie sich auch immer wandte, erfuhr sie die ungeteilte, überschwängliche Aufmerksamkeit der männlichen Gäste und erlebte deren überzogene Selbstdarstellungsversuche.

Nach einigen Minuten trat Kellermann an Krawinckel heran und flüsterte ihm etwas ins Ohr. Krawinckel nickte, kontrollierte mit raschem Blick den Lack seiner Fingernägel und wandte sich seinen Gästen zu. »Das Büffet ist eröffnet.«

Als ein Teil der Anwesenden verstummte und sich schon auf den Weg zu der Selbstbedienungstafel machen wollte, klopfte der Minister mit einem rasch aus seiner Hosentasche gezogenen Schlüssel gegen sein Glas. »Im Namen von uns allen möchte ich dem Hausherrn für seine selbstlose Art danken, Menschen im wohlverstandenen übergeordneten Interesse zusammenzuführen.«

Die Anwesenden applaudierten. Krawinckel strahlte vor sich hin. Er ließ nicht erkennen, wie dankbar er aufgrund früherer unguter Erfahrungen für die Kürze der Dankesworte des Ministers war.

Nach und nach bewegten sich die Gäste mit gefüllten Tellern wieder vom Büffet auf die Stelltische zu. Im Anschluss daran setzte eine lebhafte Unterhaltung ein, teilweise in Zweiergesprächen, teilweise kreuz und quer über die Tische hinweg. Währenddessen reichten die Bediensteten immer wieder Getränke.

Eine ältere, in Chanel gekleidete Dame, die von mehreren Männern umstanden war, kostete mehrfach in rascher Folge ein Stück Saiblingsfilet, das sie sich aus Angst vor Gräten in kleinen Bröckchen auf ihrem Teller verteilt hatte. Andächtig kaute sie länger darauf herum, als es die portionierten Happen hätten erwarten lassen. Schließlich verdrehte sie die Augen und ließ sich zu einem begeisterten Ausruf verführen.

Während der gesamten Zeit stand Kellermann im Hintergrund und dirigierte wortlos mit Fingerzeichen das Personal. Zwischendurch suchten seine Augen Ellen Krawinckel. Dabei musterte er sie mehrmals mit einem distanzlosen Lächeln.

Phillip Krawinckel hatte sich als Gesprächspartnerin eine ergraute angeheiratete Prinzessin ausgewählt, deren Falten sorgfältig mit Make-up geglättet waren. Sie beobachtete mit Wohlwollen die ordnende Hand Kellermanns und wandte sich dann Krawinckel zu. »Eine Perle, die Sie da haben, mein lieber Herr Krawinckel. Wenn ich Ihnen nicht so verbunden wäre, würde ich Ihnen diesen Herrn gerne abwerben. Er zeigt sich so geschickt in seinen Aufgaben.«

Krawinckel lächelte. »Es gibt kaum etwas, was ich Ihnen abschlagen könnte, Hoheit. Wenn ich in diesem Falle Ihrem Ansinnen folgen würde, stünde mir allerdings erheblicher Ärger mit meiner lieben Frau ins Haus. Sie hat ihn vor einiger Zeit beim Ausführen unserer Hunde zufällig getroffen, als er ebenfalls mit seinem Hund spazieren ging. Dabei ist sie mit ihm ins Gespräch gekommen. Er ist eigentlich von Beruf Jurist. Das sollte man kaum glauben. Er hat mit seinen fast vierzig Jahren allerdings nie in diesem Beruf gearbeitet. Angeblich musste er es nicht, da seine Eltern ein ausreichendes Einkommen hatten und ihm ein eigenes Reihenhäuschen überlassen haben. Es steht fast immer leer, da er überwiegend hier wohnt. Ihm fehlt der Geschäftssinn, es zu vermieten. Als meine Frau mit ihm sprach, war er gerade mit seinen Eltern wegen einer kuriosen Geschichte uneins geworden und benötigte deshalb Geld aus eigenen Einkünften. Darf ich sie Ihnen erzählen?«

Die Prinzessin senkte fast unmerkbar den Kopf. »Selbstverständlich, lieber Freund. Ich brenne darauf.«

»Dann ist mir Ihr Wunsch Befehl. Die Geschichte trug sich so zu: Kellermann frühstückte jeden Morgen mit seinen Eltern in deren benachbartem Reihenhäuschen, fast immer zur selben Zeit. Eines Tages kam er früher zum Frühstückstisch als sein Vater. Als der schließlich hinzukam, erwartete Kellermann, sein Vater werde ihm zuerst einen guten Morgen wünschen. Der Vater bestand aber darauf, dass sein Sohn ihn immer zuerst zu grüßen habe. Seitdem reden die beiden nichts mehr miteinander. Daraus ergab es sich, dass er als eine Art Kammerdiener und Privatberater zu uns gekommen ist.«

»Köstlich, köstlich, lieber Freund. Eine derart amüsante Geschichte habe ich seit Jahren nicht mehr gehört. Bei dieser Gelegenheit will ich noch eine andere Frage loswerden. Wie Sie wissen, bin ich neugierig. Wie geht es eigentlich Ihrer reizenden Schwester? Ich habe sie seit Ewigkeiten nicht mehr gesehen.«

Das Lächeln von Phillip Krawinckel gefror zu einer Maske. »Sie ist leider zurzeit unpässlich. Vielleicht beim nächsten Mal. Ich hoffe auf Ihr Verständnis, wenn ich mich jetzt noch einem anderen Gast zuwenden muss.«

Nach kaum mehr als einer Stunde gab Kellermann Phillip Krawinckel ein Zeichen, dass auch der letzte Gast seine Mahlzeit beendet hatte. Krawinckel nahm Blickkontakt zu seiner Frau auf. Beide schlenderten die Stelltische entlang und verabschiedeten die Gäste. Wie bei einer Prozession geleitete Phillip den Zug zur Tür.

Als eben der letzte Gast gegangen war, lächelte Phillip Krawinckel seiner Frau zu. »Ich gehe jetzt mein Schönheitsschläfchen machen.« Sie nickte ihm zu.

Nachdem die Bediensteten den Esstisch wieder geordnet, das Büffet und das Geschirr abgeräumt und sich in den Küchenbereich zurückgezogen hatten, trat Kellermann von hinten an Krawinckels Frau Ellen heran, legte seinen Arm um ihre Taille und zog sie zu sich. Sie versteifte Ihren Körper, fuhr herum und fixierte ihn mit maskenhaften Gesichtszügen. »Kannst du nicht wenigstens warten, bis wir sichergehen können, dass niemand mehr zurückkehrt, Michael? Phillip darf auf keinen Fall etwas merken. Und andere erst recht nicht. Du weißt, welch großen Wert er auf Formen und Etikette legt.«

Kellermann biss die Zähne zusammen und zog seine Hand zurück. Ein dünnes Lächeln glitt über seine Lippen. »Spiel dich nicht so auf. Glaubst du, ich bin blind? Mir ist klar, was hier gespielt wird. Ihr könnt mir nichts vormachen. Keiner von euch. Seht euch vor!« Erneut schnellte sein Kopf kurz zur Seite. »Und lass endlich diesen altbackenen Namen Michael weg. Ich bestehe darauf, dass du mich Mike nennst.«

3. Kapitel

»Frau Bruns. Hören Sie zu. Geben Sie mir bitte schnell mal Herrn Leise am Telefon. Dringend. Das kann ja nicht wahr sein, was mir da wieder vorgelegt worden ist. Ich muss ihn unbedingt sprechen. Wie Sie wissen, will ich in einer halben Stunde weg, um meine Frau abzuholen. Wir sind beim italienischen Generalkonsul zum Mittagessen eingeladen.«

Herbert Hübsch, Behördenleiter der Staatsanwaltschaft Frankfurt, saß mit aufgerollten Hemdsärmeln und heruntergelassener Krawatte in seinem großräumigen Büro auf einem schwarzen Ledersessel hinter dem mahagonifarbenen Schreibtisch, sog an seiner Pfeife und fluchte vor sich hin. Er schwitzte. Sein Hemd klebte ihm am Körper. An dem kräftigen Bauchvorsprung sperrte die Knopfleiste.

Sekunden später klingelte das Telefon. Hübsch hob ab. »Hallo, Herr Leise. Gut, dass Frau Bruns Sie angetroffen hat. Ich hatte schon die Sorge, Sie seien praktizierender Katholik und kämen heute auf Allerheiligen erst nach dem Kirchgang oder überhaupt nicht.

Hören Sie zu – vor mir liegt aufgeschlagen eine Akte von einem Ihrer Abteilungsmitglieder mit einem Gnadenbericht an das Justizministerium in Wiesbaden. Leider muss ich erneut feststellen, dass Sie mir derartige Vorgänge weitgehend ungeprüft zuleiten. Sie wissen, dass ich menschlich nichts auf Sie kommen lasse. Mir ist auch bekannt, dass Sie ehrenamtlich für die Arbeiterwohlfahrt tätig sind und deshalb nachmittags schon früh die Behörde verlassen. Das nehme ich auf meine Kappe und toleriere es. Es darf aber nicht zu Mehrarbeit für mich führen. Die wesentlichen Vorarbeiten haben Sie und die Staatsanwälte Ihrer Abteilung zu erbringen. Haben wir uns verstanden? Lassen Sie den Vorgang bitte sofort bei Frau Bruns abholen.«

Hübsch legte auf, erhob sich, legte die Pfeife in den großflächigen Aschenbecher und zog die Gardine vor dem seinem Schreibtisch nächstgelegenen Fenster zurück. Er öffnete es einen Spalt, damit der Pfeifenqualm abzog, griff erneut zum Telefon und drückte die Verbindungstaste zu seinem Vorzimmer. »Ist Herr

Schultz da? Dann schicken Sie ihn bitte umgehend herein. Wie Sie wissen, will ich in einer halben Stunde weg.«

Kaum hatte Hübsch den Hörer mit Schwung auf die Gabel zurückgelegt, als es klopfte. Frau Bruns, eine Frau mit halblangem grauweißem Haar trat ein, hielt die mit Lederwaben gepolsterte Tür auf, strich ihr schwarzes Kleid glatt und sagte in vorwurfsvollem Tonfall:

»Hier ist Herr Schultz für Sie. Er war pünktlich um 11:30 Uhr hier.«

Ein Lächeln glitt über Hübschs Gesicht. Er fuhr sich mit der Hand über sein dunkelbraunes, mit den Jahren schütter gewordenes gewelltes Haar. »Verstehe. Ich war also wieder zu laut am Telefon. Also, herein mit Herrn Schultz.«

Mit schnellem Schritt trat Hanspeter Schultz ein. Er trug einen dunkelblauen Anzug mit Weste und silbergrauer Krawatte. Sein graumelierter Vollbart war frisch gestutzt, sein Bürstenhaarschnitt auf Zentimeterlänge geschoren. Dadurch erschienen seine rötlichen Wangen voller, als sie ohnehin waren. Nachdem Frau Bruns geräuschlos das Zimmer verlassen hatte, blieb Schultz in respektvoller Haltung an der Tür stehen. Verstohlen zupfte er an den Knöpfen seiner Weste, die nur mühevoll kaschierte, dass er sich wieder einmal mit Riesenschritten der Hundert-Kilo-Marke näherte. Hübsch wies auf die aus sechs Lederstühlen und einem runden Holztisch bestehende Sitzgruppe, gab Schultz die Hand und sagte:

»Hallo, Herr Schultz. Nehmen Sie ruhig Platz. Sie können gern Ihr Jackett ablegen. Ich will allerdings nur kurz etwas mit Ihnen besprechen.«

Schultz wartete, bis sich Hübsch hingesetzt hatte. Dann ließ er sich auf dem ihm gegenüberstehenden Stuhl nieder, legte die Hände gefaltet auf den Tisch und sah Hübsch an.

Hübsch rückte mit Daumen und Mittelfinger seine rechteckige Brille zurecht, hustete mehrfach und sog tief die Luft ein. »Passen Sie mal auf, Herr Kollege. Sie haben sich da vor einiger Zeit auf eine Abteilungsleiterstelle in unserem Haus beworben. Es gab dabei noch etliche Mitbewerber. In meinem Vorschlag an das Justizministerium habe ich mich für Sie ausgesprochen. Ich schätze Ihren Einsatz und Ihren Fleiß, wenn auch in der Vergangenheit einige Ihrer Kapriolen nicht ganz meine Zustimmung fanden. Das Ministerium hat ungewöhnlich lange auf dem Vorgang gesessen, bis es sich zu einer Entscheidung durchgerungen hat. Welche Gründe diese lange Zeitdauer verursacht haben, ist mir nicht bekannt.« Hübsch machte eine Pause und schaute sich suchend im Zimmer um. »Stört es Sie, wenn ich rauche?«

Schultz schüttelte den Kopf. »Ich rauche selbst gerne. Zigarren.«

Die Hoffnung von Schultz, Hübsch würde ihm ebenfalls das Rauchen gestatten, erfüllte sich nicht. Andererseits verbot ihm sein hierarchisches Verständnis, aus seiner Anzugjacke eine seiner Metallhülsen mit einer *Partagas* zu holen.

Hübsch ging zu seinem Schreibtisch, zündete seine Pfeife an und nahm wieder seinen alten Platz ein. Er schmauchte in Richtung des geöffneten Fensters und sah einen Moment den Rauchwolken nach. »Kurzum, Herr Schultz. Das Ministerium hat sich, wie ich erfahren habe, für einen anderen Bewerber entschieden. Das tut mir leid für Sie. Ich habe mich allerdings anschließend bei unserem Staatssekretär für Sie starkgemacht. Und jetzt kommt der bessere Teil der Botschaft, die ich für Sie habe. Herr Staatssekretär Willeführ hat mir gesagt, dass er beabsichtigt, Ihnen die nächste frei werdende Abteilungsleiterstelle zu geben. Selbstverständlich hat er betont, dass dies keine Zusage sei, weil er das nicht dürfe. Aus meiner früheren Tätigkeit im Ministerium weiß ich, dass sich Ministerialbeamte immer so ausdrücken. Jetzt aber mal mit meinen Worten: Wenn Sie keine silbernen Löffel klauen, ist die nächste Stelle eines Oberstaatsanwalts Ihnen. Unsere Vizechefin wird Sie allerdings jetzt verstärkt zur Vertretung abwesender Abteilungsleiterkollegen einsetzen, damit wir für die nächste Bewerbung noch ein paar mehr Pluspunkte sammeln können. Das beginnt schon heute damit, dass Sie die Vertretung der Leitung unserer Verkehrsabteilung übernehmen müssen. Der Kollege Asche ist voraussichtlich für längere Zeit erkrankt.«

Schultz nahm die Mitteilung ohne erkennbare Gemütsbewegung auf. »Ich danke Ihnen dafür, dass Sie sich so für mich eingesetzt haben, und für das große Vertrauen, das Sie mir schenken. Ich werde Sie nicht enttäuschen.«

Die Tür öffnete sich. Frau Bruns streckte ihren Kopf herein. »Da wäre der Generalstaatsanwalt für Sie auf Leitung zwei.«

»Ja, ist in Ordnung. Das trifft sich gut. Herr Schultz, machen Sie es gut. Bis bald, bei hoffentlich noch besserer Gelegenheit.«

Schultz verließ das Zimmer des Behördenleiters, durchschritt das Vorzimmer von Frau Bruns und betrat den Flur des L-förmigen Gebäudes. Er suchte den längeren Flügel auf, der im rechten Winkel nach links abbog. Die architektonische Gleichförmigkeit hätte es ihm bei seinem mangelhaften Orientierungssinn kaum ohne ständiges Schauen nach den Türschildern erlaubt, sein Dienstzimmer aufzufinden. Als Eselsbrücke hatte er sich jedoch gemerkt, dass es das erste Zimmer rechts nach der Feuerschutztür, die den Gang in zwei gleiche Hälften teilte, sein musste.

Bereits vor der Tür des Dienstzimmers mit der Nummer 320 roch es nach Kaffee. Schultz freute sich darüber. Mit Schwung öffnete er die Tür und sah hinter dem linken der beiden gegeneinandergerückten Schreibtische seinen jungen Kollegen Augustin Diener sitzen, der, über einer Akte brütend, seine halblangen blonden Haare nach hinten warf und in Gedanken verloren zu ihm aufschaute. Aus den Augenwinkeln stellte Schultz fest, dass der Inhalt des Bilderrahmens auf Dieners Schreibtisch wieder einmal gewechselt hatte und heute eine lächelnde Blondine zeigte.

»Schön, dass du da bist und Kaffee gekocht hast, Augustin. Ich hatte schon befürchtet, dass du aus irgendeinem Grund außer Haus wärst.«

»Wenn du pflichtbewusst wie unsereiner um halb neun Uhr in der Behörde gewesen wärest, hätte ich dir mitteilen können, dass ich nach dem Stand von heute Morgen nur einen Nachmittagstermin im Gerichtsmedizinischen Institut wahrnehmen muss. Wie üblich glänzte jedoch mein lieber Mitstreiter durch Abwesenheit.«

Schultz lächelte. Er schätzte den rund zehn Jahre jüngeren Diener wegen seiner unkonventionellen Art, seines hohen Intellekts und seines Einfallsreichtums. Es erfüllte ihn mit Stolz, dass er diesen begabten Kollegen zeitweise ausgebildet und gegengezeichnet hatte. Berufsanfänger durften in den ersten drei Monaten noch nicht selbst unterschreiben. Wegen der herausragenden Fähigkeiten von Diener war diese Frist auf Vorschlag von Schultz halbiert worden.

Diener legte den Kugelschreiber zur Seite. Mit der Hand dehnte er den engen Rundkragen seines dunkelblauen Sweatshirts, das auf der Brust den knallroten Namenszug *Lee Est. 1889* trug. »Erzähle. Was hat er gesagt.«

Währenddessen war Schultz zum Schrank gegangen, hatte seinen schwarzen Kaffeebecher mit der weißen Aufschrift *Boss* herausgeholt und hielt ihn Diener entgegen. »Gib mir bitte erst einmal einen Kaffee. Dann *berichte* ich dir.«

Schultz setzte sich in seinen Sessel, nahm eine *Partagas* heraus, kerbte das Mundstück mit einem kleinen Taschenmesser ein und zündete die Zigarre mit einem Streichholz an. Dann streckte er die Hand aus und nahm von Diener den *Boss*-Becher entgegen. »Was soll er gesagt haben? Ich bekomme die Stelle nicht. Das Ministerium hat gegen mich entschieden.«

»Wundert dich das? Mich nicht. Du bist nominelles SPD-Mitglied, wenn auch dein Gedankengut häufiger einem Kontrastprogramm ähnelt. Unsere Landesregierung hat zurzeit nicht deine Farben.«

»Das siehst du falsch, Augustin. Bei der Besetzung der Stelle für einen Oberstaatsanwalt stellt man in Wiesbaden noch nicht auf die politische Einstellung des Bewerbers ab. Das beginnt erst bei höheren Positionen. Außerdem, aber das musst du für dich behalten, hat der Staatssekretär unserem Chef gesagt, dass ich die nächste frei werdende Stelle so gut wie sicher habe.«

»Warten wir es ab. Ich würde es dir von Herzen gönnen.«

»Der Chef hat mir außerdem gesagt, dass ich jetzt mehr in Vertretungen von abwesenden Abteilungsleitern eingebunden werde, um Pluspunkte zu sammeln. Ich habe ab heute schon die Vertretung des Leiters der Abteilung IX.«

»Jetzt verstehe ich. Die Kripo hat mich offenbar heute Vormittag gar nicht wegen meines Bereitschaftsdienstes angerufen. Die wussten vielmehr schon von deiner neuen Aufgabe. Wahrscheinlich waren sie durch das Vorzimmer unserer Vizechefin informiert. Der Abteilungsleiter IX soll doch tagsüber als Erster von der Auffindung einer Leiche unterrichtet werden, wenn der Verdacht eines unnatürlichen Todes nicht einwandfrei ausgeschlossen werden kann. Der Anruf galt eigentlich dir.«

»Das kann sein. Was ist denn vorgefallen?«

Diener stand auf, stemmte seine Hände in die Hüften und streckte seinen schlanken, sportlichen Körper ein paar Mal nach hinten. Tatsächlich wollte er nur ein wenig Zeit gewinnen, um eine geeignete Formulierung zu finden, wie er Schultz den Sachverhalt näherbringen sollte. Bei mehreren früheren Gelegenheiten hatte er feststellen müssen, dass Schultz mit Berichten über tote Kinder nicht gut umgehen konnte. Wie Diener wusste, hatte Schultz seine einzige Tochter im Kindesalter durch Leukämie verloren. Tote Kinder stellten seitdem ein Tabuthema dar. Diener lief in dem kleinen, mit Büromöbeln vollgestopften Zimmer auf und ab. Dann sah er Schultz in die Augen. »Ich bin schon vom vielen Sitzen ganz steif, Hanspeter. Leider kann ich es dir nicht ersparen, alte Wunden aufzureißen. Es gibt eine neue Leichensache mit einem Mädchen. Wie mir das K 11 mitteilte, ist sie aus dem achten Stock über die Brüstung der Zeilgalerie auf das Straßenpflaster gefallen. Es ist unklar, ob sie gesprungen ist oder ob jemand nachgeholfen hat.«

Der Gesichtsausdruck von Schultz nahm starre Züge an. Er zog die Augenbrauen hoch und zuckte die Schultern. »Hat die Kripo einen Verdacht?«

»Nein. Bisher nicht. Ich habe zunächst einmal wegen der Eilbedürftigkeit der Sache die Obduktion angeordnet. Die Kripo hat unmittelbar danach mit dem Gerichtsmedizinischen Institut telefoniert, um möglichst rasch eine Klärung herbeizuführen. Wie mir Köhler am Telefon mitteilte, hat ihn Frau Dr. Lubitsch kurz danach zurückgerufen und ihm gesagt, dass das Kind um 15:30 Uhr obduziert werden soll. Ich hoffe, dass ich mit meiner Anordnung in deinem Sinne gehandelt habe. Jedenfalls gehe ich hin und nehme an der Obduktion teil. Im Anschluss daran werde ich dich über das Ergebnis unterrichten. Im Übrigen bin ich hundemüde.«

Schultz paffte an seiner Zigarre und trank einen Schluck Kaffee. »Weibergeschichten?«

»Auch. Aber wie ich schon sagte, habe ich die ganze Woche Bereitschaftsdienst. Heute Nacht rief mich erst die Autobahnpolizei an und wollte von mir die Festsetzung einer Sicherheitsleistung, weil ein Ausländer einen Unfall gebaut hatte, aber weiter in sein Heimatland fahren wollte. Das habe ich noch ertragen, weil der Hinweis auf meine Unzuständigkeit länger als die Entscheidung gedauert hätte, die sich erledigte, weil der Ausländer sowieso kein Geld dabei hatte. Dann rief mich eine Stunde später die Kripo wegen eines Ladendiebstahls vom Vorabend an und fragte, ob sie den Beschuldigten, einen wohnsitzlosen Erwachsenen, dem Haftrichter vorführen sollte. Denen habe ich erklärt, dass ich nicht zuständig sei. Daraufhin rief mich nochmals eine gute Stunde später der Vorgesetzte an, um sich zu entschuldigen. Da war die Nacht herum. Jetzt verstehst du, warum ich müde bin.«

Schultz musste lachen.

4. Kapitel

»Krawinckel«, dröhnte es aus dem Hörer des Mobiltelefons in das Ohr von Sunitas Adoptivvater Wolfgang Beuchert.

Beuchert saß voll angekleidet in dunkelblauem Anzug, weißem Hemd und dunkelroter, in sich gemusterter Krawatte auf der Toilettenbrille in einem der Bäder seines am Feldrand in der Nordweststadt Frankfurts gelegenen geräumigen Bungalows. Hierher hatte er sich zurückgezogen, um eine Weile seine Ruhe vor seiner ständig an ihm herumnörgelnden Frau zu haben. Die Nummer von Phillips privatem Mobiltelefon hatte er auswendig gewusst. Er atmete tief ein. »Hallo, Phillip. Ich bin es. Hast du zwei Minuten Zeit für mich?«

»Guten Tag, Wolfgang. Das muss irgendwie Gedankenübertragung gewesen sein. Vor ein paar Minuten haben Ellen und ich unsere heutigen Gäste verabschiedet. Ich sitze im Auto und bin ganz in deiner Nähe. Gerade wollte ich anrufen und fragen, ob Sunita vielleicht Lust hat, mit mir einen kleinen Einkaufsbummel zu machen. Ich bin schon auf der Höhe der Wohnblocks vor dem Nordwest-Einkaufszentrum. Hast du etwas Besonderes auf dem Herzen, weshalb du mich anrufst?«

Beuchert drückten schwere Geldsorgen, die ihn während der vergangenen Nacht fast durchgängig wach gehalten und beschäftigt hatten. In der linken Hand, die auf seinem hervorquellenden Bauch ruhte, hielt er sein Mobiltelefon. Mit der anderen Hand wischte er sich mehrmals den Schweiß aus dem Gesicht und fuhr sich anschließend leicht zitternd durch das nach hinten gekämmte volle schwarz-graue Haar. Mehrfach musste er seine schwarze Hornbrille mit dem Zeigefinger den Nasenrücken hochschieben, weil sie auf dem nassen Gesicht ständig rutschte.

Zu dumm, dass er heute Morgen auf der Fahrt in die Innenstadt sein Mobiltelefon vergessen hatte. Von unterwegs hätte er anrufen können, ohne dass seine Frau mithörte.

Er musste wirklich schon wieder Phillip Krawinckel anrufen. Seinen alten Schulfreund Phillip, der über alles Geld der Welt verfügte. »Wenn du sowieso nur noch einen Herzschlag von hier entfernt bist, komm doch einfach vorbei. Dann brauchen wir jetzt nicht lange am Telefon hin und her zu reden. Ich setze uns bis dahin einen Kaffee auf.«

»Einverstanden, bis gleich«, sagte Krawinckel und beendete das Gespräch.

Gewohnheitsgemäß öffnete Beuchert das Toilettenfenster und spähte dann aus der Tür nach seiner Frau. Er hörte sie in der ein Zimmer weiter gelegenen Küche hantieren und ging dorthin. Als er die in schraffiertem Glas gehaltene Küchentür öffnete, stand seine Frau vor dem halb geöffneten Kühlschrank und kaute. Beuchert betrachtete ihre füllige Figur. Die grün-weiß gestreiften Leggins bedeckten barocke Oberschenkel, unter dem weißen T-Shirt zeichneten sich mehrere Speckröllchen ab, die blonde Kurzhaarfrisur betonte das vom Kauen in Schwingungen gebrachte Doppelkinn.

Beuchert ging auf sie zu, setzte eine giftige Miene auf und tätschelte ihr den Bauch. »Nanu, Herzchen, wie ich sehe, nimmst du gerade dein zweites oder drittes Frühstück ein. Dazu gehört bei deiner Figur ein erhebliches Selbstvertrauen.«

Karin Beuchert reckte sich zu ihrer imponierenden Größe auf und gewann an Ähnlichkeit mit einem kämpferischen Truthahn. »Du musst gerade reden. Schon seit Jahren führst du beim Hosenkauf den Kampf mit der Frage, ob du den Bauch über oder unter dem Hosenbund unterbringen sollst. Die Art, wie die Knopfleiste deines Hemdes überall sperrt, verrät wohl kaum den jugendlichen Waschbrettbauch. Schau dir deinen Freund Phillip an. Der ist genau wie du Mitte fünfzig, aber immer noch schlank und drahtig. Bei mir ist das etwas anderes. Das sind die Wechseljahre. Da haben alle Frauen mit ihrem Gewicht zu kämpfen. Das legt sich später wieder von selbst.«

»Phillip müsste gleich hier sein. Ich habe eben mit ihm telefoniert. Wir haben etwas Geschäftliches zu besprechen.«

Karin Beuchert zog die Augenbraue hoch. »Warst du nicht eben auf der Toilette? Telefonierst du neuerdings dort? Man könnte meinen, dass du Geheimnisse vor mir hast.«

»Unfug. Ich habe natürlich vorher mit ihm telefoniert, als ich mit dem Auto unterwegs war. Schade, dass sich dein ausgeprägtes Interesse nur immer auf mein Verhalten und nicht wenigstens andeutungsweise auf die häuslichen Belange erstreckt. Du liegst tagelang von morgens bis abends im Bett und telefonierst, liest Zeitungen oder guckst fern. Wenn ich mich nicht neben meiner vielen Arbeit auch noch um die Kinder kümmern würde, sähe es hier mit allem finster aus.«

Als Karin Beuchert nach einer wegwerfenden Handbewegung tief Luft zu einer Gegenrede holte, klingelte es an der Haustür. Schnurstracks setzte sie sich erhobenen Hauptes in Bewegung, um zu öffnen. Vor der Tür stand ein braungebrannter, hochgewachsener Mann im eleganten dunkelblauen Seidenblazer, offenem weißen Rüschchenhemd und dunkelgrauer Hose. Sie umarmte ihn und drückte ihm rechts und links ein Küsschen auf die Wangen. »Hallo, Phillip. Komm rein. Wir haben dich schon erwartet.«

Krawinckel lächelte sie an, ergriff ihre Hand, gab ihr einen flüchtigen Handkuss, trat in den mit schieferfarbenen Marmorplatten gefliesten Hausflur und begrüßte Wolfgang Beuchert. »Grüß dich, Wolfgang. Hier bin ich, wie angedroht.«

Krawinckel und Beuchert begaben sich zum Wohnzimmer. Auf den schweren Orientteppichen, die weite Teile des Dielenparketts bedeckten, führte Beuchert seinen Gast zu der in weißem Wildleder gehaltenen Sitzgarnitur. Die beiden im rechten Winkel aufgestellten dreiteiligen Elemente gestatteten den Blick auf den sorgfältig gestutzten Rasen des mit einigen kleinwüchsigen Bodendeckern eintönig gestalteten Gartens. Nachdem Krawinckel Platz genommen hatte, setzte sich Beuchert ihm gegenüber in einen cremefarbenen Ledersessel, dessen drehbare Sitzfläche dem in einer Nische platzierten Großbildfernseher zugewandt war.

Beuchert wandte das Gesicht seiner Frau zu, die in der Tür stand. »Liebling, sei so nett und mach uns einen Kaffee. Phillip und ich haben etwas Geschäftliches zu besprechen.«

Mit den Fußspitzen versetzte Wolfgang Beuchert seinem Sessel in kleine Drehbewegungen und schaute dabei Krawinckel lächelnd an. »Hier sitze ich samstags immer, wenn ich mir die Fußballergebnisse in der Sportschau ansehe. Für deinen gesellschaftlichen Anspruch ist dieser Sport sicher zu primitiv. Wenn man, wie du, bereits im zarten Alter von Ende vierzig eine feine Privatbank gewinnbringend verkauft hat und nur noch vermeintliche gesellschaftliche Pflichten erfüllt, muss man sich beim Sport einfach mehr auf Reiten oder Golf konzentrieren. Da ist für die Lieblingssportarten des gemeinen Volkes kein Platz.«

Das Gesicht Krawinckels ließ keine Regung erkennen. Er lehnte sich tief in die Couch zurück und legte seine Arme ausgestreckt über die Rückenlehne. »Du vergisst, dass ich immerhin jahrelang persönlich haftender Gesellschafter meiner Bank war und ein hohes unternehmerisches Risiko gefahren bin. Wenn ich nur Leute deiner Qualität finanziert hätte, würde ich heute bestenfalls noch als Portier in meiner früheren Bank arbeiten. Ich verstehe nicht, weshalb jetzt ausgerechnet bei dir der Sozialneid aufkocht. Du lebst doch gar nicht schlecht. Jedenfalls weit über deine Verhältnisse, wie ich weiß. Und überwiegend von meinem Geld.«

Die Schärfe des Tones und der Umstand, dass Krawinckel aus der Frankfurter Mundart ins Hochdeutsche übergegangen war, warnten Beuchert.

»Das war nicht böse gemeint, Phillip. Du weißt, dass ich dir deinen Reichtum von Herzen gönne. Wie du schon zu Recht gesagt hast, profitiere ich davon. Ich bete sogar inständig, dass dir nicht solche Pannen passieren, wie ich sie hinnehmen musste. Mit meinen Bemerkungen wollte ich nur zum Ausdruck bringen, dass ich trotz meines wirtschaftlichen Höhenflugs in vielen Belangen ein einfacherer Mann geblieben bin. Diese Feststellung sollte aber kein Vorwurf sein.«

Bevor sich Krawinckel darüber einig werden konnte, ob er etwas entgegnen oder korrigieren sollte, betrat Karin Beuchert wieder den Raum. Sie stellte vor den beiden Männern ein Silbertablett ab, auf dem sie das Kaffeegeschirr, einen Teller mit Gebäck und eine Thermoskanne transportiert hatte. »Das sieht zwar nicht sehr stilvoll aus, ich habe mir aber gedacht, dass der Kaffee in dieser Kanne länger warm bleibt. Ihr könnt euch selbst bedienen. Ich bin sowieso beleidigt, da man mich ja offenbar hier nicht dabeihaben will.«

Krawinckel lachte. »Ich habe überhaupt nichts dergleichen gesagt, liebe Karin. Das war dein rüpelhafter und eifersüchtiger Mann, der mir deine Anwesenheit nicht gönnt.«

Karin Beuchert wiegte den Kopf hin und her, zwinkerte Krawinckel zu und verließ wortlos das Zimmer. Die beiden Männer verfolgten sie mit ihren Blicken, bis die Glasflügel der Tür zugeschoben waren. Dann beugte sich Beuchert in seinem Sessel nach vorn, rieb seine Hände ineinander und nahm Blickkontakt zu Krawinckel auf. »Um mit der Tür ins Haus zu fallen, Phillip, bitte ich dich noch ein letztes Mal, mir zu helfen. Mir steht das Wasser bis zum Hals. Ich schaffe es nicht aus eigener Kraft. Wenn du mir noch einmal, sagen wir, zweihunderttausend Euro zuschießt, packe ich es. Oder, warte! Einhundertfünfzigtausend tun es auch. Es geht aufwärts. Die will ich zur Umstrukturierung und Modernisierung meiner Geschäftszweige nutzen. Nur die eine kleine Finanzspritze noch, dann bin ich über den Berg und zahle dir alles zurück. Glaube mir, ich meine es ernst.«

Als Beuchert geendet hatte, begutachtete Krawinckel eine Weile intensiv seine farblos lackierten Fingernägel. »Schon während der Schulzeit habe ich dir oft finanziell geholfen, wenn deine Wünsche nicht mit den Möglichkeiten, die dir dein Elternhaus bieten konnte, im Einklang standen. Dein Vater war eben nur Hauptsekretär bei der Post gewesen, meiner immerhin Chefarzt der Psychiatrie. Ich sage das nicht, weil ich es als mein Verdienst ansehe. Tatsächlich war es aber der Unterschied zwischen einer Dreizimmerwohnung in einem Mehrfamilienwohnblock und einer Villa, zwischen Urlaub zu Hause und Weltreisen, zwischen Knausern und Klotzen.«

»Du sagst selbst, dass ich für meine Herkunft nicht verantwortlich zeichne.«

Krawinckel winkte ab. »Erinnerst du dich noch, wie du einmal beim Rangeln mit einem Mitschüler die Situation ausgenutzt und aus dessen Hosentasche heimlich Geld an dich genommen hast? Das Ganze drohte aufzufliegen, da der andere Junge das Geld zur Begleichung der Kosten für eine Schülerzeitung mitbekommen hatte und der Verlust nur durch deinen Zugriff zu erklären war. Als die Lehrerin daraufhin begonnen hatte, inquisitorische Fragen zu stellen, habe ich die Angelegenheit mit meiner großen Überzeugungskraft, die ich damals schon hatte, geregelt.«

»Was willst du damit sagen? Warum wärmst du diese alten Kamellen auf?«

»Weil diese Fürsorge bis heute anhält. Ich habe dir auch in den letzten Jahren schon mehrfach aus der unternehmerischen Patsche geholfen. Beim letzten Mal habe ich Dir allerdings sehr kategorisch gesagt, dass weitere Unterstützung von mir nicht mehr zu erwarten ist. Ich war damals mit einer sehr hohen Summe eingesprungen.«

»Dafür hast du dir allerdings meinen Bungalow übereignen lassen. Das hast du vergessen zu erwähnen. Jetzt habe ich nur noch ein Wohnrecht.«

»Sei ehrlich! Das ist dir doch gleichgültig. Kaum jemand weiß davon, nicht einmal deine Frau. Hauptsache ist für dich, nie mehr in die kleine Dreizimmerwohnung zurückzumüssen, die du als Kind ertragen musstest. In diesen repräsentativen Bungalow kannst du Geschäftsfreunde einladen. Ist es nicht so, dass du ihn komplett von der damals noch in der Frankfurter Innenstadt ansässigen Nobelfirma Helberger hast ausstatten lassen?«

»Ich muss halt Eindruck machen, sonst laufen die Geschäfte nicht. Der Erfolg gab mir recht. Goldene Zeiten waren das gewesen. Ich hatte eine Kapitalanlagefirma gegründet, die am Telefon mit über tausend Kunden Warentermingeschäfte abschloss. Mit Optionsgeschäften auf steigende und fallende Kurse habe ich ein Vermögen erwirtschaftet.«

Wieder winkte Krawinckel ab. »Wo ist denn dein Vermögen geblieben? Wie ich sehr wohl weiß, hattest du von den Kundengeldern nichts an der Börse angelegt, die Kurse fingiert und Gewinne zum Anlocken von Neukunden aus den Einnahmen bezahlt. Ich habe dir auch dabei aus der Patsche geholfen, indem ich dir nach deiner Verhaftung eine Wohnung und Geld zur Erbringung einer Sicherheitsleistung zur Verfügung gestellt habe. Obwohl dir das die weitere Untersuchungshaft erspart hat, hast du es mir nicht gedankt. Vielmehr hast du mich an meinem Nerv getroffen, in meinem privaten Umfeld.«

Beuchert schwitzte und brauste auf. »Das habe ich dir bitter entgelten müssen. Somit sind wir quitt. Warum solltest du mir also nicht noch ein letztes Mal helfen? Es fällt dir nicht schwer. Die Summe bewegt sich für dich im Trinkgeldbereich.«

»Hast du keine anderen Geschäftsfreunde, die du bitten könntest? Es gibt nicht nur mich auf der Welt.«

Mit einer Geste der Verzweiflung warf Beuchert die Arme nach oben. »Mir sind keine geblieben. Ohne mein Verschulden. Daran war dieses verdammte Internet schuld. Vor dessen Eroberung der Geschäftswelt habe ich eine weitere unternehmerische Blütezeit erlebt. Nicht in dem Ausmaß, wie dies dir vergönnt war, aber doch so, dass ich einen angemessenen Lebensstandard halten konnte. Nach meiner Haftentlassung habe ich wieder klein anfangen müssen. Erst mit einem bescheidenen Gebrauchtwagenhandel auf einer gepachteten stillgelegten Tankstelle. Dann habe ich zusätzlich ein Angebot als Agent einer großen Versicherung angenommen. Schließlich habe ich aufgrund meiner vielfältigen Kontakte noch die Vermittlung von Immobilien hinzunehmen können. Eine komfortable Existenz schien gesichert.«

Krawinckel behielt eine gleichmütige Miene bei. »Woran ist deiner Meinung nach einmal mehr alles gescheitert?«

»Ich bestreite nicht, dass ich eine unternehmerische Mitverantwortung für den Fehlschlag trage. Die Einbeziehung des Internets in meine geschäftlichen Aktivitäten hatte ich anfangs verschlafen. Dafür wurde ich schwer bestraft. In den vergangenen Jahren hat sich mein Umsatz gegenüber früher nach und nach auf etwa ein Fünftel reduziert. Mein ganzer Stolz war mein Firmengebäude, der zweigeschossige Flachbau an der Hanauer Landstraße, dem früheren Hauptgewerbegebiet Frankfurts im Osten der Stadt. Ich hatte es auf meinem wirtschaftlichen Höhepunkt in luxuriöser Bauweise errichten lassen. Es gehört mir längst nicht mehr, sondern ist jetzt genauso wie der Bungalow dein Eigentum, Phillip. Ich bin nur noch dein Mieter.«

»Immerhin habe ich dir die immensen Mietschulden, die inzwischen aufgelaufen waren, bislang gestundet. Von den ungetilgten Krediten gar nicht zu reden. Sobald ich sie fällig stelle, bist du am Ende.«

Beuchert rückte sich die Krawatte zurecht. Er löste die Faust seiner verschwitzten Hand von der Sessellehne und wischte sie am Stoff seiner Anzugshose trocken. Es gab keine Alternative. Er musste weiter auf Phillip einwirken. Außerdem wusste er ein paar Dinge über ihn, die dem ehrenwerten Herrn das gesellschaftliche Genick brechen konnten, wenn sie bekannt würden. Bei Lichte besehen hatte er ihn in der Hand.

»Wie lange noch, Phillip? Lass uns jetzt auf den Punkt kommen. Du spielst mit mir und hast deinen Spaß daran. Das ist hässlich. Treibe mich bitte nicht zum Äußersten. Es gibt Dinge, die ich einfach nicht ansprechen möchte, es sei denn, du zwingst mich dazu.«

»Wo ist eigentlich Sunita? Ich wollte ihr gerne eine Freude machen und mit ihr ein paar Boutiquen abklappern.«

»Phillip, ich bitte dich. Tu doch jetzt nicht so, als hättest du mir überhaupt nicht zugehört. Du kannst mich doch jetzt nicht im Regen stehen lassen. Zwinge mich bitte nicht, über Dinge zu reden, die wir beide lieber dem Mantel des Vergessens anvertrauen sollten.«

»Du langweilst mich. Du würdest dir doch auch nicht dasselbe Theaterstück alle paar Monate erneut anschauen, oder? Lass uns über die schönen Dinge des Lebens plaudern. Soll ich dich für morgen Mittag zu mir nach Hause zum Essen einladen? Es kommen interessante Leute – wie eigentlich jeden Tag. Vielleicht findest du bei denen mehr Gehör. Morgen ist der 2. November, Allerseelen. Morgen haben, wenn ich mich recht erinnere, der Leiter des Palmengartens, der Präsident der Universitäts-Klinik, der Polizeipräsident von Wiesbaden und der Chef der örtlichen BMW-Niederlassung zugesagt. An die übrigen Gäste erinnere ich mich im Moment nicht. Oder? Warte. Nein, alles falsch, was ich sage! Morgen kommen die Spitzen aus dem Kulturbereich.«

Mit den Fingern trommelte Beuchert rhythmisch auf die Tischplatte. »Du verstehst mich offenbar noch immer nicht, Phillip. Oder du willst mich nicht verstehen. Ich will keineswegs unfreundlich werden. Trotzdem muss ich mich langsam fragen, ob du dir darüber im Klaren bist, dass ein paar Worte von mir an die richtige Adresse deinem luxuriösen Leben von einer Minute auf die andere ein Ende setzen würden. Kapierst du nicht, dass mein Schweigen deine Lebensversicherung ist? Ein Hinweis von mir, und deine Rolle als allseits geachteter Wohltäter Frankfurts ist ausgespielt.«

Krawinckel strich sich über sein graumeliertes Haar, lächelte und starrte Beuchert aus zusammengekniffenen Augen an. »Du willst mir doch nicht drohen, Wolfgang? Ich gehe zu deinen Gunsten davon aus, dass ich mich verhört habe. Wahrscheinlich haben deine permanenten Geldsorgen dich in einen Zustand geistiger Verwirrung gestürzt und du beginnst, Dinge miteinander zu verwechseln. Umgekehrt ergibt dein Lamento einen Sinn. Deine Botschaften interessieren niemand. Die nimmt keiner ernst. Wer glaubt denn schon einem Bankrotteur? Aber wenn ich, Phillip Krawinckel, etwa bei meinem morgigen Lunch meinem Freund, dem Polizeipräsidenten, einen kleinen Hinweis zu früheren Verhaltensauffälligkeiten des gescheiterten Herrn Beuchert gebe, ist das Maß voll. Dann kannst du einpacken. Komme mir ja nicht so. Dann ist es mit meiner stadtbekannten Gutmütigkeit ein für alle Mal vorbei.«

»Himmel, leg jetzt bitte nicht jedes Wort auf die Goldwaage. Schreibe es einfach meiner Aufregung zu, wenn ich ein bisschen überzogen habe. Ich habe nicht vergessen, dass wir beide unsere Schattenseiten und Probleme haben, die nicht jeder kennen muss und kennen sollte. Bitte, Phillip, ich bitte dich inständig. Drücke noch einmal ein Auge zu und vertraue mir. Du kannst dafür in allem, was du willst, mit meiner Unterstützung rechnen. Verstehst du? In allem, Phillip! Du weißt, was ich damit meine.«

Wieder betrachtete Krawinckel seine Fingernägel. »Ich nehme dich beim Wort.«

Zusammengesunken rutschte Beuchert auf den vorderen Rand des Sessels, langte in die Hosentasche, zog ein kariertes Stofftaschentuch hervor und wischte sich die schweißnasse Stirn ab. Mit der anderen Hand schob er ein weiteres Mal seine nach vorn gerutschte Brille zurück auf den Nasenrücken.

Gerade als Beuchert erneut das Wort an Krawinckel richten wollte, flog die Glasschiebetür auf und Karin Beuchert stürzte mit versteinerter Miene in den Raum, gefolgt von den Polizisten Schreiner und Köhler. Sie atmete tief durch, machte eine Handbewegung, als wische sie sich Tränen von den Wangen, und schluckte mehrmals. Mit dem Daumen zeigte sie hinter sich. »Das sind zwei Herren von der Kriminalpolizei. Wisst Ihr, was passiert ist? Das Kind ... sie ist tot.«

Köhler machte einen Schritt nach vorn. Seine rundlichen Wangen leuchteten in einem kräftigen Rot. »Das ist Herr Schreiner. Mein Name ist Köhler. Wir sind von der Mordkommission. Leider müssen wir Ihnen die traurige Nachricht überbringen, dass es sich bei dem Mädchen, das heute Morgen durch einen Sturz ums Leben kam, um Ihre Tochter Sunita handeln dürfte.«

Karin Beuchert rieb weiterhin über ihre tränenlosen Augen. Wolfgang Beuchert schaute Phillip Krawinckel mit offenem Mund an, bevor er sich an die Polizisten wandte. »Wie ist das passiert?«

Schreiner gab Köhler ein Zeichen und fixierte Beuchert mit aufmerksamem Blick. Er fuhr mit der Hand über die zahllosen Narben in seinem Gesicht und strich über seinen struppigen gelockten Bart. »Sie ist vom Balkon einer Cafébar gestürzt. Jetzt ist sie in der Gerichtsmedizin in der Kennedyallee. Wir müssen Sie leider bitten, dort hinzukommen und zu bestätigen, dass es sich um Sunita handelt.«

Beuchert starrte vor sich hin. Krawinckel warf einen Blick auf seine Hände, polierte seine Fingernägel an den Hosenbeinen und schaute zu Schreiner. »Wie kommen Sie überhaupt darauf, dass es Sunita ist? Vielleicht ist es ein anderes Mädchen.«

Köhler schüttelte den Kopf. »Die Kollegen von der Spurensicherung haben in ihren Kleidern einen Schülerausweis auf den Namen Sunita Beuchert gefunden. Es nahm noch einige Zeit in Anspruch, die Wohnanschrift zu ermitteln.«

Während Wolfgang Beuchert mit der Hand vor dem Mund und geweiteten Augen sitzen blieb, sprang Krawinckel auf, nahm Karin Beuchert in den Arm, drückte sie und strich ihr über das Haar. »Wolfgang wird das erledigen. Ich kann ihn gerne in meinem Wagen mitnehmen. Mein Auto steht vor der Tür. Das ist wirklich alles sehr schrecklich.« Dann wandte er sich Wolfgang Beuchert zu. »Es wäre schön, wenn du am Nachmittag zu mir nach Hause kommen würdest. Wir waren schließlich mit unserem Gespräch noch nicht am Ende. Außerdem sind mir gerade ein paar Dinge eingefallen, auf die ich dich dringend aufmerksam machen muss. Falls Karin nicht allein sein möchte, kann sie gerne mitkommen. Ellen, meine liebe Frau, würde sich sicherlich freuen und sich um sie kümmern. Das gilt auch für eure jüngste Tochter, Rupa.«

Wolfgang Beuchert schaute zu Krawinckel auf. »Vielen Dank. Ich nehme mein eigenes Auto. Ob ich heute Nachmittag Karin und Rupa mitbringe, weiß ich noch nicht. Ich komme auf jeden Fall. Um wie viel Uhr soll ich bei dir sein?«

»So gegen 16:00 Uhr. Dann kann ich noch einen kleinen Schönheitsschlaf halten.«

In diesem Augenblick schlich ein zierliches Mädchen mit langen schwarzen Haaren und gesenktem Kopf hinter der Tür hervor ins Zimmer. Bis hin zur Bekleidung verkörperte sie vollkommen das jüngere Ebenbild von Sunita. Unaufhörlich liefen ihr Tränen über die Wangen und tropften zu Boden. Ihre Stimme klang brüchig. »Ich habe alles gehört und gesehen, alles. Keiner von euch fragt, wer das getan hat.«

Schreiner warf Köhler einen viel sagenden misstrauischen Blick zu. »Das Kind liegt leider richtig. Wir haben Anhaltspunkte für die Annahme, dass Sunita nicht freiwillig in den Tod gesprungen ist. Eine abschließende Klärung wird die für heute Nachmittag vorgesehene Obduktion ergeben.«

Rupa drehte sich auf dem Absatz herum und rannte laut schluchzend zur Tür. Im Weggehen murmelte sie weinend:

»Alles Heuchler, Lügner. Auch Onkel Phil.«

Karin Beuchert schaute zu ihrem Mann und Krawinckel. »Habt ihr verstanden, was sie eben gesagt hat?«

Krawinckel lächelte. »Sie kommt mir etwas aufgeregt vor. Die Situation überfordert sie.«

Nun wandte sich Karin Beuchert an die Polizisten. »Und Sie?«

»Tut mir leid. Ich war etwas in Gedanken und habe nicht genau hingehört«, sagte Schreiner. »Sagen Sie uns bitte ehrlich, ob es Sie überfordert, wenn wir Sie bitten, uns noch kurz Sunitas Zimmer zu zeigen.«

Karin Beuchert spitzte den Mund. Sie holte tief Luft und ging aufrecht zur Zimmertür. »Wir verstehen alle, dass Sie Ihre Pflicht tun müssen. Wenn Sie mir bitte folgen wollen.«

Der Raum erfüllte alle Ansprüche eines heranwachsenden Mädchens an sein Jugendzimmer. Gemütliche Möblierung, Poster der Popband Tokio Hotel und der Söhne des Schauspielers Uwe Ochsenknecht, eine Stereoanlage, ein Fernseher, Stofftiere. Alles war penibel aufgeräumt. Bis auf den Schreibtisch. Dort lagen Buntstifte und Pinsel, Wasserfarben und Zeichenblöcke. Einige pralle Sammelordner waren aufeinandergestapelt. An deren Rändern schauten die Ecken einiger Bilder heraus, die verrieten, dass Sunita düstere Farben bevorzugt hatte. Schreiner nahm eines der Bilder in die Hand. Seltsame, verfremdete Figuren in verzerrten Haltungen starrten ihm entgegen. Der Sinn der

Malereien, wenn es denn überhaupt einen solchen gab, erschloss sich ihm nicht. Er befasste sich nicht näher damit, weil er die Motive für die Wiedergabe von Erinnerungen aus der Zeit hielt, als Sunita in Indien gelebt hatte. Oder vielleicht auch von ihrem neuen Lebensabschnitt in Deutschland? Jedenfalls fehlte die Zeit für eine genaue Sichtung und Bewertung.

»Hat Sunita diese Bilder gemalt?«, fragte Schreiner.

Karin Beuchert nickte. »In der Schule war Kunst ihr Lieblingsfach. In ihrer Freizeit zeichnete sie regelmäßig.«

Schreiner tauschte einen Blick mit Köhler. Er blätterte erneut oberflächlich in den Klarsichthüllen und Bildmappen, bevor er sich wieder an Karin Beuchert wandte. »Dürfen wir uns diese Malereien zur Durchsicht mitnehmen? Manchmal finden sich in Bildern oder Tagebüchern Hinweise, die sonst verborgen blieben.«

»Nehmen Sie, was Sie für Ihre Arbeit brauchen. Wir wollen helfen.«

»Wie kam es eigentlich, dass Sunita heute Morgen in der Stadt war? Musste sie nicht zur Schule?«, fragte Köhler.

»Sie hatte heute schulfrei. Den Grund kann ich Ihnen nicht nennen. Falls er für Sie wichtig sein sollte, müssten Sie in der Schule nachforschen. Sie wollte die Gelegenheit nutzen, um einen Stadtbummel zu machen. Sunita hat eine Schwäche für schicke Kleidung ... gehabt. Mein Mann hat sie mit dem Auto in der Stadt abgesetzt, weil er dort ebenfalls irgendetwas erledigen wollte.«

»Auf welche Schule ging Sunita?«, fragte Köhler.

»Auf die *Internationale Schule Frankfurt* in Sindlingen.«

»Okay«, sagte Schreiner. »Sagen Sie, haben Sie vielleicht einen Tatverdacht?«

»Es gab nicht einmal Auseinandersetzungen mit Mitschülern. Sie hatte nicht eben viele Kontakte zu anderen Kindern, weil sie sehr verschlossen und still gewesen ist. Sie hat sich nahezu ausschließlich mit sich selbst beschäftigt, hat sich überwiegend alleine in ihrem Zimmer aufgehalten. Eine starke Nähe hatte sie nur zu ihrer jüngeren Schwester. In der Schule war sie trotz ihrer Zurückhaltung beliebt. Die Klassenlehrerin hat immer ihre soziale Kompetenz gelobt.«

»Vielen Dank! Entschuldigen Sie bitte noch einmal, dass wir Sie in der jetzigen Situation gleich mit unseren Fragen behelligt haben. Falls Ihnen noch etwas Wichtiges einfallen sollte, rufen Sie mich bitte an«, sagte Köhler und reichte ihr seine Visitenkarte.

Als sie das Haus verlassen hatten und wieder in ihrem Auto saßen, zupfte Schreiner seinen Kollegen Köhler am Ärmel. »Hast du auch gehört, was das junge Mädchen gesagt hat? Die weiß etwas, da bin ich mir sicher. Die Übrigen haben nur so getan, als hätten sie die Bemerkung der kleinen Rupa nicht verstanden. Da kam plötzlich eine mit Händen zu greifende Verlegenheit auf. Ich sage dir, dass in dieser Runde etwas nicht stimmt. Die haben Dreck am Stecken, alle. Ich kann nur noch nicht genau sagen, wie sich dieser Schmutz auf die Beteiligten verteilt.«

»Das sehe ich genauso. Ist dir klar, wer der graumelierte Typ war, der dauernd seine lackierten Fingernägel betrachtet hat?«

»Natürlich! Phillip Krawinckel, Wohltäter der Menschheit. Zufällig steinreich mit unglaublichen Beziehungen zu allen, die über Macht und Geld verfügen.«

»Das macht uns die Sache nicht leichter.«

»Aber spannender!«

5. Kapitel

»Parken Sie bitte Ihr Fahrzeug seitlich der Auffahrt auf den dafür vorgesehenen Freiflächen. Herr Krawinckel reagiert ungehalten, wenn der Eingangsbereich belegt ist, zumal er um 16:00 Uhr noch einen Gast erwartet«, rief Kellermann dem fast zwei Meter großen Mann zu, der eben mit einer Vollbremsung seinen fliederfarbenen Oldtimer vom Typ Jaguar E unmittelbar am Treppenaufgang zu der Bad Homburger Villa abgestellt hatte und ausgestiegen war.

Rainer Wegmann schaute auf seine am linken Armgelenk baumelnde Rolex-Uhr. Es war genau 15:45 Uhr. »Ich will nicht, dass Sie Ärger mit diesem Pedanten bekommen. Man sollte ihm aber mal klarmachen, dass er alleine auf der Auffahrt ein ganzes Parkhaus unterbringen könnte.«

Er schob seinen vom täglichen Bodybuilding gestählten Körper auf den bis zum Anschlag zurückgeschobenen Fahrersitz, startete mit Vollgas und parkte den PKW wenige Meter weiter. Anschließend sprang er aus dem Fahrzeug und schlenderte mit wiegenden Schritten auf Kellermann zu. Trotz des regnerischen Wetters trug er eine weiße Tuchhose und weiße Slipper. Das seidene Hemd war bis unterhalb der Brust geöffnet und zeigte einen studiogebräunten Körper, den mehrere goldene Ketten zierten. Die Hemdsärmel hatte er hochgerollt. Neben der Armbanduhr präsentierte er ein dickes Goldarmband von Cartier. Seine blondgefärbten Dauerwellen täuschten nicht darüber hinweg, dass er die vierzig überschritten hatte.

Kellermann kam ihm mit geöffnetem Hotelschirm entgegen und streckte seinen Arm weit nach oben, um zu verhindern, dass Wegmann sich bücken musste. Auf dem Weg zum Eingang sagte er:

»Herr Krawinckel hat sich in sein Arbeitszimmer zurückgezogen und gebeten, nicht gestört zu werden. Er empfängt, wie gesagt, in Kürze geschäftlichen Besuch. Die gnädige Frau sitzt im Salon und erwartet Sie.«

»Schon gut, Herr Kellermann. Mir ist bekannt, dass mein Schwager nach dem Lunch und der anstrengenden Unterhaltung der Gäste seinen täglichen Schönheitsschlaf braucht. Ich wollte ohnehin nur meine Schwester sprechen.«

Kellermann klappte den Schirm zu und wies auf die in weißem Marmor gehaltene halbrunde Treppe. »Wenn Sie bitte dort hinauf…«

»Lassen Sie nur gut sein. Ich kenne mich hier aus, Herr Kellermann. Sie brauchen sich nicht zu bemühen.«

Wegmann nahm jeweils zwei Stufen auf einmal und erreichte durch eine Glastür am Ende der Treppe den Salon. Hinter der Tür blieb er stehen und betrachtete kopfschüttelnd den überladenen Raum mit seinen barocken Möbeln, schweren Teppichen und die wie in einem Antikladen aneinandergereihten Bilder und Skulpturen. Ein Meer von Blumen verteilte sich auf Bodenvasen und diente zur Dekoration von mehreren gerahmten Fotos einer Blondine in Modepose.

»Wie in einem Plüschpuff«, murmelte er vor sich hin.

Mit dem Rücken zu ihm saß in einem der Sessel Ellen Krawinckel und blätterte in einer Modezeitschrift. Als sie die Stimme von Wegmann hörte, fuhr sie mit einem spitzen Schrei herum und sprang auf. Sie zog die Träger ihres knallroten Tops hoch zur Schulter, das nur unzureichend ihren starken Busen verdeckte, und rannte auf ihn zu. Auf Zehenspitzen fiel sie ihm um den Hals und gab ihm auf jede Wange zwei Küsschen.

Wegmann hob sie hoch wie einen Wattebausch, drehte sich mit ihr im Kreis und setzte sie wieder ab. »Schade, dass du die Modelkarriere eingeschlagen hast. Auf den Titel der Vogue hast du es trotz deines weitherzigen Umgangs mit allen Fotografen und Modezaren nie geschafft. Wir hätten ein tolles Eiskunstlaufpaar abgeben. Durch deine ständigen Besuche in den Fitnessstudios fühlt man an dir nur Haut, Knochen und jede Menge Muskeln. So durchtrainiert, wie du bist, und so wenig, wie du wiegst, wären wir mit unseren Hebefiguren unschlagbar gewesen.«

Ellen Krawinckel überhörte die Spitzen, zog ihn zur Sitzgruppe und lächelte. »Setz dich. Danke, dass du gekommen bist, Brüderchen. Die tollen Fotos von mir, die hier überall im Haus herumstehen, hat alle mein wunderbarer Mann aufgenommen. Es ist sein leidenschaftliches Hobby.« Sie winkte ab. »Lassen wir das. Was machen die Geschäfte?«

»Die Boxschule drüben in Fechenheim entwickelt sich. Ich habe Supertypen engagiert, die für mich die Arbeit machen. Trotzdem muss Phillip mir noch ein paar Riesen zuschieben, damit der Laden läuft. Außerdem habe ich Ärger mit der Steuerfahndung – wegen meines längst aufgelösten Beratungsgeschäfts. Dem Finanzheini, der mich bis aufs Blut gereizt und provoziert hat, habe ich dummerweise ein bisschen die Kauleiste gestreichelt. Diese Idioten von der Justiz haben mir einen Strafbefehl über zehntausend Euro wegen Körperverletzung geschickt. Obwohl ich nichts verdiene, haben die einfach mein Einkommen geschätzt.«

»Mit Phillip redest du heute besser nicht über Geld. Das mache ich für dich. Außerdem ist Phillip heute mit dem Thema Geld schon genug beschäftigt. Beuchert will ihn nachher besuchen. Der kommt bestimmt nicht, um sich von Phillip wegen des Todes seiner kleinen Adoptivtochter trösten zu lassen. Was glaubst du, was der von ihm will? Natürlich Kohle. Gut, Phillip hat genug Geld. Trotzdem verträgt er entsprechende Bitten nur in homöopathischen Dosen.«

Wegmann musterte sie mit durchdringendem Blick. »Okay, mach du das. Es muss nur schnell gehen. Ich bin nicht mehr flüssig. Wie du an dem Mädchen siehst, von dem du eben erzählt hast, kann plötzlich alles vorbei sein. Dein Mann ist doch klug und weiß um die Wechselfälle des Lebens. Hast du eigentlich noch Kontakt zu unserem Vater?«

»Nein, ich sehe ihn nie. Phillip hat ihm eine auskömmliche Rente ausgesetzt. Manchmal ruft er an, wenn er wieder einmal alles durchgebracht hat. Er droht dann, bei Phillips Einladungen aufzukreuzen und sich als naher Verwandter vorzustellen.« Sie schüttelte sich. »Nachts wache ich gelegentlich auf und meine, dass er um das Haus schleicht. Dann habe ich Angst und rufe Phillip. Er kann mich so verständnisvoll trösten, und ich schlafe wieder ein. Die alten Bilder werde ich einfach nicht los. Am nächsten Tag gehe ich dann immer an Mutters Grab und erzähle ihr alles. Es macht mich ganz schwermütig, dass sie nicht mehr antworten kann und so früh sterben wollte.«

»Sie hätte nicht gemusst. Es hat sie niemand gezwungen, uns allein mit Vater zu lassen.«

»Hör auf, Rainer. Du weißt, warum sie es getan hat. Er hat sie in den Tod getrieben.«

»Und wir Kinder standen da und mussten zusehen, wie wir zurechtkamen.«

»Da konnte Mama nichts dafür. Das war er. Außerdem haben wir es geschafft, gut geschafft. Wenn ich sehe, wie gut es heutzutage den meisten Kindern geht und wie undankbar sie sind, könnte ich durchdrehen. Ein Leben auf rosa Wolken. Manchmal beneide ich sie um ihre Kindheit. Sie wissen nicht, wie anders das Leben sein kann, und stellen sich sonst wie an, wenn sie jemand einmal einen kleinen Dienst erweisen sollen.«

»Was meinst du damit?«

»Das geht dich nichts an.«

»Du sprichst in Rätseln. Wahrscheinlich, weil du selbst nie Kinder kriegen konntest. Aber egal. Hauptsache, du hast die Gelddruckerei im Griff.«

»Hör auf, Rainer. Sonst gibt es nichts für dich, keinen Cent.«

»Das will ich nicht hoffen. Schon im Interesse deines Mannes nicht. Weißt du, man hört so dies und das. Aber es gibt Dinge, die besser nicht bekannt werden.«

Ellen Krawinckel kniff die Augen zusammen. »Was willst du damit sagen? Ich glaube, du bluffst.«

»Wenn du sagst, dass ich bluffe, bestätigst du, dass es eine Leiche im Keller gibt. Aber lassen wir das! Solange der Rubel rollt, wollen wir uns vertragen. Kommen wir lieber zu deinem Anruf. Du hast mir am Telefon nicht sagen wollen, was ich für dich tun kann. Beucherts Trauerfall wird dich im Zweifel genauso wenig berühren wie mich. Was ist es dann? Du weißt, ich erledige alles, wirklich alles. Nur die Bezahlung muss stimmen.«

Ellen Krawinckel zog die Augenbrauen hoch. »Für dich sind 3.000 Euro drin.«

»Dafür tue ich alles.«

Die Türglocke schlug an.

»Das muss Beuchert sein. Wir wechseln das Thema, das hier geht ihn nichts an.«

»Moment, Ellen. Sag mir schnell noch, was Phillip neulich mit der denkwürdigen Nacht gemeint hat. Irgendwie hat er Beuchert in der Hand, oder?«

»Du würdest das nur ausnutzen, gleich zu wessen Nachteil. Selbst gegen mich, wenn es dir etwas Geld brächte.«

»Aber Schwesterchen, niemals.«

Beuchert trat durch die Glastür, wischte sich noch im Laufen mit dem Taschentuch über die Stirn und staunte. »Herr Wegmann? Sie hatte ich hier nicht vermutet. Guten Tag, Ellen. Phillip hat mich hierher bestellt. Etwas Geschäftliches.«

Er begrüßte Ellen Krawinckel mit Küsschen und gab Wegmann die Hand.

»Mein Beileid, Wolfgang«, sagte Ellen Krawinckel.

Beuchert nickte. »Es war tatsächlich Sunita. Ich habe sie mir angeschaut. Sie sah schlimm verletzt aus, aber dennoch so friedlich.

Wegmann ging zu einem Tischchen in der Zimmerecke und goss sich einen Cognac ein. »Das Leben ist schwer und manchmal nur kurz, Herr Beuchert. Vor allem, wenn man Fehler macht. Danken Sie Gott, dass Sie noch ein Kind haben. Das hilft, den Verlust zu ertragen.«

Bevor Beuchert, der Wegmann mit einem nachdenklichen feindseligen Blick musterte, antworten konnte, öffnete sich eine kaum sichtbare übertapezierte Nebentür und Phillip Krawinckel trat ein. Er musterte die anwesenden Männer nacheinander. »Ellen, meine Liebe, würde es dir etwas ausmachen, mit Rainer woanders weiterzuplaudern? Ich habe mit Wolfgang etwas Geschäftliches zu besprechen. Das heißt, Wolfgang und ich können auch ins Arbeitszimmer gehen.«

»Nein, bleib nur hier, Schatz. Rainer wollte sowieso gerade aufbrechen. Ich begleite ihn zu seinem Auto. Dabei kann ich die zwei Sätze loswerden, die ich ihm noch sagen wollte.«

Krawinckel lächelte und nickte ihr zu. Ellen hängte sich bei ihrem Bruder ein und zog ihn aus dem Zimmer. Nachdem die Tür sich hinter beiden geschlossen hatte, sah Beuchert Krawinckel mit weit geöffneten Augen an. »Du hast heute Morgen plötzlich deine Ablehnung, mir zu helfen, korrigiert und mich zu dir gebeten. Hier bin ich.«

Als Krawinckel nach kurzem Blick auf seine Fingernägel mit der Antwort ansetzte, öffnete sich mit einem leisen Kratzgeräusch die Tapetentür. Eine nicht mehr ganz junge, nach wie vor auffällig schöne, dunkelbraun gelockte Frau steckte ihren Kopf hindurch und schaute sich suchend um. Beim Anblick der beiden Männer glitt ein Lächeln über ihr weißes Gesicht. Sie trat zwei Schritte in den Raum und machte einen Knicks, wobei sie mit einer Hand den Saum ihres kurzen Spitzenkleidchens anhob. Mit der anderen Hand schwenkte sie winkend einen Stoffteddybär. »Onkel Wolfgang ist lieb.«

Sofort erhob sich Phillip Krawinckel und lief auf die Frau zu. »Lisa-Marie! Habe ich dir vorhin nicht gesagt, dass du auf deinem Zimmer bleiben sollst? Geh sofort wieder zurück. Ich werde Herrn Kellermann bitten, dass er zu dir kommt und dir ein schönes Märchenvideo einlegt.«

Die Frau schmollte. Dann fiel sie plötzlich Phillip um den Hals, gab ihm einen Kuss auf die Wange und verließ den Raum.

Krawinckel griff in seine Hosentasche und holte ein Stofftaschentuch hervor. Er tupfte sich mehrmals auf Stirn und Hals. Anschließend nahm er wieder Platz, lehnte sich tief in den Sessel zurück und fixierte Beuchert. »Meinst du jetzt immer noch, dass ich dir helfen müsste?«

»Phillip. Hör doch auf damit. Einmal muss doch Schluss sein.«

»Meinst du? Es gibt Schulden, die man ein Leben lang zurückzahlen muss.«

»Ich weiß, wie gnadenlos du sein kannst, Phillip. Du hast zwei Gesichter. Das habe ich am eigenen Leib gespürt. Warum willst du wieder alte Geschichten aufwärmen? Das sollten wir uns gegenseitig nicht antun. Ich gebe zu, dass ich bei unserem Gespräch heute Morgen damit angefangen habe. Darüber hinaus könnte ich dir im Einzelnen vorhalten, wie rücksichtslos du deinen Immobilienbesitz arrondiert hast. Lassen wir das und kommen zum Geschäftlichen. Ich freue mich, dass ich dich überzeugen konnte, und du mir noch einmal unter die Arme greifen willst. Du wirst es nicht bereuen.«

»Nehmen wir einmal an, es wäre so. Allerdings erwarte ich dafür auch eine Art Entgegenkommen von dir.«

Beuchert senkte die Augen. »Sag mir nur, warum alles noch einmal von vorn beginnen soll? Ich habe doch deinen Wünschen entsprochen.«

»Ich sehe keine Veranlassung für eine Erklärung. Die habe ich bereits vor längerer Zeit gegeben. Damit ist deinem Informationsbedarf ausreichend Genüge getan. Außerdem habe ich keine Lust, meine Zeit mit dir zu vertrödeln. Schließlich bist du es, der etwas von mir will. Willst du auf mein Angebot eingehen oder nicht? Ich erwarte ein klares Ja oder Nein.«

»Phillip, hör mir doch einmal zu.«

»Ja oder nein?«

Beuchert wischte sich den Schweiß von der Stirn und rieb über seine feuchten Handflächen. »Na gut, was bleibt mir anderes übrig. Du lässt mir keine Wahl.«

»Deine Bewertungen interessieren mich nicht. Du kommst bitte in den nächsten Tagen auf mich zu. Ich bereite noch etwas zu deiner Unterschrift vor. Genauso, wie bisher.«

»Ab wann kann ich damit rechnen?«

»Das wird morgen erledigt sein. Wie du weißt, brennt bei mir nichts an.«

Krawinckel erhob sich und ging zur Tür. Beuchert folgte ihm und verabschiedete sich durch ein Kopfnicken. Als er den Raum verlassen hatte, setzte sich Krawinckel wieder in den Sessel. Er stemmte die Ellenbogen auf die Oberschenkel und bedeckte sein Gesicht mit den Händen. Sein Atem ging stoßweise. Tränen liefen von seinen Wangen auf den Teppich. Für eine Weile überließ er sich seiner Gemütsbewegung. Dann wischte er die Tränen mit dem Taschentuch ab und strich mit den Fingern seine Wangen glatt.

Er fühlte sich mit einem Mal elend und einsam. Er gestand sich mit einer Portion Selbstmitleid ein, dass dies nie anders gewesen war.

Wie gerne hätte er einmal über all die Besonderheiten in seinem Leben, deren er sich erinnerte, mit jemand gesprochen. Er hatte nie ein ausreichendes Zutrauen zu einem anderen Menschen gefunden, weder zu seiner ersten noch zu seiner zweiten Ehefrau. Wirkliche Freunde gab es nicht.

Plötzlich fiel ihm ein, dass er vor einigen Tagen noch seiner Hobbyleidenschaft gefolgt war, einige Bilder von Sunita gemacht und mithilfe seines Bildbearbeitungsprogramms am Computer ausgedruckt hatte. Er entnahm einer Glasvitrine einen in hellbraunem Leder gebundenen Ordner, setzte sich an seinen Schreibtisch und begann zu blättern.

Er stieß auf eine Abbildung seines Vaters mit dessen erster Frau vor einem großen Wohnhaus. Ihm fiel ein, dass seine Eltern nie für ihn Zeit gehabt hatten. Er erinnerte sich, dass der Vater in seiner Eigenschaft als ärztliche Kapazität ständig unterwegs gewesen war, zu Tagungen, Vorträgen und Seminaren. Seine Pflicht glaubte er damit erfüllt zu haben, dass er nahe der Universitätsklinik im Frankfurter Stadtteil Niederrad ein Grundstück erworben und dort eine Villa errichtet hatte.

Früh war ihm seine erste Frau davongelaufen. Sie war das einzige Kind eines wohlhabenden norddeutschen Kaufmanns gewesen, also eine durchaus standesgemäße Verbindung. Allerdings hatte sie nach dem Abitur nie einen Beruf erlernen wollen und müssen. Spöttisch hatte sie auf entsprechende Fragen gebetsmühlenartig geantwortet, dass sie von Beruf Tochter sei und dem Leben nur die schönen Seiten abgewinnen wolle. Sie hatte folglich intellektuell mit seiner Entwicklung nicht Schritt gehalten und war des Lebens an seiner Seite bald überdrüssig geworden. Die aus ihrer Sicht stereotypen, gestelzten Unterhaltungen mit Marionettencharakter hatte sie bald nach Phillips Geburt sattgehabt. Ein hübscher Latino hatte ihr den Abschied leicht gemacht.

Phillip betrachtete seine spitz gefeilten Fingernägel und fuhr mit den Fingern über den farblosen Nagellack. Er liebte diese angenehm weiche Glätte. Wie hätten sich wohl die Hände seiner Mutter angefühlt?

Auf den nächsten Blättern des Ordners fanden sich einige Fotos, die in den Vereinigten Staaten aufgenommen waren. Nach dem Verschwinden der Mutter war Phillip von seinem Vater wegen der konfusen häuslichen Verhältnisse für ein Jahr an eine amerikanische Familie in den USA vermittelt worden. Er war dort wie ein eigenes Kind aufgenommen worden, hatte das Ehepaar der Gastfamilie mit »Dad« und »Ma« angesprochen und war mit Begeisterung zur Schule gegangen. Es hätte ihm durchaus gefallen können, wenn er nur nicht immer hätte dankbar sein müssen. Dankbar für alles, selbst für die Luft zum Atmen. Schrecklich. Als ihm »Dad« einmal nach Rückkehr von einer Geschäftsreise einen Gürtel als Geschenk mitgebracht hatte, war er von »Ma« bedrängt worden, »Dad« aus Dankbarkeit unbedingt einen Kuss zu geben. Er hatte keinen Ausweg gesehen und gehorcht, aber es hatte ihn angewidert. Ständig war ihm dieses

Erlebnis in Erinnerung gekommen. Noch monatelang hatte es ihn geschüttelt und er hatte sich immer wieder über die Lippen wischen müssen.

Phillip Krawinckel blätterte eine Seite weiter. Lange betrachtete er dort das Foto einer älteren Dame mit hochgesteckten weißen Haaren und lächelte. Das war seine verehrte Oma gewesen, eine wunderbare Frau, die ihm viel bedeutet hatte.

Nach seiner Rückkehr nach Deutschland war die Großmutter sein zentraler Ansprechpartner geworden, eine stämmige, humorvolle Geschäftsfrau, die mit beiden Beinen im Leben gestanden hatte. Sie hatte ihm das Nähen und Bügeln und weitere Überlebenskünste beigebracht. »Du weißt nie, wie du es einmal brauchst. Dann wirst du dankbar dafür sein.«

Jetzt musste das Bild von Tante Lilly kommen. Die Großmutter war ein anderes Kaliber gewesen als Tante Lilly, die vom Geiz zerfressen und unverheiratet geblieben war, auf die Anrede »Fräulein« Wert gelegt und ihm zur Konfirmation einen Gutschein zur Auswahl eines Buches aus ihrer Bibliothek überlassen hatte. Zur Einlösung war es nie gekommen, weil die Tante seinen Besuchen widerstanden und schlicht die Tür nicht geöffnet hatte.

Phillip hielt noch immer das Album in der Hand und durchsuchte die nächsten Blätter und Klarsichthüllen nach dem Bild von Tante Lilly. Er konnte es nicht finden. Hatte jemand das Bild heimlich entnommen? Und wenn ja, warum?

Die nächsten Fotos zeigten ihn als jungen Mann, in Paris aufgenommen. Dorthin war er in den Ferien regelmäßig zu einer befreundeten Familie seines Vaters gefahren. Im Dachgeschoss eines Altbaus im sechsten Arrondissement hatten sie ihm eine Mansarde überlassen, die früher der Unterbringung des Gesindes gedient hatte und jetzt mangels Bediensteter nicht mehr gebraucht wurde. Dort hatte er erste Kontakte zu Mädchen, rasch aber auch zu Männern ausgelebt.

In der Dämmerung war er einmal über den Boulevard St. Denis flaniert, als ihm ein Inder zwischen die Beine gegriffen hatte. Verstört war ihm bewusst geworden, dass ihm die Zudringlichkeit nicht missfallen hatte. Mit dem Inder war er zunächst in ein einschlägiges Lokal und dann in dessen Appartement gegangen.

Mit geballten Fäusten rieb sich Phillip in kreisrunden Bewegungen über die Augen. Vergessen, schnell vergessen.

Es gab viele Erinnerungen, die er nicht abrufen wollte, die ihn ängstigten wie die Sorge, die einbrechende Dunkelheit werde kein Ende mehr nehmen. Weg damit! Nur nicht aufkommen lassen!

Krawinckel kam zum Ende des Albums. Die Bilder von Sunita fand er nicht. Er fluchte vor sich hin. Ihm fehlte jede Vorstellung über deren Verbleib. Auch das Bild von Tante Lilly war verschwunden.

Noch einmal blätterte er durch die Klarsichthüllen. Aussichtslos. Keine Aufnahmen von Sunita. Dafür stieß er noch auf eine seiner Lieblingsaufnahmen, er und Lisa-Marie.

Aus der zweiten Ehe seines Vaters mit einer früheren Varietétänzerin, einer Zufallsbekanntschaft während eines Kurzurlaubs, war Lisa-Marie hervorgegangen. Früh hatte sich abgezeichnet, dass sie eine liebenswerte Frohnatur werden würde. Er liebte diese außerordentlich hübsche, jedoch aufgrund ihrer Geistesschwäche hilflose Halbschwester und versorgte sie. Ihre ebenmäßigen Gesichtszüge erinnerten ihn an die Jugendfotos der Großmutter, die er sich nach deren Ableben häufig anschaute.

Lisa-Marie! Sein Blick fiel auf die Tapetentür. Er zuckte mit den Schultern, stand auf und ging auf einen zwischen zwei Blumensträußen in Kopfhöhe neben der Tür angebrachten goldgerahmten Spiegel zu. Intensiv betrachtete er sich, wobei er seinen Kopf mehrfach nach links und rechts drehte. Er zog die Augenbrauen hoch, weil er glaubte, dass die Tränen seine Augen verengt hätten.

Beuchert und dessen larmoyantes Gerede fielen ihm wieder ein, sein triefendes Selbstmitleid und seine erbärmliche Schwäche. »Was bleibt mir anderes übrig«, hatte Beuchert gesagt, bevor er sich seiner Erwartungshaltung nicht mehr widersetzt hatte und eingeknickt war. Lächerlich!

»Was bleibt denn *mir* anderes übrig?«, sagte Krawinckel zu seinem Spiegelbild, ging zur Glastür und rief: »Herr Kellermann? Mike! Ich brauche Sie.«

6. Kapitel

Um Punkt 17:00 Uhr erschütterte ein Knall das Dienstzimmer von Hanspeter Schultz in der Staatsanwaltschaft Frankfurt. Schultz stieß einen spitzen Schrei aus. Er bekam einen tomatenroten Kopf, tanzte auf dem linken Fuß in seinem Zimmer herum und hielt den rechten Fuß mit beiden Händen fest. Sein stoßweiser Atem glich einem Hecheln. Mit ungelenken Sprüngen versuchte er, das Gleichgewicht zu halten und gleichzeitig seinen Schuh zu öffnen. Er begann, vor sich hin zu fluchen.

Es klopfte an der Tür. Ohne eine Antwort abzuwarten trat sein Kollege Wild aus dem Nebenzimmer ein. »Was war denn das, Hanspeter? Ist alles in Ordnung? Ich habe nur einen Schlag gehört und mir Sorgen um dich gemacht.«

Schultz setzte sich in seinen Sessel, zog den rechten Schuh aus und rieb seinen großen Zeh. »Das war die Strafe.«

»Welche Strafe? Wofür?«

»Ich hielt es nicht mehr länger durch.«

»Du sprichst in Rätseln.«

»Ganz einfach. Immerhin habe ich heute auf das Kantinenessen verzichtet, obwohl es eines meiner zahlreichen Lieblingsessen gab. Heute ist Mittwoch. Eintopftag. Gerade eben habe ich es nicht mehr ausgehalten und wollte mir aus meiner Schreibtischschublade einen Beutel Nougatpralinen herausholen. Dabei habe ich nicht bedacht, dass wir hier mit Justizmöbeln ausgestattet sind. Die Schubladen sind nicht arretiert. Ich habe wohl zu heftig gezogen. Das Ergebnis siehst du, wenn du um meinen Schreibtisch herumgehst und auf den Boden schaust.«

»Dann ist ja nichts weiter passiert, und ich kann gehen.«

»Bis auf meinen Fuß. Den muss ich erst einmal begutachten«, rief Schultz seinem Kollegen Wild nach, der das Zimmer schon wieder verlassen hatte. Seine Zigarre lag ausgekühlt im Aschenbecher. Der Kaffee, den er sich entgegen den sonstigen Gepflogenheiten wegen der langen Abwesenheit seines Zimmerkollegen Diener selbst aufgesetzt hatte, schmeckte ihm nicht. Er war nicht stark genug. Außerdem war er abgestanden. Diener hatte offenbar die Kaffeemenge besser im Griff.

Schultz bückte sich und hob die Pralinen auf. 98 Kilogramm hin, 98 Kilogramm her. Selbstverständlich würde Traudel heute Abend beim Zubettgehen oder morgen beim Frühstück misstrauische Blicke auf seinen Bauch werfen. Vielleicht würde sie sogar die ersten wohlvertrauten spöttischen Bemerkungen machen. Da musste er durch. Dieses Problem würde er in den nächsten Tagen mit einer Diät aus hartgekochten Eiern angehen. Nicht heute. Für die ausgebliebene Beförderung musste ein Trost her. Mit den Daumennägeln öffnete er den Verschluss und warf einen abwägenden Blick in die Tüte. Mit der großen hellbraunen Nougatpraline mit dem aufgestempelten Rubensbildnis würde er anfangen. Er steckte sie vollständig in den Mund, schloss die Augen und begann zu kauen.

Für einen Augenblick vergaß er seinen schmerzenden Fuß. Sein Hunger war groß. Nicht nur sein gegenwärtiges Gewicht, sondern auch die Berge von Akten, die sich auf seinem Aktenbock türmten, hatten ihn von einer Mittagspause Abstand nehmen lassen. Natürlich war das Kantinenessen kein kulinarischer Hochgenuss. Da gab es Besseres, wie er wusste. Schließlich ging er gerne in ausgewählte Frankfurter Restaurants. Außerdem liebte er es, auch selbst zu kochen. Nicht schlecht, wie er fand. Eintöpfe schmeckten allerdings auch in Kantinen, weil sie in großen Pötten herzhaft zubereitet werden konnten.

Der Fuß pochte höllisch. So, wie er es sonst nur von seinen Gichtanfällen kannte. Schultz zog die Socke aus und sah, dass der große Zeh gerötet war. Er bewegte ihn hin und her und diagnostizierte, dass kein Bruch vorlag.

So viel Glück verdiente eine Belohnung. Mit dem nächsten Griff in die Tüte erwischte Schultz zwischen Zeige- und Mittelfinger ein Stück weißer Schokolade, zu einer Walnuss geformt und ebenfalls mit Nougat gefüllt. Er schob es in den Mund, als die Tür aufflog. Diener stürmte herein, erfasste die Situation und setzte ein breites Grinsen auf. »Erwischt, mein Lieber. Wenn ich das Traudel erzähle, gibt es Gegenwind.«

Schultz lächelte. »Ich muss erst einmal runterschlucken.«

»Wieso liegt eigentlich ein nackter Fuß auf dem Aktenbock? Drehst du jetzt langsam durch? Oder hast du wieder einen Gichtanfall?«

»Ich bin vor lauter Arbeit nicht zum Mittagessen gekommen. Genügt das als Erklärung? Den Rest erkläre ich dir ein anderes Mal. Jetzt erzähle schon. Du warst ziemlich lange unterwegs.«

»Das liegt nur teilweise an der Dauer der Obduktion des Mädchens. Ich bin mit der Straßenbahn zum Gerichtsmedizinischen Institut nach Niederrad gefahren. Auf dem Rückweg hatte die Linie 21 einen technischen Defekt und blieb liegen. Die Behebung dauerte einige Zeit. Außerdem hatte die Obduktion erst mit einiger Verspätung begonnen. Frau Dr. Lubitsch war pünktlich, aber ihr Chef, Professor Wagenknecht kam über eine halbe Stunde zu spät. Du kennst ihn ja. Die personifizierte Selbstherrlichkeit. Eine Entschuldigung hat er natürlich nicht für nötig gehalten.«

Das Gesicht von Schultz verfinsterte sich. »Und? Ergebnis? Nicht des Straßenbahnschadens, sondern der Obduktion.«

»Das Mädchen hat eine schwere Wunde am Kopf, die ist durch den Sturz hervorgerufen worden. Das steht aufgrund des Straßenschmutzes fest, der sich in der Wunde befindet. Der Aufprall auf dem Pflaster hat zu einer Schädelverletzung geführt.«

»Heißt das, sie hat Selbstmord begangen? Was wissen wir denn über sie und ihre Lebensverhältnisse?«

Diener legte seine Aktentasche auf dem Schreibtisch ab und setzte sich in seinen Sessel. »Du stellst zu viele Fragen auf einmal. Lass uns vorerst beim Obduktionsergebnis bleiben. An ihren Händen befinden sich Schürfungen und starker Farbabrieb. Professor Wagenknecht meint, dass diese von einem reflexartigen Festhalteversuch am Geländer herrühren. Außerdem weist sie Schürfungen und Quetschungen im Bauchbereich auf. Nach Überzeugung von Professor Wagenknecht handelt es sich dabei um Spuren, die belegen, dass der Körper über das Geländer geschoben worden ist. Es gibt keine Hinweise auf eine Gegenwehr, wie etwa fremde Hautpartikel oder fremdes Blut unter ihren Fingernägeln. Er folgert daraus, dass sie mit dem Rücken zum Täter gestanden, also auf die Zeil hinuntergeschaut hat.«

Schultz packte seine Pralinen wieder in die Schreibtischschublade, ohne den Blick von Diener zu wenden. Mit eiserner Miene nahm er aus der Tasche eine Zigarre, biss das Endstück ab und setzte sie mit einem Streichholz in Brand. Langsam ging er zum

Fenster, klappte es auf und betrachtete, wie der prasselnde Regen die Scheibe herablief. »Wenn ich das richtig verstehe, sprechen diese Spuren dafür, dass das Mädchen nicht freiwillig nach unten gesprungen ist. Haben sich die Mediziner dazu geäußert?«

»Ja, das haben sie. Als der Befund sichtbar wurde, hat sich Professor Wagenknecht anstelle Frau Doktor Lubitsch intensiv der Sache angenommen und sich nicht nur auf das Diktat des Protokolls beschränkt. Er mag ja abgehoben und unnahbar sein und erfüllt sicher aller Vorurteile, die zu der Bezeichnung »Halbgott in Weiß« geführt haben. Wenn es allerdings um unklare Hintergründe geht, wird er sehr eifrig und legt selbst Hand an. Er ist davon überzeugt, dass jemand das Mädchen an den Beinen geschnappt und über die Brüstung geworfen hat.«

»Vom achten Stockwerk? Lassen das die Örtlichkeiten so ohne Weiteres zu? Wie hoch ist denn das Geländer? Bei einem Hochhaus sollte man annehmen, dass es sich bautechnisch um eine hohe Brüstung handeln müsste. Der Körper muss demzufolge erst ein ordentliches Stück nach oben gehoben werden, bis der Schwerpunkt über das Geländer kommt und durch das Übergewicht nach unten gezogen wird. War denn die Spurensicherung da oben und hat gesucht? Durch den reflexartigen Festhalteversuch könnten Hautpartikel am Geländer haften geblieben sein.«

Diener warf einen enttäuschten Blick auf die gläserne Kanne in der Kaffeemaschine, bevor er grinste. »Deine Fragen kann ich nicht genau beantworten. Ich hatte einen Moment lang erwogen, Herrn Schreiner oder Herrn Köhler vom K 11 anzurufen. Wenn ich mich allerdings so umschaue, habe ich reichlich genug zu tun. Diesen Fall zu fördern, ist nicht meine Sache. Heute Vormittag hat mir mein liebenswerter Kollege stolz erzählt, dass er die Aufgabe hat, den dafür zuständigen Abteilungsleiter IX zu vertreten. Auf geht's. Rufe du im K 11 an. In der Zeit sorge ich dafür, dass endlich ein ordentlicher Kaffee auf den Tisch kommt. Du sagst mir immer, dass ich mich an die Dinge halten soll, von denen ich etwas verstehe.«

Diener ergriff die Kaffeekanne und den *Boss*-Becher bevor er das Dienstzimmer verließ. Währenddessen langte Schultz nach dem Telefon und gab aus dem Gedächtnis eine Ziffernfolge ein. Dabei kam ihm entgegen, dass die Polizei die Rufnummern der Telefonapparate ihrer Bediensteten an organisatorischen Zuständigkeiten orientierte. Schultz schmunzelte, als er sich das pockennarbige spitzbübische Gesicht des frischgebackenen, außerordentlich kreativen Kriminalhauptkommissars Schreiner mit den wirren, schwarzgelockten Haaren und dem borstigen Vollbart vorstellte, der gerade befördert worden war. Natürlich, wie schon während des gesamten Berufslebens, wieder zeitgleich mit seinem Mitstreiter Köhler, seinem eher konservativen, analytischen Pendant. Beide hatten es verdient, ohne jeden Zweifel. Eigentlich sollten beide schon zum ersten der beiden jährlichen Beförderungstermine im April berücksichtigt werden. Doch aus Haushaltsgründen konnten nicht ausreichend viele Stellen bereitgestellt werden.

Schultz war zur Feier eingeladen worden, die Schreiner und Köhler im Osthafen des Mains abgehalten hatten. Dort verfügte die Wasserschutzpolizei über ein Holzhaus mit Schiffsanleger, das gelegentlich abends dem Kollegenkreis für kleine Feierlichkeiten überlassen wurde. Zu der Beförderungsfeier von Schreiner und Köhler Anfang Oktober hatte es Bier, Apfelwein und Gräf-Völsings gegeben. Zünftig, wie es sich gehörte. Schultz war sehr stolz gewesen, dass er als einer der wenigen Staatsanwälte eine Einladung erhalten hatte.

»Schreiner, K 11«, meldete sich eine kräftige Stimme am anderen Ende der Leitung.

»Schultz hier, grüß Gott, Herr Schreiner. Ich hoffe, es geht Ihnen gut.«

»Bis jetzt noch. Allerdings hat man als Polizist zum Frühstück lieber eine Ratte im Brotkasten als einen Staatsanwalt in der Telefonleitung.«

»Sehr freundlich. Mit Ihren Sprüchen kann ich leben, Herr Schreiner. Es tut eben weh, wenn man als Polizeibeamter nach dem Gesetz Hilfsbeamter der Staatsanwaltschaft ist und ihren Weisungen zu folgen hat.«

Schreiner lachte. »Okay, es steht eins zu eins. Was kann ich für Sie tun?«

»Sie werden den Grund für meinen Anruf schon erraten haben. Es geht mir um dieses Mädchen, das auf der Zeil zu Tode gekommen ist. Mein Kollege Diener ist gerade von der Obduktion der Leiche gekommen. Es gibt erhebliche Anhaltspunkte für ein Fremdverschulden.«

»Mit dem Ergebnis haben wir hier gerechnet. Unsere Spurensicherung war vor Ort. Es gibt Hautpartikel am Geländer, die darauf hinweisen, dass das Mädchen versucht hat, sich daran festzuhalten, bevor es in die Tiefe stürzte. Außerdem haben Kollege Köhler und ich ein paar kleinere Randermittlungen durchgeführt. Was haben Sie eigentlich mit diesem Fall zu tun? Wieso sind Sie dafür zuständig?«

Diener kam zurück. Mit dem Ellenbogen drückte er die Tür des Dienstzimmers hinter sich zu. In einer Hand hielt er die voll mit Wasser gefüllte Glaskanne. Er ging zur weißen Plastikkaffeemaschine und befüllte das Gerät. Mit der anderen Hand stellte er Schultz den gespülten *Boss*-Becher auf den Schreibtisch. Schultz schaute ihn an, nickte, paffte ein paar Kringel mit seiner Zigarre und richtete seinen Blick danach wieder auf den Telefonhörer. »Ich vertrete unseren Abteilungsleiter IX, Herr Schreiner, der für Todesfälle zuständig ist, bei denen Fremdverschulden nicht ausgeschlossen werden kann. Endgültig wird sich die Zuständigkeit bei uns danach richten, wie sich der mutmaßliche Tatverdächtige schreibt. Falls es keinen gibt, hängt es vom Namen des Mädchens ab.«

»Einen Tatverdächtigen kann ich Ihnen noch nicht bieten. Daran arbeiten wir noch. Dafür kann ich Ihnen den Namen des Mädchens nennen.«

Genau das hatte Schultz vergessen Diener zu fragen. Es ärgerte ihn ein wenig, dass er nicht daran gedacht hatte, die Frage der Zuständigkeit vorher mit seinem Kollegen zu klären. »Wenn der Name feststeht, kann ihn mir ebenso gut Herr Diener sagen. Herr Schreiner, ich habe eine Bitte. Die Vorgänge, die Ihre Behörde über die bisherigen Ermittlungen, zum Beispiel zur Spurensicherung, angelegt hat, müssen mit der Akte, die wir hier zu dem Fall haben, zusammengeführt werden. Ich wäre Ihnen dankbar, wenn Sie mir die Unterlagen möglichst zeitnah persönlich in mein Büro bringen könnten. Ich habe einige wichtige ergänzende Fragen, von denen ich abhängig machen möchte, wie weiter verfahren werden soll.«

»Kein Problem. Wie Sie wissen, tue ich für Sie fast alles. Um bei der Wahrheit zu bleiben. Ich habe morgen ohnedies bei der

Justiz eine Besprechung. Wäre 11:00 Uhr okay.? Sie sind ja nie einer der Frühesten.«

»Den letzten Satz habe ich überhört, Herr Schreiner. 11:00 Uhr ist bestens. Bis dahin.«

Schultz legte auf und sah Diener an. »Sag mir bitte, Augustin, wie hieß überhaupt das Mädchen?«

»Beuchert. Sunita Beuchert. Auf diese Frage von dir hatte ich schon vorhin gewartet.«

Schultz ging nicht auf die kleine Spitze ein. »Sunita? Ein ausgefallener Name!«

»Sie ist – vielmehr, sie *war* indischer Abstammung. Zur Hälfte jedenfalls. Das bedeutet, dass Frau Silbereisen aus unserer Abteilung für das Verfahren zuständig ist.«

Diener kam mit der Kaffeekanne um die Schreibtische herum und goss Schultz den *Boss*-Becher voll. »Jetzt bekommst du endlich einen ordentlichen Kaffee.«

Schultz seufzte und griff zum Telefonhörer.

7. Kapitel

Als Beuchert gegen Abend den schmucken Fachwerkbau »Haus Wertheym« an der Mainseite des Römerbergs betrat, sah er mit einer Ausnahme auf leere Tische. Nur seitlich des Eingangs saß eine etwas füllige Frau mittleren Alters, deren größte Auffälligkeit eine hochgetürmte, weißblond gefärbte Frisur war. Sie hatte einen Schnaps vor sich stehen.

Wasserstoffsuperoxyd. Die Mode der sechziger Jahre, schoss es Beuchert durch den Kopf. Er bewunderte mit gefälligem Blick die gemütliche Einrichtung des Lokals, das als einziges die Bomben des Zweiten Weltkriegs einigermaßen unbeschadet überstanden hatte. Am Tisch neben der Dame nahm er Platz und bestellte einen Eisbock, ein hochprozentiges Dunkelbier, und einen klaren Schnaps.

Beuchert war durcheinander. Nachdem er sich von Krawinckel verabschiedet hatte, war er an das nördliche Ufer des Mains gefahren. In der Nähe des Jüdischen Museums hatte er sein Auto geparkt und war hinunter zur Uferpromenade gegangen.

Die Bänke entlang des Spazierwegs, die während der warmen Monate bevorzugt von Liebespaaren und Rentnern besetzt wurden, hatten leer gestanden. Die dahinter angelegten Wiesen, im Sommer Tummelplatz der Sonnenhungrigen, waren vereinsamt. Auf den Asphalt der Promenade hatte unaufhörlich der Regen geprasselt. Davon hatte er sich nicht stören lassen. Nicht einmal den kleinen Schirm, der vorsorglich im Kofferraum abgelegt war, hatte er zur Hand genommen. Er hatte die Frische der Regentropfen genossen, die ihm in Strömen das Gesicht hinuntergelaufen waren und seinen Anzug durchweicht hatten, als könnten sie alles abwaschen, was ihm schmutzig vorgekommen war. So weit das Auge gereicht hatte, war keine Menschenseele zu sehen gewesen. Gut so! Es hatte ihn gedrängt, allein zu sein.

Unterhalb der Brücke *Am Eisernen Steg* hatte er eine Reihe von weißen Hotelbooten registriert, die insbesondere zu Messezeiten die Bettenkapazität der Mainmetropole erhöhten.

Auf dem jenseitigen Ufer des Mains war der dunkelrote Wohnturm des Hotels Lindner im Deutschherren-Viertel auf dem ehemaligen Schlachthofgelände zu erkennen gewesen, der ihn an Boschs Gemälde vom Turm zu Babel erinnerte.

Er trank seinen Eisbock fast in einem Zug leer und kippte den Schnaps hinterher. Als er sich nach der Bedienung umdrehte, bekam er Blickkontakt mit der Wasserstoff-Blondine. Sie machte eine einladende Handbewegung und deutete auf den Stuhl neben sich.

Nur für einen Augenblick zögerte Beuchert. Dann griff er nach seinem Bierglas, erhob sich und ging zu der Dame am Nebentisch. »Beuchert, mein Name, Wolfgang Beuchert. Darf ich?«

»Von Herzen gerne. Setzen Sie sich«, sagte die Frau mit unüberhörbarem slawischen Akzent. »Ich heiße Swetlana Kaniewski. Sie dürfen mich beim Vornamen nennen.«

Beuchert nickte und bestellte eine Runde Schnaps und für sich einen weiteren Eisbock. Die Blondine betrachtete ihn und lächelte dabei. Er schwieg, bis die Getränke auf dem Tisch standen. Dann erhob er das Schnapsglas und stieß es gegen das von Swetlana. »Auf Ihr Wohl, Verehrteste.«

Er kippte den Schnaps in einem Zug ab. Swetlana folgte ihm. »Du hast viel Durst, Wolfgang. Bei uns in Polen sagt man, wer viel Durst hat, hat auch viel Sorgen. Stimmt das?«

Beuchert winkte der Kellnerin. Er nickte mehrfach. »Wie wahr! Deshalb muss man die Sorgen gründlich ertränken. Dann bleiben immer noch genug übrig.«

»Hast du denn wirklich so viele? Du siehst gar nicht so aus.«

»Und ob.«

»Woran liegt das? Hast du Kummer in der Familie, fehlt es dir an Geld oder bist du krank? Erzähle ruhig. Was ist es?«

Die Bedienung stellte zwei neue Schnäpse hin. Beuchert nippte nur daran. »Eigentlich alles zusammen. Manchmal denke ich, es ist alles zu viel und frage mich, wie und warum es weitergehen soll.«

»Kannst du mir das erklären?«

»Sieh mal, statistisch gesehen habe ich noch runde fünfzehn Jahre zu leben. Leben? Was bedeutet das schon? Ganz komprimiert heißt das, dass ich noch mehr als fünftausend Frühstücke vor mir habe. Entsprechend oft werde ich meine Kaffeetasse anschließend unter den Wasserhahn halten, abtrocknen und in den Schrank stellen.«

Swetlana nahm ebenfalls ein Schlückchen von ihrem Schnaps und legte Beuchert ihre Hand auf den Arm. Dann drehte sie seinen Arm auf die Innenseite und betrachtete seine Handfläche. »Du bist schwermütig. Das kommt nur, weil du wahrscheinlich von Kindesbeinen an verwöhnt worden bist. Wenn ich dir erzählen würde, wie ich mich immer durch das Leben schlagen musste, würdest du ganz still und zufrieden sein. Ich kann wahrsagen und aus der Hand lesen. Dir ging und geht es nicht schlecht. Dir geht es vielmehr zu gut. Du bist nur sehr allein. Das ist dein Problem, sonst nichts.«

Beuchert wollte spontan antworten und widersprechen. Doch es fiel ihm schwer, die aufziehenden Erinnerungsfetzen aus seiner Kindheit als Teil seiner gegenwärtigen Persönlichkeit zu verstehen. War er der Junge gewesen, der mit seinen Eltern in einer kleinen Wohnung in einem Altbau an einem Hang gewohnt hatte und jeden Mittag mit rund fünfzehn anderen Kindern bei verschiedenen Spielen den Berg hinauf- und heruntergelaufen war? Der zwischendrin an das ebenerdige Küchenfenster zur Mutter lief, dort ein Brot mit selbstgemachter Marmelade entgegennahm, es herunterschlang und sofort wieder zu den anderen Kindern auf die Straße rannte, während er noch die Reste ableckte, die um seine Lippen klebten? Natürlich. Aber hatte der damalige Mensch überhaupt noch etwas mit dem heutigen Wolfgang Beuchert zu tun?

Er bestellte einen weiteren Eisbock und noch zwei Klare. Zu dumm, dass er immer nur Bruchstücke seiner Kinderzeit abrufen konnte, niemals den Gesamtzusammenhang. Er spürte, dass er Swetlana nur noch ungereimte dümmliche Kleinigkeiten entgegensetzen konnte, obwohl er sich insgesamt elend fühlte. Beuchert nahm einen tiefen Schluck aus dem Bierkrug, stellte ihn dann wieder sorgfältig in der Mitte des Bierdeckels ab und fuhr sich mit unterdrücktem Stöhnen durchs Haar. »Ich hatte immer zu kämpfen.«

Swetlana drückte seine Hand. Ein Anflug von Spott zeichnete sich auf ihrem Gesicht ab. »Du tust mir in der Seele leid. Was sind das für schreckliche Kindheitserlebnisse, die du zu verkraften hast?«

»Du nimmst mich nicht ernst. Aber es ist schön, wie du mir zuhörst. Das tut gut. Also, pass auf! Ein unvergessliches Ereignis war der Tag, als mir mein fast zehn Jahre älterer Bruder ein kleines Transistorradio geschenkt hatte. So groß wie eine Zigarettenschachtel, mit blauem Plastikrahmen. Tagelang habe ich alle möglichen Sender gehört, bis zu meinem Entsetzen plötzlich die Töne verstummten, weil die Batterie leer war. Welch ein Kraftakt war es gewesen, wie viele Tränen hat es mich gekostet, vom Vater neue Batterien zu erhalten. Er war so geizig. Oder so arm.«

»Diese Geschichte verstehe ich. So etwas ist nicht schön für ein Kind. Man behält es lange, manches Mal ein Leben lang, wie man sieht.«

Wieder prostete ihr Beuchert zu und leerte sein Schnapsglas. »Wenn ich dir jetzt erzähle, dass ich schon Erfahrungen mit anderen Wahrsagerinnen gemacht habe, wirst du es nicht glauben. Mutter hat mich jede Woche einmal zu Sophie mitgenommen, einer schmalen, verwitterten Kartenlegerin mit langen blondgefärbten Haaren. Am Ende jeden Besuchs ließ sie mehrere Geldscheine in Sophies Hände gleiten. Heimlich, weil Vater auf ein Häuschen sparte.«

»Hast du jetzt Angst, dass ich von dir Geld will? Das musst du nicht. Mich interessiert nur, ob ich recht damit behalte, dass deine Sorgen in deiner Vereinsamung bestehen. Ich sage dir gleich noch mehr dazu. Rede erst einmal weiter.«

»Immerhin ließ mich mein Vater Mitglied des örtlichen Fußballvereins werden. Das war fantastisch. Was für ein Ventil, welch eine tolle Kameradschaft. Nach dem ersten Spiel in der Mannschaft haben sie mich unter der Dusche geschnappt, festgehalten und von Kopf bis Fuß mit Mohrenköpfen eingerieben. Das war das Aufnahmeritual. Danach habe ich dazugehört.«

»Das hört sich alles nicht wirklich schlimm an«, sagte Swetlana.

»Von meinen Fußballfreunden habe ich mich dazu anstiften lassen, im Kirchgarten mit dicken Pflastersteinen auf die bunten Glasfenster der neben unserer Wohnung gelegenen Kirche zu werfen. Zu meinem Pech haben sich dort gerade Menschen aufgehalten. Als die ersten Fenster zu Bruch gingen und die Splitter ins Kircheninnere stürzten, kamen die erschrockenen Gläubigen nach draußen. Alle Fußballkameraden konnten weglaufen, nur mich haben sie geschnappt und dem Pfarrer übergeben. Der Pastor sagte meinem Vater irgendetwas von Schadensersatz. Kaum war er gegangen, hat Vater mich am Kragen geschnappt und ist mit mir in den Keller gegangen. Dort hat er seinen Gürtel aus den Schlaufen der Hose gezogen und minutenlang zugeschlagen.« Beuchert seufzte und leerte seinen Eisbock. »Bei früheren Anlässen hat er immer nur gezielt zugeschlagen, während der Sommermonate auf die entblößten Waden, die aus den kurzen Lederhosen herausschauten. Im Winter auf die Fingernägel der ausgestreckten Hände. Dieses Mal hat es keine Tabus gegeben, sondern Prügel bis zur Demut.

Vater hatte nur noch von Bauplätzen und Bausparverträgen geredet und ständig das Haushaltsbuch gewälzt und gerechnet. Als gerade alle Probleme gelöst schienen, war plötzlich Mutter nicht mehr da. Einfach verschwunden. Über Nacht. Die Gründe und Zusammenhänge habe ich damals nicht verstanden. Erst viel später war mir klar geworden, wie unerträglich meine Mutter das Korsett täglich zugeteilten Haushaltsgeldes empfunden hat, wie froh sie gewesen war, als ein Gartenfreund aus der nahe gelegenen Kleingartenanlage ihr vermittelt hatte, das Leben bestehe nicht nur aus der permanenten Berücksichtigung von Soll und Haben.«

Mit Daumen und Mittelfinger schnippte Beuchert die Kellnerin herbei. Er bestellte eine weitere Runde und starrte der Bedienung beim Wegdrehen und dem Gang zum Tresen kopfschüttelnd aufs Gesäß. Der Umfang erinnerte ihn an die Figur seiner Frau. Er zog geräuschvoll die Nase hoch, stemmte die Ellbogen auf den Tisch und legte das Gesicht in die geöffneten Hände.

»Kostete der Kleingarten nicht auch Geld? Wieso hat dein Vater sich dazu hinreißen lassen?«, fragte Swetlana.

»Er hatte sich durch den Anbau von Gemüse Einsparungen erhofft. Ich war glücklich mit dieser Abwechslung. Dieser Garten war eine Weile zu meiner Zuflucht geworden, wenn mir die Enge der elterlichen Wohnung die Luft zum Atmen abgedrückt hat. Dort unterm Birnbaum habe ich Stunden mit meinem

Transistorradio zugebracht und einmal, während eines Gewitters, habe ich Gott gesehen. Davon bin ich überzeugt. Auch heute noch. Eine undefinierbare gleißende Lichterscheinung, ein unbestimmbares Wohlgefühl, ein unerklärlicher innerer Frieden.«

»Hat dein Vater wieder geheiratet?«

»Nein. Mutter kehrte nach einem Jahr Abwesenheit nach Hause zurück. An demselben Tag hat sich mein Bruder davongemacht. Ohne Abschiedsbrief, ohne Erklärung. Er hat auf dem Stuhl neben seinem Bett einen Damenslip zurückgelassen. Das war alles. Mein Vater wurde noch geiziger. Als ich konfirmiert wurde, habe ich einen beim Schneider abgeänderten alten Anzug meines Vaters tragen müssen. Alle anderen Konfirmanden waren mit neuen dunklen Anzügen ausgestattet worden.«

Als eine größere Entwürdigung hatte Beuchert nur noch seinen Aufenthalt in der Justizvollzugsanstalt empfunden. Obwohl er sich schon angetrunken fühlte, hatte er sich so weit unter Kontrolle, dass er diesen Teil seiner Biografie für sich behielt.

Urplötzlich fühlte er einen starken Drang, zur Toilette zu gehen. Er sah sich kurz nach dem Hinweisschild um, schob seinen Stuhl zurück und machte sich auf den Weg. Als er in dem Urinal ein kleines Fußballtor aus Plastik entdeckte, vor dem an einem Faden ein winziger Ball aufgehängt war, der mit entsprechendem Urindruck ins Tor befördert werden sollte, lachte er auf. Die Übung machte ihm Spaß, und er pinkelte ausgiebig.

Kaum war er in das Lokal zurückgekehrt und hatte seinen Platz wieder eingenommen, ergriff Swetlana erneut seine Hand. »Jetzt haben wir uns warm geredet. Zeige mir noch einmal deine Hand.« Sie betrachtete Beucherts Handfläche intensiv und fuhr mit dem Finger darüber. »Hier, das ist die Lebenslinie. Die interessiert uns jetzt nicht, aber sie ist schön lang. Diese hier, die in einem Winkel von neunzig Grad dazu verläuft, zeigt die Wechselfälle des Lebens. Ich sehe, dass du in letzter Zeit Fehler gemacht hast. Stimmt das? Du suchst mein Mitleid, weil du Schuld auf dich geladen hast.«

Beuchert zupfte der an seinem Tisch vorbeilaufenden Kellnerin an der Schlaufe ihrer weißen Schürze und bestellte noch zwei Klare und die Rechnung. Wirklich fahrtüchtig fühlte er sich nicht mehr. Aber er wollte plötzlich weg. Diese Frau würde ihm nicht helfen können. Er tat ihr nicht einmal leid. Dennoch drängte ihn eine unbekannte innere Kraft dazu, noch ein wenig mit ihr zu plaudern. Jetzt, wo es konkret wurde. »Nur so viel will ich dir sagen. Ich habe mich versündigt. Nicht nur an einem Menschen, vermutlich an mehreren Personen. Ich trage schwer daran. Alles würde ich geben, um mein Tun rückgängig zu machen. Aber niemand hilft mir dabei. Und es geht immer weiter. Ich komme aus der Falle nicht mehr heraus. Die Zwänge sind so groß, dass ich mich immer mehr verstricke.«

»Hast du keine Kinder, die du liebst und für die du da sein musst?«

»Kinder?« Beuchert starrte in sein Glas. »Ich habe mich schon als junger Mann unsterblich in eine kindliche Liliputanerin verliebt, die auf dem Mainfest in einer Schaubude als Tänzerin auftrat. Leider wurde nichts daraus. Eines Tages war das Fest vorbei, der Stand abgebaut und meine Primaballerina verschwunden. Ich heulte viele Tage lang. Die Kleine fehlte mir.« Er wischte sich über die schweißnasse Stirn und die Augen. »Die Beziehung zu meinen Kindern habe ich ruiniert. Da ist nichts mehr zu retten. Aber das soll nicht dein Problem sein. Das geht nur mich an.«

»Du darfst das nicht so schwarz sehen. Das ist sicher alles zu reparieren, wenn du dich nur ein bisschen anstrengst. Ich sehe das in deiner Hand. Du darfst nur keinen Fehler machen, hörst du?«

Beuchert fuhr auf. Plötzlich glaubte er, Swetlana sei auf ihn angesetzt worden. Aber von wem und warum? Auf einmal wollte er nur noch weg. »Humbug! Gar nichts siehst du. Du weißt ja überhaupt nichts. Sonst hättest du es gesagt. Alles dummes Geschwätz. Ich benötige keinen billigen Trost. Was ich brauche ist Hilfe und Erlösung. Von dir kommt nur warme Luft. Glaubst du, ich bin so betrunken, dass ich das nicht mehr bemerke? Wahrscheinlich bist du eine Halbprofessionelle und suchst ein gemachtes Bett. Aber nicht bei mir. Darauf fällt ein Wolfgang Beuchert nicht herein. Der ist ein ausgeschlafenes Kind.«

Er knallte einen Fünfzig-Euro-Schein auf den Tisch und verließ grußlos das Lokal.

Als er nach Hause kam, war es bereits nach 19:00 Uhr. Wirtschaftlich gesehen hatte ihn das Gespräch mit Krawinckel gerettet, jedenfalls vorläufig. Und trotzdem: Das eingeforderte Entgegenkommen machte ihn krank. Ständig kreisten die Gedanken in seinem Kopf herum. Die Situation erschien ihm ohne Ausweg. Mit gesenktem Blick streifte er durch die Räume auf die Küche zu. Er hatte Hunger. In der Küche fand er nichts. Er verfluchte sich, dass er in der Gaststätte nicht etwas Ordentliches gegessen hatte, zum Beispiel eine knusprige Haxe mit Kraut.

Nach all den Ehejahren war ihm klar, dass seine Frau Karin kein Essen zubereitet hatte, das auf ihn wartete. Es war überflüssig, überhaupt nach ihr zu rufen. Er wusste, wo sie sich aufhielt und was sie tat. Dennoch trieb ihn eine unbekannte Kraft, sich ein weiteres Mal Gewissheit zu verschaffen. Zielstrebig suchte er ihr Schlafzimmer auf. Da lag sie vor laufendem Fernseher, den *Spiegel* in der Hand. Auf dem Nachtschrank türmten sich Dutzende von Naschtüten.

Angewidert drehte Beuchert ab. Er hatte keine Lust, Blickkontakt aufzunehmen oder sie gar anzusprechen. Was sollte er mit Karin bereden? Das Geschäftliche interessierte sie nur insoweit, als ausreichend Geld zur Verfügung stand. Er hätte sich schon vor vielen Jahren scheiden lassen sollen. Dann wäre alles nicht so weit gekommen. Irgendwie hatte er vergessen, sich von Karin zu trennen. Und irgendwann war es zu spät, machte es keinen Sinn mehr. Unvorstellbar, dass er sie einmal sexuell anziehend gefunden hatte. Hübsch war sie gewesen, hatte eine gute Figur gehabt. Das war lange vorbei.

Anschließend suchte er das Zimmer von Sunita auf. Er genoss die so angenehm typische Umgebung für ein junges Mädchen. Aber leer, so schrecklich leer. Ein paar Poster, ein paar nichtige Bilder, ein paar unverkörperte Erinnerungen. Bilder? Wo waren überhaupt die Malereien geblieben, die sonst auf Sunitas Schreibtisch gelegen hatten? Wer hatte sie entfernt? Und warum? Ihm wurde unbehaglich bei diesem Gedanken. Das musste er klären. Aber nicht jetzt. Er fühlte sich zu stark angetrunken, um noch Hintergründe analysieren zu können. Dafür würde er Zeit brauchen, viel Zeit.

Seufzend drehte sich Beuchert wieder um und verließ das Zimmer. Sie würde nie mehr wiederkommen. Nie mehr würde ihr zartes hübsches Gesicht ihm aus diesem Zimmer entgegenblicken. Wie grausam das Leben doch sein konnte. Ihre Zeit war um gewesen. Nicht schön, aber nicht zu ändern. Das waren die Gesetze des menschlichen Zusammenlebens. Ihre Zeit war um!

Viel wichtiger war, wie es mit *ihm* weitergehen würde. Wie viel Zeit würde *ihm* noch bleiben? Was kam danach? Gab es eine Instanz, die ihn richten würde? Hoffentlich lagen die großen Weltreligionen falsch, nach deren Grundlehren die Qualität nachirdischen Lebens von der Einhaltung moralischer Mindestanforderungen abhing. Sonst hätte er nichts zu lachen.

Aus dem Kühlschrank holte er sich eine Flasche Bier, öffnete sie, setzte die Flasche an den Mund und trank sie in einem Zug zur Hälfte aus. Dann hängte er seine nasse Anzugjacke an den Griff eines Einbauschranks und setzte sich auf einen ledergepolsterten Hocker. Mit der freien Hand wischte er sich durch die Haare und über das Gesicht. Alles nass. Er wusste nicht, inwieweit es Regen oder Schweiß war. Das war ihm gleichgültig.

Sunita war tot. Daran war nicht mehr zu rütteln. Eine Chance, etwas wiedergutzumachen, gab es nicht mehr. Wenn es sie je gegeben hätte. Das hatte er bis zuletzt immer gehofft. Auf der anderen Seite wusste er nicht einmal mit letzter Sicherheit, ob er etwas zu bereuen hatte. Schließlich war es Sunita zeitlebens gut gegangen. Stets hatte sie alles bekommen, was sie wollte. Schließlich war er es doch gewesen, der sie aus den ärmlichen Verhältnissen in Indien herausgeholt und ihr ein Leben in Luxus geboten hatte. Und doch war sie nicht glücklich gewesen. Der ewig traurige, vorwurfsvolle Blick stand ihm vor Augen. Nie hatte sie die Räume mit ihrem Kinderlachen gefüllt. Aber sie hatte sich auch nie gegen irgendetwas gewehrt. Sie hatte alles ohne Vorwurf ertragen. Warum war sie nicht vertrauensvoll an ihn herangetreten, wenn es hierzu einen Anlass gegeben hatte. Da sie hiervon Abstand genommen hatte, musste sie wohl mit ihren Lebensverhältnissen zufrieden gewesen sein. Warum rebellierte nur sein Gewissen so stark? Alle Erklärungen, die er sich selbst gab, überzeugten nur im Ansatz. Log er sich etwas vor?

Er setzte die Flasche Bier an und trank sie aus. In diesem Augenblick betrat seine Frau Karin die Küche und starrte ihn an. »Was machst du denn hier? Ich habe dich gar nicht kommen gehört. Wieso hast du dich denn nicht gemeldet? Und warum säufst du schon wieder?«

»Deine letzte Frage beantworte ich dir besonders gern. Weil du wie üblich nichts zu essen vorbereitet hast und ich außer flüssiger Nahrung nichts vorgefunden habe. Was soll man anderes tun, als Bier zu trinken, wenn man mit einer Schlampe verheiratet ist, die den ganzen Tag im Bett herumliegt. Ich plage mich den ganzen Tag, damit der Lebensunterhalt gesichert ist. Und was machst du? Du ruhst dich auf deiner großbürgerlichen Herkunft aus und stopfst dich mit Süßigkeiten voll. Was übrigens seine deutlichen Spuren bei dir hinterlässt.«

»Glaubst du, deine Sauferei hätte sich noch nicht auf dein Äußeres ausgewirkt? Schau dich doch im Spiegel an. Du bist ein aufgedunsener Mops, der ständig schwitzt. Warum soll ich dir Essen kochen? Du bist dick genug. Geh in die Kneipe, wenn du Hunger hast. Alles, was du anpackst, geht über kurz oder lang schief. Dir fehlt die Kultur. Das ist es. Deine schlichte Herkunft schlägt immer wieder durch. Du wirst übel enden. Materiell abgebrannt und in der Psychiatrie. Oder wo man sonst die Säufer verwahrt, die alles durchgebracht haben.«

»Wenn man dich nur anschaut, fällt unschwer auf, dass es dir gut geht. Und wovon? Von meinem Geld. Bisher habe ich während unserer Ehe ohne Unterbrechung so viel herangeschafft, dass du dich körperlich nahezu verdoppeln konntest. Daran siehst du, welch dummes Zeug du redest.«

»Gut, dass wir Gütertrennung haben. Wie du sehr wohl weißt, bin ich in der Lage, mich selbst zu ernähren. Besser, als du es je könntest. Du ärgerst dich nur, weil ich dich nicht an mein Geld lasse. Du würdest es genauso verschleudern wie alles bisher. Da kannst du lange warten, bis du von mir etwas bekommst. Meine verstorbenen Eltern würden mir das nie verzeihen. Außer einer Gebrauchsanweisung für unternehmerische Fehlleistungen ist nichts auf deiner Habenseite. Irgendwas stimmt da nicht.«

Beuchert sog die Luft ein und blähte seinen Brustkorb auf. »Phillip schätzt meine Beratungstätigkeit. Mit meinen Empfehlungen ist er bisher gut gefahren. Sie haben ihm so große Profite eingebracht, dass er mich gelegentlich daran teilhaben lässt.«

»Dass ich nicht lache! Phillip arbeitet im Gegensatz zu dir mit Fingerspitzengefühl und Menschenkenntnis. Er kann seine Interessen mit subtilen Mitteln durchsetzen, mögen sie auch nicht immer moralisch einwandfrei sein. Wen stört das schon in unserer Gesellschaft. Seine Fähigkeiten definiert niemand als Gewalt. Moral wird bei erfolgreichen Geschäftsleuten nicht hinterfragt. Er ist ein reicher Mann, weil er sein Geschäft von Grund auf beherrscht. Du dagegen wendest nur plumpe Mittel an, Betrügereien, Lügen und Drohungen. Du bist wie ein Lemming, immer geduckt, voller Angst vor dem körperlich Stärkeren. Phillip braucht keine Niete wie dich, die sich selbst in eigenen Angelegenheiten nicht helfen kann. Wenn du mir nicht sagst, was dahintersteckt, werde ich Phillip selbst fragen.«

Panik erfasste Beuchert. »Davon rate ich ab. Es kann nur abträglich sein, wenn du die Harmonie zwischen mir und Phillip störst. Was soll an unserer Geschäftsbeziehung schon geheimnisvoll sein? Außerdem hast du übersehen, dass Phillip und ich alte Freunde sind. Warum sollte er nicht an meinen Geschäftserfahrungen interessiert sein? Gerade unternehmerische Fehlschläge können einem erfolgreichen Geschäftsmann näherbringen, welche Entscheidungen er auf keinen Fall treffen darf. Im Übrigen finde ich bemerkenswert, wie wenig nahe dir der Tod von unserem Kind Sunita zu gehen scheint. Sie ist erst wenige Stunden tot, und du hast nichts Besseres zu tun, als eine unsinnige Auseinandersetzung über Geld anzustrengen. Berührt dich denn der Tod unseres Kindes so wenig? Du hast doch Phillip ein fantastisches Beispiel deiner Schauspielkunst gegeben, als die Polizei uns den Tod von Sunita mitgeteilt hat.«

Karin Beuchert zog die linke Augenbraue hoch und spitzte den Mund. »Was heißt hier unser Kind? Es war nicht einmal dein Kind, geschweige denn meines. Du hast es ja nicht geschafft, eigene Kinder zu zeugen. Auch auf diesem Sektor warst du nicht erfolgreich. Dass wir Sunita bei uns aufgenommen haben, war lediglich ein Akt christlicher Nächstenliebe, keineswegs eine Herzensangelegenheit. Wir haben sie aus dem Dreck gezogen. Welche Perspektive hätte sie denn in Indien gehabt. Dort gehen die Kinder ihres Alters längst unter fürchterlichsten Bedingungen für eine Hand voll Reis am Tag zwölf bis vierzehn Stunden arbeiten. Wer weiß, wozu sie sonst noch hätte herhalten müssen. So gesehen, hatte sie bei uns das Paradies auf Erden. Schön, es hat nicht lange gedauert. Trotzdem ist es unter dem Strich schöner, eine gewisse Zeit sehr gut als eine lange Zeit sehr schlecht zu leben.«

Beuchert schüttelte mehrmals den Kopf. »Wo andere ein Herz haben, hast du einen Backstein. Heute Morgen hast du vor Phillip die Rolle der entsetzten Mutter gespielt, als du mit den Polizisten ins Zimmer stürztest und uns vom Tod Sunitas unterrichtet hast. Du hast vielleicht eine großbürgerliche Erziehung. Was dir allerdings nie jemand beigebracht hat, ist eine Gefühlskultur und Herzenswärme. Bei dir läuft alles über den Verstand. Es gibt leider nichts, was dich wirklich im Inneren anrührt.«

Karin Beuchert stemmte die Fäuste in die Taille und wollte eben zu einem Protest ansetzen, als sich die Tür zur Küche einen Spalt öffnete und ein zierliches, kleines Mädchen mit langen schwarzen Haaren den Kopf hindurchsteckte. Mit der rechten Hand raffte es sein rosa Spitzennachthemd zusammen und schaute mit kugelrunden Augen zu seinen Adoptiveltern hinauf. »Warum streitet ihr denn schon wieder? Ich kann gar nicht in Ruhe in meinem Bilderbuch blättern, weil ihr so laut seid. Hört auf zu zanken.«

Beuchert erschrak. Mit Rupa musste er noch reden. Allein. Das hatte er kurzzeitig verdrängt. Es lastete wie eine Hypothek auf seiner Seele. Mit gezwungenem Lächeln wandte er sich ihr zu. »Hast du überhaupt schon etwa zu essen bekommen?«

»Natürlich hat das Kind gegessen. Sehr gut sogar. Wie immer. Wir haben uns telefonisch eine Pizza bestellt. Und ein paar gegrillte Hühnerflügel mit Ketchup. Sie hat es verdient, dass ich mich um sie sorge«, sagte Karin Beuchert, nahm das Kind bei der Hand und zog es aus der Küche heraus.

Mit hängenden Schultern sah Wolfgang Beuchert seiner Frau Karin und Rupa nach. Wie sehr doch das Kind seiner Schwester Sunita ähnlich war. Allerdings führte bei aller Trauer um sein totes Kind kein Weg daran vorbei, dass der Hunger in ihm bohrte. Er schaute auf seine Armbanduhr. Heute würde er nicht mehr mit seiner kleinen Adoptivtochter Rupa reden. Das konnte bis morgen warten, zumal ihm vor dem Gespräch und der damit verbundenen eigenen Unaufrichtigkeit graute. Irgendetwas müsste ihm einfallen, damit sich dieser Albtraum von selbst erledigen würde. Aber was?

Beuchert bemitleidete sich. Warum musste ausgerechnet er immer alle Unannehmlichkeiten der Welt bis zur Neige auskosten? Das hatte er nicht verdient. Schließlich hatte er sich ein Leben lang abgerackert und war wieder und wieder auf die Füße gefallen. Wie ein Stehaufmännchen.

Er könnte sich umbringen. Dann wäre er alle Sorgen mit einem Schlag los. Allerdings konnte er sich das nur vorstellen, wenn ihm eine völlig schmerzlose Variante zur Verfügung gestanden hätte. Selbst dann blieb die Ungewissheit, was hinterher war. Schließlich würde man ihm nachsagen, dass er feige gewesen und vor anstehenden Problemen davongelaufen wäre.

Zielstrebig stand Beuchert auf und holte aus einem der Hängeschränke ein Schnapsglas. Dann langte er in die Innenseite der Kühlschranktür und entnahm ihr eine Flasche Obstler. Er goss sich das Glas randvoll und kippte es in einem Zug in den Mund. Das Glas setzte er in der Spüle ab, hängte sich die nasse Jacke über und verließ das Haus.

Er fühlte, wie eine namenlose Angst in ihm aufstieg. Weil ihn etwas einholte, das er nicht aufhalten konnte.

8. Kapitel

»Irgendwie bist du heute anders als sonst«, sagte Schultz zu seiner Frau Traudel, als sie sich an den Küchentisch setzte und aus dem Fenster in den Garten schaute. »Du redest so wenig. An meinem Frühstück kann es nicht liegen. Es gibt wie üblich Müsli mit Joghurt und Obststücken.«

»Es ist nichts. Ich bin nur noch ein bisschen müde.«

»Wir kennen uns zu lange, Liebling. Du kannst mir nichts vormachen. Ich vermute, dass du mich nur nicht beunruhigen willst. Sag lieber, was los ist. Sonst mache ich mir den ganzen Tag Gedanken.«

Traudel zwang sich zu einem Lächeln. »Es ist wirklich nichts Dramatisches. Ich habe seit zwei Tagen Zwischenblutungen, die ich mir nicht so richtig erklären kann. Die Bauchschmerzen sind nicht der Rede wert.«

Schultz schrak zusammen. »Zwischenblutungen? Was bedeutet das?«

Sie zuckte mit den Schultern und setzte ein gleichmütiges Gesicht auf. »Die Ursache kenne ich nicht. Ich werde heute zu meinem Frauenarzt gehen, dann wissen wir Bescheid.«

Schultz hatte das Gefühl, als säße ihm ein Kloß im Hals, der ihn am Reden hinderte. Er hatte am Morgen, wie sooft, in ihren Terminkalender geschaut, um zu wissen, wann er am Abend mit ihr rechnen konnte. Aufgrund ihrer Tätigkeit als Leiterin der Abteilung Geldhandel bei einer namhaften Frankfurter Bank war ihr Terminkalender häufig bis zum Abend mit Verpflichtungen vollgestopft. So auch heute. Trotzdem wollte sie ihren Frauenarzt aufsuchen. Das bedeutete, dass aus ihrer Sicht etwas Ernstes vorliegen musste. »Rufe mich bitte sofort an, wenn du vom Arzt kommst«, sagte er.

Traudel winkte ab, lächelte und stand auf. »Ich muss los. Wir reden heute Abend. Denke dir ein schönes Essen aus und gehe in die Kleinmarkthalle zum Einkaufen.«

Er hörte kaum zu. »Du bist manchmal wie ein Panzer. Verstehe doch bitte, dass nicht jeder mit solchen Dingen so umgehen kann, wie du es tust. Sage mir wenigstens im Laufe des Tages, was der Doktor diagnostiziert hat. Bitte!«

Sie fuhr ihm mit der Hand über die kurz geschnittene Bürstenfrisur, gab ihm wie immer ein Abschiedsküsschen auf seinen kunstvoll getrimmten Bart und tätschelte ihm die Wange. »Sei lieb! Bis später.«

Schon schlug die Haustür hinter ihr zu. Er stand noch in der Küche, räumte die Spülmaschine ein und schaute aus dem Fenster. Der Himmel war dunkelgrau wie eine Schieferplatte. Nur schemenhaft war zu erkennen, dass die Wolkenfelder von einem mächtigen Westwind gejagt wurden. Es regnete in Strömen. Weltuntergangsstimmung.

Was bedeuteten derartige Zwischenblutungen? Er hatte keine Ahnung. Leider ließ seine selbstsichere Frau in Angelegenheiten, die sie selbst betrafen, nicht mit sich reden. Immer wiegelte sie nur ab und versuchte, ihn zu beruhigen. Dabei wurde er innerlich immer aufgeregter. Je mehr er in sie drang, umso souveräner gab sie sich. Daran hatte er sich während der gesamten Dauer ihrer Ehe nicht gewöhnen können. Geduld war angesagt, doch die lag ihm nicht. Nicht auszudenken, wenn Traudel eine ernsthafte, eine lebensbedrohende Krankheit hätte.

Mit einem Mal fühlte er, dass ihm der Boden unter den Füßen weggezogen werden könnte. Angst packte ihn. Nicht auch noch Traudel. Genügte es nicht, dass sie schon ihre einzige Tochter im Kindesalter durch Leukämie verloren hatten? Er liebte seine Frau. Seit der Studentenzeit, als er sie im Café Bauer gegenüber der Frankfurter Universität kennen gelernt hatte.

Wie schnell könnte alles, was sie sich aufgebaut hatten, bedeutungslos werden. Das Haus in gehobener Wohnlage am Lerchesbergring im Frankfurter Stadtteil Sachsenhausen. Voll bezahlt und gediegen eingerichtet.

Was hieß schon Eigentum? Besitz auf Zeit, wäre die richtigere Bezeichnung.

Alles war vergänglich.

Natürlich war er sich bewusst, dass Traudel und er irgendwann nicht mehr aufwachen würden. Aber nicht jetzt. So schnell durfte die Uhr nicht ablaufen. Das wäre ungerecht. Und unerträglich. Ohne Zweifel war es eine Gnade, dass er nicht immer in diesen Zusammenhängen denken musste, nicht jeden Tag und zu jeder Stunde.

Nun gab es dafür einen Grund.

Der Grund hieß Zwischenblutungen.

Er versuchte, sich abzulenken. Im Wohnzimmer setzte er sich in seinen Fernsehsessel und überlegte, ob er eine DVD mit einem klassischen Western einlegen sollte. Das hatte er vormittags noch nie getan, weshalb er bezweifelte, dadurch ein wenig zur inneren Ruhe zu finden. Daher griff er zur Tageszeitung und begann zu lesen. Nach der Hälfte eines Leitartikels fiel ihm auf, dass er dessen Inhalt überhaupt nicht zur Kenntnis genommen hatte, weil seine Gedanken ständig zu Traudel abwichen. Er stand auf, schloss seine Morgentoilette ab und kleidete sich fertig an. Selbstverständlich musste es ein Anzug mit Weste und passender Krawatte sein, in gedeckten Farben. Nachdem er seine Aktentasche zur Hand genommen und die Haustür verschlossen hatte, holte er seinen schwarzen Mercedes aus der Garage und fuhr zur Staatsanwaltschaft in der Frankfurter Innenstadt. In der Tiefgarage der Behörde nahm er den Fahrstuhl zum dritten Stockwerk. Er zog seine goldene Taschenuhr heraus und stellte fest, dass es kurz nach elf Uhr war. Für seine Verhältnisse die übliche Zeit des Dienstbeginns.

Beim Verlassen des Aufzugs warf er einen verstohlenen Blick den Flur entlang in Richtung seines Dienstzimmers. Die davor befestigte Holzbank war noch leer. Er atmete auf, da er insgeheim befürchtet hatte, Köhler würde schon auf ihn warten. Vielleicht hatte ihn sein Kollege Diener allerdings schon zu einer Tasse Kaffee ins Zimmer gebeten.

Am Namensschild neben der Tür war ein Zettel mit der Aufschrift befestigt »Sitzung Zimmer 110, Gebäude B, 02.11., Diener, Staatsanwalt«. So verfuhren die meisten Kollegen, um dem Publikum längere Nachfragen zu ersparen. Schultz zückte den Schlüsselbund und sog die Luft ein. Wunderbar, Diener hatte Kaffee gekocht.

Schultz hatte eben das Fenster geklappt, seine Aktentasche unter dem Schreibtisch verstaut und sich eine Zigarre angezündet, als die Tür aufflog. Breit über sein verwildertes Narbengesicht grinsend stand Schreiner im Zimmer, trotz des schlechten Wetters in einem hellen Jeansanzug, unter dem ein bunt bedrucktes knallrotes T-Shirt leuchtete. »Ich bin mir absolut sicher, dass ich ein ›Herein‹ gehört habe.«

Hinter Schreiner drängte sich sein Kollege und Freund Köhler mit in das Zimmer, optisch der perfekte Gegensatz zu Köhler. Gepflegte, nach hinten gekämmte, dunkle Haare, glatte Rasur, dunkelbrauner Cordanzug mit rot-weiß kariertem Hemd und passender Krawatte.

Schultz lachte auf, bot Plätze an und reichte Kaffee. Zuletzt füllte er sich den *Boss*-Becher, setzte sich hinter seinen Schreibtisch und sah die beiden Kriminalbeamten an. »Vielen Dank, dass Sie gleich beide gekommen sind. Schießen Sie los. Was gibt es im Fall Beuchert zu berichten?«

Schreiner lehnte sich auf seinem Stuhl zurück und zündete sich eine Zigarette an. Er warf das Streichholz in den vor Schultz stehenden Aschenbecher und sog den Rauch tief ein. »Wir schildern Ihnen zuerst in Kürze unsere bisherigen Erkenntnisse. Sunita Beuchert ist vor ein paar Tagen elf Jahre alt geworden. Sie war das Adoptivkind von Karin und Wolfgang Beuchert. Letzterer ist ein wenig erfolgreicher Geschäftsmann, der aus kleinen Verhältnissen kommt und gerne auf großem Fuß lebt. Er ist, das haben wir ermittelt, vor einiger Zeit wegen Betruges verurteilt worden. Beuchert hat das Kind und dessen jüngere Schwester vor ein paar Jahren aus Indien geholt, nachdem sein Bruder, der leibliche Vater, bei einem Zugunglück ums Leben gekommen war.«

Schultz blies einige Kringel Zigarrenqualm in die Luft. »Heißt das, dass die häuslichen Verhältnisse wirtschaftlich angespannt und damit schwierig waren?«

Schreiner sah zu Köhler hin, der, wie es dem üblichen Wechselspiel der beiden Beamten entsprach, das Wort ergriff. »Ich beginne mal untypisch mit dem Schluss unserer bisherigen Ermittlungen. Kollege Schreiner und ich haben gestern Nachmittag den Eltern des Mädchens einen Besuch abgestattet. Wir haben die Gelegenheit genutzt und Frau Beuchert ein bisschen befragt, soweit dies die besondere Situation zulässig erscheinen ließ. Zumindest der äußere Rahmen spricht für geordnete wirtschaftliche Verhältnisse. Allerdings hatten wir den Eindruck, dass es zwischen den Eheleuten kriselt.«

Schultz hörte dem Bericht Köhlers zu den Begleitumständen bei der Überbringung der Todesnachricht zu. Als er mit seinen Fragen beginnen wollte, wehrte Köhler noch einmal ab. »Besonders wichtig erscheint uns neben der Anwesenheit von Krawinckel, dass plötzlich die kleine Schwester der Toten herumrannte, offensichtlich unter der gereizten Stimmung ihrer Adoptiveltern litt und sie als Heuchler und Lügner bezeichnete. Das Schwesterchen weiß etwas. Das müssen wir unbedingt im Auge behalten.«

»Was war nach Ihrem Verständnis noch einmal die rechtliche Grundlage, nach der Sie die Mutter zur Herausgabe der Malereien von Sunita aufgefordert haben? Ich frage Sie wegen der Zulässigkeit einer späteren Verwertung in einem Prozess, falls die Dinger eine Bedeutung gewinnen sollten«, sagte Schultz.

»Ich habe sie darum gebeten, nicht dazu aufgefordert. Sie war einverstanden. Deshalb bedurfte es meines Erachtens keines Durchsuchungsbeschlusses, für dessen Erteilung zurzeit nach meiner Einschätzung die Voraussetzungen nicht vorgelegen hätten.«

Schultz rümpfte die Nase, da er es bevorzugt hätte, wenn die Prüfung rechtlicher Fragen ihm überlassen würde. Er öffnete seine Schreibtischschublade und entnahm ihr eine Pralinenschachtel, die er mit aufforderndem Blick zu den Beamten schob, nachdem er selbst eine entnommen und sich in den Mund gesteckt hatte. Mit gerunzelter Stirn wog er den Kopf hin und her und strich sich über seinen Bart. »Das sieht mir alles noch sehr nach Kaffeesatzleserei aus. Gibt es denn nicht etwas Handfesteres?«

Schreiner drückte seine Zigarette aus, trommelte kurz mit den Fingernägeln auf die Tischplatte und fuhr sich durch die dunklen Haarlocken. »Jede Menge, Herr Schultz. Es sind allerdings vornehmlich negative Erkenntnisse. Beginnen wir mal von vorn. Die Spurensicherung hat an dem Geländer, das übrigens für den Außenbereich eines achten Stockwerks bemerkenswert niedrig ist, ausschließlich Hautpartikel des getöteten Mädchens vorgefunden. Sie rühren, wie ich Ihnen schon am Telefon gesagt habe, von dem reflexartigen Festhalteversuch her. Auch an den Kleidern von Sunita haben wir keine verwertbaren Spuren angetroffen, die vom Täter oder der Täterin herrühren könnten. Insoweit ist rundum Fehlalarm.«

Wie einstudiert meldete sich an dieser Stelle Köhler zu Wort. »Das Mädchen ist nach unseren bisherigen Ermittlungen von niemand bewusst gesehen worden. Ebenso wenig der Täter. Ich habe heute Morgen außer mit den Beucherts noch mit der Bedienung des Cafés gesprochen, durch das Sunita zu dem Aussichtsbalkon gegangen sein muss. Zufällig handelte es sich um dieselbe Bedienung, die am Vortag zur Tatzeit Dienst hatte. Sie war fürchterlich aufgeregt, weil sie Angst hat, den Job zu verlieren, obwohl sie nur auf 400-Euro-Basis angestellt ist. Sie will zum fraglichen Zeitpunkt auf der Toilette gewesen sein und dadurch überhaupt nichts mitbekommen haben. Während ihrer Aussage schien sie mir sehr verlegen. Trotzdem halte ich sie, was das Kerngeschehen angeht, für glaubwürdig. Als ich nachhakte, räumte sie ein, mit Freundinnen eine Zigarette geraucht und dazu ihren Arbeitsplatz verlassen zu haben. Dies darf sie laut Abrede mit ihrem Arbeitgeber nicht.«

Schreiner trank einen Schluck Kaffee und zündete sich eine neue Zigarette an. »Ich war mit meinen Ausführungen zum Ergebnis der Spurensicherung noch nicht ganz fertig. Wir stehen nicht mit völlig leeren Händen da. Auf dem Boden des Balkons in der Nähe des Geländerteils, auf dem sich die Festhaltespur befindet, lag ein abgerissenes Goldkettchen.«

Schultz zog die Schultern hoch und hielt die Handflächen nach oben geöffnet. »Die Kette kann ebenso gut Sunita gehört haben. Sofern sich daran keine brauchbaren Spuren finden, dürfte uns das nicht viel weiterhelfen.«

»Sie sind wieder schneller als der Schall, Herr Schultz«, sagte Schreiner und zog kurz an seiner Zigarette. »Immer erst ausreden lassen. Wir halten es deshalb für unwahrscheinlich, dass Sunita die Kette getragen hat, weil das Mädchen eine Goldkette mit einem stilisierten Buddha als Anhänger trug. Sie wird sich keine zwei Halskettchen um den Hals gehängt haben. An der zerrissenen Kette befindet sich ebenfalls ein Anhänger. Zuerst haben wir geglaubt, dass er ein Herzchen darstellt. Seltsam ist, dass das Herz unten nicht geschlossen ist. Wir können uns darauf noch keinen Reim machen. Die Bedeutung einer Figur dieser Art ist uns nicht bekannt. Natürlich kann die Kette auch einer ganz anderen Person gehört haben, die vor dem Erscheinen unserer Spurensicherung am Tatort war. Das Ärgerliche ist, dass das Kettchen in einer Pfütze lag. Es scheidet leider als Spurenträger aus.«

Schultz schaute wechselweise Schreiner und Köhler an. »Wie wollen wir weiter vorgehen?«

»Wir machen Ihnen gleich einen Vorschlag, Herr Schultz«, sagte Köhler. »Kollege Schreiner hat noch nicht alles vorgetragen, was Sie zur Beurteilung der weiteren Vorgehensweise wissen müssen. Es gibt da noch einen Punkt, der einer sorgfältigen Betrachtung in taktischer Hinsicht bedarf.«

»Und der wäre?«

»Wir haben aus Routine, wegen der merkwürdigen Verhaltensweisen der Beteiligten bei der Überbringung der Todesnachricht und der Bemerkungen der Schwester von Sunita nach Vorstrafakten gesucht. Bei Beuchert sind wir fündig geworden. Eine alte Wirtschaftsgeschichte. Es gibt darin eine auffällige Verbindung Beucherts zu Phillip Krawinckel. Sie erinnern sich, dass dieser Mann anwesend war, als wir den Eltern die Todesnachricht überbrachten. Sagt Ihnen der Name etwas?«

Schultz runzelte die Stirn und legte den Zeigefinger an die Nase. »Natürlich. Das ist dieser große Mäzen in der Rhein-Main-Region. Er kennt Gott und die Welt und hat aufgrund seines enormen Reichtums starken Einfluss in Wirtschaft und Politik. Was hatte der mit Beuchert zu tun? Krawinckel ist meines Erachtens ein ganz anderes Kaliber.«

Köhler lächelte und nickte. Seine Wangen glühten. »Wir sprechen von demselben Mann. Er hat damals die Voraussetzungen geschaffen – dass Beuchert aus der Untersuchungshaft kam. Nach der Haftentlassung hat ihm Krawinckel erneut unter die Arme gegriffen. Alles hatte natürlich seine Richtigkeit. Allerdings dürfte es sich im Umfeld der Justiz eher positiv ausgewirkt haben, dass ein Mann wie Krawinckel sich mit seiner hohen Reputation für Beuchert einsetzte.«

Schultz wiegte den Kopf hin und her. Er teilte die Auffassung nicht, dass sich Organe der Justiz von derartigen Umständen beeinflussen lassen könnten. Am liebsten hätte er längere Ausführungen zur Integrität der Justizkräfte gemacht, bevorzugte jedoch das französische Sprichwort, dass sich anklagt, wer sich entschuldigt. »Warum hat Krawinckel das alles für Beuchert getan? Wissen wir darüber etwas?«

Schreiner hielt fast nur noch einen Zigarettenstummel zwischen Zeige- und Mittelfinger, nahm jedoch noch einen Zug. Dabei stieg ihm der Rauch in das rechte Auge, das sofort zu tränen begann. Er drückte die Zigarette aus und rieb sich vorsichtig über die Wimpern. Als das nicht half, zog er ein Papiertaschentuch aus seiner Hosentasche, zog die Augenbrauen hoch und begann, das netzende Auge abzutupfen. »Kumpels sind sie, Herr Schultz. Sie sind schon zusammen in die Grundschule gegangen. Einzelheiten wissen wir nicht, weil sich solche aus der Vorstrafakte nicht ergeben. Ich frage mich nur, warum das Thema nicht schon im damaligen Prozess eine Rolle gespielt hat. Krawinckel war zu dieser Zeit schon eine große Nummer. Zumindest hätte aus meiner heutigen Sicht geklärt werden müssen, ob er nicht eine Art Hintermann war. Er könnte Beuchert alles finanziert und einen neuen Start ermöglicht haben, damit der schweigt und ihn nicht mit hineinzieht. Immerhin existiert die persönliche Beziehung, wie wir gesehen haben, noch immer. Außerdem dürfen wir nicht vergessen, dass Rupa, die jüngere Schwester von Sunita, Phillip Krawinckel ausdrücklich in den Kreis der Heuchler und Lügner einbezogen hat.«

»Was besagt das schon? Das sind alles Allgemeinplätze, die unterfüttert werden müssen. Bisher bewegen wir uns im Bereich der Spekulationen«, sagte Schultz. »Das alte Betrugsverfahren ist endgültig abgeschlossen. Wir müssen uns nur dann Gedanken machen, was diese beiden Männer über die gemeinsame Schulzeit hinaus verbindet, wenn Krawinckel etwas mit dem Tod der kleinen Sunita zu tun haben sollte. Dafür sehe ich keine Anhaltspunkte. Der Umstand, dass er im Hause war, als Sie den Eltern die Mitteilung vom Tod Sunitas machten, lässt keine andere Bewertung zu. Die allgemein gehaltene Bemerkung eines achtjährigen Mädchens ebenso wenig.«

Schreiner sah für einen Augenblick zu Köhler hinüber, bevor er wieder Schultz fixierte. »Okay, dann wissen wir jetzt, was zu tun ist. Wir sollten zunächst die Adoptiveltern förmlich im Präsidium vernehmen. Natürlich als Zeugen. Außerdem könnten wir im schulischen Bereich und bei den Freizeitkontakten genauer nachfassen. Wir haben uns inzwischen von den Eltern noch telefonisch eine Reihe von Namen und, soweit sie ihnen bekannt waren, von Adressen und Telefonnummern geben lassen. Vielleicht ergibt sich eine Querverbindung zu Krawinckel.«

Ein Lächeln huschte über das Gesicht von Schultz. »Ich weiß, wie sehr es sie reizen würde, an einem Menschen wie Krawinckel die Gleichheit aller vor dem Gesetz zu demonstrieren. Trotzdem bestehe ich darauf, über etwaige Zusammenhänge informiert zu werden, bevor sie, in welcher Form auch immer, an Krawinckel herantreten. Sollte seine Vernehmung erforderlich werden, muss sie hier in der Staatsanwaltschaft in meinem Beisein erfolgen. Wir sind uns bestimmt einig, dass eine Einbeziehung Krawinckels in das Verfahren einen riesigen Wirbel in der Presse verursachen würde. Vorab müssten wir auf jeden Fall dem Justizministerium berichten. Wahrscheinlich würde Ihr Innenminister ebenfalls sein Informationsinteresse artikulieren. Ich weiß nicht, ob Krawinckel einer politischen Partei angehört. Dem Vernehmen nach geben sich jedenfalls Politiker aller Parteien in seinem Haus die Türklinke in die Hand und nehmen mehr oder weniger regelmäßig an seinen Essenseinladungen teil. Zum Glück müssen wir uns darum im Moment noch keine Gedanken machen. Hat denn Ihr Kommissariatsleiter, Herr Behrend, überhaupt schon entschieden, dass der Fall von Ihnen bearbeitet werden soll?«

Schreiner und Köhler lachten sich beide an, bevor Schreiner sagte: »Das lassen Sie am besten unsere Sorge sein, Herr Schultz. Das Ergebnis wird zu unserer aller Zufriedenheit ausfallen. Herr Behrend ist gerade Großvater geworden und außergewöhnlich milde gestimmt.«

Schultz strahlte und steckte sich eine Praline in den Mund. »Gut, dass Sie mir das sagen. Ich werde ihn nachher anrufen und gratulieren. Sollte es mit Ihrer Beauftragung wider Erwarten nicht klappen, unterrichten Sie mich bitte. In diesem Fall würde ich mein ganzes Gewicht in die Waagschale werfen.«

Es kostete Schreiner und Köhler erhebliche Überwindung, nicht laut loszulachen, als sie sich die ständigen Figurprobleme von Schultz vergegenwärtigten. Nachdem die beiden sich verabschiedet und das Zimmer verlassen hatten, erstarb die fröhliche Miene von Schultz augenblicklich.

Vor seinem Auge entstand das Wort Zwischenblutungen.

9. Kapitel

Ein lang gezogener schriller Klingelton hallte vom Gelände der Internationalen Schule Frankfurt bis zum Eingangstor. Dort stand schon den Bürgersteig entlang eine Reihe von Autos mit laufenden Motoren im Halteverbot, um einen Teil der Kinder nach Schulschluss in Empfang zu nehmen. Sekunden später stürzte eine Schar von Schülern unterschiedlichen Alters auf den Hof, sammelte sich umgehend zu kleinen Gruppen und sorgte für einen Anstieg des Lärmpegels auf rund fünfundsiebzig Dezibel. Nur wenige Kinder rannten zum Ausgang.

Schreiner warf seine Zigarettenkippe auf den Boden und trat sie mit dem Schuh aus. »Feiner Laden. Die haben wirklich alle Einrichtungen, die für die Erziehung und Ausbildung von Kindern wichtig sind. Macht alles einen tadellosen Eindruck.« Er schaute auf seine Armbanduhr und anschließend den neben ihm stehenden Köhler an. »Trotzdem! Furchtbar, dieses Klingeln. Das erinnert mich auf schreckliche Weise an meine Kindheit. Jetzt ist die 12:15-Uhr-Pause. Hoffentlich hat sie nicht schon aus und wird abgeholt. Dann wird es schwieriger.«

Köhler rieb sich mit den flachen Händen seine ohnehin schon geröteten Wangen. Er fror. »Was meinst du, Bernd? Sollen wir reingehen oder lieber hier draußen warten?«

»Wir sondieren ein wenig von hier aus. Sie dürfte nicht so schwer zu erkennen sein. Zwar ist dies eine internationale Schule, die alle möglichen Nationalitäten beherbergt. Aber wir wissen, wie sie aussieht, und so viele indische Kinder wird es nicht geben. Wenn sie nicht Schulschluss hat, werden wir sie auf dem Hof ansprechen müssen. Dann kommt sie nicht raus. Das dürfen die Kinder sicher während der Pausen nicht.«

Mit angezogenem Ellbogen schubste Köhler Schreiner an. »Da hinten ist sie. Ich sehe sie schon. Wenn es so bleibt, haben wir Glück. Sie ist allein. Auffallen werden wir trotzdem. Die anderen Kinder werden sie nachher fragen, wer wir gewesen sind.«

»Kein Problem. Wir suchen eine Lehrerin und haben zufällig gerade die kleine Rupa angesprochen, um von ihr eine Information zu bekommen. Zumindest werden wir ihr nahelegen, auf etwaige Fragen in dieser Art zu antworten.«

Die beiden Polizisten betraten den Schulhof und gingen zielstrebig auf die Ecke zu, in der sich Rupa aufhielt. Schreiner lächelte sie an. »Kennst du uns noch?«

Das Mädchen schaute erst eine Weile unter sich. Dann warf sie plötzlich den Kopf nach hinten und strich sich über ihre langen schwarzen Haare. »Natürlich. Ich habe mir fast gedacht, dass Sie kommen würden, weil Sie in Ihrem Beruf immer viele Fragen stellen müssen.«

Die Gesichter von Schreiner und Köhler zeigten eine ehrliche Verblüffung. »Nicht zu fassen«, sagte Köhler.

Rupa zuckte mit den Schultern. »Wenn Sie mir das nicht glauben, werden Sie mich wahrscheinlich auch sonst nichts fragen wollen.«

Schreiner und Köhler schauten sich an und waren von dem Selbstbewusstsein des Kindes beeindruckt. So hatten sie sich die Unterhaltung mit Rupa nicht vorgestellt. Eine solche Sicherheit im Auftreten hätten sie bei einem achtjährigen Mädchen nicht erwartet.

»Hast du jetzt Pause«, fragte Köhler mit einer leicht hilflosen Miene.

»Ja! Aber nicht lange. Nur zehn Minuten. Sie müssen sich beeilen.«

»Du hast recht, Rupa. Wir sind gekommen, um dich etwas zu fragen«, sagte Schreiner.

»Ich kann mir auch schon denken, wonach Sie mich ausfragen wollen.«

»Nämlich?«

»Wegen dem, was ich gestern zu Hause gesagt habe. Alle haben es gehört und haben so getan, als hätten sie mich nicht verstanden. Nur Sie nicht. Das fand ich okay. Ich musste zwar weinen, weil Sunita und ich uns sehr lieb hatten. Aber ich habe laut genug gesagt, wie böse sie alle zu Sunita waren.« Sie lächelte. »Deshalb kommen Sie auch hier in die Schule, wo meine Eltern und Onkel Phil nicht dabei sind.«

»Du bist klug«, sagte Schreiner. »Ich versuche gar nicht, so zu tun, als würde deine Vermutung nicht stimmen. Warum glaubst du denn, dass alle, die gestern da waren, Sunita nicht lieb hatten?«

Rupa nickte mit wichtiger Miene. »Aber alles, was ich dazu weiß, kann ich nicht so richtig beschreiben. Weil ich eben nur erzählen kann, was mir Sunita gesagt hat.«

Köhler lehnte sich gegen einen unmittelbar neben ihnen stehenden Baum. Er rutschte daran ein wenig mit dem Rücken nach unten, um mehr auf Augenhöhe mit Rupa zu sein. »Und was hat Sunita dir gesagt, weshalb deine Eltern und Onkel Phil Heuchler und Lügner seien?«

Das Mädchen rieb sich rasch über die Augen und schüttelte sich. »Es ist so. Mama Karin ist alles egal, was mit uns zu tun hat. Wir sind eben nicht ihre Kinder. Deshalb hat sie uns auch nicht so lieb. Aber sie lässt uns in Ruhe. Sie ist nicht wirklich böse zu uns. Sie hilft uns allerdings nie, wenn wir mal ein Problem haben. Damit lässt sie uns immer allein. Deshalb sind wir auch nie zu ihr gegangen, wenn uns etwas bedrückt hat.«

»Hat das Sunita dir so erklärt? Oder findest du das selbst?«, fragte Köhler.

»Beides. Mama Karin ist zu mir immer abweisend. Sie will nichts von mir wissen.«

»Gilt das auch für deinen Papa«, wollte Schreiner wissen.

Rupa überlegte einen Moment lang. »Nein, Papa ist anders. Eigentlich schlimmer. Er macht immer alles, was die anderen von ihm wollen. Er gibt ständig nach und anderen recht. So hat mir das Sunita erzählt.«

Schreiner nickte. »Hat sie dir einmal ein Beispiel dafür genannt?«

Das Mädchen trat von einem Fuß auf den anderen. »Wie meinen Sie das? Mir hat sie jedenfalls erklärt, dass Papa immer macht, was Onkel Phil von ihm verlangt. Egal, wie gut oder böse das ist.«

»Was hat denn Onkel Phil von deinem Vater Böses gewollt? Hat Sunita darüber irgendeine Geschichte gewusst?«, fragte Köhler.

»Sunita hat gemeint, Onkel Phil tue nur so, als habe er uns lieb. Ich habe jedenfalls Sunita gesagt, dass ich ihn nicht leiden kann, unseren Onkel Phil.«

»Was hat sie dir darauf geantwortet?«, fragte Schreiner.

»Das könne sie verstehen. Sie würde ihn auch nicht mögen, weil er zwei Gesichter habe. Er sei aber wichtig für unseren Vater. Deshalb müssten wir freundlich zu ihm sein. Sie sei auf alle Fälle für mich da.«

Schreiner machte ein verdutztes Gesicht. »Was hat sie damit gemeint?«

Es klingelte schrill über den Hof. Rupa schaute auf. »Das weiß ich nicht. Sie war eben meine große Schwester, die immer auf mich aufpasste. Aber jetzt muss ich wieder in die Klasse. Sonst kriege ich Ärger.«

»Einen Moment noch«, sagte Köhler. »Weißt du, wo wir die Klassenlehrerin von Sunita finden können?«

Rupa lächelte. »Ich verstehe. Wenn jemand fragt, was Sie von mir wollten, sage ich, dass Sie Frau Raasch gesucht haben. So heißt die Lehrerin. Sie ist aber schon nach Hause. Ich habe sie weggehen sehen.«

Schreiner klopfte Rupa auf die Schulter. »Alle Achtung. Du blickst durch. Vielen Dank auch.«

Das Mädchen rannte zum Schuleingang. An der Tür drehte sie sich um, lächelte und winkte den beiden Polizeibeamten zu. Dann war sie verschwunden.

»Ich bin tief beeindruckt, Bernd«, sagte Köhler. »Aber hat uns das weitergebracht?«

»Kann schon sein. Darüber muss ich noch in Ruhe nachdenken.«

10. Kapitel

»Zum Geburtstag viel Glück, zum Geburtstag viel Glück ...«, sangen Ellen und Phillip Krawinckel lauthals. Sie standen zur Mittagszeit in einem kleinen kreisrunden Raum ihrer Bad Homburger Villa um einen festlich gedeckten Tisch. Phillip Krawinckel hielt ein langes Messer in der Hand. Mit dem anderen Arm hatte er sich bei Ellen eingehängt. Um den Hals hatte er eine gewichtige Spiegelreflex-Kamera hängen.

Mittelpunkt des Tisches war eine hohe Vase aus Bleikristall, in der sich mehr als dreißig dunkelrote Baccara-Rosen befanden. Daneben stand eine in bunten Farben leuchtende Buttercremetorte, die offensichtlich allen Bedenken der Ernährungsindustrie gegen chemische Zusätze widerstanden hatte. Um den Rand des Kuchens brannten zahllose kleine weiße Kerzen.

Mit strahlenden Augen klatschte Lisa-Marie während der Darbietung des Geburtstagsständchens rhythmisch in die Hände. Dann zupfte sie am Rock ihres gelben Kleidchens im Empire-Stil und richtete die in Ocker gehaltene große Schleife am Rücken oberhalb ihres Gesäßes. »Wie schön, wie schön«, rief sie immer wieder dazwischen. »Alles für Lisa-Marie.«

Phillip Krawinckel legte das große Messer auf dem Tisch ab und griff zur Kamera. Mit professionellen Bewegungen richtete er immer wieder das Objektiv auf Lisa-Marie und hielt ihre Reaktionen fest. Es kostete ihn ersichtlich Mühe, sich mit Anweisungen zur Einnahme bestimmter Positionen zurückzuhalten. Mehrmals zischte ihm seine Frau zu, er solle doch ein einziges Mal die Perfektion zugunsten der Natürlichkeit und Spontaneität opfern.

Als das Lied zu Ende war, löste sich Mike Kellermann vom Türrahmen. Er hielt auf dem Arm ein silbernes Tablett, auf dem Geschirr und eine dampfende Kaffeekanne abgestellt waren. Mit undurchdringlichem Lächeln sah er zu Ellen Krawinckel hin. »Darf ich den Herrschaften jetzt servieren? Den Glückwünschen für das gnädige Fräulein schließe ich mich natürlich an.«

Lisa-Marie fuchtelte mit den Armen in der Luft herum. »Nein, Mike, nein. Nicht so schnell. Sonst ist gleich alles vorbei. Lisa-Marie will erst noch die Kerzen ausblasen.«

Phillip Krawinckel betrachtete mit Wohlgefallen seine frisch lackierten Fingernägel und berührte die Schulter Kellermanns auf der Epaulette seiner weißen Livree. »Warten Sie bitte um Gottes willen noch einen Augenblick. Sie ist gerade so glücklich. Ich freue mich so für sie.« Er wandte sich an Lisa-Marie. »Du, liebe Lisa-Marie, sage bitte nicht immer Mike zu Herrn Kellermann. Das schickt sich nicht. Er hat ein Anrecht darauf, höflich angesprochen zu werden.«

Lisa-Marie grinste. »Ätsch, das mache ich aber doch. Der Mike ist mir nicht böse. Der Mike ist lieb zu Lisa-Marie.«

Kellermann hielt den Kopf leicht schief und zeigte ein dünnes Lächeln, als er Phillip Krawinckels Blick erwiderte. »Lassen Sie nur. Das geht schon in Ordnung. Sie meint es ja nicht despektierlich. Sonst wäre das etwas ganz anderes.«

Krawinckel schüttelte den Kopf. »Es gibt gewisse Grundregeln, die einzuhalten sind, ohne Ausnahme.«

Es klingelte. Kellermann drehte ab. »Sie entschuldigen mich für einen Augenblick.«

Lisa-Marie begann, die Kerzen auszupusten. Sie ging nach und nach um den Tisch herum, stützte sich mit den Ellbogen auf und blies in Richtung der Kerzen. Jedes Mal, wenn es ihr gelang, mehrere auf einmal auszulöschen, applaudierte sie sich selbst. Auch diese Szenen hielt Phillip Krawinckel in zahllosen Bildern fest.

Als Lisa-Marie fertig war, kehrte Kellermann in Begleitung von Wolfgang Beuchert zurück, der auf dem Arm ein großes in Geschenkpapier eingeschlagenes Paket hielt. Phillip Krawinckels gute Laune war wie verflogen. »Wieso kommst du heute hierher?«

Wolfgang Beucherts Gesicht drückte Verlegenheit aus. »Du hast doch gestern zu mir gesagt, dass du wegen unseres neuen Geschäftsabschlusses etwas zur Unterschrift durch mich vorbereiten lässt. Gleichzeitig hast du gemeint, dass ich ab heute kommen könnte. Dabei fiel mir später ein, Lisa-Marie müsse heute Geburtstag haben. Ihr feiert ja gerade, da komme ich doch richtig.«

Phillip Krawinckel zeigte Resignation. »Das kann man auch anders sehen. Aber nun bist du schon einmal da. Trink einen Kaffee mit uns.«

Beuchert überreichte Lisa-Marie das Paket. Sie riss es auf und zog eine Ziehharmonika heraus. Sofort hängte sie sich das Instrument um, bediente ersichtlich unerfahren die Tastatur und lachte bei jedem der falschen Töne begeistert auf. Nur Sekunden später reichte sie die Harmonika an Kellermann und ging zu Beuchert. Sie stellte sich auf die Zehenspitzen und setzte zu einem Küsschen an, zog vorher aber den Kopf wieder zurück. Ihre Miene war plötzlich undurchdringlich. »Danke, Onkel Wolfgang. Das habe ich mir schon immer gewünscht. Toll, wie du das wusstest.«

Alle, bis auf Kellermann, der in der Türfüllung stehen blieb, setzten sich und tranken Kaffee. Phillip Krawinckel legte eigenhändig jedem ein Stück der Geburtstagstorte auf. Seine Frau kostete lustlos nur eine Gabel voll, ergriff die Kaffeetasse und nippte andauernd daran. »Wir müssten mit Lisa-Marie modische Kleidung einkaufen gehen. Was sie da trägt, ist seit Jahren überholt.«

Beuchert fühlte sich nicht angesprochen, schaute unter sich und verschlang mit raschen Bissen seine Torte. Phillip Krawinckel sah zu Ellen auf und wiegte den Kopf. »Das ist zu anstrengend für sie. Wir lassen uns eine Kollektion kommen und vorführen. Dann hat sie auch mehr Spaß daran.«

Lisa-Marie hatte ihren Kuchen zur Hälfte gegessen, als sie die Gabel auflegte und den Teller zur Tischmitte zurückschob. »Lisa-Marie will jetzt spielen.«

Ellen Krawinckel schaute angewidert. Beuchert setzte einen teilnahmslosen Blick auf. Nur Phillip Krawinckel strahlte. »Natürlich, gerne, Lisa-Marie. Welches Spiel gefällt dir am besten?«

Mit aufgesetztem Lächeln schaute Lisa-Marie in die Runde. Dann hielt sie sich die Hände vor die Augen. »Ich sehe etwas, was du nicht siehst, das hat die Farbe Schwarz. Und so weiter.«

Phillip Krawinckel faltete die Hände und legte sie auf den Tisch. »Gut. Dazu haben wir jetzt alle Lust. Willst du anfangen?«

Lisa-Marie hörte nicht zu. Sie warf ihren Kopf mehrfach von rechts nach links. Anschließend fixierte sie mit langsamen Bewegungen der Reihe nach sämtliche Anwesenden. »Ich *weiß* etwas, was Ihr nicht wisst, das heißt ...«

Mit gespieltem Interesse sahen alle im Raum auf Lisa-Marie. Sie setzte plötzlich ein spitzbübisches Grinsen auf. »Sunita, Sunita.«

In diesem Augenblick hätte eine fallende Stecknadel Lärm verursacht. Ellen Krawinckel errötete und suchte die Augen von

Kellermann, der von einer Sekunde auf die andere zu Stein erstarrt schien. Beuchert öffnete den Mund, verharrte einen Augenblick in dieser Haltung und hielt sich dann die Hand davor. Phillip Krawinckels Gesicht war erkaltet und kreideweiß. Er fasste sich am schnellsten: »Herr Kellermann, seien Sie so gut und helfen mir, meine Schwester auf ihr Zimmer zu bringen. Es war wohl alles ein wenig zu aufregend für sie. Sie sollte jetzt etwas schlafen. Dann sehen wir weiter.«

Lisa-Marie wehrte sich nicht, behielt allerdings ihr hintergründiges Lächeln bei. Mit zitternder Hand hängte sich Phillip bei ihr ein. Kellermann nahm sie auf der anderen Seite am Arm.

Als sie gegangen war, starrte Beuchert mit entseelter Miene auf Ellen Krawinckel und erhob sich. »Ich sollte jetzt lieber wieder gehen.«

Kurz nachdem Beuchert das Haus verlassen hatte, kehrte Phillip Krawinckel zurück. Er sah seine Frau an. »Ist Wolfgang weg? Gut so! Was war das eben mit Lisa-Marie?«

»Ich bin mir nicht sicher, ob wir das so ernst nehmen sollten. Wahrscheinlich hat sie gestern irgendwann mitbekommen, dass Sunita etwas zugestoßen ist. Nun kann ihr kranker Kopf diese Neuigkeit nicht vernünftig verarbeiten. Das dürfte alles sein.«

Phillip Krawinckel zeigte Zweifel. »Sei es, wie es sei. Es hat keinen Zweck, in sie zu dringen. Das habe ich schon so oft in anderen Angelegenheiten erfolglos versucht. Ich frage mich nur manchmal, ob sie tatsächlich bei dem Vorfall vor ein paar Jahren den Verstand verloren hat oder ob sie vor sich selbst und der Realität flüchtet und sich versteckt hält.«

»Wer weiß das schon. Wir sollten es vergessen.«

»Das werde ich nicht können. Ich habe dir erzählt, was damals mit ihr passiert ist.«

Kurz nachdem Phillip Krawinckel den Raum verlassen hatte, kam Kellermann zurück und stellte sich in den Türrahmen. Ellen Krawinckel stand auf und ging zu ihm. »Was hältst du von der Geschichte?«

Kellermann machte ein bitteres Gesicht. »Dieses missratene Geschöpf ist vielleicht gar nicht so einfältig, wie wir alle annehmen. Sie kann sogar jemand gefährlich werden.«

11. Kapitel

»Da unten rechts um die Ecke an der Konstablerwache ist ein McDonald's. Da gehen wir jetzt hin, Günter. Ich habe einen Bärenhunger«, sagte Schreiner und hielt sich die Hand an den Bauch.

»Gute Idee, Bernd, obwohl sie von dir ist. Ich kann langsam auch etwas vertragen. Die Pralinen von Schultz sind nicht übel. Von so etwas werde ich allerdings nicht satt.«

Die beiden Kriminalbeamten hatten nach wenigen Minuten die Schnellgaststätte erreicht. Sie mussten nicht lange in der Schlange anstehen, da zu dieser Zeit der Ansturm der jungen Leute aus den umliegenden Schulen vorüber war. Versehen mit dick belegten Hamburgern, Pommes frites und Coca Cola suchten sie einen Tisch in einer Nische auf. Ohne viele Worte aßen sie ihre Menüs.

Die Wangen von Köhler hatten sich beim Essen noch stärker rot gefärbt. Er hielt seinen Pappbecher in der Hand und saugte mehrmals kurz am Strohhalm. »Hast du gehört, dass Kollege Golz am ersten Oktober in die A 12 befördert worden ist? Das war gar nicht so einfach. Es gab nur wenige Beförderungen in der Wertigkeit.«

»Es ist immerhin erfreulich, dass es überhaupt welche gegeben hat. Wie ich gehört habe, wollte das Ministerium in Wiesbaden zuerst überhaupt keine Beförderungen ausbringen. Aus Haushaltsgründen, um zu sparen. Dann hat unsere Gewerkschaft, die GdP, so Druck gemacht, dass sie nachgegeben haben und immerhin rund achthundert Beförderungen in unterschiedlicher Wertigkeit zur Verfügung gestellt haben.«

»Da siehst du es, Bernd. Die GdP, gegen die du grundsätzlich Stimmung machst«, sagte Köhler.

»Weil sie nur unsere Trachtengruppe, ich meine natürlich unsere uniformierten Kollegen, und nicht uns von der Kripo richtig vertreten. Die Schutzpolizisten stellen bei denen die meisten Funktionäre und sind die hauptsächlichen Beitragszahler. Deshalb halte ich es lieber mit dem BDK. Dem gehören nur Kriminalbeamte an. Die machen sich für unsere Interessen stark.«

Köhler gähnte und rieb sich über seine kräftigen Oberarme. »Egal. Wenn ich mir die Alters- und Beförderungsstruktur bei uns anschaue, werden wir noch lange warten können, bis wir in die A 12 kommen. Ich habe mich mal mit ein paar Kollegen unterhalten. Es ist fraglich, ob wir klug handeln, wenn wir bei K 11 bleiben. Vielleicht geht es in einem anderen Aufgabengebiet schneller.«

»Taktik hin, Taktik her, Günter. Mir gefällt es bei uns. Die Arbeit ist einfach interessant. Natürlich können wir alles. Zumindest glauben wir fest daran und sind zweifelsfrei echte Universaldilettanten. Aber was sollen wir beim Betrug oder Diebstahl? Ich will sowieso in Frührente, um nach Südfrankreich zu gehen. Dort habe ich mein kleines Grundstück und meinen Wohnwagen, meinen Käse und meinen Rotwein.«

Köhler schaute auf seine Armbanduhr. »Du und in Rente, Bernd? In deinem zarten Alter? Das reicht noch nicht für Rotwein. Anderes Thema! Wie machen wir jetzt weiter? Hier finde ich es nicht mehr so gemütlich.«

Schreiner presste die Innenhandflächen zusammen, hielt die Hände vor sein Gesicht und starrte einen Moment lang auf den Tisch. »Ich habe eine Idee. Wie wäre es denn, wenn wir die Klassenlehrerin von Sunita aufsuchen und sie erst einmal informell fragen, was sie so alles aus dem Umfeld von Sunita weiß? Zur Aktenarbeit in unserem Büro habe ich jetzt keinen Bock und zum Heimgehen ist es noch viel zu früh. Vielleicht hat das Mädchen in der Schule über seinen Alltag geplaudert. Es ist für die späteren förmlichen Vernehmungen auf unserer Dienststelle bestimmt nützlich, wenn wir schon dies und jenes gehört haben und Vorhalte machen können. Die Klassenlehrerin kann uns sicher einiges sagen.«

»Meinst du, sie ist jetzt zu Hause?«

»Schauen wir mal. Von den Beucherts haben wir gestern einige Telefonnummern aus dem Umfeld von Sunita bekommen. Da ist die Klassenlehrerin dabei. Wir könnten sie anrufen und fragen, ob wir kurz vorbeikommen dürfen.«

»In Ordnung. Mach das, Bernd. Ich gehe derzeit mal schnell pinkeln.«

Während Köhler aufstand und den weißen Hinweisschildern in den hinteren Bereich der Gaststätte folgte, zündete sich Schreiner wieder eine Zigarette an, die er zwischen seinen Lippen einklemmte, um die Hände frei zu haben. Er kramte in seinen Taschen und fand einen schwarz eingebundenen Terminplaner. Beim Öffnen fielen ihm mehrere lose Zettel entgegen, die mit Notizen und Zahlen voll gekritzelt waren. Endlich fand er, was er gesucht hatte. Er griff an den Gürtel, zog sein Mobiltelefon aus der Haltetasche, klappte den Schutzdeckel für die Tastatur auf und wählte.

Als habe seine Gesprächspartnerin neben ihrem Telefon gestanden und auf einen Anruf gewartet, meldete sich schon nach dem zweiten Klingeln eine rauchige Stimme. »Raasch.«

»Hier ist Schreiner von der Kriminalpolizei. Guten Tag, Frau Raasch. Sie haben sicher schon von dem schrecklichen Ereignis gehört, das sich gestern auf der Zeil zugetragen hat, oder?«

»Meinen Sie die Sache mit dem jungen Mädchen? Um Himmels willen, ja! Das geht alle halbe Stunde durch das Radio. Wieso sprechen Sie mich darauf an? Habe ich etwas damit zu tun?«

Köhler war zwischenzeitlich zurückgekommen und hatte sich wortlos neben Schreiner gesetzt. Der wechselte das Handy von der linken in die rechte Hand. »Bei dem Opfer handelt es sich um ein Mädchen aus Ihrer Klasse. Deshalb ist uns an ein paar Auskünften von Ihnen gelegen, die uns eventuell weiterhelfen könnten.«

»Um Gottes willen! Wie heißt denn das Kind?«

»Sunita, Sunita Beuchert.«

Frau Raasch schluchzte mehrmals. Nach einer längeren Pause räusperte sie sich. »Entsetzlich! Ich bin erschüttert. Das arme Kind.« Sie hüstelte, um das Krächzen in ihrer Stimme loszuwerden. »Was wollen Sie ausgerechnet von mir wissen. Ich weiß doch gar nichts über den Vorfall.«

»Es geht uns nicht nur um den Ablauf auf der Zeil. Für uns sind auch Informationen über die Gewohnheiten des Mädchens, seine Freundinnen und Freunde und noch eine Reihe anderer Dinge von Bedeutung, die uns auf eine Spur führen könnten. In diesem Fall sind Sie die Klassenlehrerin der kleinen Sunita. Sie haben Erfahrung mit Kindern, mit ihren Eigenschaften und Verhaltensweisen. Deshalb rufe ich Sie an. Sie würden uns sehr helfen, wenn Sie uns möglichst sofort eine Gelegenheit zu einem Gespräch geben würden.«

Frau Raasch zog hörbar den Atem ein. »Wie schrecklich das alles ist. Unvorstellbar. Dieses liebenswerte, sanfte Geschöpf. Was ist denn genau passiert?«

»Genau darüber würden mein Kollege Köhler und ich uns gerne mit Ihnen persönlich unterhalten.«

Einen Moment lang zögerte Frau Raasch. Dann siegte die Neugier über die Unannehmlichkeit eines unerwarteten Besuchs. »Ich wohne in der Eschenheimer Anlage 31, im obersten Stockwerk. Sie müssen nicht viele Treppen laufen, weil es einen Fahrstuhl gibt. Ausnahmsweise funktioniert er heute auch. Wie lange werden Sie brauchen, bis Sie bei mir sind? Ich müsste noch ein bisschen aufräumen. Durch den Unterricht vormittags komme ich immer erst gegen Abend dazu.«

»Machen Sie sich keine Mühe. Wir wollen nicht lange bleiben. In etwa zehn Minuten müssten wir bei Ihnen sein.«

Schreiner beendete das Gespräch und klopfte Köhler auf die Schulter. »Komm, Günter. Frau Raasch erwartet uns. Der Stimme nach scheint es sich um eine Dame in der zweiten Hälfte der Lehrerkarriere zu handeln.«

Sie verließen das Restaurant, gingen die Große Friedberger Straße entlang, passierten die Alte Gasse und die Petersstraße und bogen nach links in die Eschenheimer Anlage ein.

Bei dem Haus Nummer 31 handelte es sich um einen gepflegten Altbau aus den Anfängen des zwanzigsten Jahrhunderts. Die seitlich gelegene Eingangstür des von der belebten Straße zurückgesetzten Gebäudes war durch eine Hofeinfahrt und einen fantasielos begrünten Vorgarten zu erreichen.

Auf dem Klingelbrett aus glänzendem Messing fand Schreiner unschwer unter den einheitlich in Schwarz auf Weiß gedruckten Namensschildern die Aufschrift »Raasch-Bäumer«. Er fragte sich einen Augenblick lang, was es mit dem Namen »Bäumer« auf sich habe und drückte die Klingel.

»Ja, bitte?«, meldete sich die ihm vom vorangegangenen Telefonat bekannte Stimme von Frau Raasch.

»Köhler und Schreiner. Wir haben vor ein paar Minuten telefoniert.«

Der Summer wurde betätigt. Schreiner und Köhler betraten das Gebäude und fuhren mit dem Aufzug in den letzten Stock.

Die stillos in weißem Kunststoff gehaltene Eingangstür zur Etagenwohnung war einen Spalt geöffnet. In Augenhöhe war eine schmale Sicherheitskette gespannt.

Schreiner zwinkerte Köhler zu. »Ein einziger Tritt dagegen und das Ding ist auf«, flüsterte er.

Im Weitergehen fingerte er aus seiner Brieftasche seinen Dienstausweis und streckte ihn in Richtung des mausgrauen Augenpaars, das durch die handbreite Öffnung lugte. »Frau Raasch, vermute ich? Hier bitte, mein Dienstausweis. Damit Sie sich keine Sorgen machen müssen. Den vom Kollegen Köhler dürfen Sie auch sehen.«

Eine knochige Hand griff durch den Spalt nach dem Ausweis. Sekunden später wurde die Sicherheitskette zurückgezogen. Eine kleine Frau in einem schmucklosen dunkelbraunen Wollstoffkleid mit linksseitig gescheitelten, glatten grauen Haaren, die auf der rechten Seite von einer Klammer aus der Stirn gehalten wurden, und übergroßer runder Nickelbrille öffnete die Tür. »Guten Tag, meine Herren. Kommen Sie herein. Den zweiten Ausweis muss ich nicht sehen. Ich vertraue Ihnen. Ein bisschen Vorsicht muss schon sein. Ich lebe schließlich alleine hier. Mein Mann ist schon lange tot. Kinder haben wir keine und mein kleiner Dackel ist vor wenigen Wochen ebenfalls gestorben. Noch weiß ich nicht, ob ich mir einen neuen Hund zulegen soll. In meinem Alter. Das macht viel Arbeit und kostet viel Kraft. Die habe ich nicht mehr. Sie mögen es nicht glauben, aber ich stehe schon kurz vor der Pensionsgrenze.«

Während ihres Monologs war Frau Raasch durch einen mit schmiedeeisernen Möbeln bestückten Flur vorangegangen und hatte an dessen Ende die Tür zum Wohnzimmer geöffnet. Schreiner hatte Köhler mit dem Ellenbogen angestoßen und mit Weltuntergangsmiene die Augen zum Himmel gedreht.

»Bitte nehmen Sie Platz«, sagte Frau Raasch und wies auf eine mit Goldvelours bespannte Couchgarnitur in Eiche rustikal. »Darf ich Ihnen etwas anbieten? Einen Kaffee vielleicht? Oder einen Cognac? Ach, nein, Sie sind ja im Dienst. Was für eine dumme Frage von mir. Also doch lieber einen Kaffee.«

Schreiner warf einen verzweifelten Blick auf die Butzenscheiben der schweren Schrankwand, die gegenüber der Couch die komplette Wand füllte und das Zimmer klein und niedrig erscheinen ließ. »Lassen Sie es nur gut sein. Wir haben eben etwas getrunken und Ihnen unseren Besuch mehr oder weniger aufgedrängt. Außerdem sind wir in Eile, Sie verstehen? Wir wollen Sie jetzt gar nicht förmlich vernehmen, sondern nur ein paar kurze Fragen stellen. Außerhalb des Protokolls. Trotzdem müssen Sie uns natürlich vollständige und richtige Antworten geben.«

Frau Raasch schaute Schreiner an, schüttelte den Kopf und wollte eben zu einer Erwiderung ansetzen. Köhler lächelte ihr zu und machte eine beruhigende Handbewegung. »Mir dürfen Sie gerne ein Gläschen Wasser anbieten, so Sie welches im Hause haben. Dann können wir ein wenig plaudern. Wir haben selbstverständlich überhaupt keinen Anlass zu der Annahme, dass Sie uns nicht alles erzählen wollen, was Sie über den Sachverhalt wissen.«

Dankbar nickte Frau Raasch ihm zu und verließ den Raum.

Schreiner starrte Köhler fassungslos an. »Was ist denn in dich gefahren, Günter? Tickst Du nicht richtig? Die betuliche Dame ist dankbar, dass sie endlich zwei Dumme zum Zuhören gefunden hat. Wir stellen ein paar kurze Fragen, und dann nichts wie weg.«

»Sei doch ein bisschen mitmenschlich gestimmt und mache der liebenswerten Frau die Freude. Wie wir alle wissen, sind es Geduld und Beharrlichkeit, die uns meist zum Ziel führen.«

Frau Raasch betrat wieder das Zimmer und stellte vor Köhler ein geschliffenes Kristallglas mit sprudelndem Wasser ab. Sie setzte sich in einen Sessel, der im rechten Winkel zur Couch aufgestellt war, und sah Schreiner mit geweiteten Augen durch ihre Brille an. »Sie sind sicher, dass Sie nicht ebenfalls etwas trinken möchten?«

Schreiner schüttelte den Kopf. Frau Raasch wandte sich Köhler zu. »Das ist ja eine schlimme Geschichte, über die dauernd im Radio berichtet wird. In der Schule wurde ebenfalls viel dummes Zeug geredet. Keiner weiß etwas Genaues, aber jeder tut sich wichtig. Was ist denn genau passiert?«

Köhler nahm das Wasserglas, setzte es an die Lippen und trank einen tiefen Schluck. »Sunita ist vom achten Stockwerk der Terrasse eines Hochhauses auf der Zeil in die Tiefe gestürzt«, sagte er. »Wir haben Anhaltspunkte dafür, dass das Mädchen über das Geländer gehoben oder gestoßen wurde. Mit anderen Worten: Wir können nicht ausschließen, dass Sunita umgebracht worden ist.«

»Das ist ja schlimm. Wer könnte denn so etwas tun? Vielleicht war es nur ein Unfall und die andere Person ist aus Panik weggelaufen.«

Schreiner machte eine wegwerfende Handbewegung. »Nein, das kann nicht sein, Frau Raasch. Die Spuren, die wir gesichert haben, sprechen eine andere Sprache. Kommen wir zum Anlass unseres Besuchs. Wir wollen Sie nicht allzu lange aufhalten. Sie sind, wie wir wissen, die Klassenlehrerin von Sunita. Haben Sie irgendwelche Erkenntnisse aus Ihrem täglichen Umgang mit dem Mädchen, aus denen sich Hinweise auf einen Täter oder für ein Motiv ergeben könnten? Gibt es nach Ihrer Kenntnis einen Menschen, der eine auffällig feindselige Haltung gegenüber Sunita einnahm oder eine überdurchschnittliche Abneigung spürbar werden ließ?«

Eine Weile fixierte Frau Raasch die beiden Beamten abwechselnd aus leeren Augen. Sie setzte die Brille ab und schüttelte langsam den Kopf. »Nein, nicht dass ich wüsste. Sunita war beliebt, wenn sie auch nicht fest zu einer der bestehenden Grüppchen oder Cliquen gehörte, in denen sich Kinder dieses Alters häufig zusammentun. Andererseits war sie keine Einzelgängerin. Ich will damit sagen, dass sie in jedem Kreis willkommen war, sobald sie ihn aufsuchte. Wie ich weiß, hat sie sich immer mal da und dort hinzugesellt, allerdings ohne sich festzulegen. Sie ging einmal in der Woche zum Leichtathletiktraining, nahm Ballettstunden und hatte sich als Wahlpflichtfach das Chorsingen ausgesucht.«

»Wenn ich Sie richtig verstehe, hatte Sunita nicht das, was man landläufig als beste Freundin bezeichnet?«, fragte Schreiner weiter.

»So könnte man es ausdrücken«, sagte Frau Raasch.

»Könnten Sie uns ihre ganzen Freizeitaktivitäten, die Ansprechpartner, also die Unterrichtskräfte, benennen? Sie müssen das nicht gleich jetzt tun. Lassen Sie sich Zeit. Ich rufe Sie morgen an. Dann können Sie mir die Namen telefonisch durchgeben«, warf Köhler ein.

Frau Raasch strahlte und nickte. »Das tue ich gerne für Sie, Herr Köhler.«

»Lassen Sie uns mal weitermachen«, warf Schreiner ein. »Haben Sie irgendetwas beobachtet, woraus sich Besonderheiten in Sunitas Leben außerhalb des Schulbetriebs ergeben könnten? Wie war denn beispielsweise das Verhältnis zu den Adoptiveltern? Kümmerten die sich um das Mädchen, oder empfanden sie die Sorge für das Kind eher als eine Last? Haben Sie die Eltern kennen gelernt?«

»Die Mutter habe ich meiner Erinnerung nach nie gesehen. Es war der Vater, der regelmäßig zu den Elternabenden kam. Er beteiligte sich, stellte Fragen und kam manchmal im Anschluss noch auf mich zu, um sich über Einzelheiten zu unterrichten. Meist wollte er wissen, ob er noch mehr zur Förderung von Sunita beitragen könne und ob ich mit ihren Leistungen zufrieden sei. Zu mehr gab es keinen Anlass. Sunita war eine gute Schülerin. Das galt für alle Fächer. Besonders hatte sie sich der Kunst, vor allem dem Zeichnen, verschrieben. In diesem Fach zeigte sie die mit Abstand besten Leistungen.«

Köhler legte kurz den Zeigefinger auf die Lippen. »Haben Sie den Vater je wegen des Fernbleibens der Mutter angesprochen oder bei irgendeiner Gelegenheit Sunita nach der Mutter gefragt? Es ist schon ein wenig ungewöhnlich, dass sich die Mutter nie sehen ließ.«

Frau Raasch schüttelte den Kopf. »Nein, das habe ich nicht. Dazu bestand keine Veranlassung. Das Mädchen war stets sauber gekleidet, fleißig und zeigte, wie ich schon sagte, gute bis sehr gute Leistungen. Sie war voll in den Klassenverband integriert. Es kommt häufig vor, dass nur ein Elternteil sich um die schulischen Belange kümmert. Daran ist nichts Auffälliges. Ich wäre froh, wenn sich bei dem einen oder anderen Kind überhaupt einer der Eltern für die Entwicklung interessieren würde, wie dies Herr Beuchert getan hat.«

»Also war aus Ihrer Sicht alles in Butter?«, fragte Schreiner.

Bevor Frau Raasch, die schon kräftig nickte, antworten konnte, rückte Köhler auf seinem Platz nach vorn. Er setzte eine nachdenkliche Miene auf und erhob wie ein Schüler, der sich meldet, den Zeigefinger. »Trotzdem müssen wir noch einmal nachhaken, Frau Raasch. Es gibt Pausen, besondere Situationen, Gerüchte, auffällige Verhaltensweisen. Sie üben Ihren Beruf schon lange aus und haben mit Sicherheit genügend Erfahrungen gesammelt, um schon aus Kleinigkeiten herleiten zu können, ob alles seinen gewohnten Gang geht. Denken Sie bitte nochmals ganz gründlich nach. Gibt es irgendetwas, was nicht in das von Ihnen wahrgenommene Bild passt? Irgendeine Kleinigkeit, auch wenn sie Ihnen noch so unbedeutend oder vielleicht sogar zu lächerlich erscheinen mag?«

»Sie dürfen mir schon glauben, dass ich Ihnen alles berichte, was ich weiß. Da ist nichts, womit ich Ihnen weiterhelfen könnte.«

Schreiner fuhr sich mit der Hand über die Stirn und warf einen kurzen Blick auf die Zigarettenschachtel, die sich auf seiner Hosentasche abzeichnete. Er rutschte in seinen Sitzplatz, verschränkte die Arme und sah forschend zu Frau Raasch auf. »Letzte Frage für heute, Frau Raasch. Wie war das in Sunitas Freizeit? Können Sie uns darüber etwas erzählen? Mit wem hatte sie Umgang? Oder wissen Sie nichts darüber?«

Die Wangen von Frau Raasch färbten sich rötlich. Sie blickte unter sich und rutschte auf ihrem Sitz hin und her. »Es ist eigentlich zu albern, um Sie damit zu behelligen. Ich glaube nicht, dass es von Bedeutung ist. Sunita war ja erst elf Jahre alt. Wie ich schon erwähnt habe, war sie sehr zurückhaltend. Sie schien alles mit sich selbst auszutragen. Aus dieser Beobachtung heraus sagte ich Ihnen vorhin, dass es so etwas wie eine beste Freundin nicht gab. Diese Aussage muss ich nicht berichtigen.«

Mit den Fingern der rechten Hand trommelte Schreiner auf den Kacheln des Couchtischs. »Wir zweifeln nicht an Ihrer Glaubwürdigkeit. Sie brauchen sich nicht zu rechtfertigen und nicht zu entschuldigen. Sagen Sie uns einfach in diesem Zusammenhang alles, was Sie wissen. Überlassen Sie es getrost uns, welche Folgerungen und Bewertungen anzustellen sind. Was ist das für eine Sache, die Sie für zu unwesentlich hielten, um Sie uns zu berichten?«

Frau Raasch schaute zu Köhler hin, als erhoffe Sie von ihm Hilfe bei der Lösung der von ihr als unbehaglich empfundenen

Situation. Köhler ermunterte sie durch ein freundliches Nicken. Mit Daumen und Zeigefinger zupfte Frau Raasch den Rock ihres Kleides etwas weiter über die Knie und sah wieder zu Schreiner hin. »Mir ist aufgefallen, dass Sunita immer sehr gepflegt angezogen war. Normalerweise registriere ich solche Dinge kaum. Bei ihr war es allerdings besonders auffällig. Sie trug jeden Tag etwas Neues. Die Kleidungsstücke sahen aus, als seien sie nicht billig gewesen.«

»Was fanden Sie daran bemerkenswert? Hatten Sie den Eindruck, dass die Ausstattung die finanziellen Verhältnisse der Adoptiveltern überschritt?«, fragte Köhler.

»Nein, die Eltern scheinen mir in geordneten Verhältnissen zu leben. Zumindest weiß ich nichts Gegenteiliges. Ich dachte nur, dass diese äußeren Eitelkeiten nicht zu Sunita passten. Es widersprach ihrem sonstigen Charakter und ihrem Verhalten.«

Schreiner legte die Stirn in Falten. »Haben Sie eine Erklärung für diese Ungereimtheit?«

Wiederum errötete Frau Raasch. »Sie dürfen nicht denken, dass ich der Sache eine unanständige Bedeutung beimesse. Es gibt da einen Jungen in unserer Schule. Der junge Mann ist etwas älter, als es Sunita war, und heißt Dubho oder so ähnlich. Er kommt wohl aus demselben Kulturkreis wie Sunita. Die beiden Kinder gingen häufiger in den Pausen auf dem Schulhof spazieren.«

»Können Sie uns sagen, wie dieser Dubho mit Nachnamen heißt und wo er wohnt?«, fragte Schreiner.

»Namgyal oder so ähnlich. Wo er wohnt, weiß ich nicht. Das können Sie in der Schule erfragen. Aber bitte, Herr Kommissar! Nicht, dass Sie mich falsch verstehen. Ich will damit nur andeuten, dass Sunita sich diesem Jungen eher anvertraut haben könnte als allen anderen Kindern ihres Umfelds. Obwohl, ich weiß nicht einmal, ob es etwas zum Anvertrauen gab.« Sie riss die Augen weiter auf. »Sie werden ja wohl zu diesem Jungen gehen und ihm ein paar Fragen stellen. Müssen Sie dort erwähnen, dass ich Ihnen von ihm erzählt habe?«

Schreiner und Köhler erhoben sich von ihren Plätzen. Köhler legte den Arm auf die Schulter von Frau Raasch, sah zu ihr herunter und schüttelte den Kopf. »Sie können ganz beruhigt sein. Vielen Dank für Ihre Auskünfte. Sie haben uns sehr geholfen.«

Als die Wohnungstür hinter den beiden Beamten ins Schloss fiel, zündete Schreiner sich sofort eine Zigarette an. »Eines ist mir eben klar geworden, Günter. Wenn Frau Raasch zurzeit den Prototyp einer Paukerin verkörpert, wundert mich das Ergebnis der Pisa-Studie nicht mehr.«

Köhler zuckte mit den Schultern. »Zu meiner Zeit waren die Lehrer nicht anders.«

Schreiner schaute auf seine Armbanduhr. »Ein Grund mehr, jetzt ein Bier trinken zu gehen. Offiziell ist längst Dienstschluss. Lass uns zum *Bitburger* in der Hochstraße laufen. Da ist es gemütlich und immer etwas los. Wir könnten dort bereden, wie wir weitermachen.«

»Stimmt! Außerdem ist dort gedämpftes Licht. Da siehst du nicht so schrecklich alt aus.«

12. Kapitel

»Die Mannschaftsaufstellungen«, dröhnte es aus dem Stadionlautsprecher. »Es spielen ... die Gäste aus Offenbach ...«

Die Namen der Spieler des Gastvereins Kickers Offenbach gingen in den Buh-Rufen und dem infernalischen Gejohle des überwiegenden Teils der Zuschauer in der ausverkauften Commerzbank Arena unter. Die wenigen tausend Schlachtenbummler aus der Frankfurter Nachbarstadt konnten sich gegen die akustische Übermacht des einheimischen Publikums nicht durchsetzen, schwenkten aber tapfer und trotzig ihre rot-weißen Fahnen. Für die Frankfurter Fans war es eine Selbstverständlichkeit, die ungeliebten Nachbarn nicht nur auf dem Rasen, sondern auch im Zuschauerbereich von der Lautstärke her nicht zur Entfaltung kommen zu lassen.

»Eintracht Frankfurt: Mit der Nummer eins, Markus ...«

Aus über fünfzigtausend Kehlen folgte der Schrei des Nachnamens des Torhüters: »Pröll.«

Der Übung folgend setzte die Ansage wieder ein. »Mit der Nummer zwei, Patrick ...«

»Ochs.«

Endlich pfiff der Schiedsrichter das Spiel an. Das unterschiedliche Hoffen und Bangen und damit der Spielverlauf fanden auf den Gesichtern der jeweiligen Anhänger und in ihren lauthals herausgebrüllten Kommentaren ein vollständiges Spiegelbild.

In der Kurve standen zwei nahezu gleichaltrige junge Männer nebeneinander. Sie hatten beide eine hellbraune Hautfarbe und kurz geschnittene schwarze Haare. Der ältere Jugendliche trug den schwarz-roten Schal mit dem Eintracht-Wappen. Er fieberte bei jeder Aktion der Spieler auf dem Rasen mit.

Der Jüngere hielt regungslos eine kleine Eintracht-Fahne in der Hand. Sein Kopf war gesenkt. Die Augen starrten zu Boden. Plötzlich zerrte ihn ein lang gezogener Tor-Schrei der Menschen um ihn herum aus den Gedanken. Geistesabwesend schaute er auf und sah, wie der ältere Junge neben ihm mit all den anderen Menschen die Arme hochriss.

Dem Lautsprecher gelang es, den Jubel der Massen noch zu übertönen. »In der dritten Spielminute Tor für die Frankfurter Eintracht. Torschütze ... Markus ...«

»Weissenberger«, brüllten die Fans.

»Neuer Spielstand, Frankfurt: Eins, Offenbach: ...«

»Null«, tönte die Masse mit dunkler Grabesstimme.

Der ältere Jugendliche stieß seinen jüngeren Nebenmann an. »Was ist mit dir los? Du hast überhaupt nicht gejubelt, Dubho. Warum wolltest du vor ein paar Tagen unbedingt mit mir auf das Pokalspiel, wenn du jetzt keinen Bock mehr hast? Bedrückt dich etwas, Brüderchen?«

»Es ist nichts, tut mir leid. Ich war gerade in Gedanken.«

»Du musst mir nichts vormachen. Ich kenne dich lange genug, um zu wissen, dass dich irgendeine Geschichte quält. Ich tippe mal, es ist wegen Sunita.«

Dubho schaute, zuckte mit den Schultern und nickte.

Der Ältere beugte sich mit dem Mund zu Dubhos Ohr. »Komm! Hier können wir nicht reden, weil man in dem Trubel sein eigenes Wort nicht versteht. Wir gehen über die Treppe in den Außenkreis, wo die Getränkebuden sind. Dort holen wir uns eine Cola.«

Dubho sah mit betretener Miene zu Boden. »Tut mir leid, Dorjey. Du hast dich so auf das Spiel gefreut. Jetzt versaue ich dir alles.«

Dorjey schüttelte den Kopf. »Du weißt, dass man auf seinen älteren Bruder hören muss. Die Eintracht führt. Ich habe schon ein Tor gesehen. Und wir brauchen sicher nicht die gesamte Spielzeit, um auf den Punkt zu kommen. Nachher gehen wir wieder in unseren Block.«

Die beiden drängten sich unter dem lautstarken Unmut der umstehenden Zuschauer nach oben und gingen zu einem Getränkestand. Dorjey bestellte zwei Cola, drückte Dubho eine in die Hand und trank hastig einige Schlucke durch seinen Strohhalm. »So! Jetzt schieß los.«

Die Augen von Dubho suchten die Baumwipfel ab, als könne ihn von dort eine Erscheinung vor der eingeforderten Offenbarungspflicht retten. »Ich habe Angst.«

Mit teilnahmslosem Gesicht betrachtete Dorjey seine Cola-Flasche. »Wovor?«

»Neulich, bei der Meditation mit Sunita – da konnte ich mich überhaupt nicht konzentrieren. Ich musste sie dauernd anschauen, während sie die Augen geschlossen hielt. Sie sah sehr hübsch aus.«

»Deswegen muss man keine Angst haben.«

»Irgendwann berührte ich sanft ihre Hand. Sie zuckte zusammen und schaute mich vorwurfsvoll an. Dann stand sie auf und ging. Ohne Gruß. Sie war sauer.«

»Okay. Hast du dich entschuldigt?«

»Am Tag darauf. Sie behandelte mich völlig von oben herab.«

Dorjey trank wieder einen Schluck. »War das euer letzter Kontakt vor ihrem Tod? Bedeutet das, dass du jetzt Angst hast, weil du meinst, etwas falsch gemacht zu haben, was dir nachhängen könnte? Fürchtest du, dass dieser Fehler dir eine schlechte Wiedergeburt beschert?«

Dubho schüttelte den Kopf. »Ich habe dir noch nicht alles erzählt. Weil sie nicht mit mir reden wollte, schrieb ich ihr ein Briefchen. Darin habe ich ihr gesagt, dass ich mit ihr gehen will. Sie hat mich abgewiesen. Wahrscheinlich, weil sie etwas Besseres hatte.«

»Das musst du mir erklären.«

Die Gesichtszüge von Dubho blieben undurchdringlich. »Sonst gibt es nichts.«

Mit zusammengekniffenen Augen schaute Dorjey seinen Bruder an. »Du verheimlichst mir etwas.«

»Vielleicht sollte ich dir noch sagen, dass sie immer toll angezogen war und in dicken Autos an der Schule abgeholt wurde. Nicht nur von ihrem Vater. Manchmal auch von einem anderen Typ.«

»Und? Was ist daran Besonderes. Wenn unsere Eltern nicht kommen konnten, gab es auch immer Freunde, die geholfen haben. Weißt du noch, wie uns Onkel Vajira im Cadillac abgeholt hat? Der ganze Schulhof stand Kopf. Du sagst mir nicht die Wahrheit. Jedenfalls erzählst du mir nicht alles. Ich werde mit Mutter reden.«

Dubho erschrak. »Bitte nicht. Du weißt, wie Mutter sein kann. Tu mir das nicht an. Ich ... ich war verletzt, weil sie nichts von mir wollte. Deshalb habe ich ihr noch ein zweites Briefchen geschrieben. Darin stand, sie könne etwas erleben. Ich würde sie auffliegen lassen.«

»Womit denn? Das passt doch alles nicht zusammen. Ich glaube, dass du mich belügst.«

»Nein! Ich schwöre es dir. Mehr habe ich nicht herausgekriegt. Ich wollte ihr nur Druck machen. Meine Hoffnung war, dass sie irgendein Geheimnis hat und denken muss, dass ich davon weiß.«

Deutliche Zweifel standen in Dorjeys Gesicht. »Ich will dir wirklich helfen. Aber was du mir da auftischst, klingt wenig überzeugend. Jetzt rücke schon mit der Geschichte heraus.«

»Versuche, mir doch einmal zu glauben. Ich habe einfach Angst vor der Polizei. Wenn jetzt die Polizei diesen Brief findet, wird sie vielleicht denken, dass ich es war.«

Dorjey musterte seinen Bruder von Kopf bis Fuß. Er schwieg eine Weile und stellte seine leere Cola-Flasche zurück. Dann holte er tief Luft. »Dubho? Sei ehrlich! Ich kann dir nur helfen, wenn Du aufrichtig zu mir bist. Höre mir jetzt genau zu und gib mir eine ganz ehrliche Antwort. Hast du etwas mit der Sache zu tun? Damit es keine Missverständnisse gibt. Ich meine, mit dem Tod von Sunita. Du bist es doch nicht gewesen, oder? Nur, weil sie nicht mit dir gehen wollte?«

Dubho schaute unter sich und kaute an seinem Daumennagel. Plötzlich liefen ihm die Tränen die Wangen herunter. Er langte in seine Hosentasche, holte ein Taschentuch heraus und wischte sich über sein Gesicht. Einen Blickkontakt mit Dorjey vermied er. »Wir müssen wieder hochgehen. Sonst verpasst du meinetwegen das ganze Spiel.«

Mit der Faust stieß Dorjey ihn sanft gegen die Schulter. »Spinnst du? Was soll denn das jetzt? Markierst du den Beleidigten? Mein Eindruck ist, dass du mir nur die halbe Wahrheit sagst. Wenn mir das schon auffällt, kannst du sicher sein, dass es die Polizisten erst recht merken. Gib mir gefälligst eine Antwort auf meine letzte Frage. Sonst kann ich dich nicht schützen.«

Das Gesicht von Dubho war wieder versteinert. »Ich habe nichts mit dem Tod von Sunita zu tun. Schon gar nicht habe ich ihr das angetan. Dafür habe ich sie viel zu sehr gemocht. Ich trauere. Das ist alles.«

Dorjey ließ die Schultern hängen. »Na gut. Hör mir jetzt gut zu. Denk zu Hause gründlich über unser Gespräch nach. Wenn du meinst, dass du mir noch mehr zu sagen hast, komm einfach auf mich zu.«

Dubho nickte. »Und was ist, wenn die Polizei mein Briefchen findet? Darauf hast du mir noch keine Antwort gegeben.«

»Ganz einfach. Wenn die Geschichte sich wirklich so abgespielt hat, wie du behauptest, brauchst du überhaupt keine Angst zu haben. Dann kann dir nämlich nichts passieren. Das ist mit ein Grund, weshalb ich deine Erzählung für unvollständig halte.«

Mit festen Schritten ging Dubho auf die Stadiontreppe zu. »Es gibt nicht mehr zu sagen. Mehr weiß ich nicht.«

Als Dorjey ihm folgte, drückte sein Gesicht nichts als Zweifel aus. »Tut mir leid, Brüderchen. Ich glaube dir nicht. Irgendetwas an deiner Geschichte stimmt nicht.«

13. Kapitel

Schultz hängte keuchend seine Anzugjacke auf einen Kleiderbügel an der häuslichen Garderobe, zog seine Krawatte aus und schlang sie um einen Garderobenhaken. Er knöpfte den obersten Hemdenknopf und die Knöpfe seiner Weste auf und ging in die Küche. Dort warf er einen kurzen Blick aus dem Fenster in den beleuchteten Garten. Es gab nichts Sehenswertes mehr. Seine geliebten Rosen waren bis auf eine Blüte komplett entlaubt. »Ausgerechnet die Sorte *Petra Roth*, standhaft wie die Namensgeberin«, murmelte er vor sich hin.

Er breitete seine Einkäufe aus und legte die benötigten Küchengeräte auf die Arbeitsplatte. Er wollte einen Feldsalat mit Pfifferlingen und Croûtons, anschließend Kalbsleber mit Kartoffelpüree, gerösteten Zwiebeln und Apfelmus zubereiten.

Ein Blick auf seine Taschenuhr zeigte ihm, dass es nicht mehr lange bis zur Ankunft Traudels dauern könnte. Die Staatsanwaltschaft hatte er schon früh verlassen. Einerseits war er wegen der Sorgen um Traudel ohnedies nicht in der Lage gewesen, sich zu konzentrieren. Zum anderen schloss die Kleinmarkthalle abends sehr zeitig, und er hatte unbedingt ihren Wunsch nach einem gepflegten Abendessen in häuslicher Umgebung erfüllen wollen.

Wenig später hörte er, wie die Haustüre aufgeschlossen wurde. Er stürzte in den Flur und starrte auf Traudel, die ihn anlächelte. »Man könnte meinen, du seist gerade dem Leibhaftigen begegnet. Ist dir nicht gut?«

»Hör auf zu spotten. Sag bitte gleich, was los ist. Ich bin nicht wie du und kann so tun, als gäbe es zunächst nichts Wichtigeres als den Wetterbericht für morgen. Wenn du mir keinen reinen Wein einschenkst, schmeckt mir das Essen nicht.«

Traudel lachte auf und fuhr ihm mit der Hand über seinen Bürstenhaarschnitt. »Das ist es also. Jetzt ist die Katze aus dem Sack. Du denkst in Wahrheit nur an dein leibliches Wohl und wählst dabei den Umweg, mich zu einer Aussage zu erpressen. Willst du mich nicht erst einmal begrüßen, wie sich das unter zivilisierten Mitteleuropäern eingebürgert hat?«

Schultz nickte, legte ihr den Arm um den Hals und drückte ihr einen Kuss auf die Wange. »Tut mir leid. Ich sorge mich eben. Jetzt erzähle aber endlich.«

»Es ist alles weitgehend in Ordnung. Was essen wir Schönes?«

»Ginge es vielleicht etwas genauer?«

»Gedulde dich noch einen Augenblick. Ich muss nur mal ganz schnell für kleine Mädchen.«

Schultz zuckte mit den Schultern und ging in Richtung Küche. Er trug die Salatschüssel in das vollständig im Biedermeierstil eingerichtete Esszimmer und stellte sie in die Mitte des ovalen Tischs, den er mit einem weißen Damasttischtuch und weißem Porzellan der Berliner KPM, einem Hochzeitsgeschenk von Traudels Eltern, gedeckt hatte. Von einem Beistelltisch holte er einen dreiarmigen Silberleuchter und zündete die blauen Kerzen an. Anschließend füllte er die beiden Weingläser mit einer trockenen Niederhäuser Rieslingspätlese.

Nach wenigen Minuten kam Traudel in Jeans und dunkelblauem Sweatshirt. Sie nahm Platz, erhob das Weinglas und prostete Schultz zu, der nur einen kleinen Schluck nahm.

Traudel stellte ihr Glas ab, legte beiden Salat vor und blinzelte Schultz mit ihren übergroßen Augen zu. »Doktor Weigand hat gesagt, es sei nur eine Kleinigkeit. So wie es aussieht, ist es eine Zyste. Mit größter Wahrscheinlichkeit gutartig. Trotzdem muss ich in den nächsten Wochen ins Krankenhaus und sie wegmachen lassen. Das ist ungefährlich. Dauert nur ein paar Tage. Dann bin ich wieder fit.«

Schultz schaute sie an, als stehe der Weltuntergang bevor. »Das ist ja entsetzlich. Ist Dr. Weigand denn sicher, dass es nichts Bösartiges ist? Wie machen wir jetzt weiter? Willst du nicht lieber noch zu einem anderen Arzt gehen? Vielleicht ist es besser, wir erkundigen uns nach einer Kapazität auf diesem Gebiet.«

»Das sind viele Fragen auf einmal. Doktor Weigand lässt seine Diagnose vorsorglich noch im Labor überprüfen. Er hat jedoch keinen Zweifel gelassen, dass er von etwas Harmlosen ausgeht. Eine Routinesache, von der eine Vielzahl von Frauen heimgesucht wird.«

»Wann liegen die Laborergebnisse vor?«

Traudel aß mit sichtlichem Appetit. »Das dauert drei bis vier Tage. Zwischenzeitlich kümmert sich Doktor Weigand um einen zeitnahen Operationstermin.«

»Was können wir denn tun, um die Sache zu beschleunigen und rascher Gewissheit zu haben?«

Die Miene von Traudel verfinsterte sich. »Nichts. Es wird alles Notwendige getan. Und nun sollten wir das Thema wechseln. Sonst verderben wir uns den Abend. Der Befund ist doch bestens. Die Diagnose hätte viel schlimmer ausfallen können. Es gibt keinen Grund für dich, jetzt mit der Situation zu hadern. Nimm bitte die Teller mit in die Küche, hole den Hauptgang, schenke uns etwas Wein nach und dann lass uns den restlichen Abend unbeschwert genießen.«

Schultz schwieg. Er folgte der Bitte seiner Frau, kam wenig später aus der Küche zurück und legte das Hauptgericht auf. Traudel kostete und zog die Augenbrauen hoch. »Die Leber hast du vorzüglich hingekriegt. Ich muss dich loben, alle Achtung. Nun erzähle! Wie war dein Tag heute?«

Für den Augenblick vergaß Schultz seine Sorgen. »Wie immer. Nichts Besonderes. Allerdings ging mir vorhin durch den Kopf, ob du meine Arbeit nicht mit ein paar Auskünften unterstützen könntest.«

»Wenn ich das kann, tue ich es gerne.«

»Ich arbeite an einem Verfahren, dessen Einzelheiten für meine Frage zunächst keine Rolle spielen. Wenn du möchtest, kann ich dir natürlich den Sachverhalt erzählen.«

»Lass nur! Was willst du wissen?«

»Deine Bank arbeitet bestimmt mit den meisten anderen Geldinstituten immer wieder einmal in irgendeiner Form zusammen. Erfährt man dabei manchmal auch etwas über die Kollegen?«

»Die Frage ist mir zu abstrakt. Über wen möchtest du eine Auskunft?«

»Sagt dir der Name Phillip Krawinckel etwas?«

Traudel schaute auf, kaute zu Ende und legte das Besteck neben sich. »Wer kennt den nicht? Was genau willst du wissen? Und warum?«

»Seine Bankkarriere interessiert mich vorerst nur am Rande. Ebenso seine berufliche Qualifikation. Gibt es privat irgendwelches Gerede über ihn? Was erzählt man über den Menschen Phillip Krawinckel? Welchen Umgang pflegt er? Welchen Interessen geht er nach seinem Rückzug aus der Bankenwelt nach?«

»Wieder viele Fragen auf einmal. Die Hintergründe für seinen plötzlichen Abschied von allen offiziellen Tätigkeiten im Bankgewerbe lassen sich nicht von seinen übrigen Aktivitäten trennen. Es gab Gerüchte, dass die Bank Devisenspekulationsgeschäfte in großem Umfang über Konten ihrer Anleger abwickelte und dadurch fast in eine Schieflage geriet. Ihre Liquidität stand in Frage. Nach der Aufgabenverteilung unter den vier persönlich haftenden Gesellschaftern fiel das Problem in den Verantwortungsbereich von Krawinckel. Irgendwie gelang es ihm, ausreichende Mittel zu beschaffen, die einen Zusammenbruch der Bank abwendeten. Es werden ihm Kontakte zum organisierten Verbrechen nachgesagt. Krawinckel stellte sich strahlend vor die Presse und verkündete, dass an dem ganzen Gerede nichts dran sei. Damit rettete er die Bank. Bankintern konnte er sich trotzdem nicht halten, weil ihm der Reputationsschaden angelastet wurde.«

»Hat er das freiwillig getan? Das kann ich mir bei seiner Persönlichkeit kaum vorstellen. Ein Mensch wie er lebt doch von seiner Außenwirkung und leitet daraus seine Bedeutung her.«

»Er gilt als ein Mann mit großem Fingerspitzengefühl. Man munkelt, dass er die Macht nie wirklich abgegeben hat. In der öffentlichen Diskussion kam er gut weg. Er hatte erklärt, ohne Anerkennung irgendeiner persönlichen Fehlleistung das unternehmerische Risiko übernehmen zu wollen, um selbst einen Rufschaden für die Bank nicht aufkommen zu lassen. Außerdem gelte sein ganzes Interesse der Sicherheit der Anleger. Damit gelang es ihm, als ungewöhnlicher Ehrenmann dargestellt zu werden.«

Schultz schüttelte den Kopf und lachte. »Unglaublich. Wie einfach doch manchmal die öffentliche Meinung zu manipulieren ist. Andererseits war das sicher ein Husarenstreich, den kaum ein anderer geschafft hätte.«

»Das ist noch nicht alles. Er verstand es nicht nur, als graue Eminenz seinen Einfluss in der Bank zu erhalten. Durch die Einrichtung seiner Gesprächsrunden im Rahmen täglicher häuslicher Einladungen erweiterte er seinen Machtbereich um ein Vielfaches. Er lud nahezu ausschließlich Menschen von großem politischem oder wirtschaftlichem Einfluss zu sich nach Hause und führte Interessen zusammen. Insbesondere öffnete er sich dabei den Bitten seiner Gäste, auf diesem Weg jeweils mit bestimmten Menschen in Kontakt zu treten. Auf diese Weise machte er sich unentbehrlich und die Gäste für seine eigenen Interessen gewogen. Es gibt inzwischen Leute, die behaupten, dass ohne Krawinckel im Rhein-Main-Bereich nichts mehr läuft.«

»Und seine Bank steht wieder blütenrein da?«

»Nicht ganz. Sie gilt nach wie vor in seriösen Bankkreisen als zu wagemutig. Hinter vorgehaltener Hand wird über die Vergabe ungesicherter Großkredite und windige Anlagegeschäfte getuschelt. Das tut indessen dem Ansehen von Krawinckel keinen Abbruch. Sahnehäubchen ist, dass er mit großzügigen Spenden viele öffentliche Vorhaben und Projekte unterstützt. Dadurch dürfte er nahezu unangreifbar sein.«

Schultz wiegte den Kopf hin und her. »Das bedeutet, man muss sich warm anziehen, wenn man dem Herrn nähertreten will.«

Traudel nickte. »So ist es. Jetzt zu deiner Frage nach den privaten Dingen. Krawinckel ist mit einem erheblich jüngeren ehemaligen Model verheiratet. Deren Familie ist eine Schwachstelle. Das spricht niemand offen aus, aber jeder weiß es. Innerhalb der Ehe sind keine Auffälligkeiten nach draußen gedrungen. Es wird allerdings darüber getratscht, dass Krawinckel nie durch kleine Liebschaften oder Techtelmechtel in Erscheinung trat. Das hält man für ungewöhnlich, da er sehr gut aussieht. Die Frauen lagen ihm immer zu Füßen.«

Schultz trank einen Schluck Wein und schmunzelte. »Was meine Frau alles weiß. Sieh mal da. Davon hatte ich bisher keine Ahnung. Gefällt er dir auch?«

»Rede keinen Unsinn. Und da ist noch die Geschichte mit seiner Halbschwester.«

Schultz hatte aufgehört zu essen und das Besteck beiseitegelegt. Er kaute noch an dem letzten Happen Leber und beeilte sich, ihn herunterzuschlucken. »Er hat eine Halbschwester? Wie kommt das? Ich meine, woher ist die denn?«

»Hanspeter, ich bitte dich. Wie kommt man wohl zu einer Halbschwester? Sein Vater hat ein zweites Mal geheiratet. Aus dieser Ehe entstammt sie. Deshalb ist sie auch erheblich jünger als Krawinckel.«

Während Traudel ihr Essen ebenfalls beendete und Schultz lobend zunickte, tupfte der sich die Mundwinkel mit der Serviette ab und legte sie anschließend auf seinen Teller. Er stand auf, goss Wein nach und drückte Traudel mit dem anderen Arm an sich. »Wie lautet nun die Geschichte um die Halbschwester?«

Traudel hatte kurz den Kopf gegen seinen Arm gedrückt und sah zu ihm auf. »Die riecht nach einem kleinen Geheimnis. Bis vor ein paar Jahren soll Krawinckel sein Schwesterlein immer öffentlich vorgestellt haben. Auch bei den Einladungen soll sie gelegentlich dabei gewesen sein. Er sah sich nicht dadurch gehindert, dass sie geistig zurückgeblieben ist. Allerdings weiß ich nicht genau, ob sie schon immer geistesschwach war. Offenbar war sie jedenfalls in der Lage, Tischmanieren einzuhalten. Von irgendeiner Zeit an hielt er sie plötzlich versteckt. Die Gründe hierfür kennt niemand. Krawinckel hat mit keinem Menschen darüber gesprochen. Zumindest, soweit mir dies bekannt ist. Vielleicht ist die Krankheit erst von da an aufgetreten, als er sie nicht mehr an den Geselligkeiten teilnehmen ließ. Von den Gästen hat wohl niemand gewagt, das Thema anzusprechen. In irgendeiner Form sind alle von ihm abhängig oder fürchten, ihn irgendwann einmal brauchen zu müssen. Deshalb sind keine Fragen gestellt worden.«

»Seltsam«, sagte Schultz. »Darauf kann ich mir keinen Reim machen. Ich habe trotzdem noch eine Frage. Kennst du einen gewissen Beuchert? Wolfgang Beuchert?«

Eine ganze Weile starrte ihn Traudel an, als habe sie die Frage nicht gehört oder nicht verstanden. Sie legte den Zeigefinger an die Lippen und runzelte die Stirn. »Warte. Da war mal irgendetwas. Ich komme nicht darauf. Warum fragst du nach Beuchert?«

»Weil es eine Verbindung zwischen ihm und Krawinckel geben oder jedenfalls gegeben haben muss. Beuchert wurde einmal verhaftet. Die Einzelheiten tun jetzt nichts zur Sache. Krawinckel soll ihn freigekauft haben. Dafür muss es Gründe geben. Die würden mich interessieren.«

Traudel zögerte einen Augenblick mit einer Erwiderung. »Ich bin mir nicht sicher, ob ich etwas verwechsele. Wenn ich mich recht entsinne, soll Beuchert früher regelmäßig zu den Gästen Krawinckels gehört haben. Dann wurde er plötzlich nicht mehr gesehen. Warum, weiß ich nicht.«

»Könntest du dich unauffällig umhören?«

Traudel schüttelte den Kopf. »Das wird kaum möglich sein. Solche Gespräche mit Dauergästen von Krawinckel über dritte Personen entwickeln sich in meinem Umfeld immer zufällig. Wenn ich die Sprache auf Beuchert brächte, würde das auffallen. Ich würde nach meinem Interesse gefragt. Ich behalte es im Auge, kann dir jedoch nicht viel Hoffnung machen.«

Schultz nickte. »Ich muss mir einfach die Vorstrafakten von Beuchert mal genauer ansehen. Vielleicht finde ich darin einen Anknüpfungspunkt für weitere Ermittlungen.«

»Jetzt hast du mich neugierig gemacht. Was ist das für ein Fall, in dem Krawinckel eine Rolle spielt.«

»Genaues wissen wir noch nicht. Bei dem jungen Mädchen, das gestern zu Tode gestürzt ist, handelt es sich um die Adoptivtochter von Beuchert.«

Traudels Gesichtsausdruck wurde hart. »Lass uns aufräumen.«

14. Kapitel

»Ziehen Sie bitte die Türen hinter sich zu«, sagte Phillip Krawinckel zu Kellermann. »Meine Frau und ich haben etwas zu besprechen. Sorgen Sie dafür, dass wir ungestört bleiben. Wir bedienen uns selbst. Einen kleinen Gefallen können Sie mir noch tun. Lassen Sie bitte den Wagen vor den Aufgang fahren. Den Chauffeur benötige ich nicht.«

»Welches Fahrzeug möchten Sie nehmen? Den Bentley?«

»Nein. Auch nicht den Maybach. Die sind zu protzig für heute. Etwas Einfaches. Am besten den kleinen Mercedes.«

Phillip Krawinckel drehte sich um, griff nach der Kaffeekanne auf dem Sideboard und nahm in einem der gepolsterten Weidenkorbsessel direkt gegenüber seiner Frau Ellen Platz. »Was darf ich dir vorlegen, Liebling? Hattest du eine angenehme Nacht? Du siehst ziemlich übermüdet aus.«

Sie zog den seidenen Morgenmantel vor ihrer Brust zusammen, rieb sich die geröteten Augen und deutete auf das Brot. »Sei so nett und streiche mir ein Butterbrot mit der Orangenmarmelade. Und ein bisschen Kaffee, das ist alles. Ich bin noch ziemlich müde. Es scheint Vollmond zu sein. Ich habe sehr schlecht geschlafen.«

Während Phillip Krawinckel sich anschickte, die Wünsche seiner Frau zu erfüllen, zog Mike Kellermann einen Holzkübel mit einem Zitronenbaum zur Seite und schloss die beiden gläsernen Schiebetüren des großräumigen Wintergartens hinter sich. Im Abdrehen setzte er ein hämisches Grinsen auf und hob den ausgestreckten Mittelfinger vor sein Gesicht.

Ellen Krawinckel hielt ihre Kaffeetasse mit beiden Händen und nippte mehrmals daran. »Was willst du so Vertrauliches mit mir besprechen, Phillip?«

Krawinckel winkte ab. »Gar nichts weiter. Kellermann muss nicht immer dabeistehen und sein wichtiges Gesicht aufsetzen. Er hält sich für unentbehrlich. Wir müssen ihm Grenzen setzen. Sonst hält er sich über kurz oder lang für ein Familienmitglied.«

Überstürzt setzte Ellen Krawinckel ihre Tasse ab, hielt die Hände vor den Mund und täuschte einen Hustenanfall vor. Ihre

Wangen wurden tiefrot. Ihre Gesichtszüge drückten Angst aus. »Tut mir leid. Ich habe mich verschluckt. Willst du mit mir über Kellermann reden? Ist es das? Willst du ihm etwa kündigen?«

Phillip Krawinckel setzte ein verschwörerisches Lächeln und einen viel sagenden Blick auf. »Hättest du dagegen etwas einzuwenden?«

Mit fahrigen Bewegungen der Hände, denen ihre Augen folgten, schien Ellen Krawinckel etwas auf dem Tisch zu suchen. »Eigentlich nicht. Das musst du entscheiden. Ist er dir so unerträglich geworden?«

»Und dir?«

Ellen Krawinckel zögerte. »Ich bin noch zu müde. Deshalb habe ich noch keine Meinung.«

»Lass uns für den Augenblick über etwas anderes reden. Ich habe eine Bitte an dich. Mich rufen heute unerwartet ein paar wichtige Geschäfte. Könntest du die Gäste beim Lunch unterhalten? Ich will sie nicht so unvermittelt ausladen. Es sind keine wirklich bedeutenden Personen für uns dabei. Heute kommen lauter Kulturleute. Ein paar Künstler, Intendanten und Kommunalpolitiker. Die kosten uns alle nur Geld, ohne uns zu nützen. Das machst du mit links.«

Die Erleichterung über den Themenwechsel stand Ellen Krawinckel ins Gesicht geschrieben. »Sind es private Geschäfte? Gehst du persönlichen Dingen nach? Oder reden wir über Geld?«

»Was spielt das für eine Rolle? Fest steht, dass ich heute nicht die Gastgeberrolle übernehmen kann.«

»Du könntest schon. Vielmehr willst du nicht. Behaupte ja nicht, dass du keine Wahl hättest.«

Phillip Krawinckel erhob sich und ging zur Tür. »Das sind philosophische Spitzfindigkeiten, an denen ich mich nicht beteilige. Ich danke dir für deine Bereitschaft, mich zu unterstützen. Es wird wohl Abend, bis ich zurück bin.«

Ellen Krawinckel schaute ihm nach, zuckte die Schultern und schüttelte den Kopf. Nach einer kurzen Weile hörte sie die Haustür schlagen. Anschließend vernahm sie das Heulen eines Motors, das langsam verebbte. »Herr Kellermann? Michael? Mike?«, rief sie mit kratziger Stimme. »Komm her, ich muss mit dir reden. Es gibt ein Problem.«

***

Krawinckel steuerte seinen silbergrauen Mercedes der S-Klasse von Bad Homburg in Richtung Nordweststadt. Er hatte sich deshalb heute für dieses Modell entschieden, da es nach seiner Einschätzung vergleichsweise unauffällig war. Natürlich hätte er den Maybach nehmen können. In der Umgebung seines Landhauses, wohin er im Anschluss fahren wollte, erregte der Maybach jedoch meist großes Aufsehen. Das wollte er vermeiden.

Krawinckel stellte die Scheibenwischer eine Stufe höher. Dieser Freitagmorgen, der 3. November, knüpfte wettermäßig nahtlos an die Vortage an. Den Himmel überzogen schwarze und graue Wolkenmassen. Sie wurden in atemberaubender Geschwindigkeit von Westen nach Osten gejagt, als stünden einige Riesen mit überdimensionalen Reitpeitschen am Horizont und schlügen auf die verquollenen Dunstschwaden ein. Es schüttete wie aus Milchkannen. Obwohl es schon gegen zehn Uhr war, schien es nicht hell werden zu wollen.

»Kein Wunder, dass im November statistisch die meisten Selbstmorde vorkommen«, murmelte Krawinckel vor sich hin. Mit einer Hand lockerte er sein dunkelrotes seidenes Halstuch, das er in den Kragen seines weißen Hemdes eingeschlagen hatte. Der kritische Blick in den Spiegel überzeugte ihn, dass er trotz salopper Kleidung keine jugendliche Erscheinung darstellte.

Der Wind peitschte den Regen in Fontänen gegen die Windschutzscheibe. An der Heckscheibe liefen unaufhörlich die Rinnsale wie kleine Sturzbäche in Richtung Kofferraum. Auf der Beifahrerseite schaufelten die Reifen das Wasser wie sprudelnde Quellen auf die Bürgersteige. Die Passanten klammerten sich fast an die Hauswände, da sie fürchteten, von Kopf bis Fuß nass zu werden.

Während der vergangenen Nacht hatte Krawinckel lange Zeit wach gelegen. Tausend Dinge waren ihm durch den Kopf gegangen. Wie sooft waren seine Überlegungen in die Frage gemündet, welche Einstellung er zum Sinn seines Lebens einnehmen sollte.

Natürlich, er hatte eine überaus starke soziale Stellung, hatte Macht. Er wurde geachtet und gefürchtet, von einigen Menschen beides zugleich. Damit könnte er zufrieden sein, zumal er sich alle materiellen Wünsche erfüllen konnte.

Doch da kämpfte noch ein anderes Interesse in ihm, das er sich selbst gegenüber als seine dunkle Seite bezeichnete. Eine verborgene Nische in seinem Inneren, die er sorgsam verheimlichte. Selbst mit seiner Frau Ellen konnte er darüber nicht offen sprechen. Leben bedeutete auch, sich ausleben zu dürfen, Neigungen zu folgen, ihnen Raum zu geben.

Dennoch verfluchte er sich dafür. Weil das nie aufhörte. War der eine Wunsch erfüllt, meldete sich der nächste. Das wusste er genau, hatte es tausendmal erlebt. Wenn aber sein Urgrund nach Nahrung schrie, musste er ihn füttern.

Die Meinung seiner Mitmenschen hierzu interessierte ihn nicht. Mochten sie sich um ihre eigenen Schatten kümmern.

Oft hatte er sich gefragt, welche Mittel er einsetzen durfte, den so verstandenen Sinn des Daseins zu verwirklichen. Er hatte sich der Gewissenlosigkeit bezichtigt, hatte abgeschworen und war in eine ungebremste Mitleidshysterie verfallen. Im selben Atemzug rief ihm eine Stimme aus dem Urgrund seiner Emotionen zu: »Du bist gedemütigt worden. Nicht nur von den Menschen, sondern von der Schöpfung.«

Eine Weile war er mit sich im Streit gewesen, ob er die mit Beuchert getroffene Vereinbarung einlösen sollte. Die Hälfte seiner selbst beschwor ihn, es zu lassen. Der anderen Hälfte fehlte die Kraft und das Verständnis, sich danach zu richten.

Seinen Besuch hatte Phillip Krawinckel noch am Vorabend telefonisch bei Wolfgang Beuchert angekündigt. Langsam ließ er das Fahrzeug vor dessen Haus ausrollen, stellte die Scheibenwischer und den Motor ab und griff auf den Rücksitz nach einem großen Hotelschirm. Er öffnete die Fahrertür, hielt den Schirm ins Freie, spannte ihn auf und stieg aus. Weitgehend trocken erreichte er die Haustür Beucherts.

Karin Beuchert öffnete ihm und begrüßte ihn mit Küsschen. »Komm erst einmal rein. Das ist ein Sauwetter. Willst du einen Kaffee oder einen schwarzen Tee mit Rum?«

Krawinckel machte eine Abwehrbewegung. »Ich habe vor nicht allzu langer Zeit gefrühstückt. Außerdem wollen wir gleich aufbrechen.«

»Wolfgang hat gesagt, dass du Rupa abholen willst. Das ist wirklich sehr lieb von dir. Wegen des Todesfalles muss sie ohnehin heute nicht zur Schule. Du hast dich Sunitas schon immer so aufopferungsvoll angenommen. Glaube nicht, dass ich das nicht die ganze Zeit mitbekommen hätte. Traditionell kümmert sich Wolfgang bei uns um die Kinder. Schließlich steht er ihnen näher als ich, da es die Kinder seines Bruders sind. Das bedeutet nicht, dass die Dinge an mir vorbeigegangen wären. Sunita war zwar sehr in sich gekehrt. Trotzdem meine ich, dass sie sich immer auf eure Treffen gefreut hat. Schließlich hast du ihr alle Wünsche erfüllt.«

Aus dem hinteren Teil des Flurs trat Wolfgang Beuchert näher und verharrte. Er sah völlig übernächtigt aus, als hätte er die Nacht durchgezecht. Tiefe Ringe hatten sich unter seine Augen gegraben. Die Schweißtropfen liefen ihm derart von der Stirn, dass die Brille beschlagen war. Seine Wangen waren ausgehöhlt, die Lippen glichen einem Feldweg im Hochsommer.

Entgegen seinen sonstigen Gepflogenheiten war er mit einem Unterhemd und einer Trainingshose bekleidet. Aus seinem Gesicht war jegliche Lebensfreude gewichen. Seine Miene spiegelte Angst, Verzweiflung und Hoffnungslosigkeit wider. Er sah gebrochen und zerstört aus. Seine Schultern waren nach unten gesackt und ließen ihn noch fülliger erscheinen, als er ohnehin war.

Er wischte sich die Handflächen an der Hose ab und begrüßte Krawinckel mit Handschlag. Bevor er zu sprechen begann, machte er verlangsamte Kaubewegungen und musste mehrmals schlucken. »Komm rein und setz dich einen Augenblick, Phillip. Rupa ist gleich fertig angezogen. Ich habe ihr gesagt, dass du mit ihr in den Märchenpark gehen willst. Sie kann, genau wie ihre Schwester, nicht deutlich zeigen oder gar sagen, wenn sie sich freut. Ich habe sie aber dabei erwischt, wie sie sich verschiedene Kleider aus dem Schrank holte und überlegte, was sie anziehen soll.«

»Wir gehen in die Küche«, entschied Karin Beuchert. »Phillip ist ein Teil der Familie. Da müssen wir nicht groß Hof halten. Außerdem hat Wolfgang im Wohnbereich die Heizung noch nicht in Betrieb genommen.«

Beuchert blickte zum Himmel und wischte sich mit der flachen Hand den in Rinnsalen von der Stirn tropfenden Schweiß. »Wäre es zu viel verlangt, wenn du auch einmal kleinere Handgriffe wie das Umdrehen eines Heizungsschalters übernehmen würdest? Mich erstaunt, dass du überhaupt das Bett verlassen hast.«

Krawinckel machte eine beschwichtigende Handbewegung. »Zankt euch nicht, Kinder. Gebt dem Tag eine Chance, der schönste eures Lebens zu werden.«

Karin Beuchert hängte sich bei Phillip ein und zog ihn in Richtung Küche. »Du bist immer so prosaisch, Phillip. Wenn Wolfgang nur einen Hauch deiner Umgangsformen und deiner Mentalität hätte.«

In der Küche nahmen alle drei Platz. Beuchert stieß Krawinckel an. »Ist der Märchenpark überdacht? Wenn ich mir so das Wetter anschaue, werdet ihr kaum einen offenen Freizeitpark aufsuchen können. Mit Sunita konntest du in solchen Fällen einen Einkaufsbummel machen. Dafür dürfte Rupa noch zu klein sein.«

Krawinckel fuhr sich durch sein Haar und betrachtete anschließend von allen Seiten seine frisch lackierten Fingernägel. »Wir werden schon etwas finden. Wenn es mit dem Märchenpark wegen des Regens nichts werden sollte ...«

Rupa betrat die Küche. Sie hatte sich für einen rosa Strickpulli mit angenähten bunten Bommeln und eine dunkelblaue Jeans entschieden. Sie stand da, als habe man eine kleine Elfe in eine unpassende Umgebung versetzt.

Ihre langen seidigen Haare verliehen ihr ein märchenhaftes Aussehen. Mit dem zarten Gesicht und den tanzenden Bewegungen hätte sie die Idealbesetzung für eine Primaballerina in einem Kinderballett abgegeben. Sie war derart zierlich, dass die Sorge aufkommen konnte, die Kleidung werde bei der ersten Bewegung an ihrem Körper hinabrutschen.

Karin Beuchert presste die Lippen zusammen und packte sie am Arm. »Kannst du nicht wenigstens einen guten Morgen wünschen? Wo Onkel Phillip so freundlich ist und dir einen schönen Tag bereiten will? Außerdem musst du dir noch einen warmen Mantel mitnehmen. Es ist kalt draußen.«

»Was sie nur hat?«, sagte Karin Beuchert.

Krawinckel lächelte und winkte ab. »Lass sie nur. Sie ist noch ein Kind. Außerdem muss sie den Tod ihrer Schwester verarbeiten. Es ist gut, wenn sie heute etwas anderes zu sehen bekommt.«

Rupa betrat wieder die Küche. Sie hatte sich einen hellgrauen gefütterten Cordmantel umgehängt und schaute fragend zu Krawinckel hin. Der legte ihr die Hand auf den Rücken und schubste sie aus der Küche in den Flur. Rupa zog leicht die linke Augenbraue hoch und drehte ihren Kopf zu Krawinckel. Sie warf ihm einen Blick zu, der deutlich machte, dass sie sich ohne Unterstützung fortbewegen wollte.

Karin und Wolfgang Beuchert folgten. Beuchert küsste Rupa, Karin Beuchert umarmte Krawinckel zum Abschied. Sie winkte Rupa zu, ohne sie anzuschauen.

Unter dem aufgespannten Hotelschirm verließen Rupa und Krawinckel das Haus. Krawinckel zögerte einen Augenblick, ob er Rupa auf die Rückbank setzen sollte, entschied sich aber für den Beifahrersitz. Das Angebot von Beuchert, ihm rasch den Kindersitz zu holen, hatte er abgelehnt. Er schnallte Rupa fest, rannte um das Auto und ließ sich auf den Fahrersitz fallen. Den Schirm hielt er noch aus der Tür und ließ ihn eine Weile abtropfen. Dann warf er ihn mit einer schnellen Handbewegung auf die Rücksitze und fuhr los.

Krawinckel musste sein GPS nicht in Betrieb nehmen. Er wusste, wohin er wollte. Für den Märchenpark war kein Wetter. So viel stand fest. Der Regen verlangte nach geschlossenen Räumlichkeiten.

Nach etwa vierzig Minuten Autobahnfahrt erreichte Krawinckel die in den Vogelsberg führende Landstraße. Eine weitere Viertelstunde später erreichte er Freiensteinau, bog auf einen Feldweg ein und hielt nach wenigen Metern vor einem kleinen Haus am Waldrand. Es war aus massiven hellbraunen Natursteinen errichtet und hatte ein dunkelbraunes Ziegeldach. Zur Terrasse hin war ein Wintergarten angebaut worden.

Die Frontseite des Häuschens eröffnete einen grandiosen Blick über endlose Felder bis hin zu einer Mittelgebirgskette am Horizont. Mitten durch die zum Teil mit Gras bestandenen Äcker schlängelte sich ein kleiner Weg, an dessen leicht abschüssigen

Ende man eben noch die Spitzen der Dächer eines kleinen Dorfes erkennen konnte.

Rupa warf einen Blick aus dem Seitenfenster des Autos. Während der gesamten Fahrt hatte sie nicht ein einziges Wort gesprochen. Sie hatte Krawinckel aus den Augenwinkeln beobachtet und sich die Erzählungen ihrer Schwester Sunita über ihn in Erinnerung gerufen. *Am Anfang hatte ich Angst vor ihm. Ich meinte, ihm in allem folgen zu müssen, wozu er mich aufforderte. Später tat er mir nur noch leid, weil er ein Schwächling ist,* hatte Sunita ihr einmal abends vor dem Einschlafen gesagt.

Krawinckel machte sich wegen der Schweigsamkeit Rupas keine Sorgen. Kinder waren wohl so geartet. Er hatte sich die Zeit während der Fahrt mit einigen Musik-CDs vertrieben. Musik der Welt, mit indischen Kinderchören. Ihm war aufgefallen, dass Rupa interessiert zugehört hatte.

Vor dem Landhaus stieg Krawinckel aus und öffnete das gewaltige hölzerne Gartentor, das in den Metallzaun eingebaut war. Er stellte den Wagen in die Einfahrt des riesigen Grundstücks, das von zahlreichen heimischen Bäumen und Sträuchern bestanden war. Anschließend schaute er zu Rupa hin. »Kannst du alleine aussteigen, oder soll ich dir helfen?«

Rupa nestelte am Sicherheitsgurt. »Es geht schon.«

Krawinckel ging um das Fahrzeug herum zum Kofferraum und entnahm ihm eine ockerfarbene Ledertasche. »Ich habe uns ein bisschen was zum Essen mitgenommen. Gefällt es dir hier?«

Das Mädchen nickte. Rupa hatte sich zwischenzeitlich aus dem Auto befreien können und folgte Krawinckel zur Haustür, die aus dunkelbraunem Holz war. Sie entsprach farblich dem Gartentor und der Umzäunung der Terrasse.

Den Lichtschalter musste Krawinckel mit der Hand ertasten. »Ich muss erst einmal die Läden öffnen, damit wir etwas sehen können.«

Der kleine quadratische Flur lag in einem gedämpften Lichtschein. Rupa blieb stehen und schaute zu Boden. Von ihrer Umgebung nahm sie keine Notiz.

Als Krawinckel zurückkehrte, hängte er zunächst Rupas Cordmantel auf. Anschließend wollte er sie an der Hand nehmen und ihr die Räume zeigen. Sie griff in ihre Hosentasche und gab vor, etwas zu suchen. Nach einer Weile des Wartens ging Krawinckel alleine voran. »Gestern Abend habe ich Herrn Funk angerufen und ihn gebeten, die Heizung einzuschalten. Deshalb ist es so schön mollig hier. Herr Funk ist ein netter Mann, der sich um das Haus kümmert, wenn ich nicht da bin.«

Sie waren im Wohnzimmer stehen geblieben, das einen weiten Ausblick auf die Felder gewährte. Die Miene von Rupa blieb unbewegt. Ihr war nicht anzumerken, ob sie zugehört hatte. Steif wie ein Stock stand sie da und schaute an Krawinckel vorbei zur Wand. Der beugte sich zu ihr herunter und streichelte ihr übers Haar. »Jetzt wollen wir es uns ein bisschen gemütlich machen. Was hältst du davon? Was möchtest du am liebsten machen? Ich habe ein paar schöne Kinderbücher hier, die ich deiner Schwester überlassen habe, wenn sie mich hier besucht hat. Sie war oft hier.«

Krawinckel polierte seine Fingernägel an den Hosenbeinen. »Zum Essen ist es noch zu früh. Oder hast du schon Hunger? Nein, ich denke wir machen zuerst ein bisschen Programm. Möchtest du vielleicht lieber eine schöne DVD sehen? Ich habe ein paar spannende Kinderfilme da. Wir könnten uns einen davon anschauen. Erst einmal hole ich dir etwas zu trinken. Wahrscheinlich magst du jetzt am liebsten eine Cola.«

Er ging zur Küche und kam kurz darauf mit einem sprudelnden Glas zurück. Rupa hatte noch immer dieselbe Haltung eingenommen. Krawinckel reichte ihr das Glas und betrachtete sie einen Moment. Dann drehte er den Kopf in Richtung der Haustür. »Ich glaube, es hat eben geläutet. Man hört das kaum, weil die Klingel so leise ist. Ich wollte sie schon immer mal austauschen lassen.«

Spontan ergriff er Rupa bei der Hand und zog sie mit sich in den Flur. »Warte! Es muss dich nicht jeder hier sehen. Die Leute kommen heutzutage auf äußerst seltsame Gedanken. Das verstehst du noch nicht. Pass auf!«

Krawinckel hob den bunt gemusterten Teppich an, der wesentliche Teile der braunen Fliesen im Flur bedeckte. Darunter befand sich eine rechteckige Pressspanplatte, in die ein kleines kreisförmiges Loch eingelassen war. Er griff mit dem Zeigefinger hinein und hob die Platte an. Im Anschluss daran langte er unter den Boden und bediente dort einen Lichtschalter. Die beleuchtete Öffnung zeigte einen kleinen Kellerraum, der mit den üblichen Baumarktmöbeln und einem Fernseher komplett eingerichtet war. Eine einklappbare Holztreppe führte nach unten.

Mit raschem Griff langte er nach Rupas Arm. »Schnell! Geh da hinunter. Es ist schön dort. Deine Schwester hat sich immer gern in diesem Zimmer aufgehalten. Es ist wie eine Höhle. Ich komme gleich nach, sobald ich den Besucher losgeworden bin.«

Rupa zögerte einen unmerklichen Moment. *Es wird Situationen geben, wo du alleine und unsicher bist, was du tun sollst. Ich kann dich nicht immer als große Schwester beschützen. Die Menschen hier haben nur Geld und ihren Spaß im Kopf. Dafür tun sie sogar Böses. Aber sie können uns nicht wirklich weh tun. Du musst dich nie vor ihnen fürchten. In Indien haben wir gelernt, dass die äußeren Sachen keine Bedeutung haben. Die einzigen wichtigen Dinge sind in uns selbst drin. Deshalb vertraue immer auf deine innere Stimme. Das ist deine Stärke*, hörte sie Sunita sagen.

Ihre kleine Hand umklammerte das Treppengeländer. Mit festem Schritt stieg sie vorsichtig in die Tiefe.

Krawinckel kicherte lautlos vor sich hin. Lächelnd ging er in die Küche und goss sich einen Schnaps ein.

15. Kapitel

Um die Mittagszeit desselben Tages zog sich Köhler keuchend an dem hölzernen Treppengeländer des herausgeputzten Stilaltbaus in der Martin-Luther-Straße zum dritten Stockwerk hoch. Schreiner war ihm immer ein paar Treppen voraus und feixte. »Das ist der falsche Weg, um eine Versetzung in die Frührente zu provozieren. Darauf fällt niemand mehr herein. Du bekommst höchstens ein Dienstaufsichtsverfahren an den Hals, weil du deine Pflicht zum Dienstsport vernachlässigt hast.«

Die beiden Polizeibeamten hatten problemlos die Wohnung des indischen Jungen Dubho ermittelt. Nach Schilderung der Klassenlehrerin sollte er der Vertraute von Sunita gewesen sein. Bei der Mutter von Dubho hatten sie sich telefonisch angemeldet und gefragt, wann er aus der Schule zurück sein würde. Sie waren mit einem der älteren unauffälligen Dienstwagen der Kripo vom Polizeipräsidium in den Frankfurter Stadtteil Nordend gefahren. Es war nur eine Fahrstrecke von wenigen Minuten gewesen.

Auf ihr Klingeln öffnete die Mutter des Jungen. Die Frau war klein und zierlich, trug die langen schwarzen Haare nach hinten zu einem Knoten gebunden und war mit einem rot-goldenen Sari bekleidet. Nachdem sich Schreiner und Köhler ausgewiesen und vorgestellt hatten, nickte sie knapp zur Begrüßung und hielt die Wohnungstür geöffnet. »Treten Sie ein.«

Frau Namgyal ging voraus und führte die beiden Beamten in einen hellen großen Raum, der spartanisch ausgestattet war. Er war im Wesentlichen von einigen großen Sesseln angefüllt, die mit gelber Naturseide bezogen waren und schwere hölzerne Armlehnen aufwiesen. Die Sessel waren in weitem Abstand voneinander an zwei gegenüberliegenden Wänden aufgestellt.

Nachdem Frau Namgyal Platz genommen hatte, bot sie Schreiner und Köhler zwei Sessel auf der anderen Zimmerseite an. »Entschuldigen Sie, wenn mein Deutsch nicht perfekt ist. Wir sind noch nicht lange in diesem Land. Brauchen wir meinen Sohn Dubho? Ich habe mir alles von ihm erzählen lassen, was Sie am Telefon als Anlass für Ihren Besuch genannt hatten.«

Köhler tauschte mit Schreiner einen kurzen Blick. Er rutschte auf dem Sessel nach hinten, konnte sich aber wegen der Länge der Sitzfläche nicht zurücklehnen, ohne dass seine Unterschenkel mit auf den Seidenbezug gekommen wären. Mit freundlicher Miene setzte er sich wieder etwas weiter nach vorn und stützte die Handflächen auf die Knie. »Ihr Deutsch ist hervorragend. Trotzdem wären wir Ihnen sehr dankbar, wenn Ihr Sohn bei dem Gespräch dabei sein dürfte. Wir würden ihn gerne unmittelbar befragen. Manchmal kann uns eine Angabe durch die Wahl der Worte weiterhelfen. Außerdem wissen wir aus Berufserfahrung, dass sich gelegentlich Anschlussfragen ergeben können.«

Frau Namgyal wandte ihr Gesicht zur Tür. »Dubho? Komm bitte zu uns und setz dich hier neben mich.«

Dubho trat ein. Er schien vor der Tür gestanden zu haben. Der Junge machte einen auffällig gepflegten Eindruck. Er trug eine randlose Goldbrille und war mit Jeans und einem roten Sweatshirt bekleidet, das mit einem goldenen Buddha bedruckt war. Seine Blicke wanderten zu den beiden Beamten. Er ging auf sie zu, begrüßte sie und setzte sich in kerzengerader Haltung neben seine Mutter.

Schreiner musterte Dubho und strich sich durch den Bart. »Du bist also Dubho?«

Der Junge sah zu Boden und nickte. »Ich werde allerdings auch Khema genannt. Das ist mein buddhistischer Name, den ich nach meinem Klosteraufenthalt bekommen habe. Sie dürfen aber ruhig Dubho zu mir sagen.«

Schreiner nahm sich vor, den Hintergrund dieser buddhistischen Namensgebungen später im Internet abzufragen. Mit aufmerksamer Miene schaute er Dubho an. »Vorgestern ist einem Mädchen etwas sehr Schlimmes passiert. Es ist von einem Hochhaus gestürzt. An den Verletzungen ist es gestorben. Wir müssen leider annehmen, dass jemand das Mädchen gestoßen hat.«

Dubho nickte mehrmals. Frau Namgyal machte eine mäßigende Handbewegung, die er nicht beachtete. Mit seinen weit geöffneten dunkelbraunen Augen fixierte er Schreiner. Dann richtete er seinen Blick zu Boden. Er kaute kurz an seinem Daumennagel. »Das weiß ich schon aus der Schule. Außerdem hat mir meine Mutter alles erzählt. Ich weiß auch, dass Sie Kriminalbeamte sind.«

Köhler lachte. »Das stimmt. Deshalb wollen wir herauskriegen, wer das getan hat. Du kannst uns dabei vielleicht helfen. Das Mädchen hieß Sunita Beuchert. Kanntest du sie?«

Wieder nickte Dhubo. Er gab seine steife Haltung nicht auf, sondern rutschte auf dem Sitz nach vorn, legte die Oberarme auf die Knie und starrte wieder zu Boden. Kleine Schweißperlen zeichneten sich auf seiner Stirn ab. »Sunita war meine Freundin. Nicht dass wir zusammen gingen. Wir verstanden uns halt gut.«

Schreiner umklammerte die Zigarettenschachtel in seiner Tasche und seufzte. »Hätte Sunita uns dasselbe geantwortet, wenn wir sie nach dir gefragt hätten? Was meinst du?«

Durch den Oberkörper von Dubho ging ein Zucken. Wieder kaute er an den Nägeln. Seine Haltung blieb verkrampft. »Ich denke schon. Warum fragen Sie mich das?«

»Weil es wichtig sein kann, wie die Menschen, die Sunita kannten, tatsächlich und gefühlsmäßig zueinander standen. Gab es vielleicht jemand, der Sunita nicht so gut leiden konnte wie du?«

Dubhos Miene hellte sich auf. Er überlegte einen Moment und schüttelte den Kopf. »Nein. Ich kenne niemand. Es gab keinen Grund dafür. Sunita war zu allen freundlich. Sie war beliebt.«

Frau Namgyal hob die Hand und sah zu Köhler hin. »Sie war ein stilles Mädchen, sehr zurückhaltend. Allerdings verstand sie es auch, sich zu wehren. Sie wusste ziemlich genau, was sie wollte. Es wäre ein Fehler gewesen, sie wegen ihrer Schweigsamkeit und ihrer Distanziertheit zu unterschätzen. Zu unserer Familie hat sie regelmäßig Kontakt gehalten. Häufiger aß sie mit uns zu Mittag und hat anschließend noch mit Dubho zusammengesessen und geplaudert. Die beiden waren wie Geschwister.«

Köhler sah Dubho an. »Worüber habt ihr euch denn so unterhalten?«

Der Körper von Dubho versteifte sich wieder. Er wischte sich über Stirn und Augen und biss erneut auf seinen Daumennagel. Dann legte er die Hand vor den Mund und zögerte. »Über alles Mögliche. Über die Schule, die Lehrer, andere Schüler. Manchmal auch über Indien. Sunita hat vor allem viel vom Malen erzählt. Es war ihre Lieblingsbeschäftigung. Sie wollte später einmal Malerin werden.«

»Sie konnte wunderschön malen«, ergänzte Frau Namgyal. »Ein besonderes Talent.«

Schreiner kratzte sich in den Haaren und zeigte mit dem Finger auf Dubho. »Gab es irgendeine Sache, über die ihr am liebsten gesprochen habt? Hat dir Sunita vielleicht sogar irgendwelche Geheimnisse anvertraut?«

»Es gab nichts Besonderes. Nur das, was ich schon gesagt habe.«

»Gar nichts, worüber man nur mit seinem – sagen wir mal – besten Freund redet?«, hakte Schreiner nach.

Dubhos Wangen begannen unter seiner braunen Haut zu glühen. Er schaute unter sich und drehte mit seinem Zeigefinger Kreise auf seinem roten Sweatshirt. »Sunita hatte kein Interesse an mir als Junge, wenn Sie das damit meinen. Ich habe schon gesagt, dass wir nicht zusammen gingen. Wir haben manchmal über unsere Religion geredet, falls Sie darauf hinauswollen. Mit unseren Mitschülern konnten wir darüber nicht sprechen. Es interessierte sie nicht. Außerdem verstanden sie nichts davon. Wir haben es gar nicht erst probiert.«

Schreiner überlegte. Wieder streckte er den Zeigefinger in Dubhos Richtung aus. »Wie war es umgekehrt? Hättest du dir über die bestehende Freundschaft hinaus eine stärkere Zuneigung von Sunita gewünscht? Du bist doch immerhin ein wenig älter, als sie es war.«

Frau Namgyals Gesichtszüge wurden frostig. »Das kann nicht sein. Dubho hätte mir das erzählt. Natürlich sind beide Kinder in unserem Kulturkreis schon fast im ehefähigen Alter. Aber Dubho hat sich rasch den hiesigen Verhältnissen angepasst. Er ist in vielen Dingen noch sehr unreif.«

Dubho konnte seine Verlegenheit nicht verbergen. Er schüttelte den Kopf, seine Hände krallten sich ineinander.

Köhler machte ein nachdenkliches Gesicht. »Gut. Mir ist jetzt klar, dass es keine Geheimnisse gab, über die ihr gesprochen habt. Hast du denn vielleicht Beobachtungen gemacht, die dir komisch vorkamen?«

Dubho runzelte die Stirn. »Was meinen Sie damit? Wollen Sie jetzt etwas über das große Auto wissen?«

Schreiner und Köhler tauschten einen kurzen Blick, bevor Köhler fragte: »Interessierst du dich für Autos? Was war mit dem großen Auto?«

»Eigentlich sind mir Autos egal. Ich kenne die einzelnen Marken kaum. Nur die, die jeder fährt. Mercedes, BMW, VW und so. Ich weiß nicht, was das für ein Auto war. Jedenfalls war es riesig groß.«

»Ich weiß es auch nicht«, warf Frau Namgyal ein. »Von der Geschichte hat er mir nie etwas erzählt.«

Schreiner nickte Frau Namgyal zu und sah wieder zu Dubho hin. »Was hat denn dieses große Auto mit Sunita zu tun?«

»Ganz einfach. Es stand einmal nach Schulschluss in der Nähe der Schule. Sunita war mindestens hundert Meter von mir entfernt. Ich wollte sie einholen, um noch ein bisschen mit ihr zu reden. Auf einmal stieg sie in das große Auto und fuhr weg.«

»Hast du gesehen, wer noch in dem Auto war?«, fragte Schreiner.

»Ja, aber nur von hinten. Es war ein alter Mann. Er hatte schon graue Haare. Es war nicht ihr Papa.«

Frau Namgyal wandte sich ihrem Sohn zu und unterbrach ihn mit erhobenem Zeigefinger. »Schwindelst du auch nicht? Nicht, dass du zu viel Harry Potter gelesen hast. Du musst nicht etwas erfinden. Die Sache ist zu traurig und zu wichtig.«

Dubho schüttelte mehrmals den Kopf. »Quatsch! Es war so, wie ich es sage.«

Schreiner und Köhler gaben die starre Haltung, die sie zuvor eingenommen hatten, gleichzeitig auf und begannen unisono zu sprechen. Schreiner sah zu Köhler hin, lächelte und überließ ihm mit einer einladenden Handbewegung den Vortritt.

»Weißt du, wie der Mann heißt, oder kannst du uns genauer beschreiben, wie er aussieht?«

»Seinen Namen kenne ich nicht. Sunita hat ihn mir nie genannt. Er war immer im Anzug und sah vornehm aus.«

Mit argwöhnischem Blick musterte Schreiner den Jungen. »Vorhin sagtest du, Sunita sei *einmal* von dem älteren Mann mit dem auffälligen Auto abgeholt worden. Jetzt hast du gesagt, dass er *immer* im Anzug war.«

Die braunen Wangen von Dubho wechselten in ein cremefarbenes Weiß. Wieder kaute er an den Nägeln und fixierte den Boden. Seine Stimme wurde lauter. »Ich weiß es selbst nicht mehr so genau. Sie fragen so komisch. Ich verstehe nicht, worauf Sie hinauswollen. Es kann einmal, es kann auch mehrmals gewesen sein. Jedenfalls war er schon alt.«

Schreiner nestelte in der Tasche, worin er seine Zigaretten verwahrte. Nach einigem Suchen zog er eine mehrmals gefaltete Fotokopie hervor. Er klappte sie auf, betrachtete sie, stand auf und ging zu Dubho hin. »Ich wollte dich sowieso heute fragen, ob du den Mann auf diesem Bild schon einmal gesehen hast. Deshalb habe ich es mitgebracht. Schau ihn dir genau an. Ist das vielleicht der Mann, der Sunita einmal oder mehrmals von der Schule abgeholt hat?«

Frau Namgyal schaute ihrem Sohn seitlich über die Schulter. »Diesen Mann habe ich noch nie gesehen.«

Dubho legte die Kopie auf seinen Schoß und glättete sie. »Es kann sein. Das Bild ist nicht so gut, weil es schwarz-weiß ist. Er war ein paar Mal an der Schule. Ich erinnere mich jetzt besser. Sunita ist immer zu ihm hin. Dann sind sie zusammen weggegangen. Er stand aber immer weit weg. Deshalb würde ich ihn vielleicht nicht wiedererkennen. Also, er ist es wohl.«

»Sicher?«, fragte Schreiner. »Oder nicht so ganz? Sag es lieber ehrlich, wenn du unsicher bist. Das ist überhaupt nicht schlimm. Es geht Erwachsenen oft genauso.«

»Je länger ich das Foto betrachte, umso unsicherer werde ich.«

Köhler biss sich auf den Daumen. »Haben du und Sunita über diesen Mann gesprochen?«

»Ganz selten. Eigentlich nur ein einziges Mal. Sie hat gesagt, dass sie ihn nicht leiden kann. Ihr Vater würde sie drängen, nett zu ihm zu sein. Sunita wollte nichts von ihm erzählen, weil er so eklig sei.«

Schreiner zog beide Augenbrauen in die Höhe. »Eklig? Wieso eklig? Hat sie dazu etwas Genaueres gesagt?«

Dubho schmunzelte und drehte wieder mit dem Zeigefinger Kreise auf seinem Sweatshirt. »Sie meinte, der Mann würde sich wie eine Frau benehmen.«

»Wieso wie eine Frau?«, fragte Schreiner.

»Halt weibisch und so. Er würde sich immer übertrieben pflegen. Ich weiß nicht mehr genau, ob sie erzählt hat, dass er sich schminkt. Irgendetwas in dieser Richtung hat sie behauptet.«

Schreiner kniff die Augen zusammen. »Könnte sie auch etwas anderes gemeint haben, zum Beispiel ...« Er grübelte, reckte sich zu voller Größe auf und machte eine wegwerfende Handbewegung. »Lassen wir das. Eine abwegige Idee von mir.«

Köhler kaute auf seiner Unterlippe. »Hat sie sonst gar nichts von ihm erzählt? Nichts darüber, was sie gemeinsam unternommen haben?«

»Nein, das war alles. Sie hat von sich aus nichts mehr gesagt, und ich habe nicht gefragt. Das tut man nicht.«

»Du weißt ganz bestimmt, dass es enorm wichtig ist herauszufinden, wer deine Freundin über das Geländer gestoßen hat«, sagte Köhler. »Das schaffen wir allerdings nur, wenn wir ganz sichere, genaue Angaben haben. Überlege noch einmal ganz genau, ob der Mann auf dem Foto wirklich derjenige ist, der öfters vor der Schule auf Sunita wartete.«

Dubho legte die Stirn in Falten. »Das habe ich doch schon gesagt. Ich bin mir nicht ganz sicher.«

Schreiner schubste Köhler an. »Lass mal, Günter. Wir können bestimmt noch mehr Aufnahmen besorgen. Vielleicht sogar in Farbe. Die kann sich der Junge in Ruhe anschauen. Wir sollten das jetzt nicht zementieren.«

Frau Namgyal hielt den Kopf leicht schräg und schaute die beiden Beamten an. »Stimmt etwas nicht? Müsste mein Sohn den Mann kennen? Er sagt bestimmt nicht mit Absicht die Unwahrheit.«

Köhler wehrte ab. »Nein, nein. Es ist alles in Ordnung. Sie müssen nur verstehen, dass wir bei solchen Taten besonders gründlich sein müssen. Ihr Sohn gibt sich große Mühe und hat uns schon viel geholfen.«

Schreiner warf seinem Kollegen einen strafenden Blick zu. »Wir dürfen Ihnen jetzt natürlich noch keine Einzelheiten erzählen. Mit hoher Wahrscheinlichkeit müssen wir mit Ihrem Sohn noch eine förmliche Vernehmung machen, schriftlich bei uns im Büro. Da darf er nicht durch unsere Hinweise voreingenommen sein. Im Augenblick möchte ich nur noch von Dubho wissen, ob er uns das große Auto ein wenig näher beschreiben kann.«

Dubho kratzte sich am Kopf. Er fröstelte und rieb sich die Oberarme. »Es war auf jeden Fall schwarz mit silbergrau. Die Marke ist mir noch nicht eingefallen, obwohl Sunita sie einmal genannt hatte. Ich weiß nur, dass die Kiste so groß war, dass Sunita einsteigen konnte, ohne sich zu bücken.«

Schreiner musste lachen. »Vielleicht ein Rolls-Royce?«

Dubho schüttelte den Kopf und rutschte auf seinem Platz hin und her. »Bedeutet das jetzt, dass dieser Mann Sunita umgebracht hat?«

Schreiner warf die Hände zum Himmel. »Um Gottes willen, nein! So darfst du unsere Fragen nicht verstehen. Schau mal, das ist wie bei einem Rätselspiel. Jeden Tag gibt es ein paar Informationen mehr. Ständig denken wir darüber nach und überlegen, wie alles gewesen sein könnte. Natürlich irren wir uns manchmal und fangen wieder von vorn an. Irgendwann haben wir dann so viele Bausteinchen zusammen, dass wir beweisen können, wie alles war. Das, was du uns gesagt hast, war eines dieser Bausteinchen. Verstehst du? Wir brauchen ganz viele Menschen, die Sunita gekannt haben. Dann können wir uns bald ein Bild machen. Dabei hast du uns sehr geholfen. Wir können jetzt zum Beispiel weitere Erkundigungen über diesen Mann einholen, etwa bei Sunitas Vater oder in der Schule. Man wird uns sicher genauso unterstützen, wie du das gemacht hast. Übrigens wäre es schön, wenn du über unser heutiges Gespräch vorerst mit niemand sprichst. Weißt du, die Leute wissen nicht so viel wie wir hier und reden dann nur dummes Zeug.«

Dubho zeigte wieder Erleichterung und nickte. »Das tue ich bestimmt nicht.«

Frau Namgyal legte die Hände ineinander und schaute zu Köhler hin. »Dubho ist so erzogen, dass er Dinge für sich behalten kann. Sie werden diesem Mann nicht sagen, dass mein Sohn ihn beschrieben hat, falls sie auf seine Spur kommen?«

Köhler stand auf und schüttelte den Kopf. »Da können Sie ganz beruhigt sein.« Er sah Schreiner an und sagte: »Gehen wir. Weiter kommen wir heute nicht.«

»Einen Moment noch«, wehrte Schreiner mit erhobener Hand ab, worauf Köhler sich wieder hinsetzte. »Frau Namgyal, Sie haben vorhin gesagt, dass Sunita genau gewusst hätte, was sie wollte, und es deshalb ein Fehler gewesen wäre, sie zu unterschätzen. Was meinten Sie damit? Können Sie das anhand eines Beispiels beschreiben?«

»Ich sage das jetzt mit meinen Worten, nicht mit Sunitas.« Sie griff sich mit der Hand an die Schläfe und konzentrierte sich. »Sunita sollte auf Wunsch ihrer christlich orientierten Klassenlehrerin am Religionsunterricht teilnehmen. Das trieb sie wegen ihrer in Indien genossenen buddhistischen Erziehung in einen Konflikt. Zunächst besuchte sie die Religionsstunden, um in Ruhe darüber nachzudenken, wie sie sich am besten verhalten sollte. Irgendwann hatte sie die aus ihrer Sicht richtige Lösung gefunden. Ihr war aufgefallen, dass die Lehrerin im Unterricht großen Wert auf Harmonie legte. Eines Tages erklärte sie ihr, dass sie keinen Gefallen an dem Unterricht finde und ihm besser künftig fernbleibe. Anderenfalls könne jede Religionsstunde ein Problem werden.«

»Hat Sunita Ihnen diese Geschichte erzählt und erläutert, wie das Problem aussehen sollte?«, fragte Schreiner.

»Nein. Ich sagte schon, dass sie andererseits sehr zurückhaltend war. Sie hat es eines Tages mit stolzem Lächeln Dubho berichtet. Mehr hat sie nicht gesagt. Es war nicht ihre Art, auf Nachfragen weitere Erklärungen abzugeben.«

Dubho nickte nur und sah keinen Anlass zu einer Ergänzung. Schreiner blieb noch einen Augenblick sitzen und betrachtete Dubho, das Kinn in die linke Hand gestützt. Anschließend gab er Köhler ein Zeichen, sich zu erheben.

Die Beamten bedankten und verabschiedeten sich. Schreiner streichelte Dubho über die Haare. Dubho schüttelte sich. »Das tut man in Asien nicht. Das bringt Unglück.«

Frau Namgyal senkte den Kopf. »Das stimmt!«

Schreiner zückte seine Brieftasche und entnahm ihr eine Visitenkarte. Er legte sie auf ein Tischchen im Flur. »Falls Dubho noch etwas einfällt, können Sie mich gerne anrufen.«

Als die Beamten das Haus verlassen hatten, schubste Köhler seinen Kollegen an. »Du warst doch schon mehrfach im Urlaub in Asien. Hast du dort nicht gelernt, dass man Kindern nicht über die Haare fährt?«

»Selbstverständlich. Weil ich es wusste, habe ich es ja getan. Ich wollte ihm Angst machen. Irgendetwas stimmt mit dem Burschen nicht. Hast du nicht gemerkt, wie viel Angst der hatte und wie verlegen er dauernd war? Die gesenkten Blicke, das Kauen an den Fingernägeln und die Zurückhaltung bei den Fragen zu seinen Empfindungen für Sunita? Der weiß viel mehr, als er zugegeben hat.«

16. Kapitel

Rainer Wegmann warf mit einer ruckartigen Kopfbewegung seine blond gefärbten Dauerwellen nach hinten und klatschte in die Hände. »Schluss jetzt! Feierabend für heute! Wir müssen ausnahmsweise pünktlich aufhören. Ich muss noch zu einem wichtigen Termin.«

Die fünf muskulösen Männer in Sportbekleidung, die eben noch in der heruntergekommenen Halle mit dem abgeblätterten Putz die Sandsäcke und Punchingballs bearbeitet und an den umstehenden Bodybuilding-Geräten trainiert hatten, beendeten ihre Übungen und zogen sich in die Umkleidekabine zurück. Wegmann hielt den letzten der Männer auf und drückte ihm einen Schlüssel in die Hand. »Du machst zu und wirfst den Schlüssel in den Briefkasten, Robert. Ich haue ab.«

Ein Blick auf seine Rolex zeigte Wegmann, dass es fast 19:00 Uhr war. Er ließ sich auf den Fahrersitz seines fliederfarbenen Jaguars fallen und fuhr von Fechenheim aus über die Hanauer Landstraße in die Frankfurter Innenstadt. Freitags war um diese Zeit nicht mehr viel auf der Straße los, weil der Berufsverkehr viel früher als an den sonstigen Tagen einsetzte.

In der Nähe des Eschenheimer Turms, eines Überbleibsels der alten Stadtmauer, fuhr er ins Parkhaus. Im fünften Stock fand er einen freien Einstellplatz. Er nahm keine Notiz von der geöffneten Fahrstuhltür, sondern bevorzugte die Treppen bis zum Erdgeschoss. Die Schiller-Passage, ein stilvoll restauriertes Altbauensemble, das Frankfurt der Planung eines später verurteilten Wirtschaftsstraftäters verdankte, ließ er links liegen. Er ging zur Hochstraße und warf einen Blick auf das denkmalgeschützte Stadtbad Mitte mit seinem gewellten Dach, das seit einiger Zeit Teil des Hilton-Hotels geworden war. Nachdem er in den spiegelnden Fensterscheiben sein Erscheinungsbild geprüft hatte, betrat er die Hotel-Lobby.

Rainer Wegmann suchte zunächst die Waschräume auf, um seine frischen Dauerwellen zu ordnen, die der Wind ihm zerzaust hatte. Am Morgen hatte er beim Kämmen festgestellt, dass graue

Haare nachgewachsen waren. Er hasste das. Die aufgetragene blonde Tönung fand er natürlich und jugendlich.

Seine Klamotten sowieso. Die neue Lederjacke glich in Farbe und Oberfläche einer Apfelsine. Sie passte nach seinem Empfinden hervorragend zu den hellblauen Jeans und dem weit geschnittenen weißen Hemd, das ihn beim Kauf an die Bekleidung der drei Musketiere erinnert hatte.

Wieder schaute er auf seine Rolex und bemerkte, dass er bis zu seiner Verabredung noch ein paar Minuten Zeit hatte. Trotzdem entschloss er sich, jetzt schon die neben der Lobby gelegene Asia-Bar aufzusuchen. Er trat durch eine Seitentür ein und fand sich am Kopfende der Bar wieder, wo eine mehr als lebensgroße goldene Buddhafigur auf einem Tisch platziert war. Rechts und links davon waren zwei Glasschalen mit frischen Blumen aufgestellt. Wegmann fand, dass die Statue der dämmrigen Bar einen besonders anziehenden Charakter verlieh. Eine Skulptur mit dem Gekreuzigten hätte sicher nicht dieselbe Ausstrahlung erzielt.

Die Bar war noch fast leer. Wegmann ging auf einen der Tische gegenüber dem Tresen zu und setzte sich. Den kleinen halbrunden Sessel füllte er vollständig aus. Schick, aber unbequem.

Bei der zarten Kellnerin, offensichtlich eine Thai, bestellte Wegmann einen Jack Daniels ohne Eis. Kurz darauf brachte sie ihm den Whisky und stellte eine bunte Porzellanschale mit Erdnüssen dazu. Wegmann nahm einen Schluck, steckte sich eine Zigarette an und schielte zum Haupteingang.

Wegmann wartete. Er ließ seine Blicke durch den Raum streifen, bis sie wieder an der kleinen Thaifrau hängen blieben. Er leckte sich über die Lippen. Nicht schlecht die Kleine. Bestimmt für einen wie ihn zu haben, so viel stand fest.

Als der Sessel neben ihm zurückgezogen wurde, zuckte er zusammen und sah auf. Vor ihm stand ein kräftiger älterer Mann mit dichtem grauem Haar, bekleidet mit schwarzem Lederblouson, rotem Polohemd und Jeans. Der Mann lächelte und streckte Wegmann die Hand entgegen. »Hallo, Rainer. Du hast heute Morgen gemeint, dass mein Typ verlangt wird. Hier bin ich.«

»Tag, Alter. Schön, dass du deinen Hintern bewegt hast. Setz dich und bestelle dir einen ordentlichen Drink. Ich lade dich ein.«

Das Thaimädchen war schon an den Tisch herangetreten. Der Vater hängte seine Lederjacke über die Rückenlehne und nahm Platz. »Na, wenn das so ist. Einen ordentlichen französischen Cognac. Nein, einen doppelten.«

»Hast du gut hierher gefunden?«, fragte Rainer Wegmann.

»Kein Problem. Ich habe die U-Bahn bis zum Eschenheimer Tor genommen. Du weißt ja, dass ich seit einiger Zeit das Autofahren sein lasse.«

Die Bedienung brachte den Cognac. Die beiden Männer prosteten sich zu. Der alte Wegmann nahm einen tiefen Schluck und grunzte. »Nicht übel. So, jetzt kann es von mir aus losgehen. Wo liegt der Hund begraben? Falls du Geld brauchst, bist du bei mir an der falschen Adresse. Das weißt du ja. Ich bräuchte selber mehr, als ich habe.«

»Das ist ein guter Einstieg in unser heutiges Thema, Paps. Deine Tochter, meine liebe Schwester Ellen, hat mich um einen kleinen Gefallen gebeten. Bist du dabei?«

Der alte Wegmann zündete sich eine Zigarette an, sog den Rauch durch Mund und Nase, trank erneut einen kräftigen Schluck Cognac und lehnte sich zurück. »Selbstverständlich! Noch besser, wenn es uns etwas einbringt. Worum geht es denn?«

»Wir sollen ein bisschen Überzeugungsarbeit leisten, um die Einsichtsfähigkeit eines Menschen zu erhöhen. Die Einzelheiten erkläre ich dir, bevor wir uns mit dem Typ unterhalten. Du verstehst, was ich meine?«

»Wer dir nicht folgen kann, hat selbst Schuld. Um wen handelt es sich?«

»Du kennst die Person nicht. Das ist auch nicht nötig. Wenn dich später irgendjemand ausfragen sollte, kannst du mit Fug und Recht behaupten, dass du von nichts gewusst hast. Das kann manchmal sehr nützlich sein.«

»Weshalb will deine liebe Schwester, dass wir für sie die Kohlen aus dem Feuer holen? Das hat doch bestimmt Gründe.«

Rainer Wegmann beschrieb mit der Hand einen Halbkreis, bevor er sich wieder eine Zigarette ansteckte. »Du kannst es mir glauben oder nicht. Ich weiß es nicht. Das Luder hat die Katze nicht aus dem Sack gelassen. Du weißt ja, wie sie sein kann. Sie meinte, dass sie mich gut dafür bezahlen würde. Das müsse für meine Motivation ausreichen.«

Der alte Wegmann lachte. »Das ist in der Tat entscheidend. Trotzdem würde mich interessieren, was dahintersteckt.«

»Mich auch. Das ist alles sehr geheimnisvoll. Vielleicht hat es etwas mit ihrem Göttergatten zu tun. Ellens Mann hat jeden Tag ausgesprochen merkwürdige Kontakte in alle Richtungen. Wichtige Leute. Mit viel Geld. Ich habe schon daran gedacht, dass er von jemand erpresst wird und nicht zahlen will. Reiche Leute sind geizig, sonst hätten sie kein Vermögen gemacht.«

»Seltsam! Es wäre gut, wenn wir mehr wüssten. Krawinckel könnte unser goldenes Kalb werden. Du kennst die Verhältnisse besser als ich und bist klug und gerissen. Streng dein Gehirn etwas an und nimm das Schwesterchen in die Mangel. Dir fällt bestimmt ein, welches kleine Geheimnis zum Schlüssel unseres künftigen Reichtums werden könnte.«

Rainer Wegmann zuckte mit den Schultern. »Ich habe mir das Hirn zermartert. Es fällt mir nichts ein. Dieses Haus steckt voller Merkwürdigkeiten. Da ist noch diese verblödete Halbschwester von Krawinckel, an der er mit einer Affenliebe hängt. Sie ist wirklich hübsch, aber das ist auch alles. Kurzum, ich weiß nicht, welches Spiel gespielt wird. Wir brauchen Geduld. Das Schwesterchen erwische ich noch auf dem falschen Fuß.«

»Irgendwie traue ich dir nicht. Was verschweigst du mir? Hältst du mich wirklich in meinem Alter für den geeigneten Partner, um deinen Auftrag zu erfüllen? Der Kerl, mit dem wir uns angeblich befassen wollen, könnte sich wehren. Oder gibt es einen anderen Grund, warum du mich dabeihaben willst? Soll ich vielleicht hinterher geopfert werden und die Sache auslöffeln?«

»Ich bitte dich. Die Woche über sehe ich dich im Box-Studio. Du bist schnell und hast Kraft wie ein Ochse. Im Krisenfall reicht das allemal.«

Der alte Wegmann wiegte den Kopf hin und her, trank seinen doppelten Cognac aus und schnipste mit den Fingern nach der Kellnerin. Das Thaimädchen sah vom Tresen aus auf und wollte herbeieilen. Wegmann senior winkte ab und deutete auf die beiden leeren Gläser. Nachdem die Bedienung ihm zugenickt hatte, wandte er sich wieder seinem Sohn zu. »Weiß deine Schwester, dass du diesen Auftrag mit mir erledigen willst?«

»Natürlich nicht. Sie hasst und fürchtet dich. Jedenfalls will sie nichts mit dir zu tun haben. Nach ihrer Meinung hast du Mutter auf dem Gewissen.«

Der alte Wegmann tippte mit dem Zeigefinger an seine Stirn. »Blödsinn. Sie müsste wissen, wie sich alles abgespielt hat. Du weißt, dass ich nicht gern von alten Zeiten rede. Das ist vorbei. Trotzdem wurmt es mich, dass deine Schwester so ungerecht urteilt. Was hätte ich denn anders machen sollen? Mein Vater hatte sich in den schweren Aufbaujahren nach dem Krieg einfach davongemacht. Er hatte die Nase von Frau und Kindern voll und wollte das Wirtschaftswunder alleine oder mit anderen Menschen erleben. Damals war er in guter Stellung. Er hatte Prokura bei einer großen Frankfurter Gesellschaft, die unter anderem mit dem Bau von Verhüttungsanlagen im Ausland ihr Geld verdiente. Er betreute die Bauvorhaben. Überall. Eines Tages ist er einfach nicht mehr wiedergekommen.«

Die kleine Thaifrau brachte die Getränke. Der alte Wegmann hielt sie an der Hand fest, trank in einem Zug seinen doppelten Cognac aus und streckte ihr nickend das Glas entgegen. Dann legte er seine Hand auf die seines Sohnes. »So! Wir sind schließlich nicht zum Spaß hier. Wo war ich stehen geblieben? Ja, meine Mutter blieb mit uns Kindern zurück, ohne Geld. Sie flickte Kleider in einer Großwäscherei. Das reichte hinten und vorne nicht. Ich war der Älteste und musste helfen. Im Lebensmittelladen bettelte ich, damit wir Kredit bekamen. Es war mir furchtbar peinlich, anschreiben zu lassen. Immer gab es Diskussionen vor all den anderen Kunden. Nachts ging ich dann aufs Land und klaute bei den Bauern Kartoffeln und Gemüse. Alles für Mutter und die Geschwister.«

Rainer Wegmanns tupfte sich über seine blonden Locken. Seine Gesichtszüge versteinerten. »So hast du noch nie mit mir gesprochen, Paps.«

Wegmann senior wurde der nächste Cognac serviert. Er nippte nur daran. »Weil mir die selbstgerechte Art deiner Schwester auf den Nerv geht. Natürlich habe ich irgendwann angefangen, zu viel zu trinken. Wie soll man dieses Elend sonst ertragen. Ich wollte wenigstens gelegentlich abschalten und vergessen können. Mein Leben lief ab wie im Rhönrad. Von morgens bis abends kümmerte ich mich um Mutter und Geschwister, ums blanke Überleben. Bis ich später arbeitslos wurde. Übrigens unverschuldet.«

Die Bar füllte sich mit einer Gruppe junger Frauen. Rainer Wegmann gefiel es, dass die jungen Damen ihn anschauten, weil er dies seiner unvergleichlichen Ausstrahlung und seinem modischen Erscheinungsbild zuschrieb. Er setzte sein blendendes Lächeln auf und zog keine nachteiligen Schlüsse daraus, dass die Neuankömmlinge durchwegs abweisende Gesichtszüge auflegten und wegschauten. Seine Laune war bestens. Plötzlich besann er sich wieder auf das von seinem Vater angeschnittene und noch nicht beendete Thema. Er setzte eine ernste Miene auf, ergriff sein Glas und wandte sich seinem Vater zu. »Prost, Alter. Lass alles raus.«

Der alte Wegmann stieß mit ihm an und leerte seinen Cognac. »Zum Wohl, mein Sohn. Ich mache es kurz, weil ich selbst keine Lust habe, an einem überholten Thema hängen zu bleiben. Die Dinge sind sowieso nicht mehr zu ändern. Außerdem hatte ich dann irgendwann einmal Glück im Leben. Nach dem Tod meiner Mutter dauerte es nicht lange, bis ich aus dem Ausland die Nachricht vom Tod meines Vaters erhielt. Kurzum, ich hatte geerbt. Nicht viel, aber es ermöglichte mir die Aufnahme einer bürgerlichen Existenz. Ich kümmerte mich um einen Beruf, teilte mit den Geschwistern und heiratete eure Mutter. Das hätte ich besser nicht getan.«

Das Lachen von Rainer Wegmann wirkte künstlich. »Das sieht Ellen anders. Aber das hatten wir schon.«

»Nein, das hatten wir noch nicht. Eure Mutter war ..., na ja, wie soll ich sagen? Die erste Zeit war ich glücklich. Endlich hatte ich das, was ich mir immer gewünscht hatte. Eine intakte Familie.«

»Ellen meint, du hättest sie schikaniert und deine größere Lebenserfahrung ausgespielt.«

»Unfug! Sie betrog mich mit einem amerikanischen Soldaten, der hier mit seiner Familie, Frau und zwei Kindern, stationiert war. Er betete ihr das alte Lied von der kaputten Ehe vor und beteuerte, er werde sich unverzüglich scheiden lassen und sie mit in die USA nehmen. Anfangs erfüllte er ihr alle Wünsche und gab immer neue Versprechungen ab. Ein neues Leben mit vielen Träumen. Eine große Farm mit tausend Rindviechern. Das einzige Rindvieh, das es wohl gab, war eure Mutter. Nachdem der Cowboy lange genug seinen Spaß mit ihr gehabt hatte, kehrte er bei Nacht und Nebel mit seiner Familie in die Vereinigten Staaten zurück. Nun stand sie da, eure Mutter.«

»Du warst nicht bereit, ihr zu verzeihen?«

»Sie fragte mich nicht einmal danach. Selbst wenn ich es gewollt hätte, hatte ich keine Chance. Wenige Tage später wurde sie gefunden. Ihre Leiche war in der Griesheimer Schleuse hängen geblieben.« Wegmann senior erhob seinen Cognacschwenker. »Jetzt sage ich Prost, mein Sohn.«

Rainer Wegmann nickte seinem Vater zu und trank sein Glas leer. Er steckte sich eine Zigarette an und begann, in seinem Sessel hin und her zu rutschen. »Was hältst du davon, wenn ich dir jetzt noch einen Cognac ausgebe und mich anschließend an die Bar setze. Du findest sicher alleine nach Hause. Ich habe den starken Eindruck, dass sich das kleine Thailuder da drüben in mich verlieben könnte, zumindest für heute Nacht.«

Der alte Wegmann lachte. Das diabolische Grinsen, das sein Sohn aufsetzte, als er sich in Richtung Tresen entfernte, sah er nicht mehr.

17. Kapitel

Rupa hatte sich zu derselben Zeit ins Badezimmer des Ferienhauses in Freiensteinau zurückgezogen, ohne dies gegenüber Phillip Krawinckel zu erwähnen. Sie wollte sich sammeln, sich selbst gehören. Wie beim Meditieren.

Jetzt hast du den Beweis, hörte sie Sunitas Stimme. Sie betrachtete sich im Spiegel und fuhr sich leicht mit den Fingern durch ihre langen schwarzen Haare. Wenn sie sich so betrachtete, hielt sie sich für völlig unbedarft. Zu Unrecht, räumte sie sich nun ein.

Wie ich es dir immer gesagt habe. Du bist stark. Mich brauchst du nicht wirklich, um dich zu behaupten. Nun siehst du es. Du hast es geschafft, hast mehr erreicht, als es mir je gelungen ist. Er findet keinen Weg zu dir, weil er nichts versteht.

»Rupa?«, hörte sie von draußen Phillip Krawinckel. Sie trat ins Freie. Als er sie sah, öffnete Krawinckel mit einer aufgesetzt höflichen Verbeugung die Beifahrertür seines Mercedes und hielt sie weit auf. »Komm her, Rupa! Wenn das gnädige Fräulein bitte einsteigen würde. Wir fahren zurück nach Frankfurt.«

Wortlos und ohne ersichtliche Reaktion nahm Rupa in dem Fahrzeug Platz. Sie legte den Kopf gegen die Rückenlehne, schnallte sich an und starrte durch die Frontscheibe.

***

Nach wie vor regnete es in Strömen. Hinzu kam, dass die Temperaturen stark gefallen waren und sich um die Frostgrenze bewegten. Beim Anlassen des Motors hatte das Display nur noch zwei Grad plus angezeigt. Ein akustisches Signal hatte auf mögliche Straßenglätte hingewiesen. Krawinckel störte dieses Wetter nicht. Er sagte sich, dass sein Auto bestens ausgestattet und damit winterfest sei. Weitere Gedanken verschwendete er nicht auf die Straßenverhältnisse. Vielmehr zog er es vor, sich mit sich selbst zu beschäftigen. Anlässe gab es genügend.

Krawinckel hatte einfach schlechte Laune. Der Tag war völlig anders verlaufen, als er es erhofft hatte. Mit Entspannung und ein bisschen Spaß hatte er gerechnet. Nichts von alledem war eingetreten. Obwohl er eine Engelsgeduld an den Tag gelegt hatte.

Was war diese Rupa nur für ein Mädchen. Steif, wortkarg und desinteressiert war sie ihm begegnet. Kurzum, sie war langweilig. Was auch immer er vorgeschlagen und angestellt hatte, sie war distanziert oder jedenfalls gleichgültig geblieben. Ein verstocktes Kind.

Er hatte ihr erzählt, wie gut es Sunita in dem Haus gefallen hätte. Ein ernstes Nicken und ein »Ich weiß«, zu mehr hatte sich Rupa nicht durchringen können. Krawinckel hatte dieses »Ich weiß« ergründen wollen, vor allem, um Rupa in ein Gespräch zu verwickeln. Aussichtslos.

Nach einer Weile vergeblichen Bemühens hatte er sich mit ihr aus dem unterirdischen Zimmerchen zurück ins Tageslicht begeben und dort alle Register seiner Überzeugungskraft gezogen. Vergeblich. Höflich und unnahbar hatte sie sich gezeigt, wie eine Debütantin des Wiener Opernballs. Und das mit acht Jahren. Trotz allem wurde er das Gefühl nicht los, dass sie ihn fortwährend beobachtete.

Was für ein anderes Mädchen war doch Sunita gewesen!

Nach und nach hatte er aufgegeben, Rupa auflockern zu wollen. Gegen 18:00 Uhr hatte er noch ein Abendbrot auf den Tisch gestellt. Beide hatten es wortlos eingenommen. Schließlich war er aufgestanden, hatte die Abreisevorbereitungen getroffen und schließlich Rupa zum Aufbruch aufgefordert.

Nun saß sie neben ihm und war eingeschlafen. Vielleicht tat sie auch nur so. Krawinckel erhöhte die Geschwindigkeit, um möglichst bald die Nordweststadt Frankfurts zu erreichen und Rupa zu Hause abzugeben. Nach einer knappen Stunde Fahrzeit hielt er vor dem Haus Beucherts an.

Wolfgang Beuchert öffnete ihm. Er war leichenblass, in Schweiß gebadet und hatte Schüttelfrost. Sein Gesicht sah erbärmlich aus. Die Haut wirkte unrein, die Falten traten überdimensional hervor, die Augen waren gerötet und wirkten überanstrengt. Außerdem war er angetrunken. »Hallo, da seid ihr ja wieder.« Er nahm Rupa auf den Arm und strich ihr über die Wange. »War es schön?«

Rupa reagierte nicht. Beuchert lallte etwas Unverständliches vor sich hin. Krawinckel klopfte ihm auf die Schulter. »Ich mache mich davon, alter Junge. Trink nicht mehr so viel heute Abend. Es bekommt dir nicht gut. Du hast doch gar keinen Grund, dich so zuzurichten. Du bekommst schließlich alles, was du dir wünschst.«

»Wie ... wie war es, Phillip? War es schön? Komm noch ein bisschen mit rein und erzähle. Ich will nur schnell Rupa noch ein paar frische Handtücher ins Bad legen.«

Krawinckel wehrte ab. »Ich bin in Eile. Es gibt nichts Besonderes zu erzählen. Rupa ist für ihr Alter doch noch sehr unreif. Die Möglichkeiten, etwas mit ihr zu unternehmen, sind sehr eingeschränkt. Das war mit Sunita anders.«

Wolfgang Beuchert lachte auf. »Ja, so ist Rupa halt. Ein eigenwilliges Persönchen.« Beuchert drückte sie an sich. »Sie ist eben noch zu klein.«

Als Krawinckel sich abwendete, um zu seinem Fahrzeug zurückzukehren, versteinerten Beucherts Gesichtszüge plötzlich wieder. Er streichelte Rupa. »Wann kommst du wieder zu uns, Phillip?«, rief er Krawinckel nach.

»Ich bin mir noch nicht sicher. Wie du weißt, musst du immer mit mir rechnen.«

In seinem Haus in Bad Homburg kam Krawinckel kurz nach halb neun an. Er ärgerte sich, dass die Tagesschau vorüber war. Ellen fand er im Salon nicht vor. Von der Dienerschaft sah er ebenfalls niemanden. Missgelaunt überlegte er, was er mit dem angebrochenen Abend anfangen sollte.

Er ging durch die Tapetentür nach draußen und kehrte nach wenigen Minuten zurück, mit Lisa-Marie an der Hand.

»Komm, setz dich zu mir, mein Schatz. Erzähle mir, was du heute alles erlebt hast. Ich bin schon sehr gespannt. Oder warte. Ich gehe schnell zur Küche und hole jedem von uns eine Cola. Das ist doch dein Lieblingsgetränk. Du kannst ruhig noch ein Glas trinken und wirst trotzdem gut schlafen.«

Er verließ den Raum.

Lisa-Marie schaute sich in dem Salon um, als habe sie ihn zum ersten Mal betreten. Sie setzte ein Lächeln auf, das von sehr weit herzukommen schien. Mit den Handflächen strich sie mehrmals das kurze weiße Spitzenkleid glatt, das eng an ihrem Körper saß.

Plötzlich klatschte sie in die Hände und lachte laut auf. Sie stellte sich auf ihre nackten Fußzehen und begann, sich in atemberaubender Geschwindigkeit zu drehen. Dabei stieß sie fortwährend spitze Schreie aus. Nach einer Vielzahl von Drehungen auf engstem Raum kam sie ins Taumeln und ließ sich in einen Zweisitzer fallen.

Sie zog ihre Beine an ihren Körper. Ihre Brust hob und senkte sich rhythmisch. Ihr Atem ging heftig. Sie keuchte und prustete.

Krawinckel kam hinzu und stellte die Cola auf einem Tischchen neben ihr ab. »Da komme ich ja genau richtig. Hast du dich schön ausgetobt, Lisa-Marie?«

Sie nickte, trank das halbe Glas leer, stand auf und fiel Krawinckel um den Hals. Mit verschränkten Armen klammerte sie sich an ihn und drückte ihm zwei feste Küsse auf jede Wange.

Vor Vergnügen blubberte sie. Anschließend versuchte sie, ihn mit ruckartigen Bewegungen auf den Zweisitzer zu ziehen. Er rutschte aus und fiel auf die Knie.

Im Bruchteil einer Sekunde wechselte ihr Gesichtsausdruck. Sie erschrak, riss bei offenem Mund die Augen auf und setzte sich mit langsamen Bewegungen hin. »Das hat Lisa-Marie nicht gewollt.«

Krawinckel stemmte sich hoch, nahm neben ihr Platz und legte ihr den Arm um die Schultern. »Das weiß ich doch, meine Kleine. Nun erzähle mir mal, was heute so alles los war.«

Sie kuschelte ihren Kopf an seinen Arm. »Lisa-Marie hat dich ganz doll lieb, Phillip.«

Er lächelte und streichelte ihr über die Wange. »Das macht mich sehr froh, mein Schatz. Und was hat nun mein Schwesterchen heute so alles angestellt?«

Lisa-Marie sprang mehrmals hintereinander hoch und ließ sich in die Polster fallen. Die Arme breitete sie dabei weit aus und schlug sie immer wieder vor der Brust zusammen. Plötzlich traf sie mit der Hand das Glas Cola. Es fiel zu Boden. Die Flüssigkeit ergoss sich über den Teppich. Sie stutzte und gab einen gurgelnden Laut von sich. Anschließend klatschte sie in die Hände und sang. »Leise rieselt der Schnee ...«

Phillip Krawinckel ließ das vergossene Getränk unbeeindruckt. Das mochte Mike Kellermann später wegräumen und aufputzen. »Du hast gar nicht so unrecht, Lisa-Marie. Noch ein paar Grad weniger und es ist tatsächlich so weit. Was hast du außer singen noch getan? Hast du getanzt oder Bilderbücher geblättert? Egal! Worauf hast du jetzt Lust. Wollen wir etwas spielen? Vielleicht *Ich weiß etwas, was du nicht weißt?* Dabei könnte jeder von uns dem anderen erzählen, welche Geheimnisse er erfahren hat. Wäre das nicht ein tolles Spiel für uns?«

Sie schaute in den Deckenleuchter, ließ ihren Kopf kreisen und klimperte mit den Augenlidern. »Lisa-Marie hat dich wirklich ganz doll lieb.«

Krawinckels Gesichtszüge wurden ernst. Er fuhr ihr über das Haar. Eine einzelne Träne konnte er nicht zurückhalten. Sie rollte ihm über die Wange auf die Brust. Er wischte sich über das Gesicht, trocknete seine Hand am Polster und ergriff Lisa-Maries Hände. »Das ist wunderbar, mein Schatz. Ich dich doch auch. Nicht wahr, das weißt du? Wen hast du denn noch alles lieb? Und wen hast du nicht so lieb?«

Sie befreite ihre Hände aus den seinen, faltete sie und drehte die Daumen umeinander. »Die Ellen nicht so. Ein bisschen! Und den Mike. Der ist lieb. Und den Rainer. Der ist lieb. Und den Onkel Wolfgang. Der ist ganz doll lieb. Die Sunita auch.«

Der Gesichtsausdruck von Krawinckel verhärtete sich. »Lisa-Marie! Wir hatten doch gesagt ...«

Lisa-Marie sprang wieder auf der Couch hoch. Sie stellte sich vor Krawinckel, verwuschelte ihm die Haare und setzte sich rittlings auf seinen Schoß. »Lisa-Marie hat alle lieb, alle lieb.«

Die Miene von Krawinckel hellte sich etwas auf. Er zuckte die Schultern und seufzte.

Die Salontür öffnete sich, und Ellen Krawinckel trat ein. Bekleidet war sie mit einem weit ausgeschnittenen roten Kleid. Sie holte tief Luft, gab sich einen Ruck und strahlte ihren Mann an. »Hallo, Liebling. Geht es dir gut? Ich sehe, du spielst gerade mit deinem Püppchen. Komme ich ungelegen? Soll ich später wiederkommen?«

Krawinckel schloss die Augen und schüttelte den Kopf. »Nein! Ich freue mich, dass du da bist. Willst du dich zu uns setzen?« Er zögerte einen Augenblick und atmete tief durch. »Lass nur, ich bringe sie weg.«

Mit aufgesetztem Lachen hob Phillip Krawinckel seine Schwester Lisa-Marie von seinem Schoß hoch, stand selbst auf und legte ihr den Arm um die Taille. »Komm, Kleines. Ich habe da noch eine tolle DVD für dich. Die kannst du dir jetzt anschauen und dich anschließend schlafen legen.«

Lisa-Marie nahm ihn bei der Hand und lächelte ihm zu. »Du bist lieb.«

Phillip Krawinckel verließ mit ihr den Salon durch die Tapetentür. Währenddessen versorgte sich Ellen mit einem Campari mit Sodawasser, nahm sich eine Zeitschrift und setzte sich in einen der Sessel.

Nach wenigen Minuten kehrte Phillip Krawinckel zurück und nahm wieder auf dem Zweisitzer Platz, der im rechten Winkel zu Ellens Sessel stand. Er ergriff ihre Hand und drückte sie. »Schön, dass du da bist. Ich hatte dich schon gesucht. Warst du aus?«

Ellen wich seinem Blick aus und strich sich die Haare aus dem Gesicht. »Wo hast du denn überall nachgesehen? Ich war hier im Haus. Mal hier, mal dort. Wie das so ist.«

»Ist auch egal. Hauptsache, du bist hier. Warte, ich hole mir ebenfalls einen Drink. Wir könnten es uns ein bisschen gemütlich machen. Wir beide ganz allein. Das ist uns selten genug vergönnt.«

Phillip Krawinckel stand auf, ging zum Barschrank und goss sich einen Whisky ein. Ohne Eis. Er setzte sich wieder auf seinen alten Platz, hob den Becher und prostete Ellen zu. »Auf uns!«

»Auf dich, Liebling. Dass wir noch viele solche Abende erleben. Übrigens, ist Lisa-Marie von sich aus auf dich zugekommen?«

»Nein! Ich habe sie aus ihrem Zimmer geholt. Sie versauert sonst, wenn sie den ganzen Tag dort alleine sitzt. Das tut mir leid.«

»Lass sie doch wieder mittags an den Einladungen zum Lunch teilnehmen. Dann hat sie Abwechslung. Vielleicht findet sie dabei wieder zu sich zurück.«

Krawinckel bewegte den Zeigefinger seiner rechten Hand wie einen Fächer. »Du weißt genau, dass es Gründe gibt, warum ich das nicht mehr möchte. Lisa-Marie ist zu gutgläubig und zu hübsch. Ich will um Gottes Willen nicht, dass ihr noch etwas passiert.«

Ellen zog die Augenlider hoch. »Ob du es hören willst oder nicht. Das Schwesterchen weiß bei aller Einfalt in der Regel, was sie will. Sie hat nun mal gern mit gut aussehenden Männern zu tun.«

Mit einem Zug leerte Phillip Krawinckel den Rest seines Whiskys. »Unfug! Sie weiß überhaupt nicht, was sie tut und was dabei auf sie zukommen kann. Man muss sie schützen, natürlich auch vor sich selbst. Ihre Handlungsweise ist allerdings nicht eine angeborene Infamie, sondern mehr ein Instinkt. Sie folgt ihrer Natur, aber nicht bewusst.«

»Ob du da nicht das Schwesterchen verklärst?«

Krawinckel runzelte die Stirn und machte eine wegwerfende Handbewegung. »Du kannst sie nicht leiden, das ist alles. Jedenfalls verkennst du sie völlig. Erinnere dich doch bitte. Du weißt, was vor nicht allzu langer Zeit passiert ist. Ich hätte den Kerl erschlagen sollen, der ihre Zutraulichkeit und Hilflosigkeit so schamlos ausgenutzt hat.«

Ellen hob die Schultern, ließ sie heruntersacken und griff zu ihrem Glas. »Warum hast du es nicht getan? Fest steht, dass du es nicht gemacht hast.«

Mit beiden Händen stemmte sich Phillip Krawinckel von dem Zweisitzer hoch und holte sich noch einen Whisky. Am Barschrank drehte er sich zu Ellen um. »Müssen wir dieses Thema schon wieder strapazieren? Es bot sich nicht an, ihm eine Tracht Prügel zu verabreichen. Das wäre eine einmalige Angelegenheit gewesen. Ich habe ihn viel schlimmer bestraft. Die Maßnahmen, die ich ergriffen habe, erinnern ihn ein Leben lang schmerzhaft an die Sauerei, die er sich geleistet hat. Das war meine Form der Rache. Schließlich war ich das meiner Schwester schuldig.«

Ellen bediente sich mit einem weiteren Campari Soda. Auf dem Rückweg vom Barschrank setzte sie sich zu ihrem Mann auf den Zweisitzer. Sie stellte ihr Glas ab, nahm seinen Arm, legte ihn um sich und kuschelte sich fest gegen seinen Körper. »Lass uns über andere Dinge reden. Wir haben so wenig Zeit für uns alleine.« Sie drückte ihm einen Kuss auf die Wange. »Wenn ich mich an die Zeit erinnere, bevor ich dich kennen lernte, wachen die alten Ängste wieder auf, die mich Tag und Nacht begleitet haben. Die schlimmen Erlebnisse in meiner Familie sind Vergangenheit, weil du mich zu dir geholt hast.« Ein Schauer überflog ihren Körper. »Noch heute träume ich manchmal von dem Heim, in das mich mein Vater gesteckt hatte, um mich los zu sein. Am schlimmsten war damals Weihnachten. Alle anderen Kinder waren am Tag vorher von Familienangehörigen oder anderen fröhlichen Menschen abgeholt worden. Ich hatte auf gepackten Koffern gesessen und Stunde um Stunde gewartet. Mein Vater hatte mir fest versprochen zu kommen. Er hat nicht einmal angerufen. Ich war alleine zurückgeblieben, als einziges Kind in dem ganzen Heim.« Sie schmiegte ihren Kopf fest an seinen Hals. »Das Gefühl von Geborgenheit und meine innere Zufriedenheit sind das Ergebnis meiner Verbindung zu dir. Ich würde alles tun, um dich glücklich zu machen. Du bist mein Leben. Ich liebe dich, Phillip. Alles andere auf der Welt ist mir gleichgültig.«

Mit einem kurzen Blick stellte Phillip Krawinckel sicher, dass sein farbloser Nagellack noch nicht abblätterte. Er fuhr ihr mit der Hand in den Kragen ihres roten Kleides und krabbelte mit den Fingernägeln über ihren Rücken. Sie schlang ihre Arme um ihn und drückte ihr Gesicht fest gegen seine Wange. Tränen gruben leichte Rinnen in ihr Make-up und liefen den Hals herunter in ihren Ausschnitt.

Phillip presste sie an sich. Er strich ihr die blonden Locken zurück, zog ein Taschentuch aus der Hosentasche und trocknete ihr die Tränen. Sie rollte sich zusammen und rutschte auf seinen Schoß. »Glaubst du mir, Phillip? Ich liebe dich wirklich. So, wie ich noch nie einen Mann geliebt habe und nie wieder einen lieben werde.«

Ellen sah ihn aus verweinten Augen an. Er erfasste ihr Kinn und beugte sich über ihr Gesicht. Dabei ließ er seine Hand mit langsamer Bewegung in ihren Ausschnitt gleiten. »Wollen wir ...«

Sie schloss die Augen und schüttelte den Kopf. »Wir wissen beide, wie das ausgeht. Hinterher bist du wieder tief enttäuscht und deprimiert. Lass uns hier so bleiben, wie wir gerade sind. Es ist einfach wunderschön. Mir fehlt es an nichts. An gar nichts.«

»Ich hasse mich und dieses Leben voller Depressionen und Zwänge, denen man nicht entrinnen kann, die einen immer und immer wieder einholen.« Er legte ihr seinen Zeigefinger auf die Lippen. Als sie erneut anheben wollte zu sprechen, verschloss er ihren Mund mit einem langen Kuss. Anschließend führte er ihren Kopf auf seine Brust zurück und sah ihr mit ernstem Gesichtsausdruck lange in die Augen. »Ich liebe dich auch, kleines Mädchen. Vergiss das nie.«

Erneut umarmte er sie und gab ihr eine Reihe von Küssen über das gesamte Gesicht. Sie ließ sich in seine Arme fallen und lachte auf.

Unbemerkt von Ellen und Phillip Krawinckel rutschte die Tapetentür mit einem leisen schleifenden Geräusch ins Schloss.

18. Kapitel

Der Montagmorgen des 6. November entwickelte sich von Beginn an für den baumlangen Portier vor dem Arabella Grand Hotel in der Konrad-Adenauer-Straße zu einer echten Herausforderung. Mehrfach musste er das Kunststück fertig bringen, mit einer Hand den zu seiner Livree gehörenden grauen Zylinder festzuhalten und mit einem übergroßen grünen Hotelschirm in der anderen Hand einen mit dem Taxi vorgefahrenen Gast trocken aus dem Auto bis in die Lobby zu begleiten. Immer wieder trieb ihn der scharfe kalte Wind, der ständig die Richtung wechselte, zu Höchstleistungen an. Jedes Mal verfluchte er die Ungerechtigkeit des Schicksals, die ihn bei mäßigen Trinkgeldern zum Schirmhalter degradiert hatte. Auch der Umstand, dass die übrigen umherirrenden Passanten im Vergleich zu ihm einen aussichtslosen Kampf mit ihren Regenschirmen führten, weil alle Billigversionen kurz nach dem Öffnen abknickten, konnte ihn nicht trösten.

Hanspeter Schultz stand am Fenster seines Dienstzimmers. Er war eben ins Büro gekommen. Ohne innere Anteilnahme sah er dem Treiben vor dem gegenüberliegenden Hotel zu. Es gelang ihm nicht, darüber zu lachen. Die milchige Dunstglocke, die über der Frankfurter Innenstadt lag und ab dem zehnten Stockwerk den basaltgrauen Stelengarten der Hochhäuser verschluckte, gab seinen Gemütszustand wieder.

Seine Laune ordnete er zwischen aufgeregt und schlecht ein. Sein Kollege Diener war nicht da. Das bedeutete, dass die Kaffeemaschine leer war. Entgegen seiner sonstigen Gewohnheit hatte Diener nicht einmal einen Zettel an sein Namensschild neben der Tür geheftet, der Aufschluss über den Grund seiner Abwesenheit gab.

Lustlos schob Schultz den *Boss*-Becher in die Ecke und legte die Pralinentüte daneben. Schokolade schmeckte nicht ohne Kaffee. Er befand, dass im Grunde auch die Zigarre den parallelen Genuss eines Getränks erfordert hätte. Trotzdem nestelte er aus seiner Jacke eine seiner Weißblechhülsen und zündete sich eine *Partagas* an.

Traudels Zustand ging ihm nicht aus dem Kopf. Hoffentlich würde sie ihn im Laufe des Tages anrufen und erklären, wie es konkret mit ihrem gesundheitlichen Problem weitergehen sollte. Heute wollte sie noch einmal den Arzt aufsuchen oder mit ihm telefonieren, um Nägel mit Köpfen zu machen.

Angeekelt schaute er auf die Aktenberge. Obwohl er seinen Beruf liebte, stand ihm der Sinn heute nicht nach Arbeit. Ein Kinobesuch wäre jetzt die richtige Ablenkung. Zum Beispiel ein ordentlicher Western.

Das Telefon klingelte. Schultz ließ sich in den Sessel fallen und stellte die Verbindung her. Schreiner meldete sich. »Donnerwetter! Heute muss mein Glückstag sein. 10:30 Uhr, und Sie sind schon im Amt. Alle Achtung.«

Schultz überlegte einen Moment, ob sein Rollenverständnis von Staatsanwaltschaft und Polizei eine solche Ansprache zuließ, ohne den Anrufer in die Schranken zu weisen. Andererseits hatte er Schreiner schon zu oft derartige Sprüche durchgehen lassen, weil er sie für einen Ausdruck von dessen Kreativität hielt. Es war der Ideenreichtum, der Schreiner dienstlich so wertvoll und menschlich so sympathisch machte. Deshalb entschloss sich Schultz, auf die Frotzeleien einzugehen. »Es spricht nicht für Ihre Intelligenz, dass Sie bei mir anrufen, obwohl Sie davon ausgingen, ich sei noch gar nicht im Dienst. Sollten Ihre weiteren Botschaften dieselbe Qualität wie Ihre Begrüßung haben, können Sie sich den Rest schenken. Mich erstaunt, dass man Sie bei Ihren Defiziten in den Umgangsformen neulich wieder befördert hat. Das wirft ein interessantes Licht auf den personellen Zustand der Polizei. Hoffentlich kompensieren Sie diese Defizite im fachlichen Bereich und können mir in aller Kürze sagen, was Sie von mir wollen. Ich versinke nämlich hier in Akten.«

Schreiner lachte. »Sind Sie denn schon fit für eine Neuigkeit oder soll ich später noch einmal anrufen?«

»Sie machen es dadurch nicht besser, dass Sie Ihr flaches Niveau beibehalten. Schießen Sie endlich los.«

Wie üblich war Schreiner in der Lage, sofort auf einen dienstlichen Tonfall umzuschalten. Im Detail informierte er Schultz über den Besuch bei Frau Namgyal und deren Sohn Dubho. Schultz unterbrach ihn zunächst nicht. Als Schreiner Luft holte und dabei eine Pause einlegte, fragte er: »Was war das für ein Foto, das Sie dem Jungen vorgelegt haben? Sie sagten, dass er unsicher gewesen sei und den Mann nicht einwandfrei wiedererkannt habe.«

»Es war ein Bild von Phillip Krawinckel. Kollege Köhler und ich haben am Wochenende in unserem Archiv noch weitere Fotos von Krawinckel gefunden. Wir haben anschließend bei der Familie Namgyal angerufen und sie einvernehmlich für heute Morgen um acht Uhr in das Präsidium gebeten. Dort habe ich den Sohn förmlich vernommen und ihm dabei sämtliche Bilder vorgelegt, die wir haben. Uns liegt jetzt ein schriftliches Vernehmungsprotokoll vor, in welchem Dubho allerdings auch keine deutlichere Aussage macht. Trotzdem bleibt fragwürdig, ob er die Wahrheit sagt.«

»Wieso?«

»Nach seinem gesamten Verhalten verschweigt er uns etwas. Er stockte mehrfach, konnte uns nicht in die Augen sehen, kaute an den Fingernägeln und errötete, wenn seine persönliche Beziehung zu Sunita in den Vordergrund gestellt wurde.«

»Was folgern Sie daraus?«

»Dass Dubho zwangsläufig in den Kreis derer einbezogen werden muss, die für den Tod Sunitas verantwortlich sein könnten. Wir werden uns Gedanken machen, ob und wie wir noch einmal an ihn herantreten.«

»Lassen wir das jetzt mal dahingestellt. Was bedeuten Ihre Erkenntnisse für die Person von Phillip Krawinckel. Müssen wir Ihrer Meinung nach noch immer an ihn heran, um weiterzukommen?«

»Erst recht. Schon die Vorstrafakte hat uns gezeigt, dass Krawinckel die Familie Beuchert und damit ab einem gewissen Zeitpunkt auch Sunita schon lange kennt. Seine Anwesenheit bei der Überbringung der Todesnachricht belegt, dass der Kontakt regelmäßig besteht. Die Bemerkung der kleinen Rupa bei diesem Anlass, auch Onkel Phil gehöre zu den Heuchlern und Lügnern, muss hinterfragt werden. Warum kommt ein achtjähriges Kind dazu, so etwas in Anwesenheit Krawinckels zu sagen? Außerdem gibt es noch ein weiteres Indiz, das näher aufgeklärt werden muss.«

»Das wäre?«

»Wie ich Ihnen sagte, hat der indische Junge Dubho von einem weibischen Typ gesprochen, der Sunita mehrmals mit dicken Autos von der Schule abholte. Uns ist bei der Mitteilung des Todes von Sunita aufgefallen, dass Krawinckel einen Tick mit seinen Fingernägeln hat. Er lackiert sie und poliert sie an seiner Kleidung. Dubho könnte Krawinckel gemeint haben, auch wenn er behauptet, ihn auf dem Foto nicht genau wiedererkannt zu haben. Dafür kann es viele Gründe geben. Dubho könnte selbst Dreck am Stecken haben.«

Schultz zögerte einen Augenblick. »Ehrlich gesagt, sind dabei noch viele Fragen offen. Ich gebe aber zu, dass uns Krawinckel zumindest mit einigen Auskünften über seine Begegnungen mit der Familie Beuchert bei unseren Ermittlungen weiterhelfen könnte. Jeden anderen würden wir in dieser Situation und in einem Tötungsfall auch vernehmen. Schließlich soll er ja auch nur als Zeuge aussagen. Das ist nicht ehrenrührig.«

»Genau! Ich habe Sie vorab angerufen, damit Sie in Ihrem Verein schon die erforderlichen Unterrichtungen vornehmen können. Währenddessen mache ich mich mit der Akte auf den Weg zu Ihnen. Auf diese Weise verlieren wir keine Zeit.«

»Sie haben tatsächlich einmal mitgedacht«, schmunzelte Schultz.

Nachdem das Gespräch beendet war, legte Schultz seine Zigarre ab. Dann suchte er umgehend seinen Abteilungsleiter, Oberstaatsanwalt Mario Beilstein, in dessen Dienstzimmer auf. Er klopfte an, wartete, bis mit sonorer Stimme ein lang gezogenes »Bitte« erfolgte, und trat ein. Beilstein saß hinter seinem Schreibtisch, der für den großen, schweren Mann nicht angemessen proportioniert erschien. Er strich sich über das sorgfältig gescheitelte Haar, erhob sich, wies mit der Hand auf die Lederstühle der am Fenster angeordneten Sitzgruppe und kam auf ihn zu. »Guten Morgen, Herr Schultz. Nehmen Sie Platz. Was kann ich für Sie tun?«

»Ich muss Sie rasch von etwas unterrichten, das Sie wissen sollten. Es betrifft ursprünglich einen Vorgang aus der Abteilung, die ich vertretungsweise betreue. Ein Mädchen ist durch einen Sturz von einem Hochhaus zu Tode gekommen. Da wir inzwischen sicher sind, dass sie getötet wurde, und ihr Name feststeht, würde

Frau Silbereisen aus unserer Abteilung zuständig sein. Sie ist allerdings noch sehr dienstjung. Aus meiner Sicht wäre sie deshalb mit dem sehr komplexen Fall überfordert. Ich würde das Verfahren gern übernehmen und wollte Sie um Ihre Zustimmung bitten. Bevor Sie darüber entscheiden, sollten Sie noch wissen, dass es einen Hinweis auf ein prominentes Mitglied unserer Gesellschaft gibt.«

Beilstein wartete, bis Schultz sich gesetzt hatte. Er wählte den Stuhl gegenüber aus und zog dabei bedächtig zwischen den Daumen und Zeigefingern die Bügelfalten seines grauen Nadelstreifenanzugs hoch. Ihm fiel auf, dass er seine Zigarettenschachtel auf dem Schreibtisch liegen gelassen hatte. Mit einem leisen Fluch erhob er sich, ging zurück zu seinem Arbeitsplatz und zündete sich eine Zigarette an. Anschließend nahm er seinen früheren Platz wieder ein. »Sie dürfen gern einen Ihrer Kloben anzünden. Zurück zum Fall. Natürlich können Sie ihn behalten, so lange von den anderen Sachen nichts liegen bleibt. Ich will keinen Ärger. Aber ich möchte gerne wissen, wer der Promi ist.«

Schultz zog mehrmals an seiner frisch angezündeten Zigarre und hüllte das Zimmer nach und nach in Rauchschwaden. »Sie werden ihn kennen. Es handelt sich um den Ex-Banker und Mäzen Phillip Krawinckel.«

»Uff«, entfuhr es Beilstein. »Das ist allerdings ein schweres Kaliber. Ein Marionettenspieler. Die halbe Geschäftswelt der Umgebung hängt an seinen Fäden. Es ist gut, dass Sie damit gleich zu mir kommen, bevor irgendetwas publik wird. In dieser Geschichte müssen wir uns warm anziehen und gut überlegen, was wir tun. Was hat Krawinckel mit dem Fall zu tun?«

Ein starker Hustenreiz bremste Schultz erst einmal, als er gerade tief Luft geholt hatte, um zu antworten. Er hielt sich ein Taschentuch vor den Mund und hatte seine Stimme rasch wieder im Griff. In kurzen Worten schilderte er Beilstein das bisherige Ermittlungsergebnis. Als er fertig war, lehnte sich Beilstein zurück und wippte mit seinem Oberkörper. Er zog noch einmal an seiner Zigarette, obwohl diese schon fast bis zum Filter heruntergebrannt war. »Was schlagen Sie vor? Wollen Sie an Krawinckel herantreten? Kommt er schon als Beschuldigter oder nur als Zeuge in Betracht, falls Sie ihn vernehmen wollen?«

»Ich will ihn als Zeugen vernehmen, und zwar persönlich. Nicht durch die Polizei. Einen Vorwurf können wir ihm noch nicht machen. Dazu gibt die Aussage des indischen Jungen nicht genug her. Schließlich ist es nicht von vornherein anrüchig, dass Krawinckel im Hause Beuchert ein- und ausging.«

Beilstein schnalzte mit Daumen und Zeigefinger. »Moment. Noch mal zurück. Was hat es denn mit dieser Bekanntschaft auf sich? Sie hatten etwas von einer früheren Strafsache gegen Beuchert berichtet, in der Krawinckel eine Rolle gespielt haben soll.«

»Kein Ruhmesblatt der Justiz. Betrügerische Kapitalanlagegeschäfte. Krawinckel hat sich rührend um seinen Freund Wolfgang Beuchert gekümmert. Sowohl in der Strafsache als auch hinterher. Er hat ihn, soweit dies die Umstände zuließen, herausgehauen.«

»Haben wir damals gegen Krawinckel ermittelt?«

»Wohl nicht. Ich habe in unserer Datei und im Archiv geforscht. Es gibt nichts. Der Kollege Nachtigall, der damals für das Verfahren gegen Beuchert zuständig war, arbeitet seit einiger Zeit im Justizministerium. Ich könnte ihn ansprechen. Er ist ebenso wie ich Genosse. Vielleicht erinnert er sich noch an etwas.«

Beilstein rieb sich mit dem Zeigefinger unter der Nase. »Ach so? Ich habe zwar nichts dagegen. Sie wissen allerdings, was ich generell davon halte, wenn Justizangehörige aktiv in einer Partei mitmischen. Davon sollte die Justiz frei sein. Die Menschen, die mit uns zu tun haben, müssen sich bei uns so aufgehoben fühlen, dass nicht ein Gefühl der Befangenheit oder Voreingenommenheit aufkommen kann. Denken Sie nur daran, wenn wir jemand wegen einer Strafsache mit politischem Hintergrund anklagen. Wenn sich der Staatsanwalt oder der Richter vorher irgendwann durch bestimmte politische Äußerungen aus dem Fenster gehängt haben, muss der Angeklagte annehmen, dass sie sich ihm gegenüber nicht objektiv verhalten.« Er stemmte seine Hände gegen den Tisch. »Ministerium ist jedenfalls ein gutes Stichwort. Ich werde jetzt unseren Chef, Herrn Hübsch, informieren und ihm den Vorschlag machen, dass wir vor einer Vernehmung von Krawinckel den Generalstaatsanwalt und das

Ministerium unterrichten sollten. Im Anschluss daran sage ich Ihnen Bescheid, wie es weitergeht.«

Schultz nickte. Er verabschiedete sich und ging zurück in sein Zimmer. Dort traf er auf Diener und eine dampfende Kaffeemaschine.

»Wo hast du denn gesteckt?«, fragte Schultz.

Diener lächelte, streckte sich und gähnte. Mit einer Hand griff er in den Kragen seines dunkelblauen T-Shirts, als sei er ihm zu eng. »Du wirst langsam senil, mein Lieber. Vergangenen Freitag hatte ich dir gesagt, dass ich heute wegen eines Zahnarzttermins später kommen würde. Ich soll jetzt zwei Stunden nichts essen, aber einen Kaffee vertrage ich schon wieder.«

Das Telefon klingelte fünfzehn Minuten später. Diener nahm den Anruf entgegen und reichte den Hörer an Schultz weiter. »Für dich. Beilstein.«

Schultz stand auf, nickte mehrmals und sagte: »Geht in Ordnung.«

Nach Beendigung des Gesprächs schaute Diener ihn mit angehobenen Augenbrauen an. »Was Unangenehmes?«

Die Augen von Schultz irrten unruhig hin und her. Gesicht und Wangen wurden feucht. »Der Chef hat wegen Krawinckel mit den vorgesetzten Behörden telefoniert. Das Ministerium will, dass ich in einer Stunde dort mündlich vortrage.«

»Soll das der Test dafür sein, ob sie dich gefahrlos befördern können?«

»Keine Ahnung! Ich bin gespannt, was die von uns wollen.«

19. Kapitel

Als das Telefon schrillte, zuckte Köhler über den Akten zusammen. Er benötigte einen Augenblick, um sich zu orientieren. Dann nahm er ab.

»Mein Name ist Karin Beuchert. Sind Sie *der* Herr Köhler, der vorigen Mittwoch bei mir in der Nordweststadt war?«

Auf Anhieb gelang es Köhler, seine Gedanken ungeteilt dem Gespräch zuzuwenden. »Guten Tag, Frau Beuchert. Hoffentlich sind Sie nicht zu lange in unserer melodischen Warteschleife aufgehalten worden. Was kann ich für Sie tun?«

»Ich habe da etwas gefunden, das ich nicht einordnen kann. Wenn es Ihre Zeit erlaubt und es Ihnen nichts ausmacht, könnte es wichtig sein, dass Sie bei mir vorbeikommen. Am Telefon kann ich Ihnen das nicht erklären. Sie müssen es sich selbst ansehen.«

Köhler schaute auf seine Armbanduhr. »Um 11:30 Uhr bin ich bei Ihnen.«

Nachdem er das Gespräch beendet hatte, überlegte er einen Moment lang, ob er Schreiner Bescheid sagen sollte. Er entschied sich dagegen, weil er sich beeilen wollte. Außerdem wusste er nicht, ob Schreiner noch mit der Vernehmung beschäftigt war. Auf der Treppe nahm er jeweils zwei Stufen auf einmal, rannte zum Parkplatz und startete einen der unauffälligen zivilen Dienstwagen.

»Das ging aber schnell«, sagte Karin Beuchert, als Köhler tatsächlich eine knappe halbe Stunde nach dem Telefonat an ihrer Tür geklingelt hatte. »Kommen Sie rein. Ich habe uns einen Kaffee gekocht.«

Köhler begleitete sie in einen mit einer Biedermeiergruppe gemütlich eingerichteten kleinen Raum und folgte ihrer Aufforderung, Platz zu nehmen.

Nachdem Karin Beuchert ihn bewirtet und sich gesetzt hatte, schaute sie sich mit verschwörerischer Miene nach allen Seiten um. Erst dann griff sie in die Seitentasche ihres marineblauen Strickpullis und zog ein Blatt Papier hervor. Sie reichte es Köhler. »Sehen Sie sich das einmal an.«

Die Wangen von Köhler nahmen eine dunkelrote Farbe an. Er nahm das Blatt und las:

An Sunita. Ich weiß alles. Du kannst mir vertrauen. Bei mir bist du gut aufgehoben. Ich bin für dich da. Aber du musst mir die Wahrheit sagen. Wenn nicht, wirst du etwas erleben. Es wird Schlimmes passieren. Ich lasse euch auffliegen.

Mit konzentrierter Miene schaute Köhler Karin Beuchert an. »Wo haben Sie das her?«

»Ich habe es hier im Haus gefunden.«

»Haben Sie eine Vorstellung, wer diese Zeilen geschrieben haben könnte?«

Karin Beuchert nickte. »Ja, das habe ich. Sunita hatte einen guten Freund. Sie verstehen, wie ich das meine? Soweit man in diesem Alter von Freund sprechen kann. Also eher ein Schulkamerad, zu dem sie ein besonderes Vertrauensverhältnis entwickelt hatte. Wohl deshalb, weil er auch indischer Abstammung ist. Er heißt Dubho. Die beiden Kinder saßen oft beisammen. Sie meditierten, lösten Rätsel, machten Spiele und schrieben dabei natürlich auch einige Dinge auf. Einige dieser Aufzeichnungen habe ich immer wieder einmal gesehen. Daher meine ich, dass es seine Schrift sein könnte.«

»Sie sagen nicht definitiv, dass er es geschrieben hat. Warum machen Sie den Vorbehalt?«

»Weil ich damals nicht so genau hingeschaut habe. Vorhin habe ich diese alten Zettel zum Vergleich gesucht, aber sie waren nicht mehr da.«

»Seltsam. Wer könnte sie weggenommen haben? Können Sie einige Anhaltspunkte nennen, woraus Sie schließen, dass unser Brief hier von diesem indischen Jungen stammt?«

»Wohin die alten Aufzeichnungen gekommen sein könnten, weiß ich nicht. Vielleicht hat sie Sunita selbst noch entsorgt.« Sie zeigte mit dem Finger auf das Blatt Papier in Köhlers Hand. »Dieser Brief hier wirkt auf uns Europäer ungelenk, weil die Schrift nicht flüssig ist. Die Buchstaben sind nicht zusammengezogen, sondern alle für sich einzeln geschrieben. Diese Schreibweise war mir schon bei früheren Notizen des indischen Jungen aufgefallen.«

»Das ist immerhin ein wichtiges Detail.«

Karin Beucherts Gesicht nahm einen leicht triumphalen Zug an. »Es gibt noch mehr. Sie haben noch nicht alles gelesen.«

Köhler runzelte die Stirn und schüttelte den Kopf. »Das verstehe ich nicht.«

Mit überlegener Miene nahm Karin Beuchert ihm das Blatt ab, drehte es um und legte es ihm wieder vor. »Schauen Sie einmal hier.«

Die Farbe der Wangen Köhlers erreichte ein nicht mehr steigerungsfähiges Rot. Er las.

01. November, 11:00 Uhr. Verabredung mit K.

»Wissen Sie, wer das geschrieben haben könnte?«

»Eindeutig«, nickte Karin Beuchert. »Das ist die Schrift von Sunita. Ohne jeden Zweifel.«

Köhler legte das Papier vor sich hin. Er stützte die Ellenbogen auf den Tisch, senkte seinen Kopf in die geöffneten Hände und grübelte. »Der 1. November war ihr Todestag. Jetzt kommt die Gretchenfrage. Wissen Sie, wer mit K. gemeint sein könnte?«

Wieder tönte das schroffe Lachen von Karin Beuchert. »Nein! Sunita stand mir nicht so nahe, dass sie mich in alle ihre Verabredungen eingeweiht hätte. Es gibt viele Möglichkeiten. Viele Namen beginnen mit K, selbst mein eigener Vorname.« Sie lachte schrill. »Aber ich war nicht um diese Zeit mit ihr verabredet.«

»Wer fällt Ihnen noch mit K ein?«

»Natürlich unsere Freunde, die Eheleute Krawinckel. Aber nicht nur sie. Selbst der Nachname ihres Kammerdieners fängt mit diesem Buchstaben an. Er heißt Kellermann. Nicht zu vergessen, dass Sunitas Freund Dubho den buddhistischen Namen Khema führt. Da hätten wir schon wieder ein K.«

»Stimmt, da haben Sie recht. Wir dürfen nicht ausschließen, dass Sunita jemand ganz anderes gemeint haben kann. Vielleicht hat die Verabredung überhaupt nichts mit ihrem Tod zu tun. Immerhin war der Todeszeitpunkt fast zwei Stunden vorher.«

Karin Beuchert zuckte mit den Schultern, zog die Augenbrauen hoch und setzte erneut ihre überlegene Miene auf. »Sie haben mich vorhin nicht ausreden lassen und mich noch gar nicht gefragt, wo ich den Zettel gefunden habe.«

Mit dunkelroten Wangen und einer entschuldigenden Bewegung setzte sich Köhler wieder aufrecht an den Tisch. »Ich habe nicht bemerkt, dass ich Ihnen ins Wort gefallen bin. Tut mir leid. Wo war denn der Fundort?«

»Im Salon!«

Köhler lächelte. »Ich fürchte, dass ich nicht folgen kann. Worin liegt das Besondere?«

Karin Beuchert wartete mit der Antwort zu und kostete die Verlegenheit Köhlers aus. »Neben dem Sessel am Fenster. Verstehen Sie mich bitte nicht falsch. Es dient nur der Vollständigkeit und hat aus meiner Sicht darüber hinaus keine Bedeutung. Das war der Platz, an dem unser Freund Phillip Krawinckel gesessen hatte.«

Köhler schaute auf und überlegte einen Moment. »Gab es denn zu Lebzeiten Sunitas Kontakte zwischen ihr und Herrn Krawinckel?«

Sie nickte. »Ich gebe ja zu, dass ich für die Kinder nicht so sehr viel übrig habe und ihre Erziehung mehr als familiäre Pflichterfüllung für den toten Bruder meines Mannes empfinde. Aber Phillip, ich meine, Herr Krawinckel kümmerte sich immer rührend um die beiden. Er zerstreute oft ihre Langeweile, indem er mit ihnen in den Märchenpark oder zum Einkaufen ging. Alles Mögliche ließ er sich für die Kinder einfallen. Wir schulden ihm dafür höchsten Dank. Deshalb dürfen Sie meinen Hinweis keinesfalls falsch auffassen.«

»Selbstverständlich. Wir werden alles sehr genau prüfen.« Köhler erhob sich und nahm das Papier an sich. »Das Briefchen nehme ich einstweilen zu den Akten. Ich nehme an, dass Sie dagegen keine Einwände haben.«

»Natürlich steht es Ihnen zur Verfügung. Sonst gibt es nichts mehr?«

»Für den Augenblick nicht. Ich danke Ihnen herzlich für Ihre Unterstützung.«

Karin Beuchert begleitete Köhler zur Tür und reichte ihm die Hand. »Übrigens noch eine kleine Anmerkung. Ihr Nachname fängt ebenfalls mit einem K an.«

Köhlers Versuch, eine unbeteiligte Miene aufzusetzen, misslang völlig.

20. Kapitel

»Herein«, dröhnte eine energische weibliche Stimme durch eine hohe weiße Tür im ersten Stock des Justizministeriums in Wiesbaden. Im Gänsemarsch traten Hübsch, ein Oberstaatsanwalt Nüchtern von der Behörde des Generalstaatsanwalts, Beilstein und schließlich Schultz ein. Die ersichtlich durchsetzungsfähige, sportlich gekleidete Dame im Vorzimmer der Ministerin wartete mit gefalteten Händen, bis sich alle in dem ordentlich ausgestatteten Raum aufgestellt hatten.

»Meine Herren, Frau Ministerin hat Terminschwierigkeiten. Sie bedauert, dass sie noch einen unaufschiebbaren anderen Termin vorziehen musste. Es wird noch eine gute Weile dauern. Ich muss Sie daher bitten, im kleinen Sitzungssaal am Ende des Flurs Platz zu nehmen. Sie kennen sich aus. Frau Ministerin kommt dort zu Ihnen, sobald sie verfügbar ist.«

Nach Dienstgrad geordnet verließen die Gäste das Vorzimmer. Als Schultz eben hinausgehen wollte, rief ihn die Vorzimmerdame zurück und bedeutete ihm mit einer Handbewegung, er solle die Tür von innen hinter sich schließen. Mit fragendem Augenaufschlag ging Schultz auf sie zu. »Gibt es noch etwas?«

Die Vorzimmerdame senkte ihre Stimme zu einem Flüstern. »Sei vorsichtig! Sie wollen dich von irgendetwas abbringen. Sonst sollst du nicht befördert werden. Übrigens ist mir aufgefallen, dass du am Samstag nicht in der Sitzung unseres Ortsvereins warst. Wie sich herumgesprochen hat, geht es deiner Frau nicht so gut. Lag es daran?«

Schultz nickte. »Mir steht im Moment der Kopf nicht danach.«

Schultz verließ das Vorzimmer. Er warf einen Blick in die frühere Bibliothek, die durch jüngst restaurierte Wandmalereien und Fußbodenintarsien bei geöffneten Flügeltüren die Aufmerksamkeit auf sich zog und das Prunkstück des klassisch geordneten Baus des 19. Jahrhunderts im Stil der italienischen Renaissance darstellte.

Im kleinen Sitzungssaal traf er seine Kollegen wieder, die an einem ovalen Tisch Platz genommen hatten. Hübsch stellte gerade Nüchtern die beiläufige Frage, warum sein Chef nicht mitgekommen sei. Mit der Antwort konnte er nicht viel anfangen, weshalb er lächelnd konstatierte, der Generalstaatsanwalt habe wohl befürchtet, dass etwas gegen ihn vorliege.

Hübsch und Beilstein steckten sich eine Zigarette an. Nüchtern zeigte durch Naserümpfen sein Missfallen, sagte jedoch nichts.

Schultz bedeutete Beilstein, dass er zwei Türen weiter den Kollegen Nachtigall aufsuchen wolle. Beilstein nickte nur und flüsterte Hübsch etwas zu.

Auf dem Weg zu Thilo Nachtigall musste Schultz lachen, weil er immer Gefahr lief, diesen bei seinem Spitznamen »Mauersegler« anzusprechen. Nachtigall war Junggeselle und hatte es deshalb nie eilig gehabt, nach Hause zu kommen. Gelegentlich übernachtete er in der Behörde. Dabei war er einmal gesehen worden, wie er spät abends, nur mit einem getigerten Slip bekleidet, mit Seife und Handtuch in der Hand auf dem dunklen Flur mit schnellem Schritt an der Wand entlang schleichend die Waschräume aufgesucht hatte. Der heimliche Beobachter hatte ihm dann den Spitznamen gegeben, der im Kollegenkreis mit Gelächter aufgenommen worden war.

Auf das Klopfen von Schultz an der weiß lackierten Tür geschah eine ganze Weile nichts. Nach geraumer Zeit vernahm er eine dunkle Stimme mit einem gedehnten »Herein!« Schultz öffnete und erkannte im dämmrigen Licht hinter der Billigausführung eines Kunstholzschreibtischs seinen Kollegen Nachtigall. Der sprang sofort auf, ging auf Schultz zu, umarmte ihn und bat ihn, Platz zu nehmen. Mit ausgebreiteten Armen bot er ihm einen Kaffee an und behielt zunächst diese Haltung bei. Damit erfüllte er rein äußerlich sämtliche Voraussetzungen für die Übertragung der Rolle des Rodolfo in Puccinis »La Bohème«. Seine gelockten dunklen Haare, der leichte Glatzenansatz, die mittelgroße füllige Figur und der dunkelbraune Cordanzug mit dem wollweißen Rollkragenpullover entsprachen der Klischeevorstellung des italienischen Heldentenors.

Schultz setzte sich auf den einzigen Stuhl gegenüber von Nachtigalls Schreibtisch, ließ sich mit dampfendem Kaffee bedienen, griff nach einer Zigarre und warf seinem Kollegen einen fragenden Blick zu.

Nachtigall winkte ab. »Klar kannst du rauchen. Ich habe zwar vor drei Jahren nach mehreren vergeblichen Anläufen endgültig aufgehört, trotzdem stört es mich nicht, wenn andere qualmen. Ich gehöre nicht zu den Konvertierten, die päpstlicher als der Papst werden.« Er nahm hinter dem Schreibtisch Platz, stützte seine Ellenbogen auf die Platte, das Kinn auf die Fäuste und fixierte Schultz. »Schön, dass wir uns mal wieder begegnen. Jetzt erzähle mal. Was führt dich her?«

Mit geübten Handgriffen zündete sich Schultz eine Zigarre an. »Das ist schnell gesagt. Ich darf der Ministerin vortragen. Wir sitzen schon alle drüben im kleinen Saal. Es gibt offenbar Terminprobleme.«

»Das ist so üblich. Da alle Minister, gleich welcher politischen Farbe, jeden Kleintierzüchterverein besuchen wollen, kommt der Kalender jeden Tag durcheinander. Man will damit auch noch den letzten potentiellen Wähler erreichen. Es fehlt an der Einsicht, was dadurch alles an wirklich wichtigen Entscheidungen verloren gehen kann. Das Thema ist ein weites Feld.«

»Warum wehrt ihr euch nicht?«

»Wie denn? Und warum? Minister und ihre Vertreter, die Staatssekretäre, belächeln oder verachten uns zwar als kleinkarierte engstirnige Beamte. Sie brauchen uns aber für die Sachauskünfte zu den unzähligen Neuerungen, mit denen sie der Gesellschaft ihren individuellen persönlichen Stempel aufdrücken und sich für die Ewigkeit empfehlen wollen. Und für die Stellungnahmen zu allen Sachfragen, mit denen sie ihre inhaltlichen Informationen zu allen anstehenden Themen bekommen.«

Schultz runzelte die Stirn. »Sag mal, Thilo, du bist doch schon viele Jahre in diesem Haus. War das denn immer so? Auch als unsere von der SPD an der Regierung waren?«

»Es gab durchaus Unterschiede. Da könnten wir einen Abend lang bei ein paar Glas Wein darüber quatschen. Lassen wir das. Erzähle mir lieber, in welch bedeutender Angelegenheit du hier vortragen sollst. Du weißt, Ministerialbeamte sind ungeheuer neugierig.«

»Sagt dir der Name Phillip Krawinckel noch etwas? Er spielte vor Jahren eine Rolle in einem Verfahren, das du bearbeitet hast.«

»Krawinckel? Klar, das ist doch der Geldsack aus Bad Homburg. Ein Stinker, wenn du mich fragst. Was werft ihr ihm Schönes vor?«

»Bisher nichts Konkretes. Wir haben einen Fall, bei dem ein junges Mädchen ums Leben gekommen ist. Unfreiwillig, versteht sich. Krawinckel geht bei ihrer Familie ein und aus und soll sich gelegentlich um das Kind gekümmert haben. Der Adoptivvater des Opfers heißt Wolfgang Beuchert. Gegen ihn hast du vor Jahren einmal wegen Betruges ermittelt. In diesem Verfahren soll laut Polizei Krawinckel eine Rolle gespielt haben. Erinnerst du dich daran?«

Thilo Nachtigall machte ein nachdenkliches Gesicht. Es dauerte, bis er antwortete. »Du wirst es nicht glauben. Ich erinnere mich tatsächlich an den Fall. Ich weiß nicht mehr, was diesem Beuchert vorgeworfen wurde. Dafür habe ich die Umstände der Beteiligung von Krawinckel noch weitgehend im Kopf. Es gab keinen halbwegs begründbaren Verdacht für einen strafbaren Tatbeitrag zu den Betrügereien von Beuchert. Nur die Vermutung stand im Raum, dass ein Typ wie Krawinckel bestimmt einem Würstchen wie Beuchert nicht geholfen hätte, ohne irgendwie von der ganzen Sauerei profitiert zu haben. Das war allerdings nur ein Gefühl oder eine Art Menschenkenntnis oder Lebenserfahrung. Nenne es, wie du willst. Zu einer Überführung dieses Kerls reichte das natürlich nicht. Leider!«

Schultz druckste herum. »Nichts für ungut. Es bleibt ja unter uns, Thilo. Aber waren die Beweise tatsächlich nicht ausreichend, oder hat der entsprechende Druck von oben dafür gesorgt, dass er nicht verfolgt wurde.«

Ein Lächeln überflog die faltigen Gesichtszüge von Nachtigall. Seine Stimme wurde lauter. »Nein. Es konnte schon deshalb keine Weisungen des Ministeriums oder des Generalstaatsanwalts an uns geben, weil wir nie ein förmliches Verfahren gegen Krawinckel eingeleitet haben. Er war nie Beschuldigter in dem Fall. Deshalb hättest du ihn auch, abgesehen vom Zeitablauf, in keiner Kartei gefunden. Es lagen einfach nicht genügend Belastungsmomente gegen ihn vor. Das ist alles.«

Mit beiden Armen vollzog Schultz eine Bewegung, als wollte er Wäsche ausschütteln. »Um Gottes willen, Thilo. Ich wollte dir nicht zu nahe treten. Niemals wäre ich auf den Gedanken gekommen, dass du die Sache unter den Teppich gekehrt hättest. Die Frage ging nur dahin, ob versucht worden ist, Einfluss zu nehmen.«

Andeutungsweise schüttelte Nachtigall den Kopf. »Nochmals ein klares Nein. Das wäre zu der Zeit, als der Fall ermittelt wurde, nicht mehr möglich gewesen.«

»Das verstehe ich nicht. Kannst du mir das näher erklären?«

»Natürlich. Wie du weißt, bin ich ein Kind der sogenannten 68er-Bewegung. Die Angst vor staatlicher Autorität und das durchgängige Empfinden »*Die machen sowieso, was sie wollen*« war nach dieser Periode kräftig durcheinandergewirbelt worden. Nichts war mehr so wie vorher. Alles war in Frage gestellt worden. Als Ergebnis gab es eine neue Werteordnung. Ich will jetzt weder einen gesellschaftspolitischen Vortrag über diese Zeit halten, noch möchte ich die dämliche Behauptung aufstellen, danach sei alles eitel Sonnenschein gewesen. Jedenfalls hatte aber die Demokratie einige neue und bessere Spielregeln bekommen. Dazu gehörte, dass man unbeschadet auch Menschen aus gesellschaftlichen Spitzenpositionen verfolgen und nötigenfalls verhaften konnte. Daran siehst du, dass ich dir nichts vormache. Dennoch hast du den Finger auf eine Wunde gelegt.«

Schultz blickte Nachtigall mit einem verlegenen Lächeln an und blies dann den Rauch seiner Zigarre in Kringeln zur Decke. »Erzähl! Jetzt hast du mich neugierig gemacht.«

Mit verschränkten Armen lehnte sich Nachtigall in seinen Schreibtischsessel zurück. »Die eigentlich spannende Frage ist, wie Krawinckel an seine Bank gekommen ist. Es wird immer kolportiert, dass sich dieser Wohltäter der Menschheit und edle Spender alles selbst erarbeitet und dadurch seine gesellschaftliche Position erworben habe. Soll ich dir sagen, wie es war?« Nachtigall legte eine Kunstpause ein. »Krawinckel ist in eine bereits eingeführte Bank eingetreten. Zwei Onkel von ihm hatten sie schon mit der Absicht gegründet, die Kunden zu betrügen. Sie taten alles, was der liebe Gott verboten hat. So erfuhren sie natürlich häufig früher als andere Anleger, wenn in Firmen Veränderungen entschieden wurden, die deren Aktienwert steigerten oder senkten. Bevor andere Börsianer reagieren konnten, haben die Onkel ihre Informationen ausgenutzt und die entsprechenden Wertpapiere gekauft oder veräußert, je nach absehbarer Kursentwicklung.«

»Wann fanden denn diese Manipulationen statt? Das war doch vor einigen Jahren noch gar nicht strafbar.«

Nachtigall nickte. »Das stimmt. Sie haben aber im Zusammenhang damit Kunden falsch beraten, unrichtige Nachrichten ausgestreut und die Anleger belogen und betrogen. Das war auch damals schon unter Strafe gestellt.«

»Gab es ein Ermittlungsverfahren?«

»Jawohl. Genau da zeigt sich der Unterschied zu dem Fall, den ich in Sachen Beuchert Jahre später bearbeitet habe. Bei dem damaligen Verfahren gegen die Onkel von Krawinckel soll es politische Einflussnahme gegeben haben. Das weiß ich vom Hörensagen. Immerhin wurde dreimal der zuständige Staatsanwalt ausgetauscht. Bis einer da war, der die angestaubte Sache so lange liegen gelassen hat, bis sie wegen Verjährung eingestellt werden konnte. So sind meine Bemerkungen von vorhin zu verstehen. Derart dreiste politische Einmischungen hat es meines Wissens seit den siebziger Jahren nicht mehr gegeben.«

»Trotzdem. Ich kann die 68er-Bewegung nicht über den grünen Klee glorifizieren. Natürlich war das Eintreten für Frieden und Völkerverständigung eine fantastische Sache. Wann gab es so etwas schon einmal? Für mich bleibt dennoch eine Menge an Fragen offen. Ob die antiautoritäre Erziehung dieser Zeit das Nonplusultra war, wage ich zu bezweifeln. Sie hat viel Schaden zurückgelassen. Vor allem kann ich nicht abschließend beantworten, ob diese Bewegung nicht die spätere Erstarkung der RAF ermöglicht oder zumindest begünstigt hat.«

Das Telefon klingelte. Nachtigall nahm das Gespräch an, hörte kurz zu und sagte: »Das mache ich.« Er wandte sich Schultz mit einem bedauernden Achselzucken zu. »Das war ein Anruf aus dem Kleinen Sitzungssaal. Die Ministerin hat ausrichten lassen, dass sie in etwa zehn Minuten da sein wird. Du möchtest bitte jetzt rüberkommen, falls sie doch früher als angekündigt eintreffen sollte.«

Schultz stand auf und streckte Nachtigall die Hand entgegen. »Tschüss, Thilo. Schade, dass ich gehen muss. Ich hätte noch einige Fragen zu den ganzen Abläufen gehabt.«

»Ruf mich an, wenn du mich brauchst. Wir könnten uns mal wieder im Club Voltaire in der Kleinen Hochstraße treffen, unserem Stammquartier der Altlinken«, sagte Nachtigall und begleitete Schultz zur Tür.

Als Schultz im Kleinen Sitzungssaal ankam, standen Hübsch, Beilstein und Nüchtern in gespannter Erwartung um den Tisch herum und warteten. Keiner sprach ein Wort.

21. Kapitel

Der freitägliche Erzeugermarkt der Bauern aus der Rhön und dem Vogelsberg in Frankfurts Schillerstraße quoll über vor Passanten und Kunden aller Altersschichten. Mitten auf der Fußgängerzone stand unschlüssig eine ältere Dame, ordnete mit der Hand ihre grauen Löckchen und betrachtete die herzhaften Warenangebote.

»Kommen Sie! Probieren Sie unseren vollreifen Ziegencamembert. Wie Sahne!«, rief der rotnasige dicke Betreiber des Käsestands ihr zu.

Die Dame schüttelte sich nur und rümpfte die Nase. Schnell drehte sie sich um und ging in die entgegengesetzte Richtung. Von dort wehte ein intensiver Geruch nach Fisch zu ihr herüber. Angeekelt hielt sie sich die Nase zu und beschleunigte ihren Schritt Richtung Hauptwache. Von der nahe gelegenen Katharinenkirche schlug es gerade ein Uhr.

Der Mann neben dem Fischstand vor dem bronzenen Skulpturensemble »Bulle und Bär« nahm von diesem Geschehen keine Notiz. Er lehnte lässig mit dem Rücken gegen die Statue des Bullen, mit einem Fuß stützte er sich an der Skulptur ab. Eher gelangweilt betrachtete er das künstlerische Gegenstück dazu, den wuchtigen Bären und in dessen Hintergrund die Frankfurter Börse.

Einem Beobachter wäre aufgefallen, dass die Ungezwungenheit des Mannes nur aufgesetzt war. Seine hin und her schweifenden Blicke verrieten äußerste Konzentration. Mehrfach schon hatte er seinen Ärmel zurückgestreift und auf seine Armbanduhr geschaut.

Er konnte sich nicht vorstellen, dass der Einladung zu einem Treffen, die er ausgesprochen hatte, nicht gefolgt würde. Eindringlich genug war seine Ansprache gewesen. An der Ernsthaftigkeit seines Gesprächswunsches konnte kein Zweifel aufgekommen sein. An den Folgen eines Fernbleibens ebenfalls nicht.

Den Treffpunkt hatte er sich vorher gut überlegt. Es durfte kein stiller, menschenleerer Ort sein. Hier vor der Börse, mitten in der Innenstadt war genau die richtige Stelle. Viele Leute bummelten herum, vor allem japanische Touristen, die ständig die beiden Bronzestatuen fotografierten. Wem würde hier auffallen, wenn sich zwei Menschen kurz unterhielten? Wer würde sich schon an einen derart alltäglichen Vorgang erinnern?

Die angespannte Miene des Mannes löste sich. Ein Lächeln flog über seinen halb geöffneten Mund.

Der Junge schaute sich unsicher nach allen Seiten um. Mit dem Turnschuh kickte er nach einer auf dem Boden liegenden Pappschachtel.

Der Mann machte durch ein Winken auf sich aufmerksam.

Als der Junge vor ihm stand, klopfte er ihm auf die Schulter. »Schön, dass du vernünftig bist, Dubho.«

Dubho zog die Augenbrauen hoch. Sein Gesicht drückte Resignation aus. »Es ist okay so.«

»Du siehst, dass du mir vertrauen kannst. Hier ist alles voller Menschen. Du musst keine Angst haben. Ich will dir doch nichts tun. Mir geht es nur darum, dass du vernünftig bist.«

Das Zucken um Dubhos Mund verriet seine Beklommenheit. »Sie haben mir nach der Schule gesagt, dass Sie mit mir über Sunita reden müssen. Ich sei in Gefahr und müsse sehr vorsichtig sein.«

»Genau! Ich will dir helfen. Das musst du mir glauben.«

Der Gesichtsausdruck von Dubho blieb misstrauisch. »Was soll ich getan haben? Weshalb brauche ich Ihre Hilfe? Ich kenne Sie doch gar nicht.«

Die dünnen Lippen des Mannes bildeten ein seifiges Grinsen. Er begann, auf und ab zu gehen und das Denkmal zu umrunden, so dass Dubho ihm ständig nachlaufen musste, um seine leise Stimme aufnehmen zu können. »Das soll auch so bleiben. Engel sind immer anonym. Zur Sache, Dubho! Du hast einen Zettel geschrieben. Mit merkwürdigem Inhalt. Das war nicht sehr klug von dir.«

»Woher wissen Sie von dem Zettel?«

Das kalte Lächeln des Mannes wurde breiter. »Das soll nicht deine Sorge sein. Ich stelle hier die Fragen. Du hast einen Fehler gemacht. Dein Briefchen ist in *Hände* geraten. Zum Glück in die richtigen. Nun erzähle mir mal, was du mit diesem Stückchen Papier sagen wolltest. Was weißt du denn genau?« Der Mann packte Dubho an der Schulter. »Und keine Lügen, bitte. Das merke ich sofort. Wir wollen doch beide, dass du dich weiter wohl fühlst.«

Schweißperlen traten auf Dubhos Stirn. Er unterdrückte einen Schmerzensschrei, blickte unter sich und begann, an seinem Daumennagel zu kauen. »Das ist es ja. Sie werden mir kaum glauben. Ich wollte nur Sunita ein bisschen unter Druck setzen, damit sie ihre Geheimnisse mit mir austauscht. Weil ich Sunita gernhatte und mit ihr gehen wollte. Aber sie hatte nichts für mich übrig und war böse auf mich. Mit dem Briefchen wollte ich nur erreichen, dass sie wieder mit mir redet und sich mir anvertraut.«

Der Mann ließ Dubhos Schulter los und nahm wieder seine Runden um die Bronzestatuen auf. Plötzlich blieb er stehen, drehte abrupt erst den Kopf und dann den Körper zur Seite. Erneut baute er sich vor Dubho auf. »Ich habe dir bereits gesagt, dass du mich nicht belügen sollst. Sei vorsichtig! Bist du gerne in Deutschland?«

»Die ... die Frage verstehe ich nicht.«

»Du möchtest sicher auch, dass es dir und deiner Familie weiter gut geht?«

Mit ängstlichem Gesicht schaute sich Dubho um. »Was habe ich denn getan? Was wollen Sie überhaupt von mir? Lassen Sie mich in Ruhe, sonst gehe ich zur Polizei.«

Der Mann fixierte ihn mit böse flackernden Augen. »Das würde ich dir nicht raten. Dein Briefchen an Sunita war eine ganz klare Drohung. Wenn die Polizei den Zettel sieht, kommt sie vielleicht auf die Idee, dass du sie umgebracht hast. Vielleicht hast du es ja auch getan. Was würdest du sagen, wenn ich dich dabei beobachtet hätte?«

Dubho blickte rasch nach rechts und nach links. »Hören Sie auf damit. Das erfinden Sie jetzt, um mir Angst zu machen.«

»War die Polizei schon bei dir? Was hast du ihnen gesagt? Hast du ihnen erklärt, was du mit deinem Briefchen an Sunita gemeint hast?«

Wieder kaute Dubho an den Nägeln. »Sie war da. Von dem Zettel wussten sie nichts.«

»Was hast du ihnen sonst verraten?«

»Nichts. Absolut nichts. Ich weiß ja nichts.«

Mit einer raschen Bewegung zog der Mann Dubho dicht an sich heran, drehte blitzschnell den Kopf zu ihm hin und presste seinen Mund an sein Ohr. »Jetzt höre genau zu, mein Freund. Ein zweites Mal mache ich mir nicht die Mühe, mit dir zu reden. Du hältst den Mund. Gegenüber der Polizei und allen anderen Menschen auch. Kein Sterbenswort. Mich hast du nie gesehen. Und unser Treffen hat nie stattgefunden.« Der Mann kniff Dubho mit seinem Daumennagel ins Ohrläppchen. »Ist das klar?«

Dubho biss vor Schmerz die Zähne zusammen. Er nickte.

Der Mann trat einen Schritt zurück und formte seine Augen zu Schlitzen. »Denke an Sunita. Du hast gesehen, wie schnell alles vorbei sein kann.« Er zeigte mit dem Finger in Richtung Hauptwache. »Dort drüben ist es passiert.«

Automatisch folgte Dubhos Blick dem ausgestreckten Zeigefinger. Als er sich wieder umdrehte, war der Mann in der Menge der Marktbesucher verschwunden.

22. Kapitel

Ministerin Rosa Bauernfeind entpuppte sich als mittelgroße Frau mit blondem Bubikopf, schiefem Mund und beherrschtem Mienenspiel. Eine wie auch immer geartete Gemütsbewegung war ihrem Gesichtsausdruck nicht zu entnehmen. Bekleidet war sie mit einem schlecht geschnittenen grauen Nadelstreifenkostüm. Sie begrüßte die Anwesenden mit Handschlag und stellte ihre Begleiter als den Leiter ihres Ministerbüros, ihren persönlichen Referenten, den Leiter ihrer Strafrechtsabteilung und dessen Referenten für Strafrechtsfälle und Dienstaufsicht vor. Sie nahm Platz und forderte die Anwesenden mit einer Handbewegung auf, sich zu setzen.

Die Ministerin nahm eine kerzengerade Haltung ein. Sie lächelte, ohne damit die frostige Atmosphäre zu entkrampfen. »Das Ministerium hat ein gesteigertes Interesse, die Umstände, die zum Tod des jungen Mädchens in Frankfurt geführt haben, aus erster Hand zu hören. Die Angelegenheit hat nicht nur die erhöhte Aufmerksamkeit der Presse gefunden. Weite Teile der Bevölkerung nehmen daran Anteil und fiebern, wie rasch wir in der Lage sein werden, die Aufklärung des Falles zu betreiben. Die Arbeit der Justiz steht auf dem Prüfstand. Das darf natürlich nicht dazu führen, dass uns jedes Mittel zur Beschleunigung der Ermittlungen recht ist. Vielmehr müssen wir andererseits gewissenhaft darauf achten, dass wir nicht mit Übermaß reagieren. Dazu gehört, dass wir die möglichen Folgen unserer Arbeit und die Auswirkungen auf die Menschen, die wir in unsere Nachforschungen einbeziehen, vorher mit aller Sorgfalt bedenken. Es ist nicht unsere Aufgabe, großen Wirbel zu erzeugen, wenn wir von vornherein erkennen können, dass beabsichtigte Maßnahmen nur dazu führen, davon Betroffene in Verlegenheiten zu stürzen. Menschen etwa, die im öffentlichen Leben stehen und der Gemeinschaft dienen, haben deswegen einen Anspruch darauf, dass wir sie der Beobachtung durch die Presse und die Allgemeinheit nur dann aussetzen, wenn es für unsere Ermittlungen zwingend ist. Haben Sie verstanden, worauf ich hinauswill?«

Rosa Bauernfeind schaute in die Runde ihrer Mitarbeiter. Die an die Monologe der Ministerin gewöhnten Vertreter des Ministeriums hatten eine leicht nach vorn geneigte Sitzhaltung eingenommen und die Augen halb geschlossen. Die Ministerin wandte nunmehr ihre Blicke den Gästen zu.

Hübsch nickte und rückte seine Krawatte zurecht. Er leitete in das Vortragsthema ein, skizzierte den Fall und gab dann das Wort an Beilstein weiter. Der ergänzte einige Belanglosigkeiten und sah zu Nüchtern hin. Der Vertreter des Generalstaatsanwalts setzte einen aufmerksamen Gesichtsausdruck auf und verneinte sein Interesse an eigenen Ausführungen mit einem leichten Kopfschütteln.

Anschließend trug Schultz vor. Seine Haltung und seine Stimme verrieten, dass er aufgeregt war. Am Schluss seiner Ausführungen sagte er: »Wir wollen dem Verfahren jetzt Fortgang geben, indem wir Herrn Krawinckel durch die Staatsanwaltschaft, nicht durch die Polizei, in unseren Räumen als Zeugen vernehmen.«

Die Ministerin dankte Schultz mit frostigem Lächeln für den anschaulichen Vortrag und sah in die Runde ihrer Mitarbeiter. Als eine Resonanz ausblieb, forderte sie den Leiter der Strafrechtsabteilung mit einer Kopfbewegung zu einer Stellungnahme auf.

Der kleine gewichtige Mann holte tief Luft und wippte auf seinem Stuhl hin und her. »Frau Ministerin hat im Grunde schon eingangs alles Wesentliche ausgeführt. Es ist, wie es ist. Und weil alles so ist, wie es ist, sollten wir vorsichtig sein und nichts Unüberlegtes tun. Alle weiteren Schritte sollten sorgfältig bedacht werden.« Er lehnte sich in den Stuhl zurück und schnaufte, um deutlich zu machen, dass er alles aus seiner Sicht Wichtige gesagt habe.

Die übrigen Beteiligten nahmen eine abwartende Haltung ein und schauten vor sich hin. Ministerin Bauernfeind hielt den Kopf schief, zog eine Augenbraue hoch und sog die Luft ein. Sie nahm Blickkontakt zu Hübsch auf. »Wir werden natürlich, wie üblich, nicht durch eine Weisung in den Gang der Ermittlungen eingreifen. Andererseits werden Sie noch einmal sorgfältig prüfen müssen, ob für eine Vernehmung von Herrn Krawinckel ausreichende Anhaltspunkte vorliegen.« Ihre Augen wanderten zu Schultz hinüber. »Der Annahme, dass er möglicherweise Kontakt zu dem Mädchen hatte, steht auf ziemlich schwachen Füßen. Selbst wenn es zutrifft, gibt diese Erkenntnis nicht viel her. Irgendwelche Hinweise darauf, dass Herr Krawinckel in der Sache weiterhelfen könnte, haben Sie nicht vorgetragen. Ihre vorgesehene Vernehmung trägt damit vom zu erwartenden Ergebnis her eher Zufallscharakter. Außerdem dürfen wir nicht ganz außer Betracht lassen, dass Herr Krawinckel von einer Einbeziehung in das Verfahren, wenn auch nur als Zeuge, mehr betroffen würde als Menschen, die weniger im öffentlichen Leben stehen.« Sie lächelte Schultz ohne Wärme zu. »Verständnis für übergeordnete Belange setze ich bei allen meinen Mitarbeiterinnen und Mitarbeitern voraus. Das gilt insbesondere für Führungskräfte.«

Rosa Bauernfeind schaute ihre Mitarbeiter der Reihe nach an. Die Ministerialbeamten lehnten sich in ihre Sessel zurück. Sie hatten überwiegend die Hände gefaltet und nickten mit hoheitsvollen Mienen.

Schultz fühlte sich an die Karikaturen in Wilhelm Buschs »Jobsiade« erinnert. Er bezog die letzten Ausführungen der Ministerin auf seine beruflichen Ambitionen und glaubte, verstanden zu haben. Unbehagen beschlich ihn. Als alle schwiegen, entschied er sich, seine Position zu verteidigen. »Verzeihen Sie, Frau Ministerin. Ich bin nicht sicher, ob ich auch erwähnt hatte, dass mich gestern erst einer der Kriminalbeamten auf einen Zettel aufmerksam machte, den die Adoptivmutter des getöteten Kindes neben dem Sessel von Herrn Krawinckel aufgefunden hat.«

Die Ministerin sah zu Hübsch hin. »Na und? Was heißt das schon? Haben Sie Anhaltspunkte dafür, dass Herr Krawinckel den Zettel verloren hat? Dieser Fund kann ebenso gut auf anderen Fakten beruhen.« Sie stemmte ihre Hände auf den Tisch und reckte sich auf. »Es ist alles erörtert und abgewogen. Bedenken Sie das bitte, falls Sie an Ihren Vorstellungen festhalten. Sie werden das dann natürlich auch zu verantworten haben. Wir bitten Sie, uns durch eine ständige Berichterstattung auf dem Laufenden zu halten. Sollten Sie die Zeugenvernehmung von Herrn Krawinckel für unverzichtbar halten, teilen Sie dies bitte vorab fernmündlich dem Leiter unserer Strafrechtsabteilung mit.«

Nüchtern rutschte auf seinem Stuhl hin und her, bis er die Aufmerksamkeit der Ministerin auf sich gezogen hatte. »Wir werden die Vorgänge sorgfältig im Auge behalten und auf eine Förderung des Verfahrens achten, die auch vertretbar sein muss.«

Hübsch runzelte die Stirn und schüttelte den Kopf. »Selbstverständlichkeiten!«

Die Vertreter des Ministeriums beließen es bei einem beflissenen Mienenspiel. Ministerin Bauernfeind schaute sich um. »Gibt es noch Wortbeiträge? Nein? Dann schließe ich hiermit die Sitzung.«

Sie erhob sich und verabschiedete die Gäste mit Handschlag. Dann verließ sie den Sitzungssaal im Gefolge ihrer Mitarbeiter.

23. Kapitel

Als Sir Simon Rattle an diesem Abend am Ende der 5. Sinfonie Beethovens den Taktstock senkte, brachen in der Alten Oper Frankfurts frenetischer Beifall und zahlreiche Bravorufe aus. Einige Besucher in den vorderen Reihen des Parketts erhoben sich von ihren Sesseln und applaudierten stehend. Nach und nach schloss sich das übrige Publikum an.

Zwei Zugaben folgten. Dazwischen überreichte ein junges Mädchen dem gefeierten Dirigenten seitens des Hauses einen üppigen Blumenstrauß in gelben Farbtönen. Nach mehreren weiteren Vorhängen leerte sich langsam der Saal.

Traudel Schultz zupfte ihren Mann am Ärmel. »Auf diesen schönen Abend gehen wir jetzt noch irgendwo ein Gläschen trinken. Welche Kneipe schlägst du vor?«

»Wie wär's mit dem *Club Voltaire*, der ist hier in der Nähe.« Schultz bemerkte Traudels kritischen Blick. »Da gehen wir natürlich nicht hin, zumal wir dafür völlig overdressed sind. Zwei Häuser davon entfernt ist der *Volkswirt*. Ein nettes Weinlokal, wo es auch hübsche Kleinigkeiten zu essen gibt.«

Mit gespielt empörter Miene schaute Traudel an ihm herunter, bis ihr Blick an seinem Bauchumfang haften blieb. »Daran hatte ich jetzt weniger gedacht.« Sie lachte auf. »Aber ein schöner trockener Weißer, das wäre was.«

Beim Betreten des gut besuchten Weinlokals schlug ihnen eine gewaltige Geräuschkulisse entgegen, die einem kleineren Volksfest Ehre gemacht hätte. Schultz hatte, der Etikette folgend, darauf bestanden, vor seiner Frau den Schankraum zu betreten. Jetzt drängte sich Traudel an ihm vorbei, schob sich durch einige an der Theke mit ihren Gläsern gestikulierende Weinfreunde, entdeckte einen freien Zweiertisch und winkte ihrem Mann triumphierend zu.

»Wie hat dir das Konzert gefallen?«, fragte Traudel und prostete ihrem Mann zu.

»Herausragend gut.«

Traudel zupfte ihn am Ohrläppchen. »Jetzt kennen wir uns schon so lange, und noch immer versuchst du erfolglos, mich zu beschwindeln. Ich habe dein Gesicht ein paar Mal von der Seite beobachtet. Du hast manchmal gar nicht zugehört. Und das bei Sir Simon Rattle. Schäme dich. In der Pause bist du mit keinem Wort auf das Konzert eingegangen. Du hast ständig von der Sektbar aus die Apollo-Skulptur angestarrt und mir fassungslos erzählt, wie schrecklich sie sei. Also los, sag schon! Was beschäftigt dich?«

Mit theatralischer Geste klappte er in Augenhöhe die Innenseiten seiner Hände zur Decke aus. »Krawinckel kennt die Beucherts schon ewig. Das ergibt sich bereits aus der Vorstrafakte von Wolfgang Beuchert. Er war anwesend, als die Polizei die Todesnachricht Sunitas überbrachte. Mit den Kindern gab es ebenfalls Kontakte. Die kleine Schwester der Toten bezeichnete ihn als Heuchler und Lügner. Und der Drohbrief wurde neben dem Sessel gefunden, den er benutzt hatte. Sollte das nicht genügen, jemand in einem Tötungsfall als Zeugen zu vernehmen?«

Traudel machte mit der Hand ein Zeichen, dass er seine Stimme senken solle. Sie setzte ein spitzbübisches Lächeln auf. »Du hast erzählt, dass du vor deinem Vortrag bei deinem Parteifreund Thilo Nachtigall warst. Was hat er denn dazu gemeint?«

Schultz winkte ab und steckte sich eine Zigarre an. »Du kennst ihn doch. Nach wenigen Minuten war er wieder bei seinem Lieblingsthema angekommen, der 68er-Bewegung. Thilo meinte, die Zeiten der Schonung gehobener Kreise und Prominenter seien seit den siebziger Jahren vorbei.«

»Daran zweifelst du wohl nach deinen heutigen Erfahrungen?«

»Das will ich so grundsätzlich nicht sagen. Ich bin unsicher. Vielleicht haben sich nur die Methoden zur Entwicklung von Schutzmechanismen geändert. Die Kultur, wie nachgeordnete Behörden auf die gewünschte Spur gebracht werden, hat sich jedenfalls verfeinert. Die Verknüpfung von Erwartungen und der Drohkulisse bei Widerständen ist subtiler geworden.«

»Das klingt sehr abstrakt. Was sollen mir diese kryptischen Hinweise sagen?«

»Nun, ich habe heute den Eindruck gewonnen, dass im Ministerium zwischen meinen Hoffnungen auf einen Karrieresprung einerseits und der von mir beabsichtigten Vernehmung Krawinckels andererseits eine sanfte Verbindung hergestellt wurde. Härter formuliert heißt das, dass ich die Vernehmung im Interesse meiner Beförderung lassen soll. Zumindest habe ich die Empfehlungen und Bedenken der Ministerin so aufgefasst.«

»Nach der Schilderung, die du mir eben von deinem Vortrag in Wiesbaden gegeben hast, kann man die Bemerkungen so verstehen, man muss es aber nicht. Die Formulierungen können durchaus auch unverdächtig ausgelegt werden.«

»Das ist es eben, was ich vorhin zum Ausdruck bringen wollte. Es werden ein paar Nebelkerzen gezündet. Alles wird ein bisschen offengehalten. Keiner sagt, was wirklich los ist. Ich mag diese diplomatischen Umgangsformen nicht. Mir ist viel lieber, wenn ich weiß, woran ich bin.«

Traudel nippte an ihrem Weinglas und lächelte. »Wem sagst du das. Ich kenne dich. Um bei dem von dir gewünschten Klartext zu bleiben. Du möchtest also jetzt, dass ich dir sage, ob du Krawinckel vernehmen sollst oder nicht.«

Die Gesichtszüge von Schultz verfinsterten sich. »Nein, natürlich nicht. Ich weiß, dass du mir diese Entscheidung nicht abnehmen kannst. Das will ich gar nicht. Meines Erachtens reichen die von uns ermittelten Beziehungen Krawinckels zu den Beucherts aus, um seine Zeugenvernehmung gerade in einem Tötungsfall nahezulegen. Jedenfalls werde ich seine Befragung nicht um den Preis meiner eigenen Karriere unterlassen. Das kann es nicht sein.«

Mit einer mäßigenden Handbewegung mahnte Traudel ihren Mann abermals, leiser zu sprechen. Sie setzte ein kokettes Lächeln auf. »Meine Empfehlung an dich ist, in diesem Fall zu überlegen, wie du handeln würdest, wenn dein Zeuge nicht Phillip Krawinckel, sondern Hans Müller hieße. Würdest du ihn dann vernehmen oder nicht?«

Schultz sog an seiner Zigarre und blies einige Kringel Rauch in die Luft. »Selbstverständlich. Keine Frage.«

»Siehst du, so kenne ich dich. Das mag ich an dir. Bleibe so.«

Die Gesichtszüge von Schultz entspannten sich von einer Sekunde auf die andere. »Wir haben ein Ergebnis.« Er strahlte Traudel an. »Selbst wenn es auf Kosten der Beförderung sein sollte. Morgen schicke ich ihm die Ladung zur Zeugenaussage.«

Er strich sich über seine Haarbürste und dann über den Bart. »Das war wieder ein Montag, der es in sich hatte.«

Traudel trank ihren Wein aus. »Apropos Montag. Am Montag, den 27. November werde ich operiert. Es wäre schön, wenn du einen Tag Urlaub nehmen könntest, um mich mit meinen ganzen Sachen im Krankenhaus abzuliefern.«

Die rötliche Gesichtsfarbe von Schultz wechselte innerhalb eines Augenblicks in eine fahle Blässe. Seine Lippen wurden schmal, die Augen wanderten ruhelos umher. »Natürlich mache ich das.« Er zögerte. Mit einem Ruck zog er seine goldene Taschenuhr aus der Weste und warf einen Blick darauf. »Es ist spät. Wir sollten nach Hause gehen.«

Traudel schüttelte den Kopf, lächelte und streichelte ihm über die Hand. »Mein armes Mimöschen.«

24. Kapitel

Hanspeter Schultz saß mit Schreiner und einer Protokollführerin in seinem gut beheizten Dienstzimmer und erwartete den Zeugen Phillip Krawinckel, den er auf den heutigen Mittwoch, den 22. November, 11:00 Uhr, als Zeuge in sein Dienstzimmer in der Staatsanwaltschaft Frankfurt geladen hatte. Er war bereits vor einer knappen Stunde ins Büro gekommen, um sicherzustellen, dass an alles gedacht war. Das Zimmer hatte er gründlich gelüftet und für ausreichende Sitzgelegenheiten gesorgt. In einem Vorgespräch mit der Polizei hatte er sich darauf verständigt, dass es optisch glücklicher sei, wenn nur einer der ermittelnden Polizeibeamten anwesend sein würde, und dessen Auswahl der Polizei überlassen. Sein Zimmerkollege Diener hatte eine Hauptverhandlung bei einer Strafkammer wahrzunehmen.

Das von Schultz eingeplante zeitliche Polster hatte sich als hellseherisch erwiesen. In der Nacht war ergiebig Schnee gefallen. Erst am frühen Morgen hatte ein eiskalter Nordwestwind die schweren dunklen Wolken mit einer so atemberaubenden Geschwindigkeit über den tief hängenden Himmel geblasen, dass an Niederschläge nicht mehr zu denken war.

Als die Stadt erwachte und Schultz zum ersten Mal zu Hause aus dem Fenster geschaut hatte, bot sie die für diese Witterungsverhältnisse typischen Bilder. Dick eingepackte Menschen tänzelten, mit Handfegern und Eiskratzern ausgestattet, um die im Freien geparkten Autos herum und versuchten, die Fensterscheiben von den Schneebergen zu befreien. Die ersten gestarteten Fahrzeuge schlängelten sich behutsam über den dick gepolsterten Asphalt und ließen den Schnee in den Bordsteinrinnen rasch zu schwärzlichen Frosthaufen verkommen.

Schultz warf einen Blick auf seine Taschenuhr. Gleich musste Krawinckel eintreffen.

Beruhigt rief sich Schultz in Erinnerung, dass es keiner großen Überredungskünste bedurft hatte, um Hübsch und Beilstein vom Erfordernis einer Einvernahme Krawinckels zu überzeugen. Beide waren Praktiker und kannten das Geschäft. Die erbetene vorherige Unterrichtung des Generalstaatsanwalts hatte Beilstein, die Informierung des Ministeriums Hübsch übernommen. Die Mitteilungen waren vor wenigen Minuten kommentarlos entgegengenommen worden.

Punkt 11:00 Uhr klopfte es an der Tür. Krawinckel trat nach Aufforderung ein, schaute sich zunächst neugierig und später abschätzig um und ließ die Tür für einen männlichen Begleiter offen. »Mein Name ist Phillip Krawinckel. Ich bin als Zeuge hierher bestellt, obwohl ich nicht den Grund dafür kenne.« Er drehte sich zu dem mittelgroßen, etwas fülligen Endfünfziger hinter ihm um, der ein verbindliches Lächeln aufgesetzt hatte. »Das ist Herr Rechtsanwalt Doktor Rolf Schaller. Da ich von den Vorgängen hier nichts verstehe, habe ich ihn um seine Begleitung gebeten. Ich denke, dass das in Ordnung geht, oder?«

Schultz ging auf Krawinckel zu, stellte sich, Schreiner und die Protokollführerin vor und begrüßte zunächst ihn und dann Schaller. Er wies auf einen der bereitgestellten Stühle. »Vielen Dank, dass Sie gekommen sind. Nehmen Sie bitte Platz. Selbstverständlich kann Herr Dr. Schaller teilnehmen. Das ist zulässig. Außerdem kennen Herr Schaller und ich uns gut. Da gibt es keine Probleme.«

Krawinckel setzte sich und warf einen kurzen irritierten Blick auf Schaller, bevor er Schultz ansah. »Sie müssen sich nicht bedanken. Auf meiner Ladung stand schließlich geschrieben, dass ich die Pflicht habe zu erscheinen.«

Mit einem verlegenen Achselzucken quittierte Schultz den mit süffisanter Stimme gegebenen Hinweis. Anschließend belehrte er Krawinckel über die Wahrheitspflicht und die Rechte des Zeugen und fügte hinzu: »Ich habe keine besondere Veranlassung, Sie darauf hinzuweisen. Das Gesetz schreibt es mir vielmehr so vor. Wir protokollieren Ihre Aussage. Am Ende können Sie sich alles genau durchlesen und Anmerkungen oder Korrekturen anbringen, wenn Sie mit der Aufzeichnung nicht einverstanden sein sollten. Zuerst nehmen wir Ihre Personalien auf.«

Schaller lächelte nach wie vor und polierte sich mit einem Seidentuch seine Designerbrille. »Das ist alles so in Ordnung, Herr Schultz. Jetzt sagen Sie uns bitte in Kürze, worum es geht. Mein Mandant wäre dankbar, wenn auf seine starken terminlichen Verpflichtungen Rücksicht genommen werden könnte.«

Schreiner starrte zur Decke, räusperte sich und fuhr sich mit der Hand in den Kragen seines dunkelblauen T-Shirts. Schultz war klar, dass er sich jetzt am meisten über einen Hinweis gefreut hätte, die Dauer der Vernehmung werde von den Strafverfolgern nach dem Aufklärungsbedarf bestimmt. »Herr Krawinckel, vor einigen Tagen ist das Mädchen Sunita Beuchert durch einen Sturz aus dem achten Stock eines Hauses auf der Zeil ums Leben gekommen. Wir haben Anhaltspunkte dafür, dass jemand das Kind getötet hat. Kannten Sie Sunita?«

Mit einer Handbewegung verhinderte Schaller eine Antwort von Krawinckel. »Einen Moment, Herr Schultz. Bevor mein Mandant darauf antwortet, hätte ich gerne Akteneinsicht.«

Die Miene von Schultz verfinsterte sich. »Herr Rechtsanwalt, Sie wissen, dass Ihnen eine Akteneinsicht in dieser Phase des Verfahrens nicht zusteht. Das lehne ich ab.«

»Na schön! Wie Sie wollen. Dann erklären Sie uns eben, wieso Sie in dieser Angelegenheit überhaupt auf meinen Mandanten gekommen sind. Das wird uns viel Zeit und Aufwand sparen.«

Schultz runzelte die Stirn und rutschte auf seinem Sessel nach vorn. »Herr Rechtsanwalt, wir können uns jetzt sicher über Förmlichkeiten streiten. Das liegt bestimmt nicht im Interesse Ihres Klienten. Ich bevorzuge, die Vernehmung mit meiner vorhin an Herrn Krawinckel gestellten Frage fortzusetzen, ob er Sunita Beuchert kannte.«

»Wenn Sie unbedingt darauf bestehen wollen«, sagte Schaller.

Krawinckel befühlte seine farblos lackierten Nägel, bevor er die Hände faltete und zu Schultz hinsah. »Ja, ich kannte sie.«

Schreiner biss seine Zähne so fest aufeinander, dass der Kiefer knackte. Es dauerte einen Moment, bis Schultz erkannte, dass Krawinckel keine weiteren Erklärungen abgeben wollte. Wieder tippte er seine Fingerspitzen gegeneinander. »Herr Krawinckel, darf ich Sie darauf hinweisen, dass der Zeuge eine zusammenhängende Darstellung abzugeben hat. Bitte erläutern Sie, seit wann Sie Sunita kannten, wie Sie das Mädchen kennen gelernt haben, wie oft Sie das Kind getroffen haben und bei welchen Gelegenheiten.«

Krawinckel richtete seine blau-gelbe Versace-Krawatte. »Na schön, wenn es unumgänglich ist. Mit dem Vater von Sunita,

Wolfgang Beuchert, bin ich menschlich und geschäftlich verbunden. Wir besuchten gemeinsam die Schule. Nachdem er die Kinder seines verstorbenen Bruders nach Deutschland geholt und adoptiert hatte, habe ich die beiden Mädchen regelmäßig anlässlich meiner Besuche bei ihm angetroffen. Die Ältere habe ich dann und wann einmal abgeholt, um mit ihr etwas zu unternehmen. Ihr war oft langweilig zu Hause. Auch an dem Vormittag, als Sunita starb, war ich bei Beucherts und wollte das Mädchen zu ein paar Einkäufen entführen. Karin Beuchert, Wolfgangs Frau, hatte kein Interesse an den Kindern und betrachtete sie als Fremdkörper in ihrem Haus. Ob Wolfgang ihnen innerlich näherstand, weiß ich nicht. Er musste viel Zeit für seine häufig glücklosen Geschäftstätigkeiten aufbringen und konnte sich daher nur wenig um die Mädchen kümmern. Das ist alles.«

Schreiner rieb sich die Hände und strich sich über seinen grauschwarzen struppigen Bart. Seine Narben im Gesicht wirkten in der Neonbeleuchtung des Zimmers auffällig rot und hoben sich mit starkem Kontrast von dem blassen Gesicht ab. »In diesem Zusammenhang würde mich interessieren, warum Sie vor einigen Jahren Ihrem Freund Beuchert unter die Arme gegriffen haben, als wir wegen Betruges gegen ihn ermittelt haben.«

Rechtsanwalt Dr. Schaller legte seine Hand auf den Arm von Krawinckel, der im Begriff war aufzustehen. Er würdigte Schreiner keines Blickes. »Stopp! Erstens stelle ich fest, dass die Polizei hier nicht fragen darf. Zweitens dürfte der angesprochene Fall verjährt sein. Und außerdem hat diese Angelegenheit überhaupt nichts mit dem Beweisthema zu tun, zu dem mein Mandant heute vorgeladen ist. Deshalb wird er dazu kein Wort sagen. Herr Staatsanwalt, ich bitte Sie erneut dafür zu sorgen, dass wir hier nach Gesetz und Recht vorgehen.«

Schultz erhob die Hände, um zu beschwichtigen. Rein äußerlich vermittelte er dabei den Eindruck, als wolle er den Beteiligten den apostolischen Segen erteilen. »Meine Herren! Bitte! Lassen Sie uns die Dinge nicht höher hängen, als sie es verdienen. Herr Krawinckel ist als Zeuge in einem Tötungsdelikt hier und soll uns, wenn möglich, helfen, den Fall aufzuklären. Ihm selbst wird nicht der Hauch eines Vorwurfs gemacht. Deshalb sollten wir ganz entspannt darauf eingehen, was er zu den Hintergründen sagen kann. Herr Krawinckel, was haben Sie für Unternehmungen mit Sunita gemacht? Wie muss ich mir das vorstellen?«

»Ich habe sie nur gelegentlich abgeholt, um mit ihr Kleider einzukaufen. Das liebte sie. Sunita war mit ihren elf Jahren erwachsener und reifer als deutsche Kinder. Wir gingen manchmal in Ferienparks oder, wenn das Wetter nicht mitspielte, in mein Ferienhaus im Vogelsberg, um uns Kinofilme anzuschauen oder Fotos zu machen. Sie tat mir einfach wegen der häuslichen Verhältnisse leid. Mit ihrer Schwester hätte ich dasselbe gemacht. Sie ist allerdings noch zu klein dafür. Ich verstehe nicht, warum diese Dinge in der Tötungsangelegenheit weiterhelfen sollen.«

Schreiner schrieb etwas auf einen Zettel und schob ihn Schultz zu. Schultz wiegte den Kopf hin und her. »Jede Kleinigkeit kann uns wertvolle Hinweise geben. Manchmal stellen wir das erst viel später fest. Was waren das für Fotos, Herr Krawinckel, die Sie mit Sunita gemacht haben.«

Krawinckel lachte und polierte seine Fingernägel an seinem Hosenbein. »Das ist ein Hobby von mir. Ich bin versessen aufs Fotografieren und mache Unmengen von Bildern. Einer der Träume von Sunita war, später einmal Schlagersängerin oder Fotomodell zu werden. Sie wusste, wie gerne ich fotografiere. Deshalb forderte Sie mich immer wieder dazu auf. Ich musste ihr die Bilder auf Disketten abspeichern. Was sie damit gemacht hat, weiß ich nicht. Sie wollte, dass ich ihr bei Bewerbungsschreiben an Mode- und Musikagenturen helfe. Zum Schein habe ich dabei mitgespielt.«

»Haben Sie Sunita immer zu Hause abgeholt oder kam sie manchmal zu Ihnen?«, fragte Schultz.

»Da hätte sie nach Bad Homburg fahren müssen, wo ich wohne. Das tat sie nicht. Ich holte sie bei ihren Eltern oder von der Schule ab. Auf ihren Wunsch hin bin ich einmal sogar mit dem großen Maybach an der Schule vorgefahren. Sie wollte, dass ich unmittelbar vor dem Schulgebäude auf sie warte. Das habe ich wegen des möglichen Aufsehens nicht getan und lieber in einem Seitenweg auf sie gewartet.«

»War sie gerne mit Ihnen zusammen?«

»Selbstverständlich! Sonst wäre sie wohl nicht mitgekommen. Sie sah mich als ein Mitglied der Familie an und nannte mich

Onkel Phil. Für sie waren unsere Treffen eine willkommene Abwechslung.«

Schultz strich sich über seine Haarbürste. »Haben Sie irgendwelche Anhaltspunkte, wen Sunita nicht gemocht haben könnte? Oder wem Sunita so im Wege stand, dass sie umgebracht wurde?«

Krawinckel schaute auf seine Armbanduhr. »Beide Fragen kann ich mit Nein beantworten.«

»Sind Ihnen vielleicht irgendwelche ungewöhnlichen Umstände aus dem Alltag von Sunita bekannt geworden, die von Bedeutung sein könnten? Denken Sie bitte gründlich nach, bevor Sie antworten.«

»Ich muss nicht lange überlegen. Es gibt einfach keine Auffälligkeiten, die ich bemerkt hätte. Ich fürchte, ich kann Ihnen nicht helfen.«

Schultz seufzte. »Noch eine letzte Frage. Was war Sunita für ein Mensch?«

»Das sagte ich schon. Sie war nahezu erwachsen. Und eitel. Sie wusste haargenau, was sie wollte, und kokettierte gerne mit ihrer Weiblichkeit.«

»Das verstehe ich nicht. Können Sie das bitte etwas näher ausführen.«

»Ich gebe Ihnen ein Beispiel. Wir gingen einmal in eine Gaststätte, die bevorzugt von Jugendlichen besucht wird. Es gab dort diese stereotypen Essen, wie sie nur Jugendliche mögen, ohne jede Abwechslung. Sunita wollte sich bei mir einhängen. Sie bat mich vorzutäuschen, wir seien ein Paar.«

»Haben Sie ihr den Gefallen getan?«

»Nein, natürlich nicht. Ich habe ihr gesagt, dass mich die jungen Leute viel eher für ihren Großvater halten und sich totlachen würden.«

»Zum Abschluss und nur der Vollständigkeit halber würde ich gerne noch von Ihnen wissen, wo Sie sich am frühen Vormittag des 1. November aufgehalten haben.«

Rechtsanwalt Doktor Schaller tupfte mit seinen Fingerspitzen auf seinen leicht gewölbten Bauch. Er lächelte. »Diese Frage wird und muss mein Mandant nicht beantworten. Sie ist skandalös. Mein Mandant ist hier als Zeuge geladen. Wollen Sie etwa klären, ob er für die Tat in Betracht kommt?«

Bevor Schultz protestieren konnte, kam ihm Krawinckel zuvor. »Ich habe nichts zu verbergen. Nach Erledigung von ein paar Kleinigkeiten, die mir natürlich nicht mehr im Detail erinnerlich sind, ging ich zu Beucherts. Dort habe ich den Besuch der Polizei mitbekommen, als sie die Nachricht vom Tode Sunitas überbrachte. Genügt Ihnen das?«

Schultz nickte. Er hatte das Gefühl, etwas Wichtiges nicht gefragt oder vergessen zu haben. Nach einer kurzen Weile bedankte er sich, ließ das Vernehmungsprotokoll vorlesen und unterschreiben und verabschiedete sich von Krawinckel, Schaller und der Protokollführerin.

Als er die Tür wieder geschlossen hatte, atmete Schultz tief durch und lächelte Schreiner dabei an. »Wir sollten besprechen, wie wir weitermachen wollen. Sie könnten sich jetzt unsterbliche Verdienste verschaffen, wenn Sie uns in Vertretung des Kollegen Diener einen Kaffee kochen würden. Meine Bemühungen auf diesem Gebiet enden immer in einem Fiasko.«

Schreiner kümmerte sich um die Kaffeemaschine und ging nach draußen, um Wasser zu holen. Währenddessen warf Schultz einen raschen Blick auf seine Taschenuhr, betrachtete kopfschüttelnd die braunen Aktenstöße, kramte aus seiner Weste eine Zigarre hervor und zündete sie an. Seiner Schreibtischschublade entnahm er einen Zellophanbeutel mit Nougatpralinen und legte sie auf den Tisch.

Nachdem Schreiner zurückgekehrt war und Wasser auffüllte, zeigte Schultz auf seine Köstlichkeiten. »Bedienen Sie sich. Das ist Nervennahrung. Die können wir jetzt brauchen.«

»Ich muss vorher mal eine rauchen«, sagte Schreiner und steckte sich eine Zigarette an.

Schultz wühlte in seiner Hosentasche und zog den Zettel hervor, den Schreiner ihm während der Vernehmung zugesteckt hatte. »Der Hinweis auf die Fingernägel war nicht nötig. Mir waren der spitze Schnitt und die farblose Lackierung nicht entgangen. Aber was sagt uns das?«

»Ich weiß es noch nicht. Rein gefühlsmäßig meine ich, dass es wichtig sein könnte. Immerhin hat der indische Junge Dubho erzählt, dass Sunita den Mann, der sie gelegentlich von der Schule abholte, als weibisch bezeichnet habe. Wenn ich mir Krawinckel so anschaue, legt er überzogenen Wert auf sein Äußeres. Vielleicht hat sie das damit gemeint. Ist Ihnen übrigens aufgefallen, dass Krawinckel an irgendeiner Stelle sagte, Sunita sei erwachsen und *reif* gewesen, bei Ihrer späteren Nachfrage jedoch das Wort reif nicht mehr benutzte? Hat das etwas zu bedeuten oder war es reiner Zufall?«

»Bisher blicke ich noch nicht durch. Krawinckel stellt Sunita nahezu als verführerisch und sich selbst als eine Art Vaterfigur, Onkel oder sogar Opa dar. Ob er wirklich nur eine Art gutmütiger Freizeitgestalter war oder mehr dahintersteckte, ist völlig offen. Ich habe einfach überhaupt keine Vorstellung, welche anderen Motive der Mann gehabt haben könnte. Weder in seinem Privatleben noch im geschäftlichen Bereich sehe ich etwas, was uns weiterhelfen könnte. Er ist mit einer sehr gut aussehenden jungen Frau verheiratet und steinreich. Beuchert hat im Vergleich dazu eine strapazierte Ehe und ist ein armer Hund. Vielleicht gibt es trotzdem einen verborgenen Grund, warum er Beuchert verpflichtet sein muss. Beuchert könnte ihn zum Beispiel mit dem Wissen über irgendwelche trüben Aktivitäten von Krawinckel in der Hand haben. Wenn es sich um eine Geschichte von früher handelt, würde das auch erklären, warum Krawinckel Beuchert geholfen hat, aus der Haft zu kommen. Jedenfalls fehlt bisher jeder Anhaltspunkt dafür, dass er Grund gehabt hätte, das Mädchen zu töten.«

Schreiner goss Kaffee ein. »Das sehe ich alles genauso. Wenn Krawinckel überhaupt etwas mit dem Mord zu tun hat, fehlt uns eine Art Zwischenstück in unseren Ermittlungen. Wir müssen seine private und geschäftliche Situation ebenso wie seine Beziehung zu Beuchert gründlich durchleuchten. Außerdem interessieren mich die Aufnahmen, die unser halbprofessioneller Fotograf von Sunita gemacht hat, um ihr den Weg für eine Schlager- oder Modelkarriere zu eröffnen.«

Schultz nippte an seinem *Boss*-Becher. »Sie müssen vor allem ungeheuer behutsam vorgehen. Wir müssen über jeden Schritt unserer Ermittlungen an die vorgesetzten Behörden berichten, soweit es um Krawinckel geht.«

Mit einem diabolischen Lächeln auf den Lippen kratzte sich Schreiner am Kopf. Er legte seine Stirn in Falten und fuhr sich durch seine leicht öligen dunklen Haarlocken. »Den Leuten kann geholfen werden. Wir schleichen uns von außen an die Dinge heran. Das wird erst einmal gar nichts mit unserem Freund Krawinckel zu tun haben. Jedenfalls wird er nichts davon mitbekommen. Wir packen ihn so in Watte, dass er nichts hört und nichts sieht.«

Nachdem Schreiner gegangen war, ging Schultz mit kleinen Schritten in seinem Dienstzimmer auf und ab und paffte. Immer wieder blieb er stehen und schüttelte den Kopf. Er trank einen Schluck Kaffee und stellte den *Boss*-Becher mit einer unwilligen Bewegung ab. »Dieses verdammte Kurzzeitgedächtnis wird immer dramatischer. An irgendeiner Stelle hat dieser Krawinckel etwas gesagt, wo es sich gelohnt hätte nachzuhaken. Wenn mir nur wieder einfiele, was es war«, murmelte er vor sich hin. »Es wird Zeit, dass ich befördert werde. Ich werde alt.«

25. Kapitel

Als Diener die Tür zu seinem Dienstzimmer öffnete, traf ihn fast der Schlag. Obwohl er in den drei Jahren seiner Tätigkeit als Staatsanwalt einiges an Arbeitsbelastung gewohnt war, hatten die Wachtmeister heute die für ihn bestimmten Akten auf dem Schreibtisch von Schultz stapeln müssen, da der Platz auf seinem Aktenbock nicht annähernd ausgereicht hatte. Deprimiert sagte er sich, dass sein dauerndes Untergewicht keine Folge eines exotischen Stoffwechsels sein könne, sondern mit der permanenten Überlastung in Verbindung stehen müsse.

Diener beglückwünschte sich, dass heute keine Sitzung oder ein anderer zusätzlicher Dienst anstand. Anderenfalls hätte er Sorge gehabt, das Pensum nicht mehr bewältigen zu können. Seine ersten Tätigkeiten verrichtete er wie ein Automat: Kaffeemaschine bedienen, Tasche auspacken und den Inhalt auf den Weg geben, Anrufbeantworter abhören, Toilettengang, erste Sichtung der zugetragenen Aktenvorgänge.

Ein Blick auf das postkartengroße Foto in dem Wechselrahmen auf dem Schreibtisch führte Diener vor Augen, dass das Wochenende nicht nur aus Arbeit bestanden hatte. Sein Blick blieb allerdings nicht lange darauf haften. Irgendwie war er seiner letzten Eroberung schon wieder überdrüssig. Am kommenden Wochenende würde er sich nach etwas Neuem umsehen, vielleicht sogar schon früher. Auch wenn er von den Kollegen, die ihn näher kannten, wegen seiner ständigen Affären gehänselt wurde. Wahrscheinlich waren die meisten nur neidisch.

Außer Hanspeter. Der liebte seine Frau, die heute wohl unter das Messer kommen würde. Hoffentlich ging alles gut. Einen schlechten Ausgang der Operation würde Schultz nicht überwinden.

Diener stürzte sich auf die Akten, zuerst auf die einfachen Sachen, um das Gefühl zu entwickeln, schon einiges erledigt zu haben. Am Nachmittag wollte er sich den dickeren Paketen aus der Vertretung von Schultz widmen, bei denen alleine der Lesestoff viel Zeit kosten würde. Zum Glück kannte er einige Sachen vom gegenseitigen Erzählen her.

Das Telefon blieb ungewohnt ruhig. Diener arbeitete enorm schnell. Wie immer. Gegen 11:00 Uhr hatte er bereits einen größeren Berg von Akten für die Wachtmeister auf dem Abtrag liegen.

Es klopfte.

Diener bat einzutreten.

Eine auffällig gestylte Frau mit langen blonden Locken, bekleidet mit einem dunkelbraunen Nerzmantel und Ton in Ton gehaltenen, extrem hohen Stöckelschuhen, trat ein und lächelte Diener verführerisch an. »Sie sind Herr Staatsanwalt Schultz?«

Diener schaute auf und staunte nicht schlecht über die außergewöhnliche Schönheit der Frau. Nur die metallische Stimme passte nicht zu ihr. Er schätzte sie auf Mitte dreißig. »Mein Name ist Diener, Augustin Diener. Falls Sie Herrn Schultz sprechen wollen, muss ich Sie leider auf morgen vertrösten. Mein Kollege ist heute abwesend. Allerdings vertrete ich ihn. Wenn es nichts Privates ist, helfe ich Ihnen gerne weiter, soweit ich dies kann.«

Er war aufgestanden und hatte ihr mit einer Handbewegung einen Platz angeboten. Lächelnd setzte sie sich und tupfte sich mit einer Hand an die Schläfe. »Es ist heiß bei Ihnen. Darf ich meinen Mantel ablegen.«

»Selbstverständlich«, sagte Diener. Er eilte um seinen Schreibtisch herum und half der Frau, die sich dabei nur leicht erhob, aus dem Pelz. Dabei staunte er nicht schlecht, als er feststellte, dass sie darunter eine tief ausgeschnittene weiße Seidenbluse trug, deren lockerer Schnitt ihren auffällig starken Busen betonte. Der schwarze enge Rock war extrem kurz.

Er kehrte zum Schreibtisch zurück und setzte sich. Seinen Sessel drehte er dabei so, dass er der Frau ins Gesicht schauen konnte. »Was kann ich für Sie tun?«

Das maskenhafte Lächeln der Frau wirkte künstlich. Es veränderte sich um keine Nuance. Sie schlug die Beine übereinander, schöne, lange Beine in goldfarbenen Nylons. »Ich heiße Ellen Krawinckel. Sagt Ihnen der Name etwas?«

»Im Augenblick nicht«, log Diener.

»Sie müssten auch weniger mich kennen. Von meinem Mann müssen Sie aber bestimmt schon gehört haben. Phillip Krawinckel, früherer Banker und heutiger ... wie nennt man das? Ist Mäzen der richtige Ausdruck?«

»Kann sein, dass ich den Namen schon irgendwo einmal aufgeschnappt habe. Konkret kann ich damit im Moment nichts anfangen.« Für einen kurzen Augenblick hatte Diener das Gefühl, mit seinen Jeans und dem knallroten Sweatshirt falsch angezogen zu sein. Er löste diesen Gedankengang mit der Feststellung, sein Gegenüber habe für diesen Besuch die falsche Kleidung gewählt.

Ellen Krawinckel zog ihren Rock ein paar Millimeter näher zu ihren Knien hin. »Ich brauche Ihre Hilfe. Meinem Mann geschieht Unrecht. Das kann er weder vertragen, noch hat er es verdient.«

Diener kämpfte mit sich, ob er im Hinblick auf seine unübersehbare Arbeitsbelastung das Gespräch abkürzen oder wegen des betörenden Anblicks seines Gastes in die Länge ziehen sollte. Er entschied sich, erst einmal abzuwarten und zuzuhören. »Erzählen Sie mir bitte, worum es genau geht.«

Mit gesenkten Augen wartete Ellen Krawinckel eine Weile mit der Antwort. Sie hatte aufgehört zu lächeln. »Mein Mann hat sich für das ermordete Mädchen aufgeopfert. Jeden Wunsch hat er ihr von den Augen abgelesen, um ihr trauriges Dasein etwas aufzuhellen. Sie hatte ihm erzählt, dass sie sich zu Hause vernachlässigt und einsam fühle. Da Phillip ungeheuer gutmütig ist, hat er sich verpflichtet gefühlt, ihr das Elternhaus zu ersetzen. Als Dank dafür wird er jetzt von Ihrem Kollegen Schultz verfolgt. Sie müssen mir helfen, Herr Diener. Ich liebe meinen Mann. Er leidet sehr darunter, dass ihm die Polizei auf Geheiß von Herrn Schultz nachstellt.«

»Wieso nachstellt? Können Sie mir das bitte näher erklären?«

»Phillip ist Hobbyfotograf. Um diesem toten Früchtchen einen Gefallen zu tun, hat er häufiger Bilder von ihr gemacht. Sie sah sich als künftige Berühmtheit im Schlager- oder Modegeschäft und wollte Agenturen anschreiben.« Sie wechselte von einem abfälligen Lächeln zu einer Miene, die Empörung ausdrücken sollte. »Die Polizei war bei dem Vater von Sunita, einem Bekannten von Phillip und hat nach Fotos gefragt, die Phillip gemacht haben soll. Davon habe ich zufällig erfahren. Ich frage Sie, Herr Diener, wozu das nötig ist. Das erweckt den Eindruck, als habe mein Mann etwas mit der Sache zu tun.« Wieder senkte sie den Blick und gab sich mitleidheischend. »Wissen Sie, dass er eine schwer behinderte Schwester hat, für die er seit Jahren treu sorgt? Ist Ihnen außerdem bekannt, dass seine geldgierige erste Frau ihn immer noch ausnimmt, weil er so gutmütig ist, und sie ihm dauernd etwas vorlügt. Sie müssen etwas für ihn tun, Herr Diener. Pfeifen Sie die Polizei zurück und lassen Sie ihn in Ruhe. Sie sind doch der Staatsanwalt. Er ist so empfindsam. Wenn er davon erfährt, dass man ihn verdächtigt, muss ich befürchten, dass er sich umbringt.«

»Ihre Bitte überfordert mich im Augenblick, Frau Krawinckel«, sagte Diener. »Wie ich Ihnen sagte, vertrete ich Herrn Schultz seit heute morgen. Ich kenne den Fall kaum, von dem Sie sprechen. Geben Sie mir bitte ein wenig Zeit, mich einzulesen. Dann kann ich mir eine Meinung bilden. Herr Schultz hat mir die Akte dort auf seinen Schreibtisch gelegt. Daran können Sie sehen, dass wir das Verfahren beschleunigt fördern. Sie dürfen mich gern gegen Abend noch einmal anrufen. Dann kann ich Ihnen mehr sagen.«

Es klopfte. Mario Beilstein steckte ohne weiteres Zuwarten den Kopf herein und blickte sich um. »Guten Tag, Herr Diener. Ich sehe, Sie haben Besuch. Könnte ich Sie einen Moment sprechen?«

Augustin Diener erhob sich, entschuldigte sich bei Ellen Krawinckel und verließ das Zimmer. Er begrüßte Beilstein mit Handschlag. »Was kann ich für Sie tun? Soll ich mit auf Ihr Zimmer kommen?«

»In der Sache Beuchert hat das Ministerium bei unserem Chef angerufen und will den aktuellen Sachstand wissen. Warum, weiß ich nicht genau. Mir ist klar, dass Sie sich den Fall erst anschauen müssen, da Herr Schultz ausgerechnet heute in Urlaub ist. Kommen Sie bitte auf mich zu, sobald Sie sich sachkundig gemacht haben.«

»Das ist Frau Krawinckel, die mich in meinem Dienstzimmer aufgesucht hat. Vielleicht hängt die Anfrage des Ministeriums damit zusammen. Frau Krawinckel beschwert sich darüber, die Polizei steige ihrem Mann nach und beschädige damit seinen Ruf.«

»Kümmern Sie sich bitte um ihr Anliegen. Bearbeiten Sie diese Geschichte bevorzugt. Wir sehen uns gleich.«

Diener ging zurück in sein Zimmer. Als er es betrat, hatte er den Eindruck, dass sich Ellen Krawinckel gerade wieder hinsetzte. Außerdem meinte er, dass die Beuchert-Akte auf dem Schreibtisch anders lag als zuvor. Sicher war er sich nicht und beschloss, genauer hinzuschauen, sobald er wieder alleine sein würde. »Ich bitte nochmals um Entschuldigung, dass ich Sie kurz alleine lassen musste.«

Ellen Krawinckel presste die Lippen zusammen und verrieb dabei den dunkelroten Lippenstift, der stark mit ihrem hellen Make-up und dem nachtschwarzen Eyeliner kontrastierte. Sie setzte wieder ihr Lächeln auf. »Sie sind noch sehr jung und ein gut aussehender Mann, Herr Diener. Ein bisschen erinnern Sie mich an einen dieser athletischen College-Boys aus den USA, die man gelegentlich beim Tennis trifft. Ich finde diesen Typ Mann enorm erotisch. Wie wird man in diesem Alter schon Staatsanwalt? Sie müssen außergewöhnliche Gaben besitzen.«

Der helle Teint von Diener wechselte in eine rosarote Farbe. Er spürte es und ärgerte sich darüber. Da galt er im Kollegenkreis als ausgemachter Frauenheld und versagte in der ersten dienstlichen Situation, wo ihm diese Erfahrung hätte helfen können. »Sie verschätzen sich da und dort. Doch das tut nichts zur Sache. Sie sehen noch jünger aus als ich und haben schon eine bemerkenswerte gesellschaftliche Position erreicht, die sich nur einem kleinen Teil der Menschen eröffnen wird. Kommen wir zurück zu unserem Fall. Melden Sie sich heute Abend bei mir. Dann weiß ich mehr.«

Ellen Krawinckel kniff ein Auge zu. »Wissen Sie, was mich die ganze Zeit bewegt? Was würden Sie jetzt eigentlich tun, wenn ich mir die Bluse und meinen Büstenhalter aufreiße, aus Ihrem Dienstzimmer auf den Flur stürze und dort markerschütternd um Hilfe schreie? Sie sind seit einiger Zeit hier alleine mit mir im Zimmer. Ich bin Ihnen körperlich weit unterlegen. Das wäre wohl das Ende Ihrer Karriere.«

Für einen Sekundenbruchteil zuckte Diener zusammen. Sie hatte gar nicht so unrecht. Ihre Behauptung würde gegen seine Aussage stehen. Außerdem würde sie ihren gesamten gesellschaftlichen Einfluss ausnutzen können. Hinzu kam noch sein Ruf als Herzensbrecher. Das wäre keine gute Ausgangsposition für ihn.

Mit einer kaum wahrnehmbaren Bewegung schob er den Wechselrahmen auf seinem Schreibtisch zur Seite. Er hielt den Kopf schief und gab ihm einen Ruck, als wolle er seine Haare nach hinten werfen. Zeitgleich stieß er einen hysterischen Lacher aus. Seine Stimme klang nun fast eine Oktave höher. »Tun Sie sich keinen Zwang an, Verehrteste. In diesen Dingen bin ich völlig unverdächtig. Ihr Nachteil ist, dass Sie mich nicht kennen. Ich habe mich hier in der Behörde schon bei meiner Einstellung geoutet. Sie sitzen einem bekennenden Schwulen gegenüber.« Er stützte die Ellenbogen auf den Tisch, stützte seinen Kopf in den Händen ab und zog die linke Augenbraue nach oben. »Tut mir leid für Sie. Diese Idee ging völlig daneben.«

Dieners kokettes Lächeln verunsicherte Ellen Krawinckel vollends. Sprachlos starrte sie ihn an. Im gleichen Augenblick stand Diener auf, öffnete die Tür seines Dienstzimmers bis zum Anschlag und setzte sich wieder hin. »Sie werden verstehen, Frau Krawinckel. Unangebrachte Bemerkungen erfordern unübliche Gegenmaßnahmen. Ich will nicht unhöflich sein. Seien Sie froh, dass ich bereit bin, den Vorfall zu ignorieren. Ich könnte ebenso gut einen Aktenvermerk schreiben und ein Verfahren gegen Sie einleiten. Die Dinge müssen nicht eskalieren. Wir sollten wie zivilisierte Mitteleuropäer miteinander umgehen.«

Ellen Krawinckel erhob sich. Ihre metallische Stimme klang jetzt schnippisch. »Einen Moment lang habe ich Ihnen tatsächlich den Homo abgenommen. Wir würden gut zueinander passen, finden Sie nicht? Vielleicht überlegen Sie es sich noch. Ich rufe Sie in zwei oder drei Stunden an. Bis dahin werden Sie wohl die Akten durchgesehen haben. Wir können uns dann gerne wieder treffen. Auf neutralem Boden, damit Sie keine Angst vor mir haben müssen.«

Bevor Diener entschieden hatte, ob er aufstehen und sie bis zum Fahrstuhl begleiten sollte, war sie verschwunden. Diener schloss die Tür und holte tief Luft. Er holte sich die Akte Beuchert und nahm wieder Platz.

Als Nächstes rief er Schreiner an. Er berichtete ihm von dem Besuch Ellen Krawinckels, verschwieg aber deren persönliche

Bemerkungen. Anschließend schilderte ihm Schreiner den Stand des Verfahrens. Er hatte sich die polizeilichen Kopien gezogen und wies Diener auf die wesentlichen Seiten hin. »Was Sie jetzt noch nicht haben, sind die Vermerke über unser neuerliches Gespräch im Hause Beuchert. Wir waren am vergangenen Freitag dort. Das wird auch der Auslöser für den Besuch von Frau Krawinckel bei Ihnen gewesen sein.«

»Hat die Befragung der Eheleute Beuchert zu neuen Erkenntnissen geführt?«, fragte Diener.

»Kollege Köhler und ich waren hauptsächlich wegen der Fotos dort, die Krawinckel von Sunita gemacht haben will. Sie könnten etwas mehr Aufschluss über den Charakter des Mädchens geben, der teilweise als still und zurückgenommen, zum Teil aber auch als frühreif und berechnend geschildert wird. Manchmal erkennt man den einen oder anderen Wesenszug auch auf einem Foto. Krawinckel hat in seiner Vernehmung von einer großen Zahl gesprochen, die er Sunita auf Disketten übertragen habe. Der Adoptivvater von Sunita wusste lediglich von einer Hand voll Bilder. Er hat sie auf unsere Bitten aus dem Schrank von Sunita geholt und uns überlassen. Disketten konnte er nicht auffinden. Natürlich haben wir auch unauffällig überprüft, wie es um das Alibi von Krawinckel bestellt ist. In seiner Vernehmung hatte er betont, dass er zu der Zeit, als Sunita starb, bei Beucherts gewesen sei. Es trifft zu, dass er mit Beucherts zusammensaß, als die Kollegen sich dort gemeldet und den Tod von Sunita mitgeteilt haben. Nach einer Bemerkung der Eheleute war er kurz vorher gekommen. Damit ist nicht ausgeschlossen, dass er aus der Stadt dorthin fuhr, nachdem er Sunita umgebracht hatte.«

»Hochinteressant. Nochmals zu den Fotos. Was lesen Sie über Sunita aus den Bildern?«

»Das ist schwer zu sagen. Tatsächlich ist sie stark geschminkt. Andererseits verrät das nichts darüber, ob sie diese Aufmachung wirklich aus eigenem Antrieb gewählt hat. Fest steht, dass sie auf allen Fotos sehr ernst schaut. Man könnte sogar sagen, dass sie traurig aussieht.«

»Ich würde mir das gern selbst ansehen, um mir einen eigenen Eindruck zu verschaffen. Könnten Sie mir die Bilder vorbeibringen?«

»Das geht in Ordnung. Ich bin in einer knappen Stunde bei Ihnen.«

***

Die Tür flog auf, und Schultz trat ins Zimmer. Er legte seine brennende Zigarre in den Aschenbecher und ließ sich in seinen Sessel fallen. »Da bin ich.«

Mit verstörter Miene schaute ihn Diener an. »Das sehe ich. Was soll das heißen? Ich denke, du hast Urlaub und bist bei deiner Frau im Krankenhaus.«

Die hilflose Geste von Schultz sprach Bände. »Was hätte ich dort jetzt noch gesollt. Traudel ist mit einer Spritze ruhig gestellt und auf die Operation vorbereitet worden. In etwa einer Stunde wird es so weit sein. Mir wäre beim Anstarren der weiß gekalkten Wände nur die Decke auf den Kopf gefallen. Hier kann ich mich wenigstens nützlich machen und mit ein bisschen Arbeit ablenken.«

»Auch wahr«, sagte Diener und weihte Schultz in die Ereignisse des Vormittags ein.

Schultz schüttelte den Kopf. »Das nennt sich dann eine Dame der High Society. Ich arbeite jetzt die Akte Beuchert durch und bin für niemand zu sprechen.«

Es dauerte eine geschlagene Stunde, bis Schultz sich den gesamten Verfahrensstoff angeeignet hatte. Zum Schluss nahm er sich eine beigelegte Klarsichtmappe vor, in welcher die von Sunita gemalten Bilder verwahrt wurden.

Er stutzte. Die Bilder waren nicht bündig eingelegt. Zumindest war der Versuch unternommen worden, sie aus der Mappe herauszuziehen. Ein Bild ragte teilweise aus der Hülle und war geknickt.

Ellen Krawinckel. Diener hatte sie am Morgen wegen seines Gesprächs mit Beilstein in dem Zimmer alleine lassen müssen. Selbstverständlich konnten auch andere Abläufe nicht ausgeschlossen werden. Doch die Sorge, dass Ellen Krawinckel Bilder entfernt oder dies zumindest versucht haben könnte, bewegte ihn, sich den Inhalt der Mappe ganz genau anzuschauen.

Der Klarsichthülle hatte die Polizei einen Vermerk über die Herkunft der Malereien und die Anzahl der Bilder vorangestellt.

Schultz zählte die Blätter durch und stellte zu seiner Beruhigung fest, dass sie vollständig waren.

Die Hülle enthielt ausschließlich Aquarelle und Bleistiftzeichnungen, die mit Buntstiften nachgeführt und ausgemalt waren. Motive aus der Modewelt und der Musikszene waren in der Überzahl. Es handelte sich um kleine Kunstwerke, die das erhebliche Talent der Urheberin verrieten. Sunita hatte sich der gegenständlichen Kunst verschrieben. Ihre Produkte stellten ein realistisches Abbild ihrer Traumwelt dar. So oder ähnlich konnte jedermann die Welt der Mode und Musik zumindest in Fernsehübertragungen verfolgen.

Schultz sortierte nach intensiver Sichtung drei Bilder aus, weil sie thematisch aus dem Rahmen fielen. Er unterzog sie einer längeren Betrachtung.

Das erste Bild sollte wohl ein Fotoatelier darstellen. Es zeigte keine Personen, dafür mächtige Kameras, die aus einem höher gelegenen Zimmer nach unten auf ein Kellerverlies mit Gittern, zugemauerte Fenster und eine riesengroße Liege gerichtet waren. An der Wand hing eine überdimensionale Uhr mit nur einem Zeiger. Alle Gegenstände waren in schwarz und grau wiedergegeben, bis auf die Liege. Sie war mit tiefroter Farbe ausgemalt, wie Blut.

Auf dem zweiten Gemälde war ein Mann in einem Anzug zu sehen, dem die Hände fehlten. Um seinen Hals hingen zwei Kameras, die übergroß und jeweils mit gewaltigen Blitzlichtgeräten gezeichnet waren. Sämtliche Umrisse und Konturen hatte Sunita nur mit Bleistift gezogen.

Mit dem dritten Bild beschäftigte sich Schultz am längsten. Es fiel stilistisch aus der Reihe. Die junge Künstlerin hatte sich hier offenbar von ihrer sonstigen Neigung zu wirklichkeitsgetreuer Wiedergabe gelöst.

Das Aquarell zeigte eine Person, offensichtlich einen Mann. Er war von vorn in die Bildmitte gestellt und schien keine Kleidung zu tragen. Das Gesicht war als fratzenhafte Maske dargestellt. Die Augenlider waren parallel zueinander gezeichnet und mit einem starken Rot betont. Der Mann grinste.

Rechts neben dem Kopf des Mannes war ein übergroßer Mund ohne zugehörigen Kopf gemalt, der zu einem Schrei geformt war.

Aus dem Mund lief eine Flüssigkeit. Sie wirkte auf den Betrachter durch eine Mischung von grüner und schwarzer Farbe ekelerregend.

Der ganze Körper des Mannes war mit schmutzigen Farben in Gelb, Grün und Ocker ausgefüllt, die ohne feste Ränder auf dem Papier ausfächerten. Auch auf diesem Bild fehlten die Hände.

Schultz legte die Bilder wieder in die Klarsichthülle und überlegte, welche Schlüsse daraus gezogen werden könnten. Als es klopfte, brachte er nur einen durch Husten unterbrochenen Laut hervor.

Schreiner trat ein und strahlte ihn an. »Sie sind ja doch hier. Wie schön. Hier sind die Fotos, die ich Herrn Diener versprochen hatte. Erfreulich schnell, nicht wahr?« Er legte die Bilder vor Schultz auf den Schreibtisch und setzte sich ihm gegenüber. »Ich darf doch?«

Das Nicken von Schultz war fast nicht wahrnehmbar. Er vertiefte sich in die Fotos und schob Schreiner gleichzeitig die Klarsichthülle hinüber. »Schauen Sie sich das bitte mal an.«

Es dauerte einige Minuten, bis Schreiner den Inhalt der Mappe durchgesehen hatte. Dann pfiff er durch die Zähne. »Das sind doch die Malereien von Sunita, die wir vorsorglich bei den Beucherts mitgenommen haben. Wir waren einfach noch nicht dazu gekommen, sie genauer anzuschauen. Jetzt, wo Sie mich darauf aufmerksam machen, könnte ich mir vorstellen, dass die Dinger beweiserheblich sein können. Herr Diener hatte sich wohl ebenfalls noch nicht genauer damit beschäftigt.«

Diener ließ ein leises Brummen vernehmen und widmete sich weiter seinen Akten.

Schultz zuckte mit den Schultern. »Ich hatte die Bilder bisher auch noch nicht angesehen. Nach meiner jetzigen Einschätzung denke ich, dass sie im Zusammenhang mit unserem Fall von Bedeutung sein könnten. Die Frage ist nur, welche Schlüsse wir daraus ziehen können. Die unheimlichen Kompositionen haben erst einmal für sich keinen Belastungswert. Alles kann auf eine überzogene Fantasie von Sunita hinweisen. Andererseits kann hier irgendwo das Motiv für die Tötung des Mädchens versteckt liegen. Die Fotos, die Sie mitgebracht haben, sind aus sich heraus nicht sehr aussagekräftig. Die starke Schminke und der abweisende Gesichtsausdruck lassen für mich auch in Verbindung mit den Malereien keine belastbaren Deutungen zu.«

»Mir ist schon klar, dass wir uns noch etwas einfallen lassen müssen, wie wir vernünftig weitermachen, ohne schlafende Hunde zu wecken.«

Diener horchte auf und fuhr sich mit beiden Händen durch seine langen blonden Haare. »Ich hätte da einen Vorschlag. Ellen Krawinckel hat mich mit einer nebensächlichen Bemerkung darauf hingewiesen, dass ihr Mann nach wie vor seine erste Frau finanziell unterstütze. Sie hat geschildert, die Ex-Frau sei nur hinter dem Geld von Krawinckel her und versuche, ihn auszunehmen. Wenn das halbwegs zutrifft, könnten wir die Dame vernehmen. Wir müssen nicht befürchten, dass sie mit ihm noch in engerem Kontakt steht, ihn in Schutz nimmt oder ihm alles berichtet. Sie wäre jemand, der uns zum Beispiel etwas sagen könnte.«

Schreiner fuhr sich mit dem Zeigefinger über die Lippen. »Können wir sicher sein, dass sie Krawinckel die Info nicht verkaufen wird, wenn sie so auf dessen Geld aus ist?«

Schultz schüttelte den Kopf. »Nein. Wir müssen ihr eben nachhaltig klarmachen, welchen Ärger sie sich damit einfängt. Dann wird sie die Finger davon lassen.«

Schreiner rieb sich am Ohrläppchen und lachte. »Der Gedanke gefällt mir. Das könnte was werden. Ihre Adresse haben wir im Rahmen der Aufklärung der persönlichen Verhältnisse von Krawinckel ermittelt. Ich könnte versuchen, die Dame umgehend zu erreichen und zu befragen. Meinen Kollegen Köhler würde ich mitnehmen. Er wird sich freuen, weil er gerade an einer Statistik sitzt und ihm das ungeheuer gegen die Natur geht. Oder hat man Sie angewiesen, alle Personen aus dem Umfeld von Krawinckel selbst zu vernehmen?«

»Nein! Das geht so in Ordnung«, sagte Schultz. »Wir lassen nichts anbrennen. In der Zwischenzeit gehe ich zu meinem Abteilungsleiter und unterrichte ihn. Dem Ministerium kann unser Chef vorläufig das sagen, was bisher geschehen ist. Wir müssen nicht alles ankündigen, was wir vorhaben. Ich werde mich anschließend einmal mit einer Kinderpsychologin oder einer Psychoanalytikerin zusammensetzen und ihr die Bilder von

Sunita vorlegen. Mal sehen, was sie dazu meint. Vielleicht kann sie die Aquarelle näher deuten und uns etwas zur Glaubhaftigkeit sagen, falls die Malereien einen Aussagewert haben.«

Schreiner zog die Nase hoch. »Meinen Sie, das geht gut?«

Schultz lachte. »Sie stecken voller Vorurteile. Wie die meisten Polizisten glauben Sie, dass man sich nur auf die Menschen in der eigenen Organisation verlassen kann. Das ist ein Fehler. Vielleicht werden wir uns über das Ergebnis wundern.«

26. Kapitel

»Mond, Mond«, riefen die Gäste an demselben Abend in der überfüllten Gaststätte »Germania« in der Textorstraße im Frankfurter Stadtteil Sachsenhausen, der Heimstätte des Apfelweins. Auf den langen gelben Bänken ohne Rückenlehnen saßen sich jeweils fünf Menschen an einem passenden Holztisch gegenüber, hielten Kopien mit dem Text des Liedes »Guter Mond, du gehst so stille« vor sich und schauten zur Decke der gediegenen alten Kneipe. Dort war diagonal durch den Gastraum ein Draht gespannt, an dem ein beleuchteter Lampion in der Form eines Halbmonds befestigt war.

Die Gäste waren teilweise maskiert. Sie trugen Gardeuniformen, deren Beschriftung den Vereinsnamen erkennen ließ. Einige Tische waren mit Laufkundschaft besetzt, die sich jedoch problemlos dem Ritual anpasste.

Hinter dem Tresen stand eine männliche, als Marktfrau maskierte Bedienungskraft und wischte sich nach dem Gläserspülen die Hände an der umgebundenen rot-weiß karierten Schürze ab. Sobald die Faschingssaison begonnen hatte, war es immer wieder dieselbe Zeremonie. Die Vereine reservierten nach und nach wesentliche Teile des Lokals und hielten dort ihre vorbereitenden Sitzungen ab.

Als die Rufe der Gäste immer lauter wurden, knipste der Kellner das Licht aus. Der Lampion beleuchtete nur schemenhaft den weitgehend holzgetäfelten Schankraum und die lachenden Gesichter. Aus vollen Kehlen erschallte die erste Liedstrophe, während der Halbmond quer durch die Gaststätte erst in die eine Ecke und anschließend zur gegenüberliegenden Wand gezogen wurde. Danach schaltete die Bedienung das Licht wieder an.

Auf einer der Bänke saß Wolfgang Beuchert und zechte schon seit mehr als zwei Stunden. In einer Hand hielt er das typische Apfelweinglas mit dem Rautenmuster, das der Volksmund als *Geripptes* bezeichnet. Mit der anderen Hand gestikulierte er vor den Augen seines Gegenübers, das äußerlich Karl Valentin bis aufs Haar glich.

Beuchert kannte die meisten Leute hier. Die »Germania« war sein Stammlokal, das er regelmäßig aufsuchte. Jeder, der ihn kannte und sprechen wollte, musste nur abends in dieses Lokal gehen.

Es war bereits nach elf Uhr. Er schwitzte stark und bedauerte, dass zu dieser Jahreszeit eine Bewirtschaftung in dem großen Außenhof vor der Gaststätte nicht in Betracht kam. Ihm war zu heiß. Als wirksames Gegenmittel fand er nur den verstärkten Konsum von Apfelwein. Mit den Menschen um ihn herum, alles aus seiner Sicht alte Bekannte, hatte er den Apfelwein im traditionellen blau-weißen Krug, dem Bembel, bestellt. Gelegentlich erbat Beuchert ergänzend noch ein Mispelchen, einen Calvados mit eingelegter Mispel. Er war der festen Meinung, dass dies die Verdauung der großen Schweinshaxe, die er zuvor verdrückt hatte, nachhaltig fördern würde.

»Wenn ich es dir sage, Heiner, sie hätten am Samstag gewinnen können. Ich war in der Commerzbank Arena und habe das Spiel mit eigenen Augen gesehen. Bis zur vorletzten Minute hat unsere Eintracht mit einem Tor geführt. Dann hat der Schiedsrichter diesen völlig unberechtigten Elfmeter gegeben«, setzte sich Beuchert gegen die erhebliche Stimmenkulisse durch.

Der Karl-Valentin-Verschnitt winkte ab. »Das erzählst du mir jede Woche, wenn sie es wieder einmal nicht gepackt haben. Letztlich geht es immer nur darum, den Abstieg zu vermeiden. Viel mehr ist für die Mannschaft nicht drin.«

Wieder einmal ging das Licht aus und die Gäste besangen den guten Mond. Beuchert setzte eine beleidigte Miene auf und kippte ein Mispelchen ab. »Es macht keinen Sinn, sich mit dir über Fußball zu unterhalten, Heiner. Du verstehst nichts davon.«

Heiner zuckte mit den Schultern, lächelte und erhob sein Rautenglas. »Ist doch egal. Prost, Wolfgang. Vertragen wir uns wieder!« Er wartete nicht ab, bis Beuchert mit ihm anstieß, trank das noch halbvolle Glas leer und setzte es hart auf dem Tisch. Seine Augen verdunkelten sich. »Sag mal, Wolfgang, wie bist du eigentlich über den Verlust von Sunita hinweggekommen? Du hingst ja sehr an ihr, obwohl sie nicht deine leibliche Tochter war. Viel mehr noch als an dem zweiten Kind, oder?«

Mit einem schnellen Griff zog sich Beuchert eine Papierserviette aus dem Besteckkasten auf dem Tisch und wischte sich den Schweiß von der Stirn. Sein Gesichtsausdruck hatte sich von einer Sekunde auf die andere verfinstert. Tränen liefen ihm über die Wangen. »Rupa ist nicht Sunita. Sie kann ihre Schwester nicht ersetzen. Sunita war einmalig. Sie hatte so viele Talente. Ich hätte sie besser beschützen müssen. Wenn sie mehr Vertrauen zu mir gehabt hätte und ich nicht so ein Idiot gewesen wäre. Ich weiß nicht, wer sie auf dem Gewissen hat. Das ist ein verdammt schreckliches Gefühl. Es gibt so vieles, was ich gerne ungeschehen machen würde.«

Heiner konnte ein gewisses Misstrauen auf seinen Gesichtszügen nicht ganz unterdrücken. Dennoch ergriff er Beucherts Hand. »Ein blödes Thema, das ich da angefangen habe. So etwas gehört nicht hierher. Hier will man fröhlich sein und von den Sorgen des Alltags abgelenkt werden. Es tut mir leid, Wolfgang.«

Beuchert nickte, zog den Ärmel zurück und blickte auf seine Armbanduhr. »Schon gut. Lass nur. Ich sehe, dass es schon auf Mitternacht zugeht. Zeit zu gehen.« Er drehte den Kopf zum Tresen. »Herr Ober! Zahlen!«

Fünf Minuten später verließ Wolfgang Beuchert die Gaststätte. Es regnete wieder. Um zu vermeiden, dass ihm das Wasser vom Kopf auf den Oberkörper lief, schlug er den Mantelkragen hoch und hielt ihn mit einer Hand am Hals zu.

Er war vernünftig genug, die Besuche in seiner Stammkneipe seit längerer Zeit mit der U-Bahn anzutreten. Das Risiko, betrunken mit dem Auto erwischt zu werden, war ihm bei der Regelmäßigkeit seiner »Germania«-Besuche zu hoch gewesen. Er überquerte den Hof und drehte Richtung Südbahnhof ab.

Am Ende der Textorstraße bog er in die Brückenstraße ein. Er registrierte, dass es stockdunkel war. Trotzdem konnte er sich nicht entschließen, den Bürgersteig zu wechseln und die rechte Straßenseite aufzusuchen, wo wenigstens gelegentlich einige düstere Straßenlampen für ein diffuses Licht sorgten. Die Stadt sparte eben an allen Ecken. Ab 22:00 Uhr reduzierte sie die Beleuchtung auf die Hälfte.

Mit deutlich unkontrollierten Bewegungen stolperte er an der Mauer des alten Straßenbahndepots entlang. Er benötigte die komplette Breite des Bürgersteigs. Immer wieder musste er sich an die Mauer lehnen, um einen neuen Anlauf nach vorn zu nehmen.

Erst war es nur ein Gefühl. Dann glaubte er, für einen kurzen Augenblick ein Geräusch gehört zu haben. Etwas hinter ihm hatte gescharrt oder war gerutscht.

Oder war es ein flüchtiger Schatten auf dem Reklameposter gewesen, das auf die Mauer geklebt war? Ihm fiel auf, dass er seine Wahrnehmungen nicht mehr verlässlich sortieren konnte.

Als Wolfgang Beuchert sich endlich umdrehen wollte, war es zu spät.

Mehrere Arme ergriffen ihn von hinten. Bevor er nur an einen Hilfeschrei denken konnte, hatte ihm eine Hand den Kopf nach hinten gerissen und ein Stück Teppichklebeband auf den Mund geheftet.

Zu mehr als einigen torkelnden Abwehrbewegungen war er in seinem Zustand nicht fähig. Zu seiner Überraschung stellte er fest, dass es sich bei den Angreifern um zwei Männer handelte.

Mit Wucht wurde er zu Boden geworfen und erhielt gleichzeitig eine Reihe von Faustschlägen ins Gesicht und Tritte gegen den Körper.

Beuchert spürte, wie ihm eine klebrige, dicke Flüssigkeit an der Schläfe herunterlief und sich in die Falten der Wange verteilte. Er wusste, dass es sein eigenes Blut war.

Als er auf dem Pflaster lag, kniete sich einer der Männer auf seinen Brustkorb und drückte seine Arme zu Boden. Beuchert hörte, dass er der anderen Person etwas zuflüsterte, und glaubte, die Stimme schon einmal gehört zu haben.

Krampfhaft versuchte er sich zu erinnern. Es gelang ihm nicht, da er gerade wieder eine Serie von Tritten an den Kopf erhielt und erfolglos damit beschäftigt war, seine Arme schützend zum Gesicht zu ziehen.

Seine Hände waren nass. Beuchert konnte nicht erkennen, welche Farbe die Flüssigkeit hatte. Längst waren seine Augen von den brutalen Misshandlungen so verschwollen, dass er nichts mehr sehen konnte. Instinktiv war ihm klar, dass seine Hände mit einem Gemisch von Blut, Regen und Schweiß verschmiert waren.

Plötzlich hörten die Tritte auf. Der andere Mann ging um ihn herum. Beuchert konnte nicht sehen, was er tat, da er den Kopf nicht aufrichten konnte.

Dann spürte er es. Der Kerl öffnete ihm den Hosengürtel und zog den Reißverschluss herunter. Anschließend hob er ihm mit einer Hand das Gesäß in die Höhe und zerrte mit der anderen Hand die Hose samt der Unterhose bis zu den Schuhen.

Beuchert spürte die unangenehme Nässe und Kälte auf der nackten Haut. Er bekam panische Angst.

Wiederum versuchte er, seine Arme zu befreien. Ihm schoss durch den Kopf, dass der Mann, der auf ihm saß, die Kraft eines Ochsen haben musste. Nicht einen Millimeter konnte er sich der Umklammerung entziehen.

Ihm wurden die Schuhe ausgezogen und zur Seite geworfen. Der zweite Mann zog nun seine Hose und Unterhose über die Füße und rief seinem Kumpel irgendetwas zu.

Der Schraubstock um Beucherts Brust lockerte sich. Fast gleichzeitig wurde er wie eine Puppe hochgeworfen und auf den Bauch gedreht. Die Männer ergriffen fast synchron, wie in einer einstudierten Geräteturnübung, seine Beine, hielten sie gespreizt und zogen ihn zum Bordstein des Bürgersteigs.

Einer der Männer betrat die Straße. Dann begannen beide, Beuchert im Laufschritt mit dem nackten Unterleib entlang der Bordsteinkante zu ziehen.

Beuchert spürte einen andauernden stechenden Schmerz in seinen Geschlechtsteilen. Er wollte laut schreien, doch das Klebeband ließ nicht den kleinsten Laut zu. Trotz der Kälte auf seiner nackten Haut brach ihm in Strömen der Schweiß aus.

Hilflos hielt er sich schützend die Hände vor sein Gesicht und versuchte, seinen Oberkörper aufzurichten. Doch der Geschwindigkeit, mit der er weiter und weiter mit dem Unterleib über die Steine gezerrt wurde, hatte er nichts entgegenzusetzen.

Irgendeine Flüssigkeit drang in seine Mundhöhle ein. Er fühlte, dass sie breiig war, und glaubte, er habe erbrochen. Mit der Zunge bildete er eine Vertiefung, um die gallertartige Masse zu sammeln und die Kehle frei zu bekommen. Er rang nach Luft und wollte ausspucken, aber sein zugeklebter Mund ließ das alles nicht zu.

Beuchert sackte in sich zusammen. Er hatte keine Kraft mehr. Widerstand war so sinnlos geworden. Er gab sich auf. Sterben, nur noch sterben. Und schnell, ganz schnell.

Langsam ließen seine Bewegungen nach. Dann endlich erbarmte sich eine einsetzende Ohnmacht seinem Gefühl unerträglich werdender Schmerzen.

***

Nur eine knappe Viertelstunde später näherte sich vom Südbahnhof her ein blau-weißer Revierstreifenwagen der Polizei. Am Steuer saß Michaela Stein, eine uniformierte junge Blondine, frischgebackene Polizeikommissarin, die noch immer den einen oder anderen Blick stolz auf ihr silbernes Dienstgradabzeichen warf. Neben ihr auf dem Beifahrersitz breitete sich ihr deutlich älterer Kollege Norbert Weber aus, ein fülliger Polizeioberkommissar, dessen Äußeres seinen Sinn für Gemütlichkeit und bürgerliches Essen deutlich werden ließ.

Manuela Stein diskutierte gerade mit Norbert Weber die nächsten Beförderungsmöglichkeiten durch, als sie ganz unvermittelt so auf die Bremse trat, dass Weber trotz beachtlichem Leibesumfang und angelegtem Sicherheitsgurt auf seinem Sitz nach vorn rutschte. »Da ist etwas. Guck mal, da vorn. Da liegt etwas auf der Straße, wie ein Altkleiderbündel.«

Weber stutzte und beugte sich vor zur Windschutzscheibe. Er kniff die Augen zusammen und hielt sich die flache Hand vor die Augen. »Warte mal! Das sieht aus wie nackte Beine. Das ist ein Mensch.«

Manuela Stein zögerte und starrte weiter nach vorn aus dem Fenster. »Stopp. Nicht so schnell. Da hinten, siehst du das, an der Wand? Ich glaube da entfernen sich zwei Typen und drücken sich dabei an die Mauer. Die greifen wir uns. Soll ich Blaulicht und Martinshorn einschalten?«

»Kein Blaulicht, kein Martinshorn. Erst wenn wir in unmittelbarer Nähe sind. Wir fahren bis zu den beiden hin und halten sie an. Danach schauen wir uns dieses Bündel auf dem Trottoir an.«

Mit geübten Handgriffen verständigte Weber über Funk das Revier. Wenige Sekunden später näherten sich die beiden Polizeibeamten der Stelle, die Manuela Stein ausgemacht hatte. Als sie die beiden Personen fast erreicht hatten, beschleunigten diese ihre Schritte.

Das Polizeifahrzeug kam eine kurze Strecke vor ihnen zum Stehen. Manuela Stein schaltete die Signale ein. Die beiden Polizeibeamten griffen zu ihren Waffen, stürzten aus ihrem Auto und hielten die Waffen in Anschlag.

»Halt! Stehen bleiben! Polizei!«, rief Weber.

Die zwei jungen Männer hatten zunächst im Laufschritt abgedreht, um sich in entgegengesetzter Richtung davonzumachen. Unsicher schaute sich einer von ihnen um, sah in die gezogenen Waffen und blieb dann zögerlich stehen. Sein Begleiter verharrte ebenfalls.

Die beiden Polizeibeamten näherten sich seitlich von rechts und links wie eine Klammer den zwei jungen Männern, die Waffen nach wie vor im Anschlag. Weber wies mit der Waffe zur Wand. »Drehen Sie sich zur Wand, legen Sie die Hände gegen die Mauer, spreizen Sie die Beine und rutschen Sie mit den Füßen ein Stück von der Wand weg nach hinten.«

Die jungen Leute warfen sich einen kurzen Blick zu und befolgten dann Webers Anweisung. Weber sah zu seiner Kollegin und machte eine ruckartige Kopfbewegung zur Seite. »Halte du sie in Schach. Ich taste sie ab.«

Weber tastete sorgfältig nacheinander die Oberkörper, Beine und Kleidung der beiden Männer ab und durchsuchte sie nach Waffen. »Nichts! Sie sind sauber.« Er verpackte seine Pistole wieder im Holster.

Auch Manuela Stein steckte ihre Dienstwaffe weg und wandte sich den zwei jungen Leuten zu. »Ihre Ausweise, bitte.«

Sie nahm die Pässe entgegen, las und schaute zu Weber hin. »Ibrahim Kaya und Mustafa Kaya, achtzehn und neunzehn Jahre alt, deutsche Staatsbürger. Wohnen im Ben-Gurion-Ring in der Nordweststadt.«

Weber nickte. »Kläre mal schnell über Funk ab, ob etwas gegen sie vorliegt. Ich bleibe so lange bei ihnen.«

Manuela Stein ging zum Streifenwagen. Weber nahm Blickkontakt zu den zwei Männern auf. »Was habt ihr hier zu tun? Da vorne liegt doch jemand auf dem Boden. Den habt ihr wohl zusammengeschlagen, oder?«

Der Kleinere fuhr sich mit leicht zitternden Fingern durch seine schwarzen, lockigen Haare, schlug den Kragen seiner schwarzen

Lederjacke hoch und schüttelte mehrmals kräftig den Kopf. »Quatsch! Damit haben wir nichts zu tun. Wir waren in der Disco und wollten noch eine Zigarette rauchen und ein bisschen reden. Als wir hier entlanggingen, sahen wir ihn liegen. Der ist total besoffen. Und zugepinkelt hat er sich auch.«

»Und warum habt ihr dann versucht wegzulaufen, wenn ihr euch nichts vorzuwerfen habt?«

Der zweite junge Mann zuckte mit den Schultern. »Das ist doch ganz einfach. Wir hatten Angst. Der Besoffene hat sich wahrscheinlich beim Hinfallen verletzt. Jedenfalls blutet er. Wir befürchteten, dass die Polizei uns dafür verantwortlich macht.«

Bevor Weber weiterfragen konnte, näherte sich ein Streifenwagen vom Südbahnhof her mit Blaulicht und Martinshorn und hielt mit quietschenden Reifen bei dem niedergeschlagenen Beuchert an.

27. Kapitel

Ahmed El Nasri saß in seinem Taxi vor dem Hessischen Rundfunk in der Bertramstraße, streckte sich, gähnte herzhaft und dachte nach, wie es weitergehen sollte. Er hatte die Scheibe auf der Fahrerseite heruntergelassen, atmete tief durch und betrachtete den verblassenden Mond. Dieser 28. November blieb wohl so ungewöhnlich warm wie der Vortag. Wolkenfetzen jagten über einen leicht bläulichen Himmel, der am Horizont von einem weißlichen Gelb durchzogen wurde. Dennoch hielt sich hartnäckig ein düsteres Licht. Nur behutsam deutete sich zarte Helligkeit an.

Er zog den Ärmel zurück und schaute auf seine Armbanduhr. Drei Minuten vor acht Uhr. Mit einem Schlag erloschen die Straßenlaternen. Westwind kam auf, änderte aber nichts an den bereits vorherrschenden Temperaturen von zehn Grad. Für die Jahreszeit war es spürbar zu warm.

Die Müdigkeit steckte Ahmed El Nasri noch tief in den Knochen. Bis zwei Uhr nachts war er mit seinem Taxi unterwegs gewesen, weil es den ganzen Tag über nicht viel zu verdienen gegeben hatte. Deshalb hatte er sich entschlossen, bereits am frühen Morgen wieder die Fahrgastsuche aufzunehmen.

Das hatte sich als erfolgreich erwiesen. Er hatte einen weiblichen Fahrgast mit seinem Taxi vom Typ Opel Zafira vor dem Haupteingang des Hessischen Rundfunks an der Bertramstraße abgesetzt. Die hübsche junge Dame mit den feuerroten langen Haaren und den überlangen schlanken Beinen hatte er eine Viertelstunde zuvor am Hauptbahnhof aufgenommen und sich während der gesamten Fahrt wunderbar mit ihr unterhalten.

Die schick gekleidete Frau nahm ihren Erzählungen nach irgendeine Aufgabe bei der Betreuung der Sportjugend in Offenbach wahr. Worum es sich dabei genau handelte, hatte Ahmed El Nasri nicht verstanden. Nicht etwa, weil er nur unzulänglich die deutsche Sprache beherrscht hätte. Er war als Sohn eines eingewanderten arabischen Bauarbeiters in Frankfurt geboren, aufgewachsen, zur Schule gegangen und hatte einen leidlichen Hauptschulabschluss.

Vielmehr hatte die Frau zunächst Sportarten angesprochen, für die er sich nicht interessierte. Eine von ihm selbst bemessene Anstandsfrist lang hatte er zugehört und dann das Wort Fußball eingeworfen. Er spielte selbst bei einem Verein in der A-Klasse und besuchte die Heimspiele der Frankfurter Eintracht, wann immer er es konnte. Zu seiner Begeisterung kannte sich die Dame im Fußballgeschäft ausgezeichnet aus, so dass sie während der gesamten Fahrt gefachsimpelt hatten.

Wie herzhaft hatte sie aufgelacht, als er wegen der Rivalität Frankfurts zur Nachbarstadt pflichtgemäß und spaßhaft ein paar abfällige Bemerkungen zu den Offenbacher Kickers gemacht hatte. Sogar sein Hinweis, dass in Offenbach die Vögel auf dem Rücken fliegen würden, um nicht das Elend der Stadt sehen zu müssen, hatte sie belustigt aufgenommen.

Natürlich hätte es ihn noch interessiert, was genau sie im Rundfunk wollte. Er hatte nur in einem Nebensatz aufgenommen, dass sie Studiogast in der Morgensendung von HR 3 sei.

Jetzt überlegte Ahmed El Nasri angestrengt, welchen Standplatz er anfahren sollte. Die Wahrscheinlichkeit, hier alsbald einen neuen Fahrgast aufnehmen zu können, war nicht sehr groß. So viel wusste er aus Erfahrung. Schließlich fuhr er bereits seit acht Jahren Taxi und kannte sich aus. Ursprünglich hatte er vorgehabt, das verdiente Geld zwei oder drei Jahre lang zu sparen und dann einen Lehrberuf anzutreten. Allein der Mangel an vernünftigen Lehrstellen hatte ihn abgeschreckt, bis er schließlich die Auffassung gewann, wirtschaftlich gesehen im Taxi am besten aufgehoben zu sein.

Ahmed El Nasri entschied sich für den Hauptfriedhof. Wenn er Glück hätte, würde irgendeine ältere Dame seine Dienste in Anspruch nehmen. Gerade die Menschen im Rentenalter gingen schon früh zum Friedhof, um alles in Ordnung zu bringen.

Als er den Taxistand anfuhr, freute er sich, dass dort nicht schon ein paar weitere Fahrzeuge standen. Er parkte, ließ die Standheizung an und schaltete das Radio ein. Ein tiefer Gongschlag signalisierte gerade den Beginn der Nachrichten. Er drehte das Radio etwas lauter.

Mit einem behaglichen Grunzen griff er unter den Fahrersitz und holte eine rote, mit bunten Blumen übersäte Thermoskanne hervor. Er schraubte den tassenförmigen Deckel ab, goss sich einen dampfenden Kaffee ein und schlürfte vorsichtig vom Rand ein paar Schlucke ab.

Sein Blick fiel auf den martialischen Eingang zum Hauptfriedhof. Er konnte noch keine Besucher ausmachen. Auf der gegenüberliegenden Seite war die Verkehrsinsel mit der U-Bahn-Haltestelle der Linie U5. Zwar stand dort eine Vielzahl von Menschen. Das musste ihn aber nicht interessieren, da sie nicht als seine Kunden in Betracht kamen.

Plötzlich horchte er auf. In einer längeren Meldung teilte der Nachrichtensprecher mit, dass um Mitternacht ein Mann am Südbahnhof überfallen und zusammengeschlagen worden war. Die Polizei bitte die Bevölkerung, sachdienliche Hinweise der nächsten Polizeidienststelle mitzuteilen.

Ahmed El Nasri runzelte die Stirn. Letzte Nacht am Standplatz Südbahnhof, da war ihm tatsächlich etwas Besonderes untergekommen. Diese zwei Männer, die zu einem Auto gelaufen waren, hatten seine Aufmerksamkeit erregt. Genauer gesagt, war es weniger das Erscheinungsbild der Männer als vielmehr deren Fahrzeug selbst gewesen. Ahmed El Nasri war ein Autonarr, und dieser Wagen war wirklich sehenswert gewesen.

Er konnte sich selbst nicht so genau erklären, was an deren Verhalten auffällig gewesen war. Es war mehr ein Gefühl gewesen, dass etwas nicht stimmte. Wenn er allerdings jetzt zur Polizei gehen würde, gingen ihm vielleicht ein paar Kunden und damit ein Teil seines Tagesverdienstes verloren.

Außerdem erschien ihm fraglich, ob seine Beobachtung überhaupt reichte, um die Polizei zu benachrichtigen? Andererseits könnten die das bei der Polizei selbst beurteilen. Dann hätte er seine Pflicht getan.

Er schaltete den Motor an und fuhr zum neuen Polizeipräsidium in der nahe gelegenen Adickesallee. Um diese Zeit gab es noch kein Problem, auf dem Besucherparkraum vor dem Haupteingang einen Parkplatz zu finden.

Ahmed El Nasri stellte sein Taxi ab und ging auf das Gebäude zu. Noch niemals zuvor hatte er so nahe davorgestanden. Es wirkte bedrückend auf ihn, ja, fast bedrohlich. Ein mehrstöckiger Quader ohne jede auflockernde Ornamentik. Dazu noch ein grauer Grundfarbton, der eine gewisse Trostlosigkeit vermittelte. Gut, dass er dort nicht arbeiten musste.

Dem Bediensteten an der Pforte trug er den Anlass seines Kommens vor. Der junge Mann hinter der Glasscheibe überlegte eine Weile, blätterte dann ein Verzeichnis von Namen und Telefonnummern durch und griff zum Hörer.

Ahmed El Nasri konnte nicht hören, was gesprochen wurde. Er sah nur kurze Zeit später, wie sich der Blick des Mannes aufhellte und ein Lächeln seine Gesichtszüge entspannte. Endlich drückte der Mann eine Taste, legte den Hörer weg, wandte sich ihm wieder zu und deutete mit dem Zeigefinger nach rechts. »Gehen Sie bitte hier durch die Personenvereinzelungsanlage ...«

»Durch die was, bitte?«

Der Bedienstete lachte auf. »Das ist ein Ausdruck aus unserer Beamtensprache. Entschuldigung! Ich meine die Drehkreuze da vorn. Dahinter nehmen Sie bitte den Fahrstuhl in den ersten Stock und gehen zu Zimmer 117. Auf dem Türschild steht der Name Köhler. Herr Köhler erwartet Sie.«

El Nasri bedankte sich und ging in die beschriebene Richtung. Er überlegte kurz, warum er nicht zum ersten Stock die Treppe nehmen sollte. Schließlich war er nicht fußkrank. Als er den endlosen eintönigen Flur entlangschaute, wurde ihm klar, dass die Treppe nicht leicht zu finden sein würde.

Er erreichte das Dienstzimmer, wurde hereingebeten und war angenehm überrascht. Dieser etwas kräftige Beamte mit seinen roten Wangen und der sportlich-korrekten Kleidung wirkte vertrauenswürdig auf ihn. Als er ihm zudem noch ohne große Vorfragen einen Stuhl und einen Kaffee anbot, wusste er, dass er mit seinem Kommen die richtige Entscheidung getroffen hatte.

Köhler stellte einen Pott Kaffee, Würfelzucker und Kondensmilch vor ihm hin. Dann setzte er sich ihm gegenüber. »Sie heißen, bitte?«

»Ahmed El Nasri. Ich bin trotzdem Deutscher.«

Ein verhaltenes Lächeln umspielte Köhlers Mund. »Sie wollen eine Mitteilung zu dem gestrigen Vorfall in Sachsenhausen machen, sagte mir der Kollege von der Pforte?«

»Ich bin mir nicht sicher, ob es überhaupt wichtig ist, was ich zu sagen habe. Vielleicht hat meine Beobachtung gar nichts mit der Sache zu tun, die ich vorhin im Radio gehört habe.«

»Was haben Sie denn genau gesehen?«

Ahmed El Nasri trank einen Schluck Kaffee. Seine Hand zitterte, weil er aufgeregt war. In einer solchen Situation hatte er sich noch nicht befunden. Obwohl er gerne etwas Milch genommen hätte, hatte er davon Abstand genommen. Er hatte befürchtet, dass er sie verschütten würde. »Da waren zwei Männer. Genau konnte ich sie nicht erkennen, weil es dunkel war. Einer hatte lange gelockte Haare. Die Haarfarbe war hell. Der andere Mann war gedrungener und in seinen Bewegungen langsamer.«

»Von wo haben Sie die beiden Männer beobachtet?«

»Das war vom Taxistandplatz am Südbahnhof aus. Ich bin Taxifahrer und wartete dort auf Kunden. Die beiden kamen aus der Brückenstraße gelaufen.«

Köhler spannte seinen Oberkörper an, beugte sich nach vorn und faltete die Hände. Mit wachsender Konzentration begannen seine Wangen immer mehr zu glühen. »Sie rannten?«

El Nasri wog den Kopf hin und her. »Sie beeilten sich jedenfalls.«

Mit der rechten Hand prüfte Köhler den korrekten Sitz seiner nach hinten gekämmten dunklen Haare. »Wissen Sie noch, um welche Zeit das etwa gewesen ist?«

»Kurz nach Mitternacht, höchstens um halb eins. Das Geschäft ging gestern schlecht.«

Köhler nickte und rückte mit seinem Stuhl näher an El Nasri heran. »Haben Sie irgendetwas Besonderes oder Auffälliges wahrgenommen? Irgendetwas, was uns weiterhelfen könnte, die Männer zu identifizieren?«

Identifizieren! Ahmed El Nasri fühlte sich plötzlich sehr wichtig. Er setzte sich kerzengerade auf, atmete tief durch und erhob den Zeigefinger. »Ich glaube schon. Das Auto. Sie müssen wissen, dass ich Autofan bin. Vor allem Oldtimer haben es mir angetan. Da kenne ich mich aus. Die beiden Männer liefen zu einem tollen Wagen.«

»Dann haben Sie sicher auch den Fahrzeugtyp erkannt?«

»Selbstverständlich. Es war ein Jaguar. Der mit der ganz langen Schnauze. Aber das ist noch nicht alles.«

»Was konnten Sie noch feststellen?«

»Die Farbe. Die Lichtverhältnisse sind dort nicht optimal, aber eine solche Farbe fällt selbst noch bei düsterer Beleuchtung auf. Ich weiß nicht, wie ich die Farbe genau beschreiben soll. Das war eine Art Lila, ein sehr helles Lila.«

Köhler strahlte so breit, dass seine blütenweißen Zähne stark mit dem Rot seiner Wangen kontrastierten. Er nahm einen Klebezettel von seinem gelben Block, heftete ihn auf seinen Schreibtisch und machte ein paar Notizen. »Hervorragend. Das könnte wirklich ein Anknüpfungspunkt für uns sein. Und die zwei Männer sind auch in das Fahrzeug eingestiegen?«

»Ja, das habe ich selbst gesehen. Der Größere setzte sich hinter das Steuer, der gedrungene Mann auf den Beifahrersitz. Dann fuhren sie mit quietschenden Reifen los.«

»Wunderbar. Vielen Dank. Ich benötige unbedingt Ihren Namen, Ihre Anschrift und Ihre Telefonnummer.«

Ahmed El Nasri zückte seine Brieftasche, entnahm ihr eine Visitenkarte und legte sie vor Köhler auf den Schreibtisch. »Das ist noch nicht alles.«

Köhler runzelte die Stirn.

»Der Jaguar parkte nur ein Stück von mir entfernt am Rand der Straße. Praktisch neben der Verkehrsinsel, wo mittwochs immer der Markt ist. Ich hatte freie Sicht auf das Heck und konnte deshalb trotz der schwachen Lampen die Autonummer sehen.«

Mit geweiteten Augen schaute Köhler zu ihm hin. »Sie wollen doch nicht sagen, dass Sie sich das Kennzeichen gemerkt haben?«

El Nasri warf einen Blick zur Decke. »Nicht ganz. Ich habe kein Verhältnis zu Zahlen. Aber die Buchstaben schaue ich mir meistens genauer an. Wissen Sie, das ist so eine Art Spiel von mir. Wenn ich auf Kundensuche bin, ist mir oft langweilig. Dann beobachte ich, woher die Autos um mich herum kommen und welche Buchstaben sie nach dem Kürzel für den Ort haben. Weil inzwischen die meisten Leute ihre Initialen nehmen, rate ich immer, wie sie wohl heißen könnten. Damit kürze ich mir die Wartezeit ab.«

Köhler rieb sich die Hände. »Fantastisch, Herr El Nasri. Sie haben die Buchstaben behalten?«

El Nasri legte den Kopf leicht schief und nickte. »Der Jaguar ist in Frankfurt zugelassen. Die nächsten beiden Buchstaben waren R und W. Ich habe das mit Sicherheit richtig behalten, weil mir Richard Wagner als Eselsbrücke einfiel. Als Deutscher muss ich den doch kennen.«

Köhler schmunzelte, stand auf, ging auf El Nasri zu und drückte ihm die Hand. »Vielen Dank. Ich werde Ihre Zeit noch einmal für eine protokollierte Vernehmung in Anspruch nehmen müssen. Dafür bitte ich um Ihr Verständnis. Jetzt kann ich das nicht tun, weil wir eiligst weiterermitteln müssen.«

»Kein Problem«, sagte El Nasri, verabschiedete sich und verließ den Raum.

Als El Nasri gegangen war, setzte sich Köhler hinter seinen Schreibtisch, grub den Kopf in seine Hände und dachte nach. Dann begann er zu telefonieren.

Nach einer knappen Stunde hatte Köhler alle Informationen eingeholt, die er zur Abrundung der Aussage von Ahmed El Nasri benötigte. Der Jaguar war auf Rainer Wegmann zugelassen, der im Frankfurter Stadtteil Fechenheim ein Box-Studio betrieb. Was die zweite Person anlangte, die Wegmann begleitet hatte, war er noch nicht weitergekommen. Das belastete ihn allerdings für den Moment nicht.

Eine dicke Überraschung ergab sich für ihn aus der Aktenkopie über den nächtlichen Überfall. Köhler hatte zwar von dem Vorfall aus den morgendlichen Mitteilungen über wichtige Ereignisse Kenntnis erhalten. Außerdem war das Thema in der Frühbesprechung erwähnt worden, weil diskutiert worden war, ob es sich um einen versuchten Totschlag handelte, der die Zuständigkeit des K 11 begründet hätte. Aus all diesen Informationen hatte sich für Köhler nicht der Name des Opfers erschlossen. Vielleicht hatte er nur nicht richtig aufgepasst.

Als Köhler jetzt den Namen des Opfers las, zuckte er zusammen. Er dankte innerlich dem Mann an der Pforte, dass er El Nasri zu ihm geschickt hatte.

Köhler ging drei Bürotüren weiter. Dort suchte er seinen Kollegen Dieter Sennelaub auf, um ihn zu bitten, mit ihm zu Rainer Wegmann zu fahren.

Sennelaub galt im K 11 als der Mann für das Grobe. Äußerlich wirkte er aufgrund seiner öligen langen Haare und der vielen Pickel im Gesicht ein wenig unappetitlich. Auch seine Bekleidung zeigte Verfallspuren, da Sennelaub zu Hause zwei Schäferhunde hielt, mit denen er sich offensichtlich häufig hautnah befasste.

Sennelaub war figürlich das, was man landläufig einen Kleiderschrank nennt. Auf Geburtstagsfeiern der Kollegen musste er von Mal zu Mal sein Kabinettstückchen vorführen. Dabei bot er einem der Anwesenden einen Platz an und hob ihn dann mitsamt dem Stuhl an einem einzigen Stuhlbein bis zur Brusthöhe an.

Sennelaub sagte sofort zu. Köhler fuhr mit ihm umgehend los, weil er davon ausging, dass Wegmann sich an einem Werktag um diese Zeit an seinem Arbeitsplatz aufhalten würde.

Sie passierten den Zoo, den Ostbahnhof und die Hanauer Landstraße und erreichten kurz darauf die Birsteiner Straße, in der sich das Sport-Studio in einem Hinterhof befand. Während der Fahrt hatte Köhler seinen Kollegen grob über den Fall unterrichtet.

Köhler und Sennelaub traten durch eine mit zahlreichen Reklameschildern beklebte, erbärmlich verdreckte Glastür ein. Eine Hand voll junger Menschen prügelte abwechselnd auf Punchingballs ein, stemmte im Schweiß gebadet Hanteln oder hüpfte mit unglaublichem Tempo immer wieder über das Springseil.

Rainer Wegmann war anwesend. Er hielt sich gerade an einem schweren Sandsack auf, den ein junger dunkelhäutiger Mann fortwährend mit den Fäusten bearbeitete. Als er die beiden Polizeibeamten sah, warf er ihnen einen unfreundlichen fragenden Blick zu.

Köhler stellte sich auf die Fußspitzen und flüsterte ihm das Wort »Polizei« ins Ohr. Wegmann schien nicht überrascht. Er forderte den Mann am Sandsack zum Weitermachen auf und gab den Beamten mit einer Kopfbewegung zu verstehen, dass sie ihm folgen sollten.

An der gegenüberliegenden Längswand der Trainingshalle befand sich eine Art vorgebauter Glaskasten, in dem ein bescheidenes Büro eingerichtet war. Immerhin gab es seitlich des Schreibtischs eine kleine Sitzgruppe für vier Personen. Dort ließ sich Wegmann nieder und bot den Polizisten an, sich zu ihm zu setzen.

Mit neugierigem Blick musterte Köhler Rainer Wegmann von oben bis unten und stellte für sich fest, dass Wegmann seinem Vorstellungsbild eines Zuhälters in sämtlichen Belangen entsprach. Ihm entging allerdings dabei nicht, dass Wegmann an den Knöcheln der linken Hand einige Schürfverletzungen aufwies. Köhler zeigte seinen Dienstausweis und deutete auf Sennelaub. »Das ist mein Kollege Sennelaub, Herr Wegmann. Mein Name ist Köhler. Wir sind von der Mordkommission.«

Als Wegmann das hörte, reagierte er nervös und begann, sich über das Schicksal Beucherts und die daraus für ihn resultierenden Folgen die ersten unangenehmen Gedanken zu machen. Er zuckte mit den Schultern.

»Wollen Sie nicht wissen, ob Ihr Opfer von gestern Abend noch am Leben ist?«, fragte Köhler.

Wegmann hatte zunächst etwas unsicher die körperlichen Proportionen Sennelaubs gemustert, dann aber seinen Gleichmut wiedergefunden. »Ich weiß nicht, wovon Sie reden. Hören Sie, ich bin kein Beamter. Mir geht es nicht so gut wie Ihnen. Für mich ist nämlich nicht egal, wie lange ich hier sitze und dummes Zeug rede. Ich muss wieder raus und Geld verdienen. Sagen Sie mir, was Sie wollen, aber flott. Anderenfalls gehen Sie besser gleich wieder dorthin, wo Sie hergekommen sind.«

Sennelaub ließ seine Oberarmmuskeln unter seinem Jackett spielen und lächelte. »Sie sind sehr unfreundlich, Herr Wegmann. Wie wir vor unserem Besuch bei Ihnen überprüft haben, besitzen Sie bereits einige Erfahrung im Umgang mit der Polizei. Wir wollen doch zu Ihren Gunsten hoffen, dass Sie daraus gelernt haben, sich anständig zu benehmen. Sie wissen ja, dass Sie nicht aussagen müssen. Wenn Sie schon den Mund aufmachen, dann hören Sie auf, uns mit Ihren verlogenen Sprüchen anzuöden. Ich hoffe, dass das jetzt klar ist.«

Es musste die Ruhe und Selbstsicherheit in der Sprechweise Sennelaubs gewesen sein, die Wegmann beeindruckte. Er wirkte plötzlich zurückgenommen. »Was wollen Sie von mir?«

Köhler wusste, dass er verpflichtet gewesen wäre, Wegmann gleich zu Beginn über den Anlass seines Besuches zu unterrichten.

Andererseits hatte er im Laufe der Berufsjahre so viel an Menschenkenntnis gewonnen, dass ihm die Notwendigkeit dafür nicht bei jedem Beschuldigten zwingend erschien. »Machen wir es kurz, Herr Wegmann. So, wie Sie es eben gewünscht haben. Sie haben gestern Abend in der Nähe des Südbahnhofs gemeinsam mit einem Mittäter einen Mann zusammengeschlagen und lebensgefährlich verletzt. Lassen Sie am besten jetzt die Ausflüchte und Mätzchen. Sie sind gesehen worden. Mit anderen Worten: Wir haben Zeugen. Wollen Sie uns nun weiter für dumm verkaufen, oder können wir jetzt zum vernünftigen Teil der Vernehmung übergehen?«

»Wer will mich gesehen haben?«

»Das tut nichts zur Sache.«

Wegmann lehnte sich zurück und setzte eine nachdenkliche Miene auf. »Sie bluffen. Sie wollen mich reinlegen. Ich sage ohne meinen Anwalt kein Wort mehr.«

Köhler hob den Zeigefinger. »Das würde ich mir an Ihrer Stelle reiflich überlegen. Noch ist nicht sicher, ob Ihr Opfer überlebt. Im Übrigen stehen wir mit unseren Ermittlungen völlig am Anfang. Wir kennen bisher weder Ihren Mittäter noch das Motiv für die Tat. Ich will damit sagen, dass Sie durch eine umfassende Aussage bei der Höhe der für Sie zu erwartenden Strafe Boden gutmachen können.«

Mit seiner imposanten Pranke fuhr sich Wegmann durch seine blondierten Dauerwellen und kratzte sich am Kopf. »Sie wissen, dass Sie mich nicht verladen dürfen? Wenn Sie zu Unrecht behaupten, ich sei belastet worden, können Sie meine Aussage in den Mülleimer werfen.«

Die hochgezogenen Augenbrauen von Köhler nahmen dieselbe runde Form an wie seine glutroten Wangen. »Wie gut Sie sich doch in der Strafprozessordnung auskennen. Das verrät den Fachmann. Wenn Sie das so genau wissen, spricht doch alles für eine wahrheitsgemäße Aussage von Ihnen.«

Wegmann zeigte lachend seine Keramikzähne und spielte an seiner Rolex. »Es stimmt. Ich war dabei. Aber es war alles ganz anders, als Sie vermuten. Die Wahrheit ist, dass mein Vater jemanden, den ich nicht kenne, um Geld angegangen ist. Er ist ständig pleite. Der Unbekannte bot ihm ein Geschäft an. Er forderte von ihm, dass er diesem Typen von gestern Abend einen ordentlichen auf die Zwölf geben sollte. Nur dann wollte er ihm auch Kohle geben. Ich habe nur meinen Vater gefahren. Er hat wegen Suff seinen Führerschein verloren. Deshalb hat er mich um Hilfe gebeten.«

»Ihre Schilderung passt nicht in das Bild der Zeugenaussage, die uns vorliegt. Weshalb sind Sie mit zum Tatort und von dort weggerannt, wenn Sie nur Fahrdienste leisten sollten?«, fragte Köhler.

»Mein Vater wusste nicht so genau, wie der Kerl aussieht. Außerdem kannte ich seine Gewohnheiten. Ich wusste, zu welchen Zeiten er welche Gaststätte aufsucht. Fragen Sie meine Schwester. Ellen Krawinckel. Der Name sagt Ihnen bestimmt etwas. Eine feine Familie. Meine Schwester wird meine Angaben bestätigen. Sie kennt den Typ, weil er ein Bekannter ihres Mannes ist. Zudem hatte mein Vater das Geld zuerst, wie schon öfters, von meiner Schwester gefordert. Sie hat genug Kohle, weil sie mit einem stinkreichen Kerl verheiratet ist.«

Als der Name Ellen Krawinckel fiel, musste Köhler an sich halten. Nur mühsam gelang es ihm, seine Mimik zu kontrollieren, um sich nicht anmerken zu lassen, wie sehr ihn diese Mitteilung überraschte. In der Kürze der Zeit hatte er zwar am Vormittag Wegmann als Fahrzeughalter ermittelt, sich allerdings nicht weiter mit dessen persönlichen Verhältnissen befassen können.

Plötzlich stellte sich der Überfall auf Beuchert für ihn in völlig neuem Licht dar. Hier gab es eine neue Querverbindung zu dem Tötungsdelikt an Sunita. Fieberhaft überlegte Köhler, ob er Wegmann auf das Verbrechen an dem Mädchen ansprechen sollte. Er entschied sich zur Vorsicht. Andererseits wollte er den Komplex nicht ganz aussparen, um sich nicht für dumm verkaufen zu lassen. Rainer Wegmann log sowieso, das stand für ihn fest. Er gehörte zu dem abgebrühten Kaliber, das durch eine Vielzahl von Auseinandersetzungen mit Polizei und Justiz zur Ermittlung der Wahrheit nur noch auf Umwegen zu erreichen war. Wenn Wegmann etwas mit der Tat zu tun hatte, würde er sich ohnedies schon eine Geschichte ausgedacht haben. Vielleicht hielt Wegmann aber auch eine überraschende Antwort parat.

»Wo waren Sie am Vormittag des 1. November?«, fragte Köhler.

Rainer Wegmann setzte einen verwunderten Blick auf. »Was soll das? Hat das etwas mit gestern Abend zu tun? Ich erinnere mich nicht mehr. Wenn Sie mir *noch* etwas anhängen wollen, müssen Sie entweder konkreter werden oder Beweise vorlegen.«

Köhler entschied sich, Wegmann zu diesem Thema nicht weiter zu befragen. Es konnte Gründe geben, die es nahelegten, vorerst nicht auf Zusammenhänge zwischen beiden Delikten einzugehen. Das wollte sorgfältig bedacht sein. Dafür reichte jetzt nicht die Zeit.

Sennelaub, den das Antwortverhalten Wegmanns ärgerte, rieb sich seine eindrucksvoll großen Hände und kam Köhler zu Hilfe. »Noch einmal zurück zu gestern Abend. Meinen Sie, dass Ihr Vater, den wir mit Gewissheit ebenfalls anhören, Ihre Aussage bestätigt?«

Wegmann lachte erneut. »Das ist doch nicht mein Problem. Dann steht eben Aussage gegen Aussage.«

Mit zufriedenem Gesicht schaute Köhler Wegmann an. »Ich stelle mit großer Befriedigung fest, dass sich Ihre Rechtskenntnisse doch in Grenzen halten. Sie sagen uns bitte noch den vollen Namen und die Anschrift Ihres Vaters?«

»Kein Problem. Das bekämen Sie sowieso heraus. Mein Vater heißt Andreas und wohnt, soweit ich es weiß, zurzeit in Offenbach in der Karlstraße. Die Hausnummer weiß ich nicht auswendig. Sie können seine Wohnung allerdings nicht verfehlen. Wenn Sie von Frankfurt aus über die Kaiserstraße nach Offenbach kommen und in die Karlstraße fahren, ist es das fünfte oder sechste Haus auf der linken Seite. Ein Jugendstilhaus in grüner Farbe mit weißen Girlanden auf dem Außenputz. Die Wohnung liegt im ersten Stock. Seine Anschrift wechselt allerdings häufig. Die Gläubiger und die Weiber, Sie verstehen? Auf der Klingel steht Selma Benz.«

Köhler und Sennelaub verabschiedeten sich und gingen zu ihrem Auto. Sennelaub schlug die Faust seiner rechten Hand in die Handfläche der linken. »Dieser miese Kerl hat uns nach Strich und Faden verladen. Ich hätte ihm zu gerne eine auf sein verlogenes Mundwerk gegeben. Aber wir halten uns ja an die Regeln, selbst wenn es schwerfällt.«

Mit breitem Lächeln wehrte Köhler ab. »Der ist es nicht wert, dass wir uns an ihm vergreifen. Wir kriegen ihn schon am Kanthaken. Als ich nach dem Besuch von Herrn El Nasri meine Telefonate abgearbeitet habe, habe ich natürlich auch den zuständigen Arzt im Sachsenhäuser Krankenhaus angerufen. Das Verletzungsbild und der Zustand, in dem Beuchert aufgefunden wurde, sprechen eindeutig für mehr als einen Täter. Damit ist Rainer Wegmann reif.«

»Leider hilft uns das alles bei der Aufklärung des Tötungsdelikts noch nicht viel weiter.«

Köhler wollte seinen Kollegen Sennelaub jetzt nicht über Gebühr mit seinen Gedanken zu dem gesamten Fall belasten. Es war anständig genug, dass Sennelaub bereit gewesen war, ihn zu unterstützen. »Das kann man jetzt noch nicht sagen, Dieter. Es soll aber auch nicht deine Sorge sein. Darüber muss ich mich mit Bernd Schreiner und den Staatsanwälten noch intensiv austauschen. Das ist für heute Nachmittag vorgesehen.«

»Trotzdem blicke ich noch nicht durch, weshalb Wegmann junior seine Schwester mit ins Boot gezogen hat. Mit Sicherheit dürfte sie nicht so an ihrem Vater hängen, wie ihr Bruder es uns glauben machen wollte.«

»Vielleicht mag sie ihn ebenso wenig wie ihr Bruder. Wenn das so ist, wird sie sich vielleicht sogar dafür erkenntlich zeigen, dass er den Vater ans Messer geliefert hat. Das könnte die Kalkulation von Rainer Wegmann bei seiner falschen Aussage gewesen sein. Erstaunlich ist doch, dass er uns mit den Angaben zu den Wohnverhältnissen seines Vaters einen Haftgrund geliefert hat. Wenn der alte Wegmann keinen festen Wohnsitz hat, nehmen wir ihn jetzt fest.«

»Gut kombiniert. Beeilen wir uns, dass wir den Vater in Offenbach erreichen. Obwohl ich nicht annehme, dass sein hoffnungsvoller Spross ihn warnt. Dann müsste er ja offenbaren, dass er ihm alles in die Schuhe geschoben hat.«

Sie fanden das Haus auf Anhieb. Da die Haustür nicht verschlossen war, drangen sie problemlos bis zum ersten Stock vor. Auf ihr Klingeln öffnete ein älterer Mann in gestreifter Schlafanzughose und im ärmellosen Unterhemd. Die Haare hingen ihm wirr um den Kopf. Er war unrasiert. Vor allem war er betrunken. Köhler und Sennelaub hielten ihm ihre Dienstausweise unter die Nase.

»Ich kenne Sie nicht«, lallte Andreas Wegmann und wollte die Wohnungstür wieder zudrücken.

Sennelaub stellte seinen Fuß zwischen die Tür. »Gemach, Herr Wegmann. Wir müssen mit Ihnen reden.«

Wegmann gab sein Vorhaben sofort auf. Er drehte sich um, ohne sich um den Verbleib der Beamten zu kümmern. Mit breitem Gang steuerte er auf den gegenüberliegenden Raum zu, in welchem die Küche untergebracht war. Er ließ sich auf einer gepolsterten Eckbank nieder, stützte den Kopf in seine Hände und starrte auf die Tischplatte.

Köhler und Sennelaub waren ihm gefolgt. Sie setzten sich unaufgefordert dazu. Köhler rüttelte Wegmann am Arm. »Wo waren Sie gestern Abend?«

Andreas Wegmann schaute mit geröteten Augen zu Köhler auf. Sein Gesicht glich einer Blutorange. Zelle an Zelle bildete seine Haut erhabene Falten. Seine blassgelben Tränensäcke unter den Augen traten gespenstisch aus der kraterähnlichen Gesichtslandschaft hervor.

Es schien plötzlich, als hätte sich durch die gestellte Frage der Promillewert Wegmanns von einer Sekunde auf die andere verflüchtigt. Er stierte Köhler an. »Was wollen Sie mir anhängen? Ich war hier, zu Hause. Fragen Sie Frau Benz. Die wird es bestätigen. Sie ist nur im Augenblick nicht da.«

Sennelaub war die Wohnung zu stark geheizt. Er schwitzte. Mit der flachen Hand wischte er sich die Schweißperlen von der Stirn. »Herr Wegmann, wir haben wenig Zeit. Jedenfalls nicht dafür, uns Ihre Geschichten anzuhören. Wir kommen gerade von Ihrem Sohn. Er hat uns berichtet, dass Sie gestern Abend in der Nähe des Südbahnhofs gemeinsam einen Auftrag erledigt haben. Dafür gibt es außerdem Zeugen, die Sie gesehen haben.«

Ein eifriges Kopfnicken von Köhler bestätigte die Ausführungen. »Es trifft alles zu, was der Kollege sagt. Zu ergänzen bleibt nur noch, dass nach den Angaben Ihres Sohnes Sie es waren, der diesen Mann zusammengeschlagen hat. Er will Sie wegen Ihres entzogenen Führerscheins lediglich mit seinem Auto mitgenommen haben.«

Mit beiden Fäusten trommelte Wegmann senior auf die Tischplatte. Er regte sich derartig auf, dass selbst seine Tränensäcke

Farbe annahmen. »Dieses Miststück. Das sieht ihm ähnlich. Hat es im Leben zu nichts gebracht. Außer Prügeln hat er nichts gelernt. Im Kopf hat er überhaupt nichts, dieser Lügner. Mehr sage ich jetzt dazu nicht.«

Köhler zuckte mit den Schultern. »Wie Sie wollen, Herr Wegmann. Dann ziehen Sie sich bitte an. Sie sind vorläufig festgenommen. Wir fahren zum Präsidium. Dort können Sie sich erst einmal ausnüchtern.«

»Was? Das dürfen Sie nicht. Dazu haben Sie keine Handhabe. Ich kenne mich aus. Diesem Mann habe ich fast nichts getan. Außerdem habe ich vor allem einen festen Wohnsitz. Frau Benz wird das bezeugen.«

»Ihr Sohn sagt etwas anderes. Er hat uns diese Adresse genannt. Ihr Name steht ja nicht einmal auf dem Türschild. Ob Sie hier gemeldet sind, werden wir rasch herausfinden.«

Wegmann stemmte sich gegen den Tisch. Seine Augen wurden zu kleinen Schlitzen. »Jetzt reicht es. Sohn hin oder her. Ich sehe nicht ein, für diesen Kerl einzurücken. Er war die Triebfeder. Rainer hat den Auftrag, diesen Beuchert zu Kleinholz zu machen, von seiner feinen Schwester bekommen. Ja, Sie haben richtig gehört. Von der vornehmen Frau Krawinckel, die ihn dafür bezahlte. Ohne Geld tut mein lieber Sohn niemand einen Gefallen, nicht einmal seinen Familienangehörigen. Mein Gott, was habe ich für zwei Kinder in die Welt gesetzt.«

Sennelaub schielte zu Köhler, überließ ihm die Regie und schwieg. Köhler setzte eine gleichmütige Miene auf. »Aber Sie waren es, der den Auftrag ausführte?«

»Keineswegs! Wie denn? In meinem Alter? Ich gebe zu, dass ich ein bisschen geholfen habe. Einer alleine konnte den Mann nicht festhalten, ihm den Mund zukleben, ihn gleichzeitig verprügeln, zur Hälfte ausziehen und an zwei Beinen über die Bordsteinkante ziehen. Wie soll das gehen? Die wesentliche Arbeit hat mein hoffnungsvoller Sohn geleistet. Wenn Sie gerade von ihm kommen, wissen Sie ja, was er im Vergleich zu mir für ein Kraftpaket ist.«

»Wollten Sie den Mann umbringen? Das hätte bei dieser Tortur doch leicht passieren können.«

»Nein, natürlich nicht. Wenn wir das gewollt hätten, hätten wir es umgesetzt. Rainers Auftrag war, dem Kerl einen ordentlichen Denkzettel zu verpassen. Ellen hat ihm gesagt, der Typ sei ein Schwein und hätte es verdient. Einer, der sich an Kinder herangemacht habe. Sogar an die kleine Tochter seines Bruders. Nun wolle er es auch noch einem anderen in die Schuhe schieben.«

Köhler presste seine Hände gegeneinander, um nicht deutlich werden zu lassen, wie stark er an diesen Zusammenhängen interessiert war. »Das sind alles so Schlagworte, mit denen Sie uns hier abfüttern. Wenn wir Ihnen glauben sollen, erzählen Sie bitte genau in allen Einzelheiten, was Sie wissen.«

»Ich kann Ihnen wirklich nicht mehr bieten. Nur noch, dass Rainer dafür 3.000 Euro bekommen sollte. Die wollten wir uns teilen. Mehr weiß ich nicht. Rainer hat mir jedenfalls nicht mehr erzählt.«

»Hat Ihre Tochter genauer gesagt, was dem Kind geschehen sein soll?«

Wegmann fuchtelte mit den Händen in der Luft herum. »Fragen Sie meinen Sohn. Nur er hat mit ihr gesprochen. Vielleicht hat sie ihm weitere Einzelheiten genannt, die er nicht an mich weitergegeben hat. Mit mir redet die feine Dame nicht. Ich passe nicht in ihre Kreise.«

Köhler stieß Sennelaub an. »Wir fahren jetzt ins Präsidium und nehmen ihn mit, Dieter. Dann machen wir ein Protokoll und warten ab, was ihm bis dahin noch einfällt.«

Wegmann heulte auf. »Bitte! Ich habe Ihnen wirklich alles gesagt. Meine Kinder, die diesen Namen nicht verdienen, wollen mich offenbar in die Haft abschieben. Das sollen sie mir büßen, alle beide. Ich habe hier einen festen Wohnsitz. Warten Sie einen Moment. Ich hole die Bestätigung des Einwohnermeldeamts. Sie ist nebenan in einem Ordner abgeheftet.«

Mit einem flinken Satz war Wegmann aufgesprungen und aus dem Zimmer gerannt.

Köhler machte eine Kopfbewegung in die Richtung und sah zu Sennelaub hin. »Schnell, ihm nach.«

Die Polizeibeamten eilten Wegmann hinterher. Als sie das Nachbarzimmer betraten, mussten sie lachen. Wegmann bückte sich über einen am Boden liegenden Hefter und blätterte fieberhaft. Seine Schlafanzughose war dabei gerutscht und hatte fast sein gesamtes Gesäß freigelegt. Vor lauter Eifer fiel es ihm nicht auf.

Als er die Polizisten hinter sich bemerkte, drehte er seinen Kopf zu ihnen hin. »Hier! Ich habe die Bescheinigung. Sehen Sie nur. Genügt Ihnen das? Daran sehen Sie, dass ich Ihnen die Wahrheit gesagt habe. Sie können auch noch auf meine Lebensgefährtin, Frau Benz, warten. Sie kann bestätigen, dass es stimmt.«

Andreas Wegmann richtete sich auf und hielt Köhler den aufgeschlagenen Ordner entgegen. Köhler warf einen Blick auf die amtliche Bescheinigung und nickte nur. Er schnappte Sennelaub am Arm. »Komm, Dieter. Wir gehen.«

28. Kapitel

»Wie kommt man in Frankfurt am Main noch an ein solch romantisches Haus?«, fragte Schultz die Frau mit den schulterlangen braunen Haaren, die ihn durch eine Nickelbrille mit kreisrunden randlosen Gläsern aus sanften braunen Augen anschaute.

»Sie können es nicht verfehlen«, hatte ihm Yvonne Reiche gestern Abend am Telefon gesagt. »Es sieht wie ein Hexenhäuschen aus.«

Tatsächlich erschien ihm nun das kleine Haus am Anfang der Antoninusstraße im Frankfurter Stadtteil Heddernheim auf anheimelnde Weise verschachtelt. Die Wände waren aus roten Ziegeln. Ein unebenes Kopfsteinpflaster hinter der Gartentür im Innenhof strahlte Gemütlichkeit aus. Schultz stand auf der obersten der drei Treppen zur Haustür, die sicher einmal zum Fernhalten der Mäuse erhöht angelegt worden war. Frau Reiche lächelte ihn an. »Sie müssen Herr Schultz sein.«

Er hing seinen Gedanken nach und hörte nicht zu. Das also war Yvonne Reiche, Kinderpsychologin und Psychoanalytikerin. Sie galt als ausgewiesene Kapazität, mit fester Meinung auch in komplizierten Fällen und großer Erfahrung als Sachverständige vor Gericht. Die Staatsanwälte aus den beiden Jugendabteilungen der Behörde und die Beamten des K 43, des Jugendkommissariats der Frankfurter Polizei, hatten ihm die Dame auf seine Rückfrage ans Herz gelegt. Heute Morgen hatte er sie in aller Frühe angerufen, sein Anliegen vorgetragen und terminlich davon profitiert, dass ein Patient von Frau Reiche gerade seinen Termin abgesagt hatte. 9:15 Uhr hatte sie ihm angeboten. Er hatte sofort zugesagt, zu ihr zu kommen.

Mit einem Mal wurde sich Schultz der Unhöflichkeit bewusst, dass er sich nicht einmal vorgestellt hatte. »Entschuldigen Sie bitte, der exotische Charakter Ihres Häuschens hat mich so gefangen genommen, dass ich die schlichtesten Höflichkeitsformen vergessen habe. Mein Name ist Schultz. Wir haben miteinander telefoniert.«

Das ungeschminkte Gesicht von Frau Reiche wies nicht einmal Falten auf, wenn sie, wie jetzt, ein breites Lächeln zeigte. Schultz schätzte sie auf ungefähr vierzig Jahre. Er nahm ihre ausgestreckte Hand entgegen. »Vielen Dank, dass Sie so schnell Zeit für mich haben.«

Sie drehte sich zum Eingang. »Kommen Sie. Und passen Sie bitte auf Ihren Kopf auf. Die Decken sind sehr niedrig und zum Teil von Holzbalken durchzogen.«

Frau Reiche führte Schultz in einen kleinen Raum, der von einem Kachelofen mit Sitzbank beherrscht wurde. Sie schlug ihm vor, seinen Mantel auf einer Liege abzulegen, die mit hellem Leinenstoff bezogen und an die Wand gerückt war. Anschließend bot sie ihm einen Platz in einem Weidenkorbsessel an und setzte sich ihm gegenüber. Die Hände ineinandergelegt beugte sie sich zu Schultz vor. »Was kann ich für Sie tun? Darf ich Ihnen einen Tee anbieten? Ich habe einen schönen Gesundheitstee im Haus. Der wird Ihnen bestimmt schmecken.«

Einen Moment lang zögerte Schultz. »Wenn ich es mir recht überlege, ist das eine gute Idee. Ich hoffe, Sie haben nicht zu viel Mühe damit.«

Ohne weiteren Kommentar verließ Frau Reiche das Zimmer. Knapp fünf Minuten später kehrte sie zurück und reichte ihm einen dampfenden Becher aus dunkelbraunem Steingut, aus dem es stark nach einer Kräutermischung duftete.

Mit gespielt begeistertem Gesichtsausdruck probierte Schultz einen kleinen Schluck. »Interessanter Geschmack. Man kann in dieser Jahreszeit nicht genug gegen Erkältungen tun. Ob es nützt, ist eine andere Frage. Aber der Glaube versetzt Berge.«

Schultz nahm seine kleine schwarze Lederaktentasche vom Schoß und legte sie auf die Glasplatte des runden Holztischchens, das neben seinem Sessel stand. Er holte die drei Bilder von Sunita heraus und hielt sie Frau Reiche entgegen. »Ich wäre Ihnen dankbar, wenn Sie sich diese drei Malereien einmal genau ansehen und mir dann Ihre Meinung dazu sagen würden.«

Mit beiden Händen bündelte Frau Reiche ihren weiten schwarzen Wollrock über ihrem Schoß zusammen und legte darauf die drei Blatt Papier. Sie lehnte sich zurück, drückte ihre Brille zur Nasenwurzel hoch und schaute sich die Bilder eines nach dem anderen längere Zeit an.

Anfänglich legte sie ihren Zeigefinger an die Lippen und machte ein nachdenkliches Gesicht. Nach einer Weile lösten sich ihre Gesichtszüge, und sie begann, heftig zu nicken. Schließlich sah sie von den Gemälden zu Schultz hoch. »Sie möchten wissen, was ich davon halte? Am Telefon haben Sie mir gesagt, dass ein Kind diese Malereien gemacht hat. Darf ich wissen, welches Geschlecht das Kind hat, weiblich oder männlich?«

»Ein junges Mädchen hat die Bilder gemalt.«

»Wie alt ist das Kind?«

Schultz rutschte auf dem Sitz nach vorn. »Es wurde elf Jahre alt.«

»Heißt das, dass sie tot ist? Wurde sie etwa ... umgebracht?«

»Leider trifft Ihre Annahme zu. Was können Sie aus diesen Bildern herleiten?«

Frau Reiche machte zunächst ein ernstes Gesicht. Mit einem Mal lachte sie auf. »Als ich das erste kleine Kunstwerk betrachtete, dachte ich zunächst, dass vielleicht ein Casting wiedergegeben werden sollte. Das glaube ich nun allerdings nicht mehr. Wenn ich unterstelle, dass alle drei Zeichnungen von demselben Mädchen herrühren, haben die Darstellungen einen Signalcharakter.«

»Ich bin nicht sicher, ob ich das richtig verstehe.«

»Damit will ich sagen, dass es einige Auffälligkeiten gibt.«

Schultz holte aus seiner Aktentasche einen Block und einen Füllfederhalter. »Würden Sie mir das bitte näher erklären.«

»Ich will versuchen, den Hintergrund der Bilder zu deuten. Es gibt eine Menge von aussagekräftigen Hinweisen. Beginnen wir mit den übergroßen Darstellungen. Da haben wir etwa die Kameras, die Liege, die Uhr und auf dem dritten Bild den Mund. Sie drücken zunächst einmal eine Willensbeugung aus, also dass dem Kind etwas aufgezwungen wurde, was es nicht wollte. Es lehnte die Bilder ab, die mit den Kameras gemacht wurden. Die überdimensionale Liege mochte es ebenfalls nicht, wollte sich also darauf nicht aufhalten.«

»Was ist mit der Uhr?«

»Sie könnte dafür sprechen, dass bestimmte Vorgänge immer zur selben Zeit erfolgten. Es kann aber auch ein Gegenstand sein, den das Kind fixierte, um sich von anderen Geschehnissen abzuwenden.«

»Und der übergroße Mund, der für sich alleine dasteht?«

»Es ist typisch für den von mir schon erwähnten Signalcharakter einzelner Darstellungen, dass Ausschnitte von Menschen wiedergegeben werden, Körperteile. Bleiben wir bei dem zu einem Schrei geformten Mund. Dieser Ausschnitt kann zum Beispiel deshalb charakteristisch sein, weil den Kindern oft die Wiedergabe eines Erlebnisses unter Androhung von fürchterlichen Strafen verboten wird. Dann ist es in diesen Fällen der Mund, der für sich alleine gemalt wird. Er kann bedeuten, dass das Mädchen angeschrien wurde. Vielleicht steht er aber auch dafür, dass die kleine Künstlerin über bestimmte Dinge schweigen musste, die sie gerne herausgeschrien hätte.«

Schultz hörte bewegungslos zu. »Gehören in diese Kategorie der Bewertung auch die fehlenden Hände?«

»Hände drücken Bedrohlichkeit und Angst aus, sie sind Werkzeuge per se für alle aufgezwungenen bösartigen Dinge. Ihr Fehlen entspricht einem Verdrängungsmechanismus.«

»Welche Bedeutung haben dabei die Farben?«

»Jetzt kommen wir in den Bereich der Psychoanalyse. Nehmen Sie das dritte Bild. Die hauptsächlich benutzten Farben sind Gelb, Grün und Ocker. Alle drei Farben drücken Abwehr und Widerstand aus. Sie sind absichtlich schmutzig wiedergegeben, also abstoßend gewählt.«

»Sie sprachen von Willensbeugung, Bedrohung, Verdrängung, Schmutz, Angst und Ekel als Hintergründe für die Gestaltung der drei Malereien. Demnach dürfte sich meine nächste Frage fast erübrigen. Dennoch muss ich sie stellen, da Sie die Sachverständige sind. Begründen die drei Bilder einen konkreten Verdacht, wenn Sie die von Ihnen beschriebenen Aussagen in ihrer Gesamtheit bewerten?«

»Leider ja! Ich will Ihnen vorab noch sagen, dass ich Kinder, die wegen Auffälligkeiten vergleichbarer Art zu mir gebracht werden, häufig Bilder malen lasse, um zu sehen, was in ihnen vorgeht. Meines Erachtens sprechen die von Ihnen mitgebrachten Malereien für den Verdacht eines sexuellen Missbrauchs des Kindes.«

Schultz hatte dieses Ergebnis mehr und mehr auf sich zukommen sehen und kommentierte es mit einem resignierenden Schulterzucken. Er kramte einen Zettel hervor und schaute einen

Augenblick auf seine Notizen. »Frau Reiche, Kinder neigen zur Fantasie und zum Erfinden von Vorgängen. Woraus können Sie schließen, ob derartige Malereien ein reales Erlebnis verkörpern?«

»Es braucht immer einen Impuls. Je präziser die abgebildeten Gegenstände und Vorfälle sind, umso mehr spricht dies gegen Fantasie. Hier haben Sie zum Beispiel die detailgetreue Wiedergabe der Kameras, die konkret und bedrohlich gezeichnet sind. Oder Sie haben das Studio. Vielleicht lässt sich anhand anderer Hinweise herausfinden, wo es einen solchen Raum gibt.«

»Das Studio, wie Sie es nennen, ist nicht der einzige genauere Hinweis«, sagte Schultz.

»Natürlich nicht. Ich muss Ihnen die konkreten Punkte nicht einzeln aufzählen. Sie können sie selbst erkennen. Nehmen Sie etwa die stark vergrößerte Uhr in dem Studio. Vielleicht ist es eine Wasseruhr. Wenn Sie dieses Ding in einem vergitterten Raum entdecken, würde das meine Bewertungen bestätigen oder jedenfalls unterfüttern.«

Schultz lächelte. »Auf den Gedanken, dass es sich bei der Uhr um eine Wasseruhr handeln könnte, bin ich bisher nicht gekommen. Für Ihre Annahme könnte sprechen, dass nur ein einziger Zeiger gemalt ist. Was bedeutet es, wenn ich für einen Teil der Hinweise in den Bildern eine konkrete Bestätigung finde? Heißt dies zwangsläufig, dass auch die übrigen Aussagen in den Bildern zutreffen müssen?«

»Ich glaube, dass ich Ihre Frage verstanden habe. Eine einzige Bestätigung dürfte bei der Informationsmasse auf drei Bildern zu wenig sein, um davon auszugehen, dass alle anderen Abbildungen ebenfalls einen realen Hintergrund haben. Andererseits reichen einige repräsentative Belege für die Richtigkeit des gesamten Aussageinhalts auf den Malereien aus.«

»Noch eine Frage zum Beweiswert der Bilder. Kann man sagen, dass Darstellungen kleinerer Kinder weniger glaubhaft sind als die älterer Kinder?«

Frau Reiche neigte den Kopf leicht zur Seite. »In der Tat. Bei Kindern bis zu sieben Jahren gehen Fantasie und Wirklichkeit oft noch sehr durcheinander. Wenn jedoch, wie in Ihrem Fall, ein elfjähriges Mädchen eine Aussage macht oder ein Bild malt, so ist die darin enthaltene Mitteilung ernst zu nehmen.«

»Nun hat es ja vor einigen Jahren einmal ein Verfahren gegeben, bei dem davon auszugehen war, dass die belastenden Angaben über sexuelles Fehlverhalten erst in die Kinder hineingefragt worden war. Die Kinder waren damals so massiv zu einem bestimmten Aussageverhalten gedrängt worden, dass sie das Gehörte für eigenes Erleben hielten. Besteht diese Gefahr bei den vorliegenden Bildern auch?«

»Diese Problematik habe ich Ihnen im Grunde schon beantwortet, als Sie nach der Trennung von Fantasie und Wirklichkeit gefragt haben. In Ihrem Fall spricht die bemerkenswerte Präzision der Malereien gegen eine durch Beeinflussung erfundene Darstellung.«

Schultz packte seine Unterlagen und die Bilder wieder ein. Er lächelte. »Ihre Begutachtungen waren so gehaltvoll, dass sie mir erlauben, die nächsten Ermittlungsschritte einzuleiten. Haben Sie vielen Dank für Ihre Unterstützung.«

Frau Reiche begleitete ihn nach draußen.

29. Kapitel

»In einhundertdreißig Metern rechts abbiegen. Dann haben Sie Ihr Ziel erreicht. Das Ziel liegt auf der rechten Straßenseite«, sagte das GPS. Schreiner folgte der Aufforderung und stellte beim Abbiegen zufrieden fest, dass auf dem Straßenschild der Name »Rathenaustraße« geschrieben stand.

Er parkte den betagten neutralen Dienstwagen der Polizei vom Typ Ford an dem frisch gefegten, völlig autofreien Straßenrand und zündete sich noch schnell eine Zigarette an. Aus Erfahrung wusste er, dass nie verlässlich kalkulierbar war, wie viel Zeit eine Vernehmung in Anspruch nehmen würde. Es war ihm schon passiert, dass er jemand mit nur einer einzigen Frage aufgesucht und die vollständige Beantwortung mit allen sich entwickelnden Nachfragen mehrere Stunden gedauert hatte. In diesen Situationen hatte er sich schon manchmal gewünscht, dass er das Rauchen aufgegeben hätte. Die Sucht konnte ihn so übermannen, dass seine Konzentrationsfähigkeit darunter litt.

Den heutigen Besuch in der Gemeinde Winterbach am Fuße des Soonwaldes hatte er vorsorglich mit den Kollegen im benachbarten Bundesland Rheinland-Pfalz abgestimmt. Nach seinen Ermittlungen hatte sich die Ex-Frau von Phillip Krawinckel dort niedergelassen.

»Nobel«, murmelte Schreiner vor sich hin, als er auf den ausladenden Bungalow im Topzustand zuging. Er rechnete kurz nach, wie lange er wohl arbeiten gehen müsse, um sich so etwas zu leisten, brach die Überlegung jedoch ziemlich schnell wieder ab. Zu mehr als einem Wohnwagen auf einem kleinen Grundstück in der Provence hatte er es noch nicht gebracht. Seine Perspektiven waren überschaubar.

Schreiner strich seine Jeans glatt, zog seine dunkelblaue Wildlederjacke in Form und drückte auf die Klingel. Es hatte ihn am Morgen nicht einmal einen Gedanken gekostet, ob er im Hinblick auf die anstehende Vernehmung einer Dame aus gehobenen Kreisen von seinen üblichen Bekleidungsgewohnheiten abrücken sollte. Immerhin trug er ein Polohemd und kein T-Shirt.

Als die Tür geöffnet wurde, stockte selbst dem sonst so unerschütterlichen Schreiner der Atem. Eine derartig schöne Frau hatte er in seinem ganzen Leben noch nie zu Gesicht bekommen.

Schulterlange gelockte dunkle Haare, strahlende braune Augen, eine faltenfreie und reine, dezent gebräunte Haut, die vollen roten Lippen fast unmerklich mit einem leicht bräunlichen Lippenstift nachgezogen. Trotz ihrer jugendlichen Erscheinung musste sie nach seinen Erkenntnissen Mitte vierzig sein.

Sie war klein und zierlich. Ein schlichtes, klassisch geschnittenes dunkelblaues Kleid und der unschätzbar teure Perlenschmuck verliehen ihr eine gewisse Unnahbarkeit.

Ihr Lächeln stand dazu in diametralem Gegensatz. »Sie können nur Herr Schreiner sein. Ich bin Veronika Janssen. Hatten Sie eine gute Fahrt?«

Er nickte und ordnete mit den Händen seinen dunklen Lockenkopf, als müsse er sein Äußeres dem seiner Gesprächspartnerin wenigstens in bescheidenem Umfang anpassen. Irgendwie spürte er eine Art Unterlegenheit. Wie immer in derartigen Situationen suchte er sein Heil in seiner Eloquenz. »Tolle Gegend hier. Die Weinberge rechts und links. Ich liebe die Naheweine, insbesondere seit auch die Spätburgunderrebe Einzug in die Keller der hiesigen Winzer gehalten hat.« Ganz langsam spürte er, wie ihm bei seiner eigenen Erzählung das Wasser im Mund zusammenlief. Er freute sich auf den Feierabend.

Falls Veronika Janssen dies bemerkt hatte, ließ sie es ihn jedenfalls nicht fühlen. Sie lächelte und verströmte dabei eine Aura, als sei sie ihm weit entrückt. »Es ist noch ein bisschen früh für so etwas. Kommen Sie erst einmal herein.«

Schreiner folgte ihr in einen riesengroßen rechteckigen Raum. Ein Panoramafenster gab den Blick auf eine in der Ferne liegende Bergkette des Pfälzer Waldes frei. Eine schwere braun und violett gemusterte Couchgarnitur war im Halbkreis zum Fenster aufgestellt. Die gesamte Raumausstattung verriet, dass Frau Janssen sich ausschließlich auf Designermöbel verlegte.

Veronika Janssen setzte sich und bot Schreiner einen Platz an. Sie schob ihm einen Aschenbecher zu. »Sie dürfen rauchen.«

Mit perplexem Gesichtsausdruck schaute Schreiner sie an und rätselte, woher sie sein Laster kannte. »Macht es Ihnen wirklich nichts aus?«

Nachdem Veronika Janssen ihm mit einem Augenblinzeln zu verstehen gegeben hatte, dass ihr Angebot ernst gemeint war, setzte Schreiner sich im rechten Winkel zu ihr und zündete sich eine Zigarette an. Langsam gewann er seine Selbstsicherheit zurück. »Ich danke Ihnen für den raschen Termin, der Fall ist eilbedürftig.«

Sie schlug die Beine übereinander und fuhr sich mit dem Zeigefinger über den Rücken ihrer kleinen Nase. »Sie haben mir am Telefon noch nicht viel erzählt. Worum geht es?«

Schreiner zog tief den Rauch seiner Zigarette ein und blies ihn dann zur Decke. »Wir ermitteln wegen des Todes eines jungen Mädchens.«

Veronika Janssen schaute ihn verwundert an. »Damit kommen Sie zu mir? Ich habe Sie so verstanden, dass wir uns über meinen früheren Ehemann Phillip Krawinckel unterhalten müssten. Ist das nicht so?«

»Genau das ist der Grund meines Kommens. Es gab einen Kontakt zwischen Herrn Krawinckel und dem getöteten Kind. Für uns ist von Bedeutung, was für ein Mensch Ihr Ex-Mann ist, um diese Verbindung richtig bewerten zu können.«

»Warum fragen Sie ihn nicht einfach selbst?«

»Das haben wir bereits getan. Wie Sie sich denken können, ist es wichtig, über einen Menschen mehrere Meinungen und Werturteile zusammenzutragen, um ihn abschließend beurteilen zu können.«

»Hat Phillip etwas mit der Tötung zu tun? Verdächtigen Sie ihn?«

Schreiner hatte gerade wieder sein Selbstbewusstsein zurückgewonnen. Nun benötigte er einen Augenblick, um sich die passende Antwort auf die gestellte Frage auszudenken. Immerhin bestand die Gefahr, dass Veronika Janssen über ihren Ex-Mann nicht mehr viel aussagen würde, falls ein so ungeheurer Vorwurf im Raum stünde. »Dafür liegen zurzeit keine hinreichenden Anhaltspunkte vor.«

»Das haben Sie schön gesagt. Heißt das, Sie haben noch nichts gegen ihn in der Hand, suchen aber danach?«

Wieder war Schreiner einen Moment um die Antwort verlegen. »Wir suchen nicht gezielt nach Hinweisen, die Herrn Krawinckel in die Nähe der Täterschaft für das Tötungsdelikt rücken.« Er entnahm dem Gesichtsausdruck von Frau Janssen, dass sie sich mit dieser Angabe nicht zufriedengeben würde. »Wir wollen wissen, aus welchen Gründen er sich um das Kind kümmerte. Vielleicht weiß er aus dieser Verbindung heraus etwas Wichtiges für die Aufklärung des Verbrechens, ohne die Bedeutung richtig einzuschätzen. Das mag alles ganz harmlos sein, zumal der Adoptivvater des Kindes ein alter Schulfreund von ihm ist, dem er mindestens einmal schon aus einer Verlegenheit geholfen hat.«

»Sie sagen, dass Phillip den Vater des getöteten Mädchens kennt. Würden Sie mir seinen Namen verraten?«

»Wolfgang Beuchert.«

Veronika Janssens verzog das Gesicht, so dass ihre Nase seitlich kleine Fältchen bildete. Ihre Miene drückte aus, dass sie mit dieser Unterrichtung immer noch nicht zufrieden war. Sie schaute aus dem Fenster. »Wollen Sie nicht auch gerne einen Kaffee? Ich bin eine schlechte Gastgeberin. Danach hätte ich Sie gleich fragen müssen.«

Ein Lächeln überzog Schreiners Lippen. »Wenn Sie sich sowieso einen machen, sage ich nicht nein.«

Sie stand auf. »Er ist schon fertig. Entschuldigen Sie mich bitte für einen Augenblick.«

Als sie nach draußen gegangen war, atmete Schreiner tief durch, zog noch einmal an seiner Kippe und drückte sie aus. Bei dieser Unterhaltung würde er jedes Wort auf die Goldwaage legen müssen.

Mit einem kleinen Silbertablett, auf dem eine mit Kaffee gefüllte Glaskanne, Tassen und das übliche Zubehör aufgebaut waren, betrat Veronika Janssen wieder den Raum. Schreiner sprang auf, um ihr zu helfen.

»Bleiben Sie sitzen. Ich komme alleine zurecht. Ich bin schon groß.«

Schreiner musste lachen. Sie stellte alles auf der obersten Etage des dreistufigen Glastischs ab. »Bedienen Sie sich und sagen Sie mir, was Sie von mir wissen wollen.«

Mit Erleichterung verzeichnete Schreiner, dass sie sich offenbar entschlossen hatte, ihm zu helfen. Er schenkte ihr und sich Kaffee ein. »Zu Beginn nur ein paar Kleinigkeiten zur Person. Sie haben nach der Ehe mit Herrn Krawinckel nicht wieder geheiratet?«

Frau Janssen strich den Saum ihres Kleides glatt und zog ihn bis unterhalb der Kniescheiben. »Das stimmt. Wofür ist das wichtig?«

»Die Personalien, die wir von Ihnen in unseren Vorgang aufnehmen, müssen zutreffend sein. Janssen ist Ihr Mädchenname?«

Sie lachte und antwortete in überspitztem Hochdeutsch. »Ja! Mein Vater war Kaufmann in Bremen. Der Name Janssen ist im Norddeutschen beheimatet. Ich finde ihn schöner als Krawinckel.«

»Ihren Beruf?«

»Ich habe Jura studiert und das Studium erfolgreich abgeschlossen. Allerdings habe ich nie in meinem Beruf gearbeitet. Bevor Sie jetzt nach dem Warum fragen und ich Ihnen antworte, dass Sie das eigentlich nicht interessieren muss, sage ich von mir aus, dass ich nicht berufstätig sein wollte und zum Glück auch nicht musste.«

Schreiner schmunzelte. »Wenn Sie damit fortfahren, brauche ich gar keine Fragen mehr zu stellen.«

»Während meiner Ehe mit Phillip warf seine Bank sehr viel ab. Wir konnten unseren Lebensstandard auf hohem Niveau halten.«

»Immer? Es gab, wie ich weiß, einmal eine Schieflage der Bank, die von außen als existenzbedrohend angesehen wurde. Herr Krawinckel soll viel Geld nachgeschossen haben, um den Untergang der Bank zu verhindern.«

Sie zog die Augenbrauen hoch und zuckte die Schultern. »Das mag sein, hat mich aber nie interessiert. Phillip und ich verstanden unser Zusammenleben so, dass er den finanziellen Bedarf abzudecken hatte. Wie er das tat, war seine Sache. Ich habe mich nicht darum gekümmert und ihm nicht hineingeredet. So war es ihm und mir am liebsten.«

Schreiner setzte eine erstaunte Miene auf. »Wollen Sie damit zum Ausdruck bringen, dass Sie über den gesamten geschäftlichen Hintergrund ihres früheren Mannes nichts wissen?«

Begleitet von einem kindlichen Gelächter klatschte sie in die Hände. »Genau! Sie haben es erfasst. Warum hätte mich das interessieren sollen? Ich wollte dafür einfach keine Zeit verschwenden. Alles war doch in bester Ordnung. Natürlich habe ich einmal am Rande mitbekommen, dass etwas nicht rund lief. Phillip sagte mir damals, dass die entstandene Aufregung gespielt sei und in wenigen Tagen wieder Ruhe einkehre. So war es auch. Ich habe ihm alles überlassen, da ich andere Interessen hatte.«

Zu gerne hätte sich Schreiner nach diesen Interessen erkundigt. Ihm war allerdings klar, dass dies nichts mehr mit dem Fall zu tun gehabt hätte. »Es kam dann zur Scheidung?«

»Ja! Unsere Lebensinhalte lagen zu weit auseinander. Bevor wir auf die Schieflage der Bank zu sprechen kamen, haben Phillip und ich die wirtschaftlichen Verhältnisse erörtert. Dazu ist zu ergänzen, dass ich bei der Scheidung von Phillip einen ordentlichen Teil des Zugewinns während der Ehe verlangt und in bar erhalten habe. Phillip ist sehr wohlhabend. Außerdem war es mein Recht. Das Geld stand mir zu. Dafür habe ich keine Ansprüche mehr auf die Immobilien geltend gemacht. Das Haus, in dem ich wohne, habe ich geerbt.«

Jetzt wurde Schreiner klar, warum Ellen Krawinckel bei ihrem Besuch in der Staatsanwaltschaft die erste Frau ihres Mannes gegenüber Diener als geldgierig bezeichnet hatte. »Herr Krawinckel besitzt Häuser als Kapitalanlage?«

Sie nahm einen kleinen Schluck Kaffee. »Nicht nur. Auch privat ist er Eigentümer etlicher Häuser, die aber fast alle im Ausland liegen. In Deutschland gehört ihm nur die Villa in Bad Homburg und das Wochenendhaus im Vogelsberg.«

Schreiner stutzte. »Von diesem Objekt weiß ich noch gar nichts. Können Sie mir sagen, wo es genau liegt?«

»Kein Problem. Es liegt hinter Freiensteinau, Richtung Salz. Wollen Sie die genaue Adresse und die Hausnummer?«

Als Schreiner nickte, griff Veronika Janssen nach einem Kästchen auf der untersten Etage des Glastischs, holte einen Notizzettel und einen Kuli heraus, schrieb etwas auf und reichte Schreiner das Papier. Er steckte es in die Brusttasche seines Polohemds. »Danke. Ist das auch so ein hochwertiger Bau wie die Villa in Bad Homburg?«

Wieder ließ Frau Janssen ihr kindliches Lachen hören. »Nein, nein. Das ist ein ganz kleines Haus, teilweise sogar aus Holz. Es ist nicht einmal vollständig unterkellert.«

Die letzte Bemerkung ließ Schreiner hellhörig werden. Ihm fiel plötzlich eines der Bilder von Sunita ein. »Was bedeutet das? Das habe ich noch nie gehört. Gibt es einen halben Keller, oder wie muss ich mir diese Bauweise vorstellen?«

Veronika Janssen schien sein gewachsenes Interesse nicht bemerkt zu haben. »Das ist ein Räumchen unter dem Flur. Es ist ganz klein. Der größte Gegenstand darin dürfte eine riesige Wasseruhr sein. Eine Art Leiter führt hinunter. Warum der Raum gebaut wurde, weiß ich nicht. Ich war selbst nie dort, habe nur Fotos gesehen und Phillips Erzählungen in Erinnerung.«

»Wie kam denn Ihr Ex-Mann an dieses Objekt? Es dürfte doch gar nicht standesgemäß sein.«

»Sagen wir, es war vom Komfort, dem Klima und der Lage her nicht auf unseren Lebensstil zugeschnitten. Die Toskana hätte mir persönlich mehr zugesagt. Trotzdem ist Phillip immer mal hingefahren. Was er dort gemacht hat, weiß ich nicht genau. Er erzählte mir einmal, dass er mitten in der Natur am besten nachdenken könne, ungestört sei und sich selbst gehöre.«

»Das beantwortet nicht meine Frage.«

»Ich habe Ihre Frage nicht vergessen. Sie haben vorhin einen Namen erwähnt, auf den ich nicht so gut zu sprechen bin. Dennoch müssen wir jetzt wohl über ihn reden. Das Haus gehörte ursprünglich Herrn Beuchert. Etwas Besseres konnte er sich nicht leisten. Er benötigte vielleicht manchmal einen Unterschlupf, um vor seinen zahlreichen Gläubigern zu fliehen und seiner Ehefrau aus dem Weg zu gehen. Phillip hat sich das Haus als Gegenleistung für die Hilfe aus einer finanziellen Klemme von Beuchert übereignen lassen.«

»Warum können Sie Herrn Beuchert nicht leiden?«

Veronika Janssen schickte der Antwort wieder ihr Kinderlachen voraus. »Das haben Sie schön formuliert. Nein, es hat nichts damit zu tun, dass ich eine Abneigung gegen Herrn Beuchert hätte. Er ist von schlichter Wesensart. Im Übrigen hat er in allen Dingen, die er unternimmt, keinen Erfolg. Warum soll ich für einen derartigen Menschen ein Gefühl aufbringen? Er existiert für mich nicht. Ich nehme ihn nicht wahr. Das ist alles.«

Die Körpersprache von Frau Janssen ließ es Schreiner klug erscheinen, ein anderes Thema anzusprechen. »Ihr Ex-Mann hat eine Schwester, die krank ist. Er soll sich sehr um sie kümmern, sie allerdings seit einiger Zeit versteckt und isoliert halten. Können Sie mir die Hintergründe erläutern?«

»Es ist wohl kein Zufall, dass Sie diese Frage im Zusammenhang mit dem Namen Beucherts stellen?«

Schreiner sah sie erstaunt an. »Tut mir leid. Diese Frage verstehe ich jetzt nicht.«

Immer noch zögerte Veronika Janssen. Ein Ruck ging durch ihren Körper. »Lisa-Marie ist der Augapfel Phillips. So etwas wie sein Gewissen. Manchmal meint er, sie bemitleiden zu müssen. Ein anderes Mal sieht er sich mit ihr in einem Boot.«

»Jetzt sprechen Sie wirklich in Rätseln. Das ist mir zu hoch.«

»Um es kurz zu machen. Herr Beuchert hat sich früher viel um Lisa-Marie gekümmert. Er tat es Phillip zuliebe, der durch die Bankgeschäfte wenig Zeit hatte. Mit ihr ging er ins Kino und besuchte Freizeitparks und Jahrmärkte.«

»So, wie Herr Krawinckel später mit seiner Adoptivtochter?«

Frau Janssen machte eine mäßigende Handbewegung. »Alles der Reihe nach. Eines Tages fuhr Herr Beuchert mit Lisa-Marie zu dem Wochenendhaus in Freiensteinau, betrank sich, wie so häufig, und trat ihr zu nahe. Fragen Sie mich bitte nicht nach den Einzelheiten. Ich kenne sie nicht.«

»Woher wissen Sie das?«

»Phillip hat es mir erzählt. Er mag viele Fehler haben, belogen hat er mich nie. Außerdem gab es noch eine Entwicklung, welche die Angaben von Phillip bestätigte.«

»Nämlich?«

»Lisa-Marie veränderte sich von einem Tag auf den anderen. Vor diesem Ereignis war sie ein aufgeschlossener Mensch. Seit jenem Tag war es, als habe sie sich von der Welt zurückgezogen. Sie war selbst auf einfachem Niveau nicht mehr ansprechbar.«

»War Lisa-Marie von Geburt an geistig zurückgeblieben oder hat sie sich erst nach diesem Vorfall in die geistige Abwesenheit oder in eine Art Kinderrolle geflüchtet?«

»Nein, eine Geistesschwäche war schon immer vorhanden. Aber ihr Wesen hat sich dadurch verändert. Früher war sie immer fröhlich, ein sonniges Gemüt. Nach dieser Untat fiel sie ins Stadium eines Kleinkindes zurück und wirkte oft düster und verschlossen. Vielleicht verdrängte sie das Geschehen auf diese Weise.«

»Wie hat Herr Krawinckel auf den Vorfall reagiert?«

»Nun, erst einmal hat er Lisa-Marie unter seinen besonderen Schutz gestellt. Er machte sich Vorwürfe, dass er die Entwicklung hätte erkennen und verhindern können. Von Herrn Beuchert ließ er sich ein schriftliches Schuldanerkenntnis geben.«

»Mehr nicht? Warum hat er ihn nicht angezeigt?«

»Sie kennen offenbar Phillip nicht. Das hätte er nie getan. Er fürchtete öffentliche Aufmerksamkeit, vor allem Zeitungsberichte. Das hätte seinem Ruf geschadet.«

»Mit anderen Worten, er hat lediglich ein Drohmittel gegen Beuchert eingefordert und ihn ansonsten ungeschoren gelassen?«

»Sie mögen es so sehen. Allerdings haben Sie vorhin selbst erkannt, dass Phillip später in vergleichbarer Form eine Tochter von Herrn Beuchert umsorgte, wie dieser sich zuvor mit Lisa-Marie beschäftigt hatte.«

Wiederum zuckte Schreiner zusammen. »Meinen Sie das mit allen Konsequenzen? Ich will deutlicher fragen. Wissen Sie, ob sich Ihr Ex-Mann dem Adoptivkind von Beuchert sexuell genähert hat?«

»Das kann ich so nicht bestätigen, weil es nach meiner Zeit war. Dazu müssten Sie die jetzige Frau Krawinckel hören. Ich selbst will nicht ausschließen, dass es so war. Phillip hat einmal eine Bemerkung gemacht, dass ihm eine Gegenleistung für die Untat an Lisa-Marie eingefallen sei.«

»Die Gegenleistung waren Liebesdienste des Kindes?« Schreiner musste schlucken. »Fühlte sich Krawinckel sexuell zu Kindern hingezogen? Konnten Sie während der Zeit Ihrer Ehe derartige Feststellungen treffen?«

Zunächst schwieg Veronika Janssen eine Weile, als müsse sie lange in ihren Erinnerungen suchen. Sie lehnte sich weit zurück, zupfte an ihrem Rock und dachte nach. »Nein, nicht wirklich.

Allerdings bin ich den Dingen nicht nachgegangen. Manchmal war mir Phillip unheimlich. Es gab Phasen, während der er nichts redete und nur in sich gekehrt dasaß. Dann wiederum brachte er Stunden am Computer zu, ohne dass ich gewusst hätte, welche Arbeiten er daran erledigte. Phillip hatte keine nennenswerte Korrespondenz und hasste Schreibarbeiten.«

Schreiner machte ein ungläubiges Gesicht. »Entschuldigen Sie, wenn ich das so sage, aber er war doch Ihr Ehemann. Interessierte es Sie tatsächlich nicht, was in ihm vorging und was er so trieb?«

»Zu jener Zeit hatten wir uns längst auseinandergelebt. Mir war gleichgültig, warum sich Phillip so verhielt, wie ich es Ihnen eben geschildert habe. Es gab keine gemeinsame Basis mehr.«

»Seien Sie mir nicht böse, wenn ich trotzdem noch einmal auf seine sexuellen Neigungen komme. Hatten Sie während der Zeit Ihres Zusammenlebens Anlass für die Annahme, dass Herr Krawinckel seine sexuelle Erfüllung auf eher ungewöhnliche Weise suchte?«

Frau Janssen lachte auf. Sie griff zu einem Plätzchen und kaute darauf herum. Ihr Gesichtsausdruck zeigte versteckte Verlegenheit. »Sie dürfen ruhig deutlicher werden. Ich vertrage das. Sicher gab es die eine oder andere Besonderheit, aus der Sie Schlüsse ziehen können. Beweise habe ich nicht. Bemerkenswert ist, dass die Ehe zwischen Phillip und mir nie vollzogen worden ist.«

»Heißt das, Sie haben während der ganzen Zeit Ihrer Ehe nicht ein einziges Mal miteinander geschlafen?«

»Es ist so, dass Phillip durchaus immer motiviert war. Allein seine körperlichen Reaktionen ließen das nicht zu, wenn Sie verstehen, was ich meine. Er litt anfänglich sehr darunter. Ab irgendeinem Zeitpunkt haben wir dann intime Begegnungen vermieden.«

»Das ist in der Tat sehr ungewöhnlich. Ich bin Ihnen für Ihre Offenheit sehr dankbar. Vielleicht können aus dem Unvermögen Ihres Mannes Schlüsse gezogen werden. Sie bleiben aber dabei, dass Sie keine Kenntnisse von irgendwelchen abartigen Ersatzhandlungen erlangen konnten?«

Veronika Janssen nickte. »Ich habe Ihnen dazu alles gesagt.«

»War diese körperliche Unfähigkeit Ihres Mannes für Sie kein Anlass zu einer Trennung?«

»Daran habe ich zwar immer wieder gedacht. Doch dann tat er mir ein um das andere Mal leid. Er war so gutmütig, humorvoll und so kultiviert. Mit seinen starken inneren Werten glich er den körperlichen Mangel weitgehend aus. Im Übrigen war er nicht nur finanziell großzügig, sondern auch in unserer Beziehung tolerant. Phillip kontrollierte nicht und stellte keine Fragen. Mehr möchte ich dazu nicht sagen.«

Schreiner trank den letzten Schluck Kaffee. Er hatte das dringende Bedürfnis, sich zu sammeln und die Aussage von Frau Janssen in ihrer Tragweite zu überdenken. Die nächste Zigarette wollte er sich für draußen aufheben. Noch immer wurde er das Gefühl nicht ganz los, dass sie ihn verwirrte und am klaren Denken hinderte. Er spürte, ja er wusste, dass ihre letzten Angaben außerordentlich wichtig waren. Sie bildeten irgendeine Brücke zu dem bisherigen Ermittlungsergebnis. Er war innerlich aufgewühlt und wütend, weil ihm einfach der Anknüpfungspunkt nicht einfallen wollte. Mit schweren Beinen stand er auf, dankte und verabschiedete sich.

30. Kapitel

»Domo! Domo arrigato!«, schallten die Dankesrufe aus etwa zwanzig Kehlen japanischer Touristen durch die Lobby des Arabella Grand Hotels. Soweit die Gäste nicht gerade mit Fotoaufnahmen befasst waren, verbeugten sie sich im Takt vor einer für Schultz nicht sichtbaren Person in Höhe der Rezeption.

Gerade erreichte Schultz den oberen Absatz der marmornen Wendeltreppe hinter der Eingangshalle des Hotels und fühlte sich erleichtert. Zwar waren es von der Staatsanwaltschaft aus nur wenige Schritte zum Hotel. Doch der Behördenkaffee zum Nachspülen der rasch heruntergeschlungenen Schwarzwälder Kirschtorte aus der Justizkantine hatte ihn unmittelbar die Toilette aufsuchen lassen.

Er durchquerte die Bar und bewegte sich auf die Wasserkaskaden im Foyer zu. Bewundernd verfolgte er die in handbreiten Flächen herabrieselnden Rinnsale, die sich fortwährend in einem in den Boden eingelassenen Brunnen fingen, der doch niemals überlief. Schultz liebte derartige technische Spielereien, ohne dass er die zugrunde liegenden Abläufe verstanden hätte.

Plötzlich spürte er eine Hand auf seiner Schulter. Er drehte sich um und sah in das Gesicht seines Kollegen Diener, der ihn anlachte. »Na? Weckt dieser Anblick bei dir Erinnerungen?«

»Gut, dass du schon da bist, Augustin. Ich hatte dir einen Zettel auf den Schreibtisch gelegt und war vorgegangen, weil ich nicht wusste, wann du wieder auftauchen würdest. Wir brauchen dich vielleicht morgen als Verstärkung. Ich habe die Herren Köhler und Schreiner vorhin telefonisch auf 15:00 Uhr zur Besprechung über die weitere Vorgehensweise im Fall Sunita hierher eingeladen.« Schultz setzte einen irritierten Blick auf. »Worauf hast du eigentlich eben angespielt?«

»Mir fiel die Anekdote ein, wegen der du bei der Polizei in so hohem Ansehen stehst. Du weißt. Vor ein paar Jahren hast du auf der Suche nach einem Tatwerkzeug bei einem Verdächtigen im Hintertaunus dessen gesamten Forellenteich abpumpen lassen.«

Schultz lachte. »Mit Erfolg, mein Lieber. Wir haben das Ding gefunden.«

»Wie man sagt, war das nicht das alleinige Resultat. So um die zehntausend Forellen sollen dabei verendet sein.«

»Wo gehobelt wird, fallen Späne. Komm, wir gehen da drüben nach links zu den Kaffeetischen. Vielleicht ist die Armada der Polizei bereits eingetroffen.«

Tatsächlich sahen sie wenige Schritte weiter Schreiner und Köhler bereits an einem Tisch sitzen. Sie gesellten sich hinzu, begrüßten sich, tauschten einige flapsige Bemerkungen bis zum Erscheinen der Bedienung aus und gaben ihre Bestellungen auf.

Dann berichtete Schultz über seinen Besuch bei Frau Reiche. »Wir sind damit ein ganzes Stück weitergekommen. Aus den Malereien von Sunita können wir einen ausreichenden Verdacht für einen sexuellen Missbrauch herleiten, um beim Amtsrichter Durchsuchungsbeschlüsse zu beantragen. Allerdings müssen wir jetzt erst einmal unsere Ermittlungsergebnisse zusammentragen, um uns darüber klar zu werden, wo wir zuschlagen. Die Bilder sprechen Bände. Wir müssen noch ein paar Dinge aufklären. So meinte Frau Reiche, dass wir zur Untermauerung der Beweiskraft der Zeichnungen vor allem das auf dem ersten Bild gemalte Studio finden müssten.«

Schreiner schlug sich vor die Stirn, weil ihm gerade ein lange verschollener Gedanke wiedergekehrt war. »Das haben wir schon. Ich will aber niemandem vorgreifen.«

Schultz schaute ihn an. »Ich bin gespannt, was Sie uns nachher zu berichten haben. Aber machen wir ruhig der Reihe nach weiter. Dann müssen wir weniger Angst haben, dass etwas vergessen wird.«

Die Bedienung kam und stellte die bestellten Getränke und den Kuchen ab. Schultz steckte sich rasch ein Stück Apfelkuchen mit Sahne in den Mund, schluckte und ergriff wieder das Wort. »Wie wäre es jetzt mit Ihnen, Herr Köhler?«

Köhler legte seine Kuchengabel auf den Teller und lehnte sich zurück. Er gab eine knappe Zusammenfassung der Aussagen des Taxifahrers El Nasri. »Erstaunlich, mit welchen einfachen Hilfsmitteln manchmal die Menschen sich merken können, was sie beobachtet haben. Ich hätte nicht im Traum für möglich gehalten, dass er außer der Fahrzeugbeschreibung noch mit einem größeren Teil des Kennzeichens aufwarten würde.«

Wie es seine Art war, machte Köhler eine kleine Pause und nahm einen Schluck Kaffee. Schreiner machte eine ungeduldige Handbewegung. »Jetzt spanne uns nicht länger auf die Folter. Du hast doch bestimmt nachgeforscht, ob der Halter des fliederfarbenen Jaguars wirklich Richard Wagner heißt.«

»Das tut er nicht. Sein Name ist Rainer Wegmann.«

Köhler legte wieder eine Pause ein. Er schmunzelte. Schultz, Diener und Schreiner tauschten verständnislose Blicke.

»Rainer Wegmann ist der Bruder von Ellen Krawinckel. Sie ist eine geborene Wegmann«, sagte Köhler. »Das ist aber noch nicht alles. Das Opfer des nächtlichen Überfalls ist der Adoptivvater unserer kleinen Sunita.«

Das Erstaunen war groß. Köhler war nicht eitel. Er sonnte sich nicht lange in den Reaktionen auf die von ihm mitgeteilte Überraschung. Er berichtete, dass Sennelaub und er Wegmann junior und senior nacheinander einen Besuch abgestattet, Rainer Wegmann mehr oder weniger seinen Vater für den Überfall auf Beuchert verantwortlich gemacht und der Vater die Dinge anschließend auf ein anderes Gleis geschoben hatte. »Bemerkenswert sind vor allem die Angaben zur bezahlten Auftragserteilung von Ellen Krawinckel an ihren Bruder und zu deren Behauptung, Beuchert habe die Abreibung wegen sexueller Übergriffe auf Jugendliche, zu denen auch Sunita gehört habe, verdient.«

Für einen Augenblick redeten alle durcheinander. Schultz zog seine goldene Taschenuhr aus seiner Weste, klappte den Deckel auf und runzelte die Stirn. »Meine Herren, wir haben keine Zeit für lange Diskussionen. Herr Schreiner sollte noch die Ergebnisse seines Besuchs bei Frau Janssen nachtragen. Dann fassen wir zusammen und beraten, wie wir weitermachen.«

Schreiner hatte längst seine alte Selbstsicherheit wiedergewonnen und ging auch mit keiner Silbe auf die Verlegenheiten ein, in die Frau Janssen ihn versetzt hatte. Er teilte knapp und präzise das Vernehmungsergebnis mit. »Nach alledem habe ich mich eben bei der Schilderung des Kollegen Köhler zu den Angaben von Wegmann senior gefragt, ob mit der Behauptung, Beuchert habe sich an junge Mädchen herangemacht, auch die Schwester von Krawinckel, Lisa-Marie, gemeint war. Das halte ich allerdings für wenig wahrscheinlich. Nach der Schilderung von Frau

Janssen liegt die von Krawinckel behauptete Zudringlichkeit Beucherts gegenüber Lisa-Marie zu lange zurück. Außerdem soll darauf in anderer Weise reagiert worden sein.«

Schultz machte ein nachdenkliches Gesicht. »Ganz ausgeschlossen muss es trotzdem nicht sein, wenn irgendein neuer Vorfall hinzugekommen ist. Es kann aber auch einen ganz anderen Hintergrund geben.«

»Nämlich?«, fragte Diener.

Einen Moment lang zögerte Schultz mit der Antwort. »Wenn ich an die Malereien Sunitas und die Deutungen von Frau Reiche denke, könnte Beuchert ja auch versucht haben, seine permanente Geldnot über eine kleine Erpressung Krawinckels zu lösen.«

Schreiner stimmte zu. »Das sollten wir im Auge behalten. Andererseits hat Frau Janssen nicht ausgeschlossen, dass Krawinckel die Auslieferung von Sunita als Gegenleistung für sein Schweigen zur Vergewaltigung seiner Schwester Lisa-Marie durch Beuchert verlangte. Hier haben wir noch Aufklärungsbedarf. Ich will nur noch rasch ein anderes Thema zu Ende führen. In meinem Bericht habe ich zwei Dinge zurückgestellt, deren Zuordnung zu unserem bisherigen Ermittlungsergebnis mir bei Frau Janssen nicht einfallen wollte. Beide betreffen Fragen, die Sie, Herr Schultz, angesprochen haben. In Ihrem Bericht über den Besuch bei der Psychologin ist mir klar geworden, dass die Aussagen von Frau Janssen in Bezug zu den Gemälden von Sunita zu setzen sind.«

Schultz lachte ihn an. »Jetzt bin ich gespannt.«

Zunächst ergänzte Schreiner seine Darstellung um die Angabe von Frau Janssen, ihre Ehe mit Krawinckel sei zu keiner Zeit vollzogen worden. »Bei der Schönheit dieser Frau habe ich diese Aussage zuerst angezweifelt. Sie macht allerdings einen absolut glaubwürdigen Eindruck. Ihre Darstellungen sind in sich stimmig. Außerdem hat sie kein ersichtliches Interesse, uns die Unwahrheit zu sagen.«

»Das könnte ein wertvoller Hinweis sein, Herr Schreiner«, sagte Schultz. »Trotzdem bewegen wir uns noch immer auf hauchdünnem Eis, wenn wir uns auf diese wenigen Erkenntnisse stützen wollen, um bei Krawinckel zu durchsuchen. Es ist nicht wirklich ein Beweis dafür, dass es sich bei dem Mann auf den Malereien von Sunita um Phillip Krawinckel handelt. Wieso hat Krawinckel wieder eine ebenfalls sehr schöne Frau geheiratet, wenn er grundsätzlich außerstande sein sollte, eine Ehe zu vollziehen? Er könnte den bürgerlichen Rahmen als Alibi für eine andere sexuelle Orientierung geschaffen haben. Das lässt sich nicht jede Frau gefallen. Andererseits ist die Angabe von Frau Janssen neben den von Rupa und dem indischen Jungen Dubho geschilderten Merkwürdigkeiten über Krawinckels Beziehung zu Sunita und seiner Fotoleidenschaft ein weiteres Indiz.«

Als der Name Dubho gefallen war, hob Köhler den Zeigefinger wie ein Grundschüler. »Wobei wir nicht vergessen dürfen, dass wir die Angaben Dubhos mit Vorsicht genießen müssen. Wegen der Geschichte mit dem Briefchen an Sunita, das von Frau Beuchert neben Krawinckels Sessel gefunden wurde, müssen wir uns mit dem jungen Mann noch einmal ausführlich befassen. Mal sehen, wie wir das zeitlich unterbringen.«

Schreiner nickte. Er führte nun die Aussagen von Frau Janssen zu dem Wochenendhaus Krawinckels im Vogelsberg ein. Wiederum setzte eine Diskussion ein. Schreiner erhob den Zeigefinger, um sich eine erhöhte Aufmerksamkeit zu verschaffen. »Frau Janssen begründete die Schlichtheit des Hauses damit, dass es nur eine kleine Teilunterkellerung gäbe. Flapsig merkte sie an, der größte Gegenstand darin sei eine Wasseruhr.«

Schultz fuhr auf. »Sehr gut, Herr Schreiner. Das passt zu einem der Bilder Sunitas. Dazu sagte Frau Reiche, wir müssten zur Dokumentation der Realität das Studio finden. Nun haben wir es entdeckt. Der Keller muss es sein. Jetzt habe ich kein Problem mehr, mir eine Durchsuchung bei Krawinckel vorzustellen. Da ich gerne ein bisschen optimistisch denke, habe ich vorhin schon vorsorglich den für die Erteilung eines entsprechenden Beschlusses zuständigen Amtsrichter, Herrn Dingeldein, angerufen. Ich wollte sicherstellen, dass er noch im Büro ist, falls wir ihn heute brauchen. Er ist ein wenig eigenwillig, eine Art Paradiesvogel. Aber er schreckt nicht vor großen Namen zurück. Er versprach, mir bis 18:00 Uhr zur Verfügung zu stehen.« Schultz holte tief Luft. »Wenn wir gleich über den Aufwand und die Vorbereitungen für die Durchsuchung bei Krawinckel reden, müssen wir im

Auge behalten, dass es neben dem Haus in Bad Homburg das Ferienhaus im Vogelsberg gibt. Außerdem müssen wir daran denken, einen Computerfachmann mitzunehmen.« Er lehnte sich händereibend zurück. »Nach allem, was ich gehört habe, gibt es für mich keinen Zweifel mehr, dass Richter Dingeldein mir nachher die Durchsuchungsbeschlüsse geben wird.«

»Die Frage ist, wann wir damit rechnen können, Beuchert im Krankenhaus zu vernehmen«, sagte Schultz. »Wenn ich es recht überlege, würde es Sinn machen, Beuchert vor der Durchsuchung bei Krawinckel anzuhören. Wie der alte Wegmann gesagt hat, soll Frau Krawinckel den Angriff auf Beuchert mit dessen sexuellen Übergriffen begründet haben. Aus meiner Sicht wäre es gut, Beuchert mit diesen Behauptungen zu konfrontieren, bevor wir auf die Krawinckels zugehen.«

Diener griff nach seinem Mobiltelefon. Er stand auf und klopfte Schultz auf die Schulter. »Entschuldigt mich einen Moment. Ich kläre schnell die Krankenhausfrage.«

Nachdem Diener sich in eine ruhigere Ecke des Hotels zurückgezogen hatte, bestellte Schultz noch eine Runde Kaffee. Als die Bedienung mit den Tassen an den Tisch kam, kehrte Diener zurück. »Ich habe Glück gehabt. Gerade habe ich mit dem Oberarzt Doktor Maier gesprochen. Beuchert habe eine schlechte Nacht gehabt, fantasiere aber nicht mehr. Wenn eine Befragung kurz bemessen werde, sei sie heute am späten Nachmittag vertretbar. Doktor Maier sieht unserem Besuch entgegen.«

31. Kapitel

»Oberarzt Doktor Maier erwartet Sie.« Die füllige Mittvierzigerin legte den Telefonhörer auf die Basis. »Er hat sein Arbeitszimmer hier im vorderen Gebäude.« Der ausgestreckte Finger wies nach links zum Treppenhaus. »Die Zimmernummer ist 305.«

Doktor Maier mochte um die fünfzig Jahre alt sein. Er war groß gewachsen und schmal. Ein kurz geschnittener dunkler Haarkranz umrundete seinen Hinterkopf. Die fast randlose Brille konnte nicht verbergen, dass ihr Träger die zahlreichen Augenfältchen seinem Humor verdankte. Er öffnete den beiden Beamten die Tür zur Station und begrüßte sie mit kräftigem Händedruck. »Schön, dass Sie hierher gefunden haben.«

Schreiner keuchte noch etwas vom Treppensteigen. Sein fragendes Gesicht ließ erkennen, dass er die Ernsthaftigkeit der Bemerkung Doktor Maiers noch nicht recht einordnen konnte. »Nun, wir kennen uns in Frankfurt ein bisschen aus. Von der Konstablerwache zum Paulsplatz, über den Eisernen Steg und dann in die Schulstraße. War das aus Ihrer Sicht okay?«

Das Schmunzeln von Doktor Maier verriet, dass er mit der Antwort Schreiners umgehen konnte. Lächelnd forderte er die Beamten auf, ihm zu folgen. Eine Krankenpflegerin in ihrer blauweißen Tracht huschte an ihnen vorbei und grüßte leise.

Doktor Maier ging voran, wobei er seinen Kopf leicht nach vorn hängen ließ, als drücke jemand von hinten dagegen. »Ich habe schon mit dem Patienten gesprochen. Er weiß, dass Sie kommen und hat nichts dagegen eingewendet.«

»Könnten Sie uns auf dem Weg zu ihm noch etwas über seinen aktuellen Zustand sagen, Doktor Maier?«, bat Schreiner.

»Sicher. Auch damit war der Patient einverstanden. Akute Lebensgefahr besteht nicht mehr. Bei der Einlieferung hatten wir Sorge, ob wir ihn durchbekommen würden. Die Herz-Kreislauf-Situation war instabil. Er hat schwere und schwerste Kopf- und Unterleibsverletzungen davongetragen. Bei den Verletzungen im Kopfbereich sind wir zuversichtlich, dass wir ihn wiederherstellen. Anders sieht es im Genitalbereich aus. Dort dürfte Herr Beuchert bleibende Schäden davontragen. Verlässlich kann ich dazu heute noch nichts sagen. Es ist jedoch möglich, dass auch die Fähigkeit des Vollzugs eines Geschlechtsverkehrs von den Folgen erfasst wird.«

Sie überquerten einen unüberdachten Innenhof. Die umstehenden Liegen und die steinerne Umrandung des plätschernden Wasserspiels hatten einige Patienten zum Rauchen und Plaudern angelockt.

In dem dahinterliegenden Gebäude fuhren sie mit dem Fahrstuhl zum zweiten Stockwerk. Nach wenigen Metern erreichten sie eine durch ein Zahlenschloss gesicherte Tür. Doktor Maier öffnete. Die drei Männer zogen hellgraue geschlossene Kittel über, setzten eine Haube auf und banden einen Mundschutz hinter dem Kopf fest.

Beuchert lag in einem abgeteilten Raum, der mit Apparaturen vollgestopft war. Infusionsständer, Infusomaten und Beatmungsmaschinen bestimmten die Optik. Doktor Maier deutete auf die Apparate. »Ernährung und Schmerzmittel, alles wird über die Computer geregelt.«

Die an Beuchert angeschlossenen Schläuche liefen zu seinem Bett und verschwanden unter der dünnen weißen Decke irgendwo in seinem Körper. Eine der Maschinen ließ in geringen Zeitabständen ein Geräusch hören.

Beuchert sah verheerend aus. Seine Hautfarbe war gelblich, seine Wangen waren eingefallen und von tiefen Furchen durchbrochen. Das Haar klebte fettig an seinem Kopf. Die Lippen waren trocken und überzogen von abblätternden Hautpartikeln. Die Augen waren halb geöffnet. Sie schienen ohne vorhandenes Leben.

Als die drei Männer eintraten, versuchte Beuchert, seinen Kopf zu drehen. Im selben Augenblick nahm er unverrichteter Dinge wieder Abstand von dem Vorhaben. Ein lang gezogenes Stöhnen drang aus seinem Mund. Er starrte nach oben.

Doktor Maier beugte sich über ihn, so dass Beuchert ihn sehen konnte. »Hier ist der Besuch, von dem ich gesprochen habe, Herr Beuchert.« Er wandte sich Schreiner und Köhler zu. »Bitte sehr, meine Herren. Ich lasse Sie jetzt mit dem Patienten alleine, damit Sie ihm Ihre Fragen stellen können. In fünfzehn Minuten komme ich wieder. Bis dahin müssen Sie fertig sein. Mehr kann ich nicht verantworten.«

Als Doktor Maier gegangen war, lehnten sich die beiden Beamten so über Beucherts Bett, dass er sie sehen konnte. Sie stellten sich vor. Köhler ging zum Fußende des Betts. »Wie geht es Ihnen, Herr Beuchert? Hatten Sie eine ruhige Nacht?«

Beuchert verdrehte die Augen. Seine Stimme klang flach und gepresst, seine Rede war stockend. »Entsetzlich. Jedenfalls, soweit ich mich erinnere. Ich nehme an, dass ich anfangs ruhig gestellt war. Dann kamen die Fratzen auf mich zu. Wände voller Fratzen. Ich hatte panische Angst. Wie in einem Horrorfilm. Auf einmal erschien Sunita wie aus dem Nichts.«

Mit verständnisvoller Geste ermunterte Köhler ihn zum Weitersprechen. Beuchert leckte sich mit der Zunge über die trockenen Lippen. »Ich hatte Angst und schrie sie an, dass sie mich in Ruhe lassen solle. Ihr Bild verfolgte mich und setzte sich wie ein Pfropf in meinem Unterbewusstsein fest. Du bist schuld, schleuderte sie mir immer wieder entgegen. Du hättest alles verhindern können, wenn du nicht so erbärmlich egoistisch und schwach gewesen wärst. Du hast mein Leben deinen Interessen geopfert.«

»Was war das für eine Beziehung, die Sie zu Sunita unterhielten? Hat Sunita Sie als Ersatz ihres Vaters akzeptiert?«, fragte Köhler.

Eine Träne floss aus Beucherts Auge in die tiefen Furchen seiner Wange. »Am Anfang schon. Dann kam dieser Teufel von Krawinckel dazu. Er veränderte alles.«

Schreiner bog seinen Rücken nach hinten durch, ging zu Köhler ans Bettende und sah Beuchert an. »Inwiefern? Erzählen Sie einfach weiter.«

»Da war dieser Abend mit seiner Schwester, Lisa-Marie. Ich hatte ihm auf seinen Wunsch das Wochenendhaus im Vogelsberg übereignet. Wir tranken darauf das eine oder andere Glas. Dann überließ er mich Lisa-Marie.«

Mit skeptischem Blick musterte ihn Schreiner. »Er tat was? Wie ging das vor sich?«

»Lisa-Marie tut alles, was Phillip von ihr will. Er forderte sie auf, ein bisschen mit mir Spaß zu machen, und ließ uns zeitweise allein. Wo er abgeblieben war, weiß ich nicht. Ich stand gewaltig unter Alkohol. Wahrscheinlich ging ich zu weit. Wir balgten miteinander. Dabei bin ich ihr wohl näher getreten, als sich das schickte. Das hätte ich dem armen Mädchen nicht antun dürfen. Am nächsten Tag habe ich an mir keine Verletzungen oder Kratzer festgestellt. Also dürfte ich nichts gegen ihren Willen getan haben. Sonst hätte sie sich gewehrt. Das scheint mir wichtig zu sein. Ehrlich gesagt, habe ich keine wirkliche Erinnerung mehr daran, was an diesem Abend passiert ist.«

Schreiner gab einen würgenden Ton von sich. »Meinen Sie, dass Krawinckel es auf diese Entwicklung angelegt hatte.«

»Ganz ohne Zweifel. In der Folgezeit ließ er mich zuerst ein Eingeständnis meines Fehlverhaltens unterschreiben, das er entworfen hatte. An die Formulierung erinnere ich mich nicht mehr. Er drohte damit, dass meine Begegnung mit Lisa-Marie nicht folgenlos bleiben würde. Gleichzeitig hat er mich auf Sunita angesprochen. Er schwärmte davon, wie schön es für sie in dem Häuschen im Vogelsberg sein würde. Künftig wolle er sie öfter dorthin mitnehmen. Sie scheine ihm oft so traurig, weil meine Frau und ich zu wenig Zeit für sie aufbrächten. Er wolle ihr das Lachen zurückbringen.«

»Was heißt das konkret?«, fragte Köhler. »Hat er sich wie ein guter Freund um sie gekümmert, oder ist er ihr etwa zu nahe getreten?«

Ein kurzer Hustenreiz erfasste Beuchert. Sein Gesicht verzerrte sich schmerzhaft. Köhler nahm eine halb gefüllte Schnabeltasse auf dem schwenkbaren Tisch neben Beucherts Bett und reichte sie ihm. Beuchert schüttelte den Kopf. »Ich habe nicht hingeschaut. Verstehen Sie? Ich *wollte* nicht wissen, was er mit ihr unternahm. Aber ich sah Veränderungen, die in ihr vorgingen. Als ich sie nach Deutschland holte, war sie ein fröhliches Kind gewesen. Jetzt redete sie nichts mehr. Ihr Lachen war plötzlich verstummt. Sie zog sich zurück und vertiefte sich in ihre Malerei. Jedes Mal, wenn sie mit ihm unterwegs gewesen war, rannte sie ins Bad, putzte sich stundenlang die Zähne und wusch sich.«

Schreiner musste schlucken. »Haben Sie Sunita oder Krawinckel nie gefragt, was sie unternommen hätten? Hat Ihre Frau die Wandlungen im Verhalten von Sunita, wie sie von Ihnen geschildert werden, nicht bemerkt?«

Beuchert deutete ein Kopfschütteln an. »Meine Frau hat sich für die beiden Kinder meines Bruders von Anfang an nicht interessiert. Sie vertrat den Standpunkt, dass es meine familiäre Pflicht sei, die Kinder aufzuziehen. Das gehe sie nichts an. Und ich war finanziell von Phillip abhängig. Außerdem hatte er mein Schuldanerkenntnis wegen des Abends mit Lisa-Marie. Deshalb konnte ich es mir nicht leisten, ihn auszuforschen. Dennoch tat mir Sunita leid. Sie wissen gar nicht, wie mich diese Art von Ungewissheit über die Jahre gequält hat. Ich habe sehr darunter gelitten. Genau genommen, leide ich heute noch.«

Mit angewiderter Miene starrte Schreiner Beuchert an. »Hat Krawinckels Frau nie etwas bemerkt?«

»Eines Tages habe ich sie auf die vielen Unternehmungen von Phillip mit Sunita angesprochen. Dabei hatte ich einfließen lassen, dass man sich wohl keine Sorgen machen müsse. Sie reagierte sofort cholerisch und schrie mich an, schon alleine eine solche Idee sei die Ausgeburt eines kranken Gehirns. Ich solle mich schämen, so etwas auch nur scherzhaft zu äußern.«

Die Hände von Köhler umklammerten das Metallrohr an Beucherts Bettende, so dass die Knöchel wie Miniaturen einer Bergkette hochstanden. Seine Wangen glühten. »Herr Beuchert, der Alkohol, die finanzielle Abhängigkeit, Ihre ehelichen Probleme und der Gewissensdruck wegen der Veränderungen Sunitas haben täglich an Ihnen gezehrt. Kann es sein, dass Sie diese vielen unausgesprochenen Belastungen nicht mehr ertrugen und eine teilweise Lösung Ihrer Probleme darin sahen, Sunita an diesem 1. November in der Stadt zu verfolgen und über die Brüstung im achten Stockwerk der Zeilgalerie zu stoßen? Zeit dazu hätten Sie gehabt. Zwischen dem Todeszeitpunkt Sunitas, der sich aus dem Obduktionsergebnis und ihrer stehen gebliebenen Armbanduhr ergibt, Ihrer Rückkehr nach Hause und dem Besuch Krawinckels klafft eine zeitliche Lücke. Oder gab es einen gemeinsamen Plan zwischen Ihnen und Ihrem alten Schulfreund Krawinckel, Sunita zu töten? Sie könnten einverstanden gewesen sein oder den Auftrag an eine andere Person erteilt haben. Immerhin war der Tod Sunitas eine Art seelische Befreiung für Sie.«

Beuchert schloss die Augen. Wieder verteilten sich Tränen über seine Wangen. »Was für ein Unsinn. Ich hing an dem Kind. Mir fehlte nur die Kraft, danach zu handeln. Alles würde ich hingeben, um sie wieder bei mir zu haben.«

Schreiner machte eine wegwerfende Handbewegung. »Immerhin hat Frau Krawinckel darauf verwiesen, dass Sie es gewesen seien, der sich an Kindern vergriffen habe. Trifft es vielleicht zu, dass Sie sich in dem Haus im Vogelsberg außer an Krawinckels Schwester Lisa-Marie auch an Ihrem Adoptivkind Sunita vergangen haben? Die Neigung dazu könnte daraus gefolgert werden, dass Lisa-Marie aufgrund ihrer Geistesschwäche durchaus einem elfjährigen Kind gleichkam.«

»Hören Sie auf damit. Das sind dumme Fantasien. Ich weiß nicht, warum mir Phillips Frau unbedingt etwas anhängen will. Wahrscheinlich ist das die Retourkutsche dafür, dass ich die Begegnungen von Phillip und Sunita mit einem gewissen Argwohn thematisiert hatte. Ich weiß doch nicht einmal, ob das Schuldanerkenntnis, das Phillip von mir verlangt hat, den Tatsachen entspricht. Vielleicht wollte man damit nur irgendwann beweisen, dass ich pervers und mir alles zuzutrauen sei. Dadurch hätte man von anderen Personen ablenken und mir irgendwelche Schweinereien in die Schuhe schieben können.« Er begann zu weinen. »Ich habe Sunita wie eine eigene Tochter geliebt.«

In Gedanken verloren blickte Schreiner vor sich hin. »Kommen wir zum gestrigen Abend. Können Sie uns sagen, wer Sie gestern Abend überfallen hat? Oder können Sie uns zumindest eine Täterbeschreibung geben?«

»Ich meinte, eine der Stimmen erkannt zu haben. Leider fällt mir absolut nicht ein, wem ich sie zuordnen soll. Es waren zwei Männer. Einer war groß und kräftig gebaut. Der andere Mann war gedrungen. Mehr weiß ich nicht. Es ging alles so unglaublich schnell. Ehe ich mich versah, hatten sie mich gepackt und begonnen, auf mich einzuschlagen und mich zu treten. Ich wurde derartig herumgewirbelt, dass ich nicht mehr wusste, wo mir der Kopf stand. Mir blieb einfach keine Zeit, die Männer zu identifizieren.«

»Haben Sie eine Vorstellung, aus welchem Grund Sie so zugerichtet worden sind?«

»Vielleicht wollten die Männer mich berauben.«

Schreiner machte ein gelangweiltes Gesicht. »Ich *bitte* Sie. Das glauben Sie selbst nicht. Ihre Brieftasche steckte noch unberührt in Ihrer Jackentasche. Die Täter hätten ausreichend Zeit gehabt, sie an sich zu nehmen. Es muss einen anderen Grund geben.«

»Ich habe keine Idee.«

»Könnte es etwas mit dem Tod von Sunita zu tun haben?«

»Ich wüsste nicht.«

»Wäre es vorstellbar, dass Phillip Krawinckels Frau Ellen den Auftrag erteilt hatte, Sie niederzuschlagen?«

»Nein. Warum ...«

Doktor Maier betrat den Raum und wandte sich an die Polizeibeamten. »Ich muss Sie bitten, Ihre Unterhaltung zu beenden. Die Zeit ist um. Der Patient benötigt Ruhe.«

Schreiner und Köhler bedankten sich und gingen.

32. Kapitel

Mit vorgehaltener Hand und einem unterdrückten Gähnen betrat Hanspeter Schultz am Morgen des 29. November um Punkt acht Uhr den kleinen Besprechungsraum im ersten Stock des Frankfurter Polizeipräsidiums. Er hatte sich mächtig beeilt und schwitzte. Mit einer Routinebewegung rückte er seine Krawatte zurecht.

Die übrigen Teilnehmer der anberaumten Vorbesprechung hatten sich bereits eingefunden und saßen um einen ovalen Holztisch. Es roch leicht muffig. Offenbar hatte niemand den Raum in letzter Zeit benutzt. Die Fenster waren geklappt.

Schultz drehte die Runde und begrüßte die einzige Frau und die sechs Männer, zuletzt seinen Kollegen Augustin Diener. Es wunderte ihn nicht, dass dieser sich neben die junge blonde Polizistin gesetzt hatte. Sie war hübsch. Zwischen Köhler und Schreiner war ein Platz frei. Dorthin setzte sich Schultz.

Köhler schaute sich nach allen Seiten um. »Jetzt sind wir komplett. Unser Kommissariatsleiter, Herr Behrend, wäre gerne zur Begrüßung hinzugekommen. Leider ging das nicht, weil er wegen einer anderen Angelegenheit zum Präsidenten gerufen wurde. Das hat immer noch Vorrang.«

Das laute Lachen kam von Schreiner. »Deine Beweisführung ist nicht zwingend, Günter.«

Die Polizisten fielen in das Lachen ein. Köhler dämpfte mit erhobener Hand die Lautstärke. »Wir haben jetzt leider keine Zeit für Späße. Ich heiße besonders unsere beiden Gäste, die Herren Staatsanwälte Schultz und Diener, herzlich willkommen. Ihnen beiden möchte ich die Dame und die Herren am Tisch vorstellen, soweit Sie Ihnen noch nicht bekannt sind.« Köhler deutete jeweils mit dem Kopf in die Sitzrichtung. »Das ist Frau Natascha Breidel. Ein Neuzugang bei uns und ein echter Glücksfall. Sie war vorher beim Landeskriminalamt und ist eine ausgewiesene Computerfachfrau. Frau Breidel war im LKA bereits mit der Internet-Recherche in Verfahren gegen Neonazis und gegen Kinderschänder befasst. Die übrigen Herren am Tisch sind die Kollegen Pechstein, Golz und Mannteufel, alle von unserem K 11.«

Schultz nickte. »Wir kennen uns.«

»Herrn Schultz bitte ich zunächst, uns einen Überblick zum Verfahren zu geben, damit wir wissen, worauf es bei der heutigen Durchsuchung ankommt.«

Schultz fasste den Fall tatsächlich und rechtlich zusammen. Er hob hervor, dass eine Unterrichtung des Justizministeriums durch den Behördenleiter telefonisch erst eine viertel Stunde vor Beginn der Durchsuchung erfolgen werde. Dies geschehe nicht aus Sorge um vorzeitige Indiskretionen. Die Vorgehensweise erlaube vor allem den Hinweis, das Ministerium habe sich nicht in die Ermittlungen eingemischt. Anschließend trug er den Inhalt der Durchsuchungsbeschlüsse vor und erläuterte, worauf zu achten und nach welchen Beweismitteln zu suchen sei. Er wies auf die erfolgte Abstimmung der Pressesprecher von Polizei und Staatsanwaltschaft hin. Die Federführung liege bei der Justiz, da es jetzt ein bei ihr anhängiges Verfahren gegen Krawinckel gebe. Dieser sei nicht mehr als Zeuge anzusehen, sondern inzwischen als Beschuldigter eingetragen.

Im Anschluss daran gab Köhler noch einige organisatorische Hinweise und beschrieb die beiden Häuser in Bad Homburg und Freiensteinau. Er betonte, dass die Bad Homburger Polizei verständigt sei und im Bedarfsfall personelle Unterstützung leisten werde.

Eine gute Stunde später bogen zwei Fahrzeuge der gehobenen Klasse in die Parkstraße in Bad Homburg ein. In dem vorausfahrenden Auto saßen Pechstein, Diener und Frau Breidel am Steuer. Den zweiten PKW mit Schultz und Köhler lenkte Schreiner. Köhler war mit dem organisatorischen Ablauf zufrieden, da ihn wenige Minuten zuvor der Anruf von Golz und Mannteufel erreicht hatte, sie seien an dem Wochenendhaus in Freiensteinau angekommen.

An der Einfahrt zum Haus von Krawinckel atmete Schultz auf, als er feststellte, dass keine Pressevertreter vor Ort waren. Bis zuletzt hatte er befürchtet, es würde bei dem großen Kreis der Mitwisser eine undichte Stelle geben.

Natascha Breidel stieg aus und klingelte. Auf die Frage, wer da sei, hielt sie Ihren Dienstausweis vor die Videoanlage.

»Kriminalpolizei.«

Einige Sekunden geschah nichts. Dann wurden die beiden Flügel des schmiedeeisernen Tores automatisch aufgeklappt. Die beiden Fahrzeuge hielten vor der Auffahrt. Alle Insassen stiegen aus.

Mike Kellermann öffnete die Tür. »Sie wünschen?«

Schultz hielt ihm seinen Dienstausweis vor. »Guten Morgen. Wir haben einen Durchsuchungsbeschluss für die Räumlichkeiten. Würden Sie Frau oder Herrn Krawinckel unterrichten und sie hinzu bitten.«

»Die Herrschaften sind nicht hier. Sie sind gestern schon zu einem auswärtigen privaten Termin weggefahren. Ich erwarte sie erst heute Abend zurück.«

Kellermann erhielt von Schultz eine Durchschrift des Beschlusses. »Dann werden wir im Bedarfsfall auf Sie zurückgreifen. Sie können die Eheleute Krawinckel fernmündlich von unserer Anwesenheit unterrichten. Wenn Sie uns nun bitte eintreten ließen.«

Das Mienenspiel von Kellermann wies Unsicherheit aus. Schließlich wich er zur Seite.

Die Beamten traten ein und verschafften sich einen ersten Überblick über die Räumlichkeiten. Anschließend legten sie die Aufgabenverteilung fest. Schultz und Frau Breidel nahmen sich die Arbeitszimmer Phillip Krawinckels, Diener und Schreiner die privaten Räume Ellen Krawinckels und Köhler und Pechstein die übrigen Räume vor. Kellermann hatte sich entfernt.

Schultz zog seine Anzugjacke aus und legte sie neben sich. Sodann machte er sich an dem Aktenschrank mit den Geschäftsunterlagen zu schaffen. Er sichtete oberflächlich die Beschriftungen und den Inhalt der Leitzordner. Frau Breidel saß am Computer.

Nach einer Weile wurde Schultz stutzig. In einem der Ordner fanden sich Belege der Commerzbank über eine Vielzahl von Zahlungseingängen in ausnahmslos derselben Höhe. Soweit er es in der Eile überprüfen konnte, handelte es sich durchgängig um verschiedene Einzahler.

Er wollte die etwaige Bedeutung des Funds mit Diener diskutieren, traf aber im Flur auf Kellermann, der gerade sein Mobiltelefon zuklappte. »Ich habe die Herrschaft erreicht. Die Eheleute Krawinckel werden erst morgen im Laufe des Tages zurück sein. Sie haben ihrem Erstaunen über die Maßnahmen Ausdruck gegeben und werden Rechtsanwalt Doktor Schaller bitten, hierherzukommen.«

Schultz nickte. Er kehrte zurück zum Aktenschrank und blätterte weiter durch die Unterlagen.

Sein Mobiltelefon klingelte. Es war Rechtsanwalt Doktor Schaller. »Ich muss mich sehr wundern, Herr Kollege. Soeben hat mich ein Anruf von Herrn Krawinckel erreicht. Ist das nicht eine völlig überzogene Vorgehensweise, bei einem honorigen Paar der hiesigen Gesellschaft zu durchsuchen? Hoffentlich haben Sie dafür gute Gründe. Immerhin hatte sich Herr Krawinckel in seiner Vernehmung bei Ihnen außerordentlich kooperativ gezeigt. Außerdem hätten Sie mir wenigstens die Gelegenheit zur Teilnahme einräumen können. Im Augenblick kann ich leider nicht dazukommen, weil ich durch einen anderen Termin, der unaufschiebbar ist, gebunden bin. Dafür werde ich Sie morgen mit meinem Mandanten in Ihrem Büro aufsuchen.«

»Natürlich hätte ich Ihnen den Termin mitteilen können. Ich war aber nicht dazu verpflichtet. Die Durchsuchung ist gerechtfertigt. Es gibt einen Beschluss des Gerichts, der die Maßnahme gestattet. Ein Bediensteter des Hauses, der hier zugegen ist, hat von mir eine Durchschrift erhalten. Wenn Sie morgen um elf Uhr in meinem Büro sind, werden Sie mich antreffen. Sie erhalten dann von mir ebenfalls eine Kopie des Beschlusses.«

Nach Beendigung des Gesprächs hätte Schultz sich gerne eine Zigarre angezündet. Er sah davon ab und nahm seine Arbeit wieder auf.

Nach einiger Zeit kamen Köhler und Pechstein hinzu. Sie hatten keine beweiserheblichen Gegenstände gefunden und unterstützten nun die übrigen Beamten bei ihren Nachforschungen.

»Eine Kleinigkeit haben wir auch zu bieten«, sagte Pechstein. »Ich habe eben mit Golz telefoniert. Sie sind mit der Durchsuchung in dem Objekt in Freiensteinau fertig. Dort befindet sich ohne jeden Zweifel das Studio oder der Keller, den Sunita auf einem ihrer Bilder gemalt hat. Golz sagt, in dem unterirdischen Raum gebe es tatsächlich eine Wasseruhr.«

»Das ist fantastisch«, lobte Schultz.

Um elf Uhr fanden sich Diener und Schreiner ebenfalls bei Schultz ein. Diener nahm sich einen Stuhl und setzte sich neben Natascha Breidel an den Computer. Sie begannen, miteinander zu flüstern.

Sonst sprach niemand ein Wort.

Nach etwa einer weiteren halben Stunde sprang Natascha Breidel von ihrem Sessel vor dem Computer auf. Sie strahlte mit Diener um die Wette. »Jetzt haben wir es. Eben haben wir ihn geknackt.«

Die vier übrigen Männer ließen ihre Arbeit liegen und eilten hinzu. Schultz gebot, Ruhe zu bewahren. Er wollte verhindern, dass Bedienstete von einem der Durchsuchungsergebnisse genauere Kenntnis erhielten. »Sie sind fündig geworden? Inwiefern?«

Die Wangen von Natascha Breidel glühten. Mit einem Blick klärte sie ab, dass Diener nicht beanspruchte, vor ihr zu Wort zu kommen. »Wir haben eine ganze Menge Titel überprüft. Sie sind alle so nichtssagend. Das ist immer die Gefahr dabei. Man kann nicht alles durchsehen, bestenfalls in Stichproben. Den Titel ›Das jüngste Gericht‹ hatte ich zunächst völlig vernachlässigt. Ich hielt unseren Beschuldigten für einen frommen Spinner. Herr Diener machte mich darauf aufmerksam, dass Krawinckel in seiner Vernehmung von der Vielfalt beim Essen geschwärmt hatte. Plötzlich wurden wir uns gemeinsam der widerlichen Mehrdeutigkeit des Begriffs ›Gericht‹ bewusst.«

Diener schaute ernst und nickte. Die anderen vier Männer zeigten durch ihr Mienenspiel, dass sie das Ausmaß der Entdeckung noch nicht völlig begriffen hatten.

Mit dem Zeigefinger tippte Natascha Breidel auf den Bildschirm. »Vielleicht habe ich mich noch nicht ganz verständlich machen können. Mit dem Titel hat Krawinckel zum Ausdruck gebracht, dass die Abrufer jedwede sexuelle Kost von kleinen Kindern serviert bekommen. Er hat unter diesem Titel im Internet ein kinderpornografisches Forum betrieben. Dabei ist sicher Geld geflossen, viel Geld.«

Schultz fielen die zahlreichen Belege über gleich lautende Summen in den Ordnern aus dem Büro von Krawinckel ein. Die Erklärung dafür hatten sie offenbar gefunden.

»Wir haben unter dem schönen Namen *www.schalteundwalte.de* einen Link gefunden«, sagte Diener. »Auf dem Server sind offenbar Unmengen von Fotos und Filmen geladen, die wir noch im Einzelnen auswerten müssen.«

Schultz stöhnte. »Entsetzlich. Diese ganze Schweinerei müssen wir uns anschauen, um Krawinckel überführen zu können.«

Flüsternd hatte Diener Natascha Breidel aufgefordert fortzufahren. Sie drehte ihren Sessel zu den hinter ihr stehenden Männern um. »Die Einlieferer dieser Foto- und Filmaufnahmen erhalten einen Link, unter dem sie das Material sowohl abrufen als auch an andere Personen weitergeben können. Der Querverweis führte uns zu einer Videodatei, die ein leicht dunkelhäutiges Mädchen bei sexuellen Spielen mit einem erwachsenen Mann zeigt. Es ist nur das Gesicht des Kindes zu erkennen. Wenn wir es mit den Fotos bei unseren Akten vergleichen, dürfte es sich um die getötete Sunita handeln. Um wen es sich bei dem Mann handelt, wissen wir noch nicht. Fest steht, dass er einen nicht mehr ganz jungen Körper hat.«

»Heißt das, dass wir auf den miesen Typ, der sich an ihr vergreift, keinen Hinweis haben?«, fragte Schreiner.

Natascha Breidel errötete. »Noch nicht. Wir konnten das Material nur ganz kursorisch sichten. Später werden wir in aller Ruhe die Kopie auswerten. Mit einiger Sicherheit werden die Zeitlupen und Vergrößerungen uns ein paar Erkenntnisse über den Täter vermitteln.«

Schultz machte ein nachdenkliches Gesicht. »Das haben Sie fantastisch gemacht, Frau Breidel.« Er schüttelte den Kopf. »Seltsam ist trotzdem, dass wir jetzt eine Straftat ermittelt haben, die noch keinen rechten Bezug zur Tötung von Sunita aufweist. Daran müssen wir noch arbeiten.«

»Herr Schreiner und ich haben in den privaten Räumen von Frau Krawinckel zwei Dinge gefunden, die vielleicht weiterhelfen«, sagte Diener. »Herr Schreiner, Sie haben die Belege zur Hand. Seien Sie so nett und sagen Sie, worum es sich genau handelt.«

Schreiner entnahm einer Laufmappe einen Bankauszug und ein gefaltetes Blatt Papier. »Dieser Bankauszug weist eine Barabhebung von einem Konto bei der Hauptfiliale der Deutschen Bank in der Großen Gallusstraße am 1. November um 10:09 Uhr über 3.000 Euro aus. Das war der Todestag von Sunita. Der Bankauszug ist an Ellen Krawinckel adressiert. Wegen der Höhe der Summe muss das Geld am Schalter abgehoben worden sein.

Über die Person, die das Geld abgehoben hat, sagt der Auszug naturgemäß nichts.«

»Was in der Folge bedeutet, dass wir beim Ermittlungsrichter einen Beschlagnahmebeschluss für dieses Konto beantragen und damit zur Bank gehen müssen. Wir müssen wissen, wer alles Kontovollmacht hatte«, sagte Schultz.

»Was verbirgt sich denn hinter dem zweiten Beleg?«, fragte Köhler.

Als hätte ihn die Frage seines Kollegen überrascht, fiel Schreiner die Aktenmappe zu Boden. Er fluchte, hob die Papiere wieder auf und faltete das Blatt auseinander. »Das ist ein Abholschein des Juweliers Friedrich in der Goethestraße. Auffällig ist, dass er auch am 1. November ausgestellt ist und die Goethestraße in unmittelbarer Nähe des Tatorts liegt. Ein Name ist nicht vermerkt.«

Köhler ließ sich den Zettel zeigen. »Da müssen wir ebenfalls hin.«

Schultz wandte sich an die Runde. »Am besten gehen wir jetzt mit allem, was wir haben, in den Salon und schreiben das Beschlagnahmeprotokoll.«

Mit erhobener Hand protestierte Breidel. »Herr Diener und ich kommen gleich nach. Wir müssen noch eine Kopie der Festplatte fertigen.«

Im Salon zog Pechstein ein Formular hervor und setzte sich an den Tisch. »Am besten diktiert mir jemand, was wir mitnehmen.«

Noch während der Auflistung kamen Breidel und Diener hinzu. Nach Fertigstellung des Protokolls holte Diener Mike Kellermann und ging mit ihm die Zusammenstellung durch. Anschließend reichte er ihm einen Kugelschreiber zur Unterschrift. »Sie erhalten eine Durchschrift für die Eheleute Krawinckel.«

Als Kellermann unterschrieben hatte, nahm Schultz das Protokoll entgegen und wollte es zu den übrigen Vorgängen nehmen.

Plötzlich stutzte er.

Schultz ärgerte sich, dass er nicht erkannte, was ihn aufmerken ließ. Wahrscheinlich lag es daran, dass er mit seinen Gedanken wieder einmal bei Traudel im Krankenhaus gewesen war. Es hatte auch keinen Zweck, einen der Kollegen zu fragen. Er hätte nicht gewusst, wie er die Frage formulieren sollte. Das würde ihm keine Ruhe lassen. Wenn er Pech hatte, würde ihm der Ansatzpunkt bis zum Abend nicht einfallen. Das konnte bedeuten, dass er heute Nacht keinen Schlaf finden würde.

Die Beamten luden die sichergestellten Unterlagen in eines ihrer Dienstfahrzeuge. Sie beschlossen, zunächst zur Staatsanwaltschaft zu fahren. Schultz hatte vorgeschlagen, dort das weitere Vorgehen zu beraten.

Im Dienstzimmer der beiden Staatsanwälte machte sich Diener mit der Kaffeekanne auf den Weg zur Teeküche, um Wasser zu holen. Schultz ließ sich in seinen Sessel fallen und steckte sich eine Zigarre an. Die Polizeibeamten hatten die beschlagnahmten Papiere auf dem Schreibtisch von Diener abgelegt und eine ausreichende Anzahl Stühle besorgt. Sie setzten sich im Halbkreis um die beiden Schreibtische von Schultz und Diener.

»Sie sind sicher, dass wir die Unterlagen nicht zuerst genau erfassen und auswerten sollen, bevor wir sie Ihnen zuleiten?«, fragte Köhler.

Schultz nickte. »Ganz sicher. Ich will mir die Schriftstücke heute Abend in Ruhe ansehen. Mein Gefühl sagt mir, dass ich etwas übersehen habe.« Er schaute auf seine Taschenuhr. »Ich wäre dankbar, wenn wir rasch noch klären, wie es weitergeht. Anschließend will ich unbedingt ins Krankenhaus.« Er holte Luft. Dabei registrierte er, dass die Augen von Diener unablässig auf Natascha Breidel gerichtet waren. »Vorbehaltlich, dass ich in den Unterlagen nicht noch ein paar andere Hinweise finde, sind es aus meiner Sicht zwei Dinge, die wir sofort angehen müssen.«

Breidel erwiderte Dieners Blick und errötete. Schreiner klopfte ihr auf die Schulter und holte seine Zigarettenschachtel aus der Jeansjacke. »Rauche eine mit, Natascha. Das beruhigt die Nerven.«

Schultz sah, wie Diener lächelte und den Augenkontakt zu der jungen Frau behielt. »Sie können jetzt alle in Ruhe einen Kaffee trinken. Ich gehe zum Ermittlungsrichter und hole einen Beschlagnahmebeschluss für das Konto bei der Deutschen Bank, von dem am Todestag Sunitas 3.000 Euro abgehoben worden sind. Wir müssen wissen, auf wen das Konto lautet. Vielleicht erinnert sich auch jemand, wer am 1. November dort war und das Geld abgehoben hat. Den Beschlagnahmebeschluss für die vielen Geldflüsse auf dem Konto bei der Commerzbank stellen wir noch eine Weile zurück. Wir haben jetzt keine Zeit und nicht genügend Personal, um auch noch dorthin zu gehen. Außerdem ist es nicht so eilig, da diese Bankvorgänge aller Voraussicht nach nichts mit dem Tötungsdelikt zu tun haben. Wenn Sie die Kunden der Pornobilder betreffen, werden wir eine Vielzahl neuer Verfahren einleiten müssen.«

Schreiner zog an seiner Zigarette. »Genau. Sobald Sie den Beschluss in den Händen halten, können die Kollegen Breidel und Pechstein losmarschieren und bei der Bank ermitteln.«

Schultz war aufgestanden und kramte in seiner Schreibtischschublade. Er zog eine Zellophantüte mit Nougatpralinen heraus, öffnete sie, steckte sich eine in den Mund und forderte alle Übrigen auf, sich zu bedienen. »Außerdem muss jemand zum Juwelier Friedrich in der Goethestraße. Wir müssen das Personal des Juweliers befragen, wer den Abholschein entgegengenommen hat. Wichtig ist deshalb, wer ihn ausgestellt hat und worum es bei dem Auftrag gegangen ist.«

»Kollege Schreiner und ich übernehmen das«, sagte Köhler.

Mit einem Kopfnicken bedankte sich Schultz. »Wir sollten uns morgen wieder zu einem Austausch der Ermittlungsergebnisse treffen, bevor Krawinckel mit Rechtsanwalt Dr. Schaller zu mir kommt. Gegen 10:00 Uhr wäre gut. Wenn Sie im Laufe des Nachmittags noch etwas Wichtiges erfahren, rufen Sie mich bitte an.«

Schreiner und Köhler nahmen den Abholschein an sich. Sie brachen sofort auf.

Schultz kündigte sich telefonisch beim Ermittlungsrichter an. Es dauerte keine halbe Stunde, bis er zurück war. Er betrat sein Dienstzimmer und wedelte mit dem Beschluss. Eine Durchschrift gab er an Breidel und Pechstein. Beide machten sich umgehend auf den Weg.

Nachdem alle Aufträge erteilt waren, nahm sich Schultz das Beschlagnahmeprotokoll vor und betrachtete intensiv die Unterschrift Kellermanns. Irgendwo in den Akten war ihm etwas Wichtiges in Erinnerung, was er mit dieser Unterschrift verknüpfte.

Er verfluchte seine Vergesslichkeit. Es würde ihm nichts anderes übrig bleiben, als heute Abend noch einmal die gesamte Akte durchzuarbeiten.

33. Kapitel

»Soll ich das Kommando übernehmen, Natascha?« Natascha Breidel und Alfons Pechstein hatten den Roßmarkt überquert und den gepflegten Altbau der Deutschen Bank passiert. Sie waren in die Große Gallusstraße eingebogen und standen nun vor dem modernen Pendant des Bankhauses, einem Glaspalast, dessen unzählige Geschosse sich im Dunst des eingetrübten Himmels verloren.

»Das wäre mir lieb, Alfons. Du hast mehr Erfahrung in diesen Dingen als ich. Wie ich diesen Betrieb einschätze, machen sie bestimmt einen Teil ihrer Reaktionen vom Auftreten des Gegenübers abhängig.«

»Wir müssen nicht übertrieben behutsam vorgehen. Schließlich ist die Bank in unserem Falle nicht beschuldigt. Es geht nur um Auskünfte. Aber auch in diesen Fällen tun sich die Großbanken erfahrungsgemäß sehr schwer.«

Pechstein entnahm der riesigen Informationstafel links vom Eingang, wo sich die Büros der Rechtsabteilung befanden. Die Bedeutung ihrer Auskunftswünsche erforderte nach seiner Einschätzung nicht die Inanspruchnahme des Vorstands.

Sie benutzten den Fahrstuhl und suchten in einem der oberen Stockwerke das Justitiariat auf. Einer Sekretärin am Empfang zeigten sie ihre Dienstausweise und nannten ihr Anliegen. Sie bot ihnen einen Platz an und bat um Geduld.

Es dauerte eine geschlagene Viertelstunde, bis sie in eines der Büros gebeten wurden. Ein Mittdreißiger, den sein unvermeidlicher Nadelstreifenanzug noch schmaler erscheinen ließ, als er ohnedies war, setzte sich mit ihnen an einen runden Besprechungstisch. Dort hielten sich bereits zwei Frauen auf. Eine ältere gepflegte Dame, die mit einer dezenten Kopfbewegung grüßte, und eine blonde junge Frau, die ein freundliches »Guten Tag« einwarf.

»Das ist Frau Sens«, sagte der Banker und zeigte auf die ältere der beiden Frauen. »Und neben ihr sitzt Frau Wanders. Mein Name ist Busch. Was können wir für Sie tun?«

Pechstein gab ihm eine Beschlussdurchschrift. »Wir benötigen lediglich einige Auskünfte über dieses Konto. Wer hat es eröffnet, wer hat Kontovollmacht, wer hat die Abhebung am 1. November vorgenommen?«

Busch klimperte mit den Augenlidern. »Wie Sie wissen, unterliegt unser Haus dem Bankgeheimnis. Unsere Reputation und unsere Zukunft hängt davon ab, wie ernst wir diese Verpflichtung nehmen.«

Die Gesichtszüge von Pechstein nahmen einen ungehaltenen Ausdruck an. »Das ist uns bekannt, Herr Busch. Wir respektieren dies grundsätzlich auch. Im vorliegenden Fall haben wir Ihnen einen Gerichtsbeschluss vorgelegt. Damit sind Sie verpflichtet, unserem Anliegen zu entsprechen. Ihrem Kunden können Sie dies problemlos erläutern.«

Busch saß nach wie vor regungslos am Tisch. Lediglich seine Augenlider bewegten sich fortwährend auf und nieder. Die Hände hatte er gefaltet. »Es ist Tradition unseres Hauses, dass wir gerne helfen, wenn wir dies dürfen. Natürlich entlastet uns der Beschluss mehr oder weniger. Gleichwohl bleiben wir unseren Kunden gegenüber in der Verantwortung. Ich will das Thema nicht vertiefen. Zum besseren Verständnis sollten Sie dennoch wissen, dass die Eheleute Krawinckel seit langer Zeit gute Kunden des Hauses sind. Von daher hat die Bank eine Diskretionspflicht, die nur in sehr schwer wiegenden Fällen zurücktreten kann.«

Der Atem von Pechstein ging stoßweise. »Ich kann mir nicht gut vorstellen, dass Sie es bevorzugen, wenn wir die gewünschten Unterlagen mit einer größeren Anzahl von Kollegen selbst in Ihrer Bank suchen. Wir müssten zwingend auf uniformierte Beamte zurückgreifen, da wir nicht ausreichend Kriminalbeamte freisetzen können. Das würde bei den Kunden Ihrer Bank, die das Vorgehen beobachten würden, sicher einen bedenklichen Eindruck hinterlassen.«

»Nein, nein«, rief Busch. »Das wünschen wir alle nicht. Sie erkennen ja unsere Kooperationsbereitschaft daran, dass ich schon Frau Sens und Frau Wanders hinzugebeten habe. Frau Sens hat an dem 1. November den Schalterdienst wahrgenommen und die Auszahlung der 3.000 Euro veranlasst. Die zuständige Kontoführerin ist Frau Wanders.«

»Fein«, sagte Pechstein. »Dann könnten wir jetzt zur Beantwortung meiner Fragen kommen.«

Busch sog die Luft durch die Nase, so dass sich sein Brustkorb weitete und die Nadelstreifen dort etwas breiter erschienen. »Das Konto, dessen Nummer in dem Beschlagnahmebeschluss aufgeführt ist, läuft auf den Namen Ellen Krawinckel. Allerdings haben Frau und Herr Krawinckel beide Kontovollmacht. Eine über das Limit an unseren Geldautomaten hinausgehende Summe zahlen wir zum Beispiel aus, wenn das Konto entsprechende Deckung aufweist und der Kunde seine EC-Karte vorlegt.«

Pechstein machte ein versteinertes Gesicht. »Das entspricht der Üblichkeit. Wie war es nun in unserem Fall?«

Mit einer Kopfbewegung wandte sich Busch an Frau Sens. »Frau Sens, wenn Sie bitte die Frage beantworten möchten.«

Die ältere Dame legte ihre Handflächen auf ihren Faltenrock. Sie sah Pechstein in die Augen. »Sie dürfen mir glauben, Herr Kommissar, dass ich mich beim besten Willen nicht mehr erinnern kann. Bei mir am Schalter mag am 1. November Frau Krawinckel oder ihr Mann gewesen sein. Ich weiß es nicht mehr. Eine Summe von 3.000 Euro ist bei diesen Kunden kein Betrag, der aufhorchen lässt. Selbst wenn eine dritte Person in Vollmacht da gewesen wäre, würde ich mich daran nicht mehr erinnern. Das kam häufiger vor. Allerdings müsste dann eine Vollmacht für die Auszahlung bei unseren Unterlagen sein. Das konnten wir in der Eile nicht abschließend feststellen. Verstehen Sie bitte, Frau und Herr Krawinckel sind Dauergäste in unserer Bank.«

Frau Sens sank mit einem gehauchten Seufzer in ihren Stuhl zurück. Pechstein zeigte ein verständnisvolles Gesicht. »Das kann ich nachempfinden. Trotzdem vielen Dank.« Er sah zu Busch. »Bei diesem Ergebnis hätte es der vielen Bedenken zu Anfang wohl nicht bedurft. Gleichwohl wäre ich Ihnen dankbar, wenn Sie uns informieren würden, falls Sie noch neue Erkenntnisse gewinnen.«

Busch zeigte eine Regung der Erleichterung. »Selbstverständlich gerne.«

Breidel und Pechstein verließen die Bank. Pechstein krallte seine Fingernägel in die Handflächen. »So kenne ich das. Die mauern bis zum Umfallen. Ich hätte zu gern einen Hinweis gefunden, ob die 3.000 Euro für Wegmann waren. Als Lohn dafür, dass er Beuchert zusammengefaltet hat. Ich brauche jetzt dringend einen Kaffee. Ich lade dich ein. Wir gehen da vorn am Eingang der Kaiserstraße in das *Alte Cafe Schneider*.« Er zuckte mit den Schultern. »Außer Spesen nichts gewesen.«

34. Kapitel

Beim Druck auf den Messingknopf neben der verschlossenen Glastür ertönte im Inneren dezent eine Glocke. Das Ladengeschäft des Juweliers Friedrich lag in Laufrichtung von Köhler und Schreiner auf der linken Seite der Goethestraße, Frankfurts teuerster Einkaufsmeile. Erlesene Auslagen in den Schaufenstern wurden höchsten Ansprüchen gerecht. Die Sicherungsmaßnahmen entsprachen der Qualität der Schmuckstücke.

Auf ihr Läuten öffnete eine exquisit gekleidete Frau mittleren Alters den beiden Beamten die Tür. Sie wiesen sich aus und nannten ihr Anliegen. Die Dame stellte sich als Frau Weil vor und begleitete sie nach drinnen.

»Wenn Sie mir bitte den Abholschein vorzeigen wollen«, sagte Frau Weil, als sie an einer kleinen Sitzgruppe vor einer Vitrine angekommen waren. Trotz des aufdringlichen Kunstlichts der Strahler, die den ausgelegten Schmuck voll zur Entfaltung kommen ließen, erschien ihr Make-up matt und dezent.

Schreiner fingerte das Papier aus seiner Jeansjacke und reichte es der Frau. Sie warf einen Blick darauf und machte ein nachdenkliches Gesicht. »Das hat Frau Vincenzo abgezeichnet, unsere Geschäftsleiterin. Ich bedaure. Sie ist heute nicht anwesend. Wenn ich mich recht erinnere, hat sie wegen einer auswärtigen Familienangelegenheit einige Tage Urlaub. Ich gehe mich rasch vergewissern.«

Frau Weil entfernte sich durch eine hinter den Auslagetischen gelegene Tür. Schreiner strich sich durch den Bart. »Vornehmer Laden, Günter.«

»Allerdings. Ein alteingesessenes Frankfurter Geschäft. Es war früher am Kaiserplatz. So, wie du aussiehst, passt du jedenfalls nicht hierher. Bei genauem Hinsehen schäme ich mich fast ein bisschen mit dir.«

Schreiner wollte gerade zu einer spitzen Antwort ansetzen, als Frau Weil zu ihnen zurückkehrte. Sie machte eine Geste des Bedauerns. »Leider war meine Erinnerung korrekt. Frau Vincenzo ist erst am Montag, den 4. Dezember, wieder anzutreffen.

Kann Ihr Auskunftswunsch so lange warten? Ich kann sie nämlich zu Hause nicht telefonisch erreichen.«

Köhlers Wangen nahmen eine stärkere Rotfärbung an. Er legte den Zeigefinger an die Nase und sinnierte einen Augenblick. »Natürlich hat die Beantwortung unserer Fragen bis Montag Zeit. Trotzdem erlaube ich mir noch einen anderen Vorschlag, um Ihnen zu ersparen, dass wir Ihr Haus erneut behelligen müssen. Hätten Sie vielleicht die Möglichkeit festzustellen, worum es sich bei dem Auftrag handelte und wer ihn erteilte?«

»Einen kleinen Moment, bitte. Ich werde sehen, was ich für Sie tun kann. Möchten Sie zwischenzeitlich einen Kaffee?«

Die beiden Polizisten bejahten. Mit einem freundlichen Lächeln verschwand die Dame wieder in den hinteren Räumen.

Wenig später reichte eine junge Frau zwei Tassen Kaffee, die sie stilvoll auf einem Silbertablett transportierte. Eine silberne Zuckerdose und ein Milchkännchen stellte sie auf dem Tisch der Sitzgruppe ab.

Eben hatten Schreiner und Köhler an ihrem Kaffee genippt, als Frau Weil schon wiederkam. »Das ist nicht Ihr Glückstag, fürchte ich. In unserem Auftragsbuch steht nur, dass es sich um eine Spezialanfertigung nach Wunsch des Kunden handelt. Als Auftraggeber ist lediglich der Name Krawinckel eingetragen. Ich kann also dem Buch nicht entnehmen, wer uns den Auftrag erteilt hat. Die Eheleute Krawinckel sind gute Kunden. Beide kommen in unregelmäßigen Abständen mit Ihren Wünschen zu uns. Manchmal schicken sie auch eine dritte Person. Sie werden ausschließlich von unserer Geschäftsleiterin persönlich bedient. Ohne Ihnen meinen Vorschlag aufzwingen zu wollen, empfehle ich Ihnen, am Montag mit Frau Vincenzo zu sprechen. Sie wird Ihnen weiterhelfen können.«

»Sie sagten, dass Frau Vincenzo nicht telefonisch zu erreichen sei. Heißt das, dass sie verreist ist, oder hat sie zu Hause keinen Festnetzanschluss? Gibt es vielleicht eine Handynummer?«, fragte Schreiner.

Frau Weil schürzte die Lippen. »Es steht uns nicht zu, unsere Geschäftsleiterin auszuforschen. Gleichwohl pflegen wir natürlich kollegialen Kontakt. Dabei werden gelegentlich auch persönliche Dinge angesprochen. Zufällig kann ich Ihnen deshalb ein klein wenig weiterhelfen. Frau Vincenzo hat einen italienischen Ehemann. Wenn ich es richtig verstanden habe, wollte sie wegen einer Familienfeier ihre Schwiegereltern besuchen. Sie leben in der Toskana. Ich meine, in Lucca. Genau weiß ich das nicht. Da mir eine Mobilfunknummer nicht bekannt ist, kann ich nicht mit ihr telefonieren. Vielleicht wüsste ihre Vertreterin weiter. Sie ist zu meinem Bedauern ebenfalls nicht zu sprechen, da sie wegen eines Trauerfalls nach Berlin musste.«

»Würden Sie uns vorsorglich die Privatadresse mitteilen? Falls unser Anliegen eilbedürftig werden sollte, könnten wir es am Wochenende bei Frau Vincenzo probieren.«

Mit gnädiger Miene nahm Frau Weil ein kleines Papier aus dem Zettelkästchen. »Die Adresse habe ich nicht genau im Kopf. Sie wohnt im Südring in Hattersheim. Ich gehe kurz nach hinten in den Personalakten nachschauen und notiere Ihnen die Anschrift mit Telefonnummer.«

»Sehr freundlich. Ab wann haben Sie am Montag geöffnet?«, fragte Schreiner.

»Von zehn Uhr vormittags an.«

Schreiner und Köhler tranken noch einen Schluck Kaffee, bedankten und verabschiedeten sich. Vor der Tür steckte sich Schreiner eine Zigarette an. »Da drüben vor der Alten Oper in dem Seitensträßchen Luginsland ist ein asiatisches Schnellrestaurant. Es heißt *Mosch-Mosch*. Lass uns dort eine scharfe Nudelsuppe essen gehen. Darauf hätte ich nach diesem mäßigen Erfolg richtig Lust.«

Unmittelbar vor dem Restaurant klingelte Schreiners Mobiltelefon. Wegen des Straßenlärms suchte er einen Hauseingang auf. Kurz darauf kehrte er zu Köhler zurück. »Du musst die Suppe alleine auslöffeln. Ich muss dringend weg.«

Köhler machte große Augen, als Schreiner ihm den Inhalt des Gesprächs umriss. »Das sehe ich ein. Da musst du hin. Soll ich nicht lieber mitgehen?«

Schreiner schüttelte den Kopf.

35. Kapitel

Die gleichmäßig surrenden Geräusche auf dem freien Platz in der Nähe der beiden hohen Türme des Westhafens auf der diesseitigen Frankfurter Mainseite wurden plötzlich von einem gewaltigen Knall übertönt. Fast gleichzeitig war ein markerschütternder Schrei zu vernehmen.

Das Skateboard schlug mit der Stehfläche auf das Pflaster, kippte beim Aufprall wieder auf die Räder und rollte führungslos weiter. Einige Meter davon entfernt rappelte sich ein dunkelhäutiger Teenager mühsam vom Boden auf. Mit einer Hand rieb er sich über das Knie, die andere presste er gegen seinen Rücken. Tränen quollen aus seinen Augen. »Dorjey? Dorjey! Du musst mir helfen. Ich habe mir weh getan.«

Dubhos älterer Bruder eilte zu ihm. Er begutachtete die Verletzungen seines Bruders und winkte ab. »Stell dich nicht so an. Ein paar Schürfwunden, das ist alles. Das passiert jedem mal, der Skateboard fährt. Wenn du das nicht aushältst, musst du dir einen anderen Sport suchen.«

Mit dem Handrücken wischte sich Dubho die Tränen fort. »Du bist vielleicht ein Bruder. Wenn man dich mal braucht, lässt du einen im Stich.«

»Hör auf. Du lässt dir ja nicht helfen. Solange du kein Vertrauen zu mir hast, bin ich auch nicht dein großer Bruder.«

»Wie meinst du das?«

»Das weißt du genau. Du schleichst seit Tagen durch die Gegend wie das wandelnde Schuldgefühl, guckst, als hättest du Prügel bezogen. Sobald ich dich fragend anschaue, machst du ein trotziges Gesicht.«

Dubho ließ den Kopf hängen. Er bewegte sich hinkend auf eine abgelegene Ecke des Platzes zu und bedeutete Dorjey, ihm zu folgen. »Es stimmt, was du sagst. Ich habe Mist gebaut, großen Mist. Du musst mir helfen. Bitte!«

Dorjey blieb stehen und lehnte sich gegen einen Baum. »Na gut. Ich will dir helfen. Aber nur unter einer Bedingung. Du sagst mir die Wahrheit.«

»Ich habe panische Angst. Ein Mann hat mich mit dem Tod bedroht. Ich weiß nicht einmal, wer er ist.«

Mit einer abwehrenden Handbewegung unterbrach Dorjey seinen Bruder. »Das hat so keinen Sinn. Dort drüben steht eine Bank am Ufer. Da sind wir für uns. Lass uns hingehen. Dann erzählst du mir alles. Und zwar der Reihe nach.«

Auf der Bank legte Dorjey den Arm um seinen Bruder und drückte ihn an sich. Dubho berichtete ihm von der Begegnung mit dem Unbekannten. Er räumte auch ein, dass er Köhler und Schreiner absichtlich nichts von seinem Brief an Sunita erzählt habe, um nicht in Verdacht zu geraten. »Ich habe noch mehr gelogen, Dorjey. Natürlich weiß ich, wer der Kerl ist, der Sunita im dicken Auto von der Schule abgeholt hat. Sie hat es mir selbst erzählt. Deshalb habe ich ihr auch mit dem Zettel gedroht, sie auffliegen zu lassen.«

Dorjey fuhr sich mit der Hand über die Stirn. »Ist das wieder eine deiner Lügengeschichten, die du erfunden hast, um von dir abzulenken? Dubho, weißt du was? Ich glaube immer mehr, dass du Sunita vom Dach gestoßen hast. Sag mir, wenn es ein Unglücksfall war. Ich helfe dir auch dann. Aber du musst endlich mit der Wahrheit herausrücken.«

Dubho heulte auf. »Wer soll mir noch glauben, wenn du es nicht tust. Ich bin wirklich jetzt ehrlich zu dir gewesen. Vertraue mir ein einziges Mal.«

Der Oberkörper von Dorjey straffte sich, so dass Dubho zu ihm aufschauen musste. »Gut! Ein letztes Mal. Aber dann musst du den Weg gehen, den ich jetzt vorschlage. Du gehst zur Polizei und sagst denen alles.«

Das blanke Entsetzen stand in Dubhos Gesicht. »Davor habe ich Angst. Vielleicht glauben sie mir auch nicht und behalten mich gleich dort.«

Dorjey zuckte die Schultern. »Du musst. Es gibt keinen Ausweg. Ich werde bei dir bleiben. Ruf den Typen an, der seine Visitenkarte dagelassen hat. Du hast eben gesagt, du hättest sie damals rasch vom Flurtisch genommen und eingesteckt, damit Mutter nicht etwa Kontakt aufnehmen könne. Außerdem sei er ganz nett gewesen. Vielleicht ist er bereit, sich mit uns an einem unbeobachteten Ort zu treffen.«

Dubho kaute an seinem Daumennagel. Dann zog er sein Portemonnaie und reichte Dorjey eine geknickte Karte. »Rufst du ihn bitte von deinem Handy aus an?«

Dorjey nickte. »Diktiere die Nummer.«

Mit geübter Hand gab Dorjey die Ziffern ein, erhob sich von der Bank und entfernte sich ein paar Schritte von seinem Bruder.

Es dauerte nur wenige Augenblicke, bis er wieder zurückkam. »Er ist gerade in der Goethestraße, kommt aber gleich rüber. Wir treffen uns in etwa einer halben Stunde am Koreanischen Tempel im Grüneburgpark. Er hat den Treffpunkt vorgeschlagen, weil wir dort sicher sein können, dass du von niemand beobachtet wirst. Allerdings müssen wir uns beeilen. Wir spurten zum Baseler Platz und nehmen von dort die Straßenbahn. Ich möchte, dass wir alles so schnell wie möglich hinter uns bringen.«

Als Dubho und Dorjey etwas abgehetzt am Koreanischen Tempel ankamen, lehnte Schreiner an einem Baum und rauchte eine Zigarette. Sie setzten sich an eine abgeschiedene Stelle am Tempel.

Schreiner lächelte Dubho zu. »Dein Bruder hat mir gesagt, dass du mich sprechen wolltest. Es sei dringend. Hier bin ich. Ich höre zu.«

Es dauerte eine Weile, bis Dubho zu reden begann. Schreiner unterbrach ihn nicht. Als Dubho geendet hatte, musterte Schreiner ihn mit einem durchdringenden Blick. »Jetzt sind wir der Sache etwas nähergekommen. Allerdings habe ich noch ein paar Fragen. Du kennst also den Mann, der Sunita an der Schule abgeholt hat. Er war auch nicht nur einmal, sondern öfter dort. Wie heißt er denn?«

»Das weiß ich nicht.«

Schreiner zog die Augenbrauen hoch, was seinem narbigen Gesicht einen diabolischen Ausdruck verlieh. »Dann beschreibe ihn doch bitte einmal genau.«

Als Dubho geantwortet hatte, runzelte Schreiner die Stirn. »Deine Beschreibung gibt das Foto wieder, das ich dir bei euch zu Hause gezeigt habe. Schilderst du jetzt wirklich deine eigenen Beobachtungen des Mannes oder nur, was du von dem Foto her weißt?«

»Es war der Typ auf dem Bild.«

»Na gut. Lassen wir das mal so stehen. Wie sah denn der Kerl aus, der dich wegen deines Briefchens an Sunita bedroht hat?«

Dubho dachte nach. »Ich war sehr aufgeregt. Deshalb habe ich mich nicht getraut, ihn genau anzuschauen. Er hatte ein auffällig eckiges Gesicht. Die Haare sahen wie bei uns Indern aus. Dunkel und glänzend. Er trug sie nach hinten gekämmt, etwas lang.« Er legte eine Pause ein. »Da waren noch seine Kopfbewegungen. Sie waren ulkig.«

»Was heißt das? Mach es bitte mal vor.«

Dubho hielt den Kopf erst gerade und drehte ihn dann plötzlich schnell zur Seite. »Na ja, so ruckartig.«

Schreiner sinnierte vor sich hin und nickte dann. Dubho betrachtete ihn. »Sie kennen den Mann?«

»Vielleicht. Jedenfalls ist diese Beschreibung von dir überzeugender ausgefallen als die zu Sunitas Begleiter. Es kann sein, dass ich dich in den nächsten Tagen für eine Gegenüberstellung brauche. Da würdest du doch sicher mitmachen, oder?«

Dubho schielte zu seinem Bruder hinüber und wartete dessen unmerkliches Zeichen ab. »Kein Problem.«

»Kommen wir zu deinem Briefchen. Auf der Rückseite hat Sunita eine Verabredung mit einem K. vermerkt. Wie mir deine Mutter gesagt hat, ist dein buddhistischer Name Khema. Warst du am Todestag von Sunita mit ihr verabredet? Du hattest doch wohl an diesem Morgen ebenfalls schulfrei?«

Dubho riss die Arme hoch, als wolle er alle guten Geister beschwören. »Nein! Von der Aufschrift weiß ich überhaupt nichts. Das müssen Sie mir glauben.«

Schreiner schmunzelte. »Das wird mir ganz leichtfallen, wenn du mir sagst, wo du an diesem Vormittag gewesen bist.«

Ein dunkler Schimmer flutete über Dubhos Gesicht und machte deutlich, dass er errötete. Er zögerte lange mit seiner Antwort und musste mehrmals dazu ansetzen. Mit seinem Zeigefinger drehte er in seiner Oberbekleidung herum. »Ich habe einen guten Freund. Drüben im Stadtteil Niederrad. Er geht mit mir auf dieselbe Schule, sogar in dieselbe Klasse.« Er holte tief Luft. »Sehen Sie mein Gesicht an. In letzter Zeit bekomme ich immer wieder Pickel. Das finde ich fürchterlich. Welchem Mädchen gefallen schon Pickel? Vor allem Sunita hatte sich darüber lustig gemacht, als ich ihr meine Freundschaft anbot. Ich war entsetzlich verletzt.«

Schreiner hob die Hand. »Stopp! Ich verstehe den Zusammenhang nicht. Was hat der Niederräder Freund mit Sunitas Abneigung gegen Hautprobleme zu tun, die übrigens sowieso fast jeder Mensch in diesem Alter eine Weile ertragen muss?«

Dubho lächelte. »Ich hatte vergessen zu sagen, dass Petra Eckström, die Mutter meines schwedischen Freundes, in Niederrad ein Kosmetiklädchen hat. Dort war ich an dem besagten Morgen, als es geschah. Sie können fragen.«

Schreiner ließ sich den genauen Namen und die Adresse geben. Er war entschlossen, die Angaben Dubhos umgehend zu überprüfen, um Einflussnahmen jeder Art auszuschließen. Nach einem Blick auf seine Armbanduhr stand er auf. »Ich habe noch einen dringenden Termin. Außerdem denke ich, dass wir durch sind. Deshalb machen wir Schluss. Gibt es noch etwas Wichtiges, das du mir sagen willst?«

»Nein! Ich habe nur noch eine Frage. Glauben Sie mir und werden Sie mich schützen?«

»Was die Bedrohung angeht, werde ich dir auf jeden Fall helfen, so gut ich kann. Das ist mein Beruf.« Schreiner formte die Augen zu Schlitzen. »Ansonsten werde ich über alles, was du mir gesagt hast, gründlich nachdenken. Es wäre klug, wenn du das auch noch einmal tätest.«

Als Schreiner alleine war, verriet seine Miene unverändertes Misstrauen.

36. Kapitel

»Guten Morgen, guten Morgen, guten Morgen« brüllte es am frühen Morgen des 30. November wieder und wieder mit immer stärker anschwellender Lautstärke aus dem Funkwecker neben dem Bett von Hanspeter Schultz. Dieses auf hartnäckige Schläfer abgestimmte Gerät hatte ihm vor ein paar Jahren seine Frau von einer Geschäftsreise aus Japan mitgebracht.

Der Tag war noch nicht angebrochen. Es dauerte noch einige Sekunden, bis der rundliche Körper unter der Decke erste Drehbewegungen machte. Dann langte eine Hand aus den Kissen und machte mit einem Knopfdruck dem Lärm ein Ende.

Schultz richtete sich auf und lehnte sich an den Bettrahmen. Er gähnte und rieb sich die Augen. In seinem Körper fühlte er die bleierne Schwere einer lebenslangen Müdigkeit.

Die halbe Nacht hatte er mit den Akten im Fall Sunita zugebracht. Als er zu dem Foto des goldenen Anhängers der Kette gekommen war, den die Spurensicherung am Tatort des Verbrechens an Sunita entdeckt hatte, meinte er, den Schlüssel zur Lösung des Falles gefunden zu haben. Hier war das Bindeglied. Es war ihm am Ende der Durchsuchung bei Krawinckel einfach nicht mehr eingefallen, obwohl er sich den Kopf zerbrochen hatte. Zufrieden war er für gerade noch zwei Stunden in sein Bett gegangen. Einen Anruf bei Schreiner zu dieser Zeit hatte er für unvertretbar gehalten.

Schultz schaute auf seinen Wecker. Es war genau fünf Uhr. Seine Hand glitt zum Telefonhörer. Nach mehreren Klingeltönen meldete sich eine verschlafene Stimme. »Schreiner.«

»Morgenstund hat Gold im Mund. Hier Schultz. Guten Morgen, Herr Schreiner. Die Nacht ist um. Für Sie nicht schlimm, da man ab einem gewissen Alter nicht mehr so viel Schlaf braucht. Dafür brauche ich jetzt Sie.«

Schreiner brummte etwas Unverständliches. Mehrmals räusperte er sich und hustete. Er griff neben sich auf seinen Nachttisch und zündete sich eine Zigarette an. Es gelang ihm zu lächeln. »Ausgerechnet Sie um diese Zeit. Was kann ich für Sie tun? Über die wesentlichen Entwicklungen am gestrigen Nachmittag sind Sie ja wohl schon informiert.«

»Natürlich. Darum geht es mir im Augenblick nicht. Ich habe etwas für Sie. Sie können jemanden festnehmen. Die Uhrzeit orientieren Sie am besten an unseren übrigen für heute beabsichtigten Ermittlungen. Das machen Sie doch gerne, oder?«

Schreiner schwieg und hörte Schultz weiter zu. Er war so konzentriert, dass er vergaß, an seiner Zigarette zu ziehen und auf die verbale Spitze eine passende Antwort zu geben. Schultz schloss mit der Bemerkung, Schreiner könne Sennelaub und Pechstein mitnehmen, Köhler solle in Hattersheim nach dem genauen Reiseziel von Frau Vincenzo forschen und Frau Breidel könne zur beabsichtigten Vernehmung Krawinckels in die Staatsanwaltschaft kommen.

Als Schultz mit seinen Ausführungen fertig war, drückte Schreiner den Stummel im Aschenbecher aus. »Das ist ein Ding. Sie sind ein toller Hecht. Diesen Auftrag erfülle ich gerne. Nett, dass Sie mir so früh Bescheid gesagt haben. Dadurch reicht die Zeit noch für meine Vorbereitungen.« Er machte eine Pause. »Im Übrigen habe ich viel Verständnis dafür, dass Sie Ihrem Kollegen Diener in Ihrem Dienstzimmer lieber Frau Breidel als mich präsentieren wollen.«

Schultz sah von einem Kommentar ab und schmunzelte nur. Klar, dass Schreiner das Balzen von Diener gegenüber Natascha Breidel aufgefallen war. »Noch etwas, Herr Schreiner. Wegen der erkennbar gewordenen Bedeutung des goldenen Anhängers sollte umgehend nach Frau Vincenzo gefahndet werden. Wir brauchen unbedingt ihre Angaben. Zur Not müssen wir über die Vertreterin in Berlin an sie herankommen. Es dürfte nichts nützen, den Angestellten ein Foto vorzulegen, da die Krawinckels ausschließlich von der Geschäftsleiterin persönlich bedient worden sein sollen.«

Nach Beendigung des Gesprächs knipste Schultz das Licht aus und gönnte sich noch etwas Schlaf. Den Wecker hatte er auf sieben Uhr umgestellt.

Genau um sieben Uhr schrie das Monstrum erneut los. Schultz holte sich die Zeitung aus dem Briefkasten, klappte das Rückenteil seines Betts hoch und begann zu lesen. Als er den Regionalteil der Frankfurter Rundschau aufschlug, stockte ihm der Atem. *Durchsuchung bei Krawinckel*, lautete die Überschrift auf der ersten Seite.

Jemand hat nicht dichtgehalten, schoss es ihm durch den Kopf. Er hätte etwas darum gegeben zu wissen, wer die Nachricht in die Zeitung lanciert hatte.

Schultz las gebannt. Der Artikel war voll des Lobes über die Vorgehensweise der Staatsanwaltschaft. Er rühmte, dass endlich eine herkunftsunabhängige Gleichbehandlung von Straftätern durchgesetzt würde. Im danebenstehenden Kommentar stellte der Verfasser fest, dass diese Form der Verwirklichung des Gleichheitsgrundsatzes als erkämpfte Folge der 68er-Bewegung anzusehen sei.

Vor Schultz' geistigem Auge zeichnete sich das Gesicht Thilo Nachtigalls ab, seines Parteifreundes, der bis zu seiner Pensionierung höchstens noch zwei Jahre im Ministerium vor sich hatte. Ihm könnte die Indiskretion zuzutrauen sein. Im gleichen Augenblick verteufelte sich Schultz wegen dieser Vorverurteilung ohne entsprechende Anhaltspunkte. Genau diesen Charakterzug hasste er so sehr bei anderen Menschen.

Als Schultz mit seinem schwarzen Mercedes gegen 9:30 Uhr Richtung Tiefgarage der Staatsanwaltschaft fuhr, verschlug es ihm die Sprache. In der Heiligkreuzgasse standen um die Gerichtsgebäude aufgereiht Heerscharen von Journalisten. Einige von ihnen kannte er persönlich, andere ließen ihren Berufsstand aufgrund der Umhängetaschen und Mikrofone sichtbar werden. Vor der Tiefgarage des E-Gebäudes parkte in einer Nische ein Übertragungswagen des Hessischen Rundfunks.

Immerhin hatte er gestern seine Vorgesetzten und den Pressesprecher informiert. Das würde zur Folge haben, dass er seine Ruhe vor den Journalisten haben würde.

Der Pressesprecher der Staatsanwaltschaft, Kaschinski, war ein erfahrener Mann. Seine milden Augen, seine unaufgeregte Stimme und seine sanften Bewegungen hatten seinen Beliebtheitsquotienten über die letzten Jahre hinweg bei den Medien in die Höhe schnellen lassen. Sein Erinnerungsvermögen und seine Erfahrung waren unbezahlbar.

Kaschinski würde die Medien ohne Gesichtsverlust für die Behörde auf Distanz halten. Was er nicht vermochte, würde der Behördenleiter, Herbert Hübsch, einbringen, der selbst eine Zeit lang Pressesprecher im Ministerbüro in Wiesbaden gewesen war.

Als Schultz im dritten Stock aus dem Fahrstuhl stieg und in sein Dienstzimmer gehen wollte, begegnete er auf dem Flur Rechtsanwalt Doktor Schaller. Er lächelte und drückte ihm die Hand. Da Krawinckel nicht zu sehen war, entschied er sich, Schaller zu duzen. Sie waren seit Jahren privat befreundet. »Du bist zu früh, Rolf. Das passiert dir doch sonst nicht.«

Schaller ordnete seine graumelierten Haare, die ihm ein rückwärtiger Wind über die Ohren geblasen hatte, und putzte sich die Brille. »Ich bin gerade bei deinem Kollegen Diener gewesen. Ein netter und begabter junger Mann. Er hat mir freundlicherweise ein paar Ergebnisse eurer gestrigen Durchsuchung bei meinem Mandanten mitgeteilt. Das verändert natürlich meine Verteidigungskonzeption. Ich verstehe, dass Krawinckel von euch nicht mehr als Zeuge angesehen, sondern als Beschuldigter geführt wird. Deshalb ist es gut, dass wir uns unter vier Augen begegnen. Ich hätte dich sonst um ein vertrauliches Gespräch gebeten.«

Mit fragendem Blick musterte ihn Schultz. »Wie sieht deine neue Verteidigungsstrategie aus? Ich habe vorgesehen, Krawinckel jetzt erneut zu vernehmen. Seine frühere Aussage als Zeuge ist nicht mehr viel wert. Als Beschuldigter darf er ja zu den Vorwürfen schweigen. Wie will er sich denn dazu verhalten?«

Schaller zog seinen Burberry-Mantel aus und hängte ihn über den Arm. Er sog die Luft ein, was seinen leichten Bauchansatz vorteilhaft zurücktreten ließ. »Es ist warm bei euch.« Er zog ein Taschentuch aus der Hosentasche und wischte sich über die Stirn. Seine Miene blieb freundlich. »Was sollen wir tun? Wir legen ein Teilgeständnis ab.«

Die Stirn von Schultz legte sich in tiefe Furchen. »Wieso nur ein Teilgeständnis. Die Internet-Beweise, die Malereien von Sunita, die Örtlichkeiten im Vogelsberg im Zusammenhang mit den Angaben der Sachverständigen, Frau Reiche, die Aussagen von Frau Janssen, von Beuchert und dem indischen Jungen Dubho – um nur ein paar Ermittlungsergebnisse zu benennen – rücken ihn in den Verdacht des sexuellen Missbrauchs an Sunita.

Wo will er da noch Vorbehalte einbauen? Von dem Tötungsdelikt will ich vorerst nicht reden. Da gibt es noch Arbeit für uns.«

»Den Besitz und die Verbreitung von Kinderpornos wird er zugeben. Noch ziert er sich bei der Frage, ob er sich selbst an Sunita vergriffen oder sie lediglich bei entsprechenden Widerlichkeiten fotografiert hat. Er wird allerdings auf jeden Fall bestreiten, etwas mit der Tötung von Sunita zu tun zu haben.«

»Und worauf willst du nun hinaus?«

»Lass uns einen Deal machen, Hanspeter. Er akzeptiert eine Freiheitsstrafe mit Bewährung. Nachdem mir Herr Diener ein paar von euren Durchsuchungsergebnissen mitgeteilt hatte, habe ich kurz mit ihm gesprochen. Er ist schon hier. Ich habe mich an einem neutralen Ort mit ihm getroffen, als ich die Zeitungsmeute vor der Tür gesehen habe. Wir sind über einen Nebeneingang hierhergekommen. Unterwegs haben wir uns verständigt, ein Teilgeständnis abzulegen und damit eine kurze Hauptverhandlung von einem halben Tag zu haben, weil wir keine Zeugen brauchen. Das Urteil wird sofort rechtskräftig, und du hast mit der Sache keine Arbeit mehr. Was hältst du davon?«

»Wir sind uns einig, dass wir vor einer solchen Abrede mit dem zuständigen Gericht ein Einvernehmen herstellen müssten. Außerdem müsste ich mir erst noch reiflich überlegen, ob die Aussetzung der Strafe zur Bewährung in Ordnung ginge. Dazu bräuchten wir einige gewichtige Hinweise deines Mandanten, warum die Tat in einem so milden Licht gesehen werden soll. Für mich wird das auch davon abhängen, in welchem Ausmaß er Sunita zu nahe getreten ist und wozu er sie alles gezwungen hat.«

Schaller riss seine kugelrunden blauen Augen weit auf. »Er wird in seiner Aussage einige Dinge zu seiner Entlastung vortragen. Sie war ein Luder. Ihrer erhofften Karriere wegen hat sie ihn verführt, nicht er sie. Er fiel darauf herein, weil er ein armer Teufel ist. Viel hat er ihr nicht getan. Eine sexuelle Vollendung ist ihm nicht möglich.«

Das empörte Gesicht von Schultz sprach Bände. »Du sprichst nur die körperlichen Auswirkungen an. Die psychischen Belastungen und die Prägung für den Rest des Lebens eines Kindes einschließlich seiner vorprogrammierten sexuellen Fehlentwicklung unterschlägst du.«

»Ich bin sein Verteidiger. Es ist meine Pflicht, die für ihn günstigen Umstände herauszustellen.« Schaller zuckte mit den Schultern. »Du sagst also nein?«

Schultz wiegte den Kopf hin und her. »Ich sage, dass es zu früh ist, dieses Gespräch zu einem abschließenden Ergebnis zu bringen. Für die nächsten Tage haben wir weitere Ermittlungsmaßnahmen in die Wege geleitet. Warten wir ab, welche Erkenntnisse sich daraus ergeben.«

»Die Tür ist also noch nicht zugeschlagen?«

»Nein. Mal sehen, was er in seinem Teilgeständnis einräumt. Dann müssen wir prüfen, inwieweit es sich mit unseren Ermittlungsergebnissen deckt. In den nächsten Tagen unterhalten wir uns dann weiter.« Schultz warf einen Blick auf seine Taschenuhr. »Wie du merkst, musste ich zeitlich etwas anders disponieren, als ich es gestern bei unserem Telefonat angenommen hatte. Wir sehen uns um elf Uhr.«

Als Schultz das Dienstzimmer betrat, blieb er wie angewurzelt stehen. Für den Bruchteil einer Sekunde zu spät nahm Diener seinen Arm von den Schultern Natascha Breidels, mit der er bei einem Kaffee vor seinem Computer saß und plauderte. Breidel errötete.

Diener hatte sich sofort wieder im Griff. »Kollegin Breidel und ich haben die halbe Nacht zusammen geschuftet. Wir haben ...«

Schultz konnte ein Glucksen nicht unterdrücken. »Ich hoffe, es gab auch angenehme Momente.«

Mit stoischem Gesichtsausdruck nahm Diener den Faden wieder auf. »Wir haben etwas Bedeutendes herausgefunden.« Er wandte sich zu Breidel. »Erklär du es, Natascha. Du kannst das besser als ich.«

Eine hochgezogene Augenbraue von Schultz machte deutlich, dass er den Übergang der beiden zum vertrauten Du bemerkt hatte. Die Rotfärbung in Breidels Gesicht wurde noch intensiver. Sie fasste sich und nickte. »Wir haben die von Krawinckels Computer gezogene Kopie gründlich durchgearbeitet. Dabei ist uns aufgefallen, dass das Glied des Mannes, dessen Gesicht im Verborgenen bleibt, trotz diverser Manipulationen Sunitas zu keiner Zeit erigiert ist. Unter Berücksichtigung der Aussage von Krawinckels erster Ehefrau, Frau Janssen, er habe zu keiner Zeit die Ehe vollzogen, sehen wir darin einen Hinweis auf Krawinckel.«

Schultz klatschte in die Hände. »Eine hervorragende Arbeit.«

Diener hob die Hand. »Es kommt noch besser.« Er gab Breidel einen Fingerzeig weiterzusprechen.

Natascha Breidel richtete sich auf. Sie strahlte. »Mitten in dieser Sequenz legt der Mann seine Hände nach hinten auf den Rücken und presst seinen Unterleib nach vorn. Dabei krampft er einen kurzen Augenblick die Finger zusammen. Für den Bruchteil einer Sekunde wird dabei die Vorderseite des kleinen Fingers sichtbar. Der Nagel ist spitz zugeschnitten und glänzt. So, als sei er mit farblosem Lack überzogen.«

Erneut applaudierte Schultz. »Alle Achtung. Hervorragend ausgewertet. Das müsste reichen, Krawinckel wegen des Verdachts des sexuellen Missbrauchs eines Kindes anzuklagen und nicht nur wegen Besitzes und der Verbreitung von Pornografie.«

Es klopfte. Schaller steckte den Kopf durch die Tür.

»Wir sind aber komplett. Wenn es Ihnen recht ist, könnten wir anfangen.«

Schultz winkte die beiden Männer herein und bot ihnen Plätze an. Er belehrte Krawinckel über seine Rechte als Beschuldigter. »Wie mir Herr Doktor Schaller kurz vor Ihrem Eintreten eröffnet hat, wollen Sie aussagen. Ich möchte einen Themenkreis an den Anfang stellen, der Sie von der Tat her wahrscheinlich nicht unmittelbar betrifft. Es soll vor einigen Jahren einen Vorfall in Ihrer Familie gegeben haben, der Sie sehr verletzt hat. Jemand soll gegenüber Ihrer Schwester, die nicht in der Lage ist, selbständig ihre Interessen wahrzunehmen, zu nahe getreten sein. Ist das richtig? Bitte schildern Sie uns den Sachverhalt im Zusammenhang.«

Krawinckels Haltung wich erheblich von seinem Auftreten bei seiner Vernehmung am 22. November ab. Er schien sichtlich gealtert. Seine Haare waren fettig, der Lack auf den spitzen Fingernägeln abgeblättert. Die eingenähten Schulterstücke in seiner blauen Clubjacke hingen ein Stückchen rechts und links an seinen Armen herunter. Sein Halsansatz, der aus dem geöffneten Kragen seines blau-weiß gestreiften Hemdes herauslugte, war welk und erinnerte an einen Truthahn. »Lisa-Marie, so heißt meine Schwester, ist krank. Sehr krank. Ihre angeborenen geistigen Fähigkeiten reichen nicht aus, die einfachsten Lebensentscheidungen zu treffen. Wie lange der Vorgang, den Sie ansprechen, zurückliegt, kann ich nicht genau sagen. Das lässt sich allerdings nachholen.« Krawinckel atmete schwer. »Sie müssen wissen, dass ich meine Schwester sehr liebe. Gerade, weil sie so hilflos und so vertrauensvoll ist.« Er machte eine kurze Pause und griff sich mit Daumen und Mittelfinger rechts und links der Nasenwurzel an die Augenansätze, als tupfe er aufkommende Tränen ab. »Es stimmt. Jemand ist gegenüber Lisa-Marie zudringlich geworden. In meinem Ferienhaus im Vogelsberg. Es ist unglaublich. Aber der Täter war ein uralter Schulfreund von mir. Und nicht nur das. Ein Mann, dem ich Zeit seines verpfuschten Lebens die Wege geebnet und mit meinem Geld gepflastert habe.« Krawinckel schloss die Augen und konzentrierte sich. »Ich sagte, dass ich den Zeitpunkt nachtragen kann. Von dem Lump habe ich mir ein schriftliches Geständnis geben lassen. Es trägt ein Datum.« Er hielt einen Augenblick inne. »Ich verdränge viel, Sie verstehen?«

Schultz nickte. »Ja. Wie geht Ihre Schwester mit diesem schrecklichen Erlebnis um?«

Krawinckel krallte seine spitzen Fingernägel in die Handballen. Ein verwunderter Ausdruck glitt über sein Gesicht. »Wie soll sie damit fertig werden? Gar nicht! Sie war auch früher schon ein bisschen lebensfremd und hilfsbedürftig, insbesondere in geschäftlichen Angelegenheiten des Lebens. Aber über diesem Ereignis ist sie in eine andere Welt abgerutscht, wo man sie nicht mehr erreichen und ansprechen kann. Mit seltenen Ausnahmen.«

»Können Sie das näher beschreiben?«

Die Hand Krawinckels schien einen flatterhaften Bogen in die Luft zu zeichnen. »Wir feierten neulich ihren Geburtstag. Sie verhielt sich wie ein Kleinkind. Auf einmal lachte sie schelmisch auf und erklärte, sie wisse alles. Es schien fast drohend und ernst gemeint. Leider weiß ich die Zusammenhänge nicht mehr so genau. Ich erinnere mich aber, sie am Tag danach unter vier Augen darauf angesprochen zu haben.«

»Sie gab Ihnen wohl keine zufriedenstellende Erklärung?«

»Nein. Sie wich nicht einmal aus. Vielmehr war ihr Erinnerungsvermögen vollständig weg. Mit keinem vernünftigen Wort ging sie auf meine Nachfragen ein. Es ist, wie ich vorhin sagte. Sie lebt in einer versunkenen Welt, zu der niemand Zugang hat oder findet. Nicht einmal ich!«

Breidel nahm die Angaben in ihren Laptop auf. Schultz beobachtete Krawinckel. Fast kam Mitleid in ihm auf. »Wer war der Mann und unter welchen Umständen trug sich die Straftat zu? Können Sie uns das bitte etwas genauer erklären?«

Krawinckel suchte keinen Blickkontakt mehr, nicht einmal mit seinem Anwalt. »Er heißt Wolfgang Beuchert und ist der Adoptivvater der beiden Mädchen Sunita und Rupa. Darauf kommen wir ja sicher noch. Ich hänge aus emotionalen Gründen an der Region um den Vogelsberg. Meine Familie kommt ursprünglich von dort. Deshalb habe ich Beuchert das Häuschen abgekauft, das ihm früher gehörte. Beuchert und ich haben das gemeinsam begossen. Lisa-Marie war mit dabei.«

»Das deckt sich mit den Angaben Ihrer früheren Gattin, Frau Janssen«, sagte Schultz.

Die starr auf den Boden gerichteten Augen Krawinckels verrieten nicht, ob er den Hinweis zur Kenntnis genommen hatte. »Was soll ich groß in die Details gehen? Lisa-Marie ist so unbedarft, so vertrauensselig. Beuchert andererseits hat öfter einen ungebremsten Hang zum Alkohol. Ich hatte noch einen späten Termin und musste zeitweilig weg. Als ich zurückkehrte, fand ich beide in einer anstößigen Situation vor.«

»Das heißt?«

»Aus den Umständen musste ich den Eindruck gewinnen, Beuchert habe sich an Lisa-Marie vergriffen.«

»Können Sie das etwas genauer erklären?«

»Ersparen Sie mir bitte Einzelheiten. Ich weiß sie nicht mehr und will sie nicht mehr aufleben lassen. Es ist schrecklich genug.«

Schultz langte heimlich in seine Schreibtischschublade und steckte sich etwas in den Mund. »Das stimmt jedenfalls nicht völlig mit der Aussage von Frau Janssen überein. Ihr gegenüber sollen Sie deutlicher geworden sein. Für heute mag es dahinstehen. Wir müssen diese Fragen erst vertiefen, wenn eine strafrechtliche Verfolgung von Herrn Beuchert geprüft wird.«

Mit einem Ruck hob Krawinckel den Kopf. Er blickte traurig, aber auch trotzig. »Das mag alles sein, hat aber für mich kaum noch eine Bedeutung. Ich habe zur Kenntnis genommen, dass Sie meine ehemalige Frau vernommen haben. Warum auch nicht? Ich habe nichts mehr zu verbergen und nichts mehr zu verlieren. Heute Morgen fuhr ich kurz in die Innenstadt von Bad Homburg, um etwas zu erledigen. Dabei kam mir ein uralter Freund entgegen, mit dem ich seit Jahren zusammen im Golfclub bin. Als er mich von Weitem erkannte, wechselte er den Bürgersteig. Offenbar hatte er Zeitung gelesen. Können Sie überhaupt nachempfinden, welche Welt für mich gerade zusammenbricht?«

Schultz beschwichtigte ihn. »Das mit der Zeitung haben wir nicht veranlasst, Herr Krawinckel. Wir wollen niemand gesellschaftlich untragbar machen. Unsere Aufgabe ist eine andere. Kommen wir zu Sunita. Erzählen Sie uns bitte, wie sich Ihre Annäherung an Sunita abgespielt hat. War es Ihre persönliche Form von Rache an Herrn Beuchert, oder gab es für Ihr Vorgehen andere Gründe?«

Krawinckel reckte die Hände nach oben. »Müssen wir das wirklich erörtern? Sie wissen doch schon alles. Sie haben mein Forum im Internet gefunden und eine Reihe von Zeugen vernommen. Außerdem sagte mir Herr Doktor Schaller, dass Sie Malereien von Sunita sichergestellt haben, die Ihren gegen mich erhobenen Vorwurf stützen.«

»Das trifft zu. Den Beweiswert der Bilder Sunitas hat uns überdies eine Psychologin bestätigt«, sagte Schultz. »Dennoch können wir es Ihnen nicht ersparen, im Rahmen Ihres Geständnisses zumindest den äußeren Hergang darzustellen.«

»Es war keine Rache. Ich unterliege sehr unterschiedlichen Gemütsbewegungen. Es gibt Tage, an denen ich mich gerne mit Gesellschaft umgebe und die Unterhaltung mit zahlreichen Menschen genieße. Zu anderen Zeiten wiederum will ich allein sein und meinen Gedanken gehören. Sunita verstand mich darin. Sie war wesentlich weiter in ihrer Entwicklung, als es ihr Alter vermuten lässt. Sie genoss manchmal aus den Fenstern meines Ferienhauses den Ausblick in die Berge. Diese Erlebnisse vermittelten ihr ein Stück Heimatgefühl und bekämpften ihre gelegentliche innere Leere und Einsamkeit. Dann wieder sprühte sie vor Lebenslust und wollte unbedingt als Künstlerin auf die Bühne. Sie wollte Schlager singen oder Mode vorführen. Hauptsache, unter Menschen. Sie sehen also, es gab zwischen uns eine Art Seelenverwandtschaft.«

Diener griff sich an die Stirn. »Sie wollen damit zum Ausdruck bringen, dass sich zwischen Ihnen und Sunita eine ernst zu nehmende persönliche Beziehung entwickelte? Zwischen einem elfjährigen Kind und einem Mittfünfziger?«

Irritiert schaute Krawinckel zu Diener herüber. Rechtsanwalt Doktor Schaller zupfte ihn an seiner Clubjacke. »Herr Staatsanwalt Diener darf selbstverständlich auch Fragen stellen, Herr Krawinckel.«

Krawinckel nickte. »Sie verstehen nicht, weil Sie sich nur auf den sexuellen Bereich zurückziehen. Sunita hatte in Indien eine Erziehung erlebt, die ganz andere Fähigkeiten in ihr gefördert hatte, als dies hier bei gleichaltrigen Mädchen der Fall ist. Ihr war nie beigebracht worden, dass wirtschaftlicher Erfolg der wesentliche Lebensinhalt sei. Für sie standen alleine Fragen des menschlichen Werdens und Vergehens im Vordergrund. Dadurch entsprach sie nach deutschem Verständnis einer jungen Erwachsenen, allerdings mit erheblich mehr Tiefgang.«

Schultz krampfte die Hände zusammen. Für einen Augenblick ging ihm seine mit neun Jahren verstorbene Tochter durch den Kopf. Er versuchte, die Angaben Krawinckels mit seiner kurzen Erfahrung als Vater abzugleichen und fand keinen Zugang zu Krawinckels Welt. »Diese Interpretation des Reifegrads von Sunita erleichterte Ihnen wohl die Erweiterung des Kontakts auf eine sexuelle Ebene?«

Krawinckel bestätigte die Frage von Schultz mit heftigen Kopfbewegungen. »Jetzt scheinen Sie zu beginnen, die Situation so zu verstehen, wie sie wirklich war. Das ist noch nicht alles. Aus dieser menschlichen Einheit zwischen Sunita und mir erwuchs ein sexuelles Verlangen. Sie werden es vielleicht nicht glauben. Der Anstoß dazu ging von Sunita aus. Ich räume allerdings ein, dass es mir nicht schwerfiel, Ihrem Wunsch nachzugeben.«

Rechtsanwalt Doktor Schaller schaute wenig überzeugt und machte eine entschuldigende Geste zu Schultz hin. Diener verdrehte die Augen und sah zu Breidel hin, die starr den Bildschirm ihres Laptops fixierte.

Schultz spürte einen schlechten Geschmack im Mund und musste mehrmals schlucken. »Das mögen Sie so sehen, Herr Krawinckel. Ich verhehle nicht, dass mir Ihre Schilderung des Verhältnisses zu einem elfjährigen Kind nicht nachvollziehbar ist. Auf einem in Ihrem Computer abgespeicherten Filmstreifen befasst sich ein Mann, dessen Gesicht nicht gezeigt wird, sexuell mit Sunita. Gleichwohl kommt es zu keiner Erektion. Wie uns Ihre Exfrau mitteilte, waren Sie mangels ausreichender körperlicher Fähigkeiten niemals in der Lage, mit einer Frau geschlechtlich zu verkehren. Wie wirkte sich das in Ihrem körperlichen Umgang mit Sunita aus?«

Krawinckel schlug die Hände vor sein Gesicht. Sekundenlang herrschte eine absolute Stille.

Plötzlich begann Krawinckel, hemmungslos zu weinen. Er zog ein Taschentuch hervor und wischte sich über das Gesicht. »Es hätte alles anders sein können. Schöner! Ich habe sie doch wirklich geliebt. Natürlich gingen wir fantasievoll miteinander um. Wir gönnten uns sämtliche vorstellbaren Arten von Berührungen. Aber das eine fehlte eben immer. Ich habe alles Mögliche unternommen. Ohne Erfolg. Eine Vielzahl medizinischer Kapazitäten habe ich aufgesucht, schmerzhafte Untersuchungen über mich ergehen lassen. Alle neueren medizinischen Präparate zur Potenzstärkung habe ich ausprobiert. Es war nichts zu machen. Niemand konnte mir helfen. Sie glauben nicht, wie beschämend und erniedrigend ein solches Leben sein kann. Wenn man es überhaupt Leben nennen will.«

»Das verhielt sich auch in Ihren beiden Ehen so?«, fragte Schultz.

»Genau so. Auch schon vorher, in meiner Jugendzeit. Alle Begegnungen mit jungen Frauen mündeten in demselben Ergebnis. Jedes Mal stand ich als Versager da. Ich wurde gehänselt und ausgelacht. Manchmal auch bemitleidet und getröstet, was mindestens genauso schlimm war. Wie oft hatte ich ein Mädchen gewonnen. Bis dahin fiel mir alles leicht. Ich konnte reden, überzeugen, verliebt machen. Dann rückte unaufhaltsam das erste intime Zusammensein näher. Meine Angst davor wuchs und wuchs. Trotzdem gewann ständig die Hoffnung die Oberhand, es werde irgendwann doch klappen. Und es folgte wieder eine Nacht voller Ablenkungen, Entschuldigungen und Ausreden. Ich zerbrach daran mehr und mehr. Nur bei Sunita nicht. Ihr schien mein Problem gleichgültig zu sein. Sie empfand es nicht als Versagen. Das gab mir ungeheuer viel.«

»Ich nehme zur Kenntnis, dass Sunita Ihre große Liebe war«, sagte Diener. »Wie verträgt es sich damit, dass Sie ein Internet-Forum mit Aufnahmen von Ihnen und Sunita bei sexuellen Praktiken einstellten?«

»Sunita wollte es so. Sie fand unseren Umgang miteinander ästhetisch. Die Filme hielt sie für künstlerisch wertvoll. Deshalb meinte sie, die öffentliche Präsentation sei eine Art Filmschauspielerei. Ich folgte ihr, verhehle aber nicht, dass das Wissen, viele Zuschauer zu haben, für mich einen besonderen Reiz darstellte. Das dabei verdiente Geld war nur eine willkommene Nebensache.«

Diener hakte nach. »War Ihre jetzige Gattin über diese besondere Form der Beziehung zwischen Ihnen und Sunita im Bilde?«

»Ich denke schon. Sie gönnte mir das. Ich wurde zusehends ausgeglichener. Das wirkte sich auch positiv auf unsere Ehe aus. Wir gingen lockerer damit um.«

»Wie muss ich das verstehen?«, fragte Schultz. »Sind Sie mit Ihrer Gattin vergleichbar wie mit Sunita sexuell umgegangen. Oder gestatteten Sie ihr zum Ausgleich andere Partnerschaften?«

Krawinckel schüttelte den Kopf. »Die Liebe zwischen meiner Frau und mir hat einen ganz anderen Charakter als meine Liebe zu Sunita. Ich will versuchen, Ihnen dies deutlich zu machen. Meine Frau liebt mich abgöttisch, bis zur Selbstaufgabe. Sie würde alles für mich tun. Das hat allerdings weniger mit einer geistigen Übereinstimmung oder mit einer besonderen sexuellen Abhängigkeit zu tun, die es auch ohne eine vollständige körperliche Vereinigung geben mag. Für meine Frau ist das wesentliche Kriterium ihre Dankbarkeit mir gegenüber. Deswegen überhöht sie mich. Sie behandelt mich wie ein Denkmal, das nicht angetastet werden darf. Das hat Gründe. Meine Frau kommt aus sehr einfachen Verhältnissen. Sie hat dort alles Üble erfahren, was ein junges hübsches Mädchen erleben kann. Zumindest hat sie es mir so erzählt. Die Einzelheiten erspare ich Ihnen und mir, weil ich meine, dass sie nicht zur Sache gehören. Außerdem können Sie meine Frau selbst danach fragen. Aus diesem Inferno eines Elternhauses habe ich sie herausgeholt und zu mir genommen. Im Kern ist es vermutlich Liebe aus Dankbarkeit. Aber auch aus Existenzangst.«

Rechtsanwalt Schaller rieb sich die Hände und sah Schultz mit viel sagendem Lächeln an. »Meine Herren von der Staatsanwaltschaft, das war es. Mein Mandant ist umfassend geständig. Das sollte bei Ihrem weiteren Vorgehen bedacht und ihm zugutegehalten werden.«

Schultz und Diener tauschten einen Blick aus. Schultz schüttelte den Kopf und wandte sich erneut an Krawinckel. »Wir sind noch nicht ganz zu Ende. Sie haben an Allerheiligen am späten Vormittag Familie Beuchert aufgesucht. Zumindest sagen die Eheleute Beuchert dies so aus. Zwischen dem Zeitpunkt des Todes von Sunita und Ihrer Ankunft in der Nordweststadt lagen etwa eine und eine halbe Stunde. Wir wissen das, weil die Armbanduhr von Sunita bei ihrem Aufschlag auf das Straßenpflaster stehen geblieben ist. Zum Zeitpunkt der Überbringung der Todesnachricht Sunitas waren Sie erst kurz vorher im Hause Beuchert eingetroffen. Sie hätten also ausreichend Zeit gehabt, Sunita vorher zu töten. Herr Krawinckel, haben Sie Sunita umgebracht oder haben Sie ein überprüfbares Alibi?«

Krawinckel winkte ab. Sein Gesicht sah alt und müde aus. »Weder das eine noch das andere. Ich habe zu Hause gefrühstückt. Fragen Sie Herrn Kellermann. Vielleicht kann er Ihnen noch sagen, wann ich aufgebrochen bin. Nach dem Frühstück bin ich mit einem meiner Autos durch die Gegend gefahren. Alleine. Ihre weitere Frage, ob ich der Mörder von Sunita bin, zeigt mir, dass Sie von allem, was ich Ihnen vorhin erklärte, nichts verstanden haben.«

»Wie meinen Sie das«, fragte Schultz.

Wieder begann Krawinckel zu schluchzen und hielt die Hände vor sein Gesicht. »Welchen Grund sollte ich gehabt haben, den Menschen umzubringen, den ich am meisten auf dieser Welt liebte? Sie hatte sich zwar in den letzten drei bis vier Monaten verändert. Ihr Verhalten war etwas launisch geworden. Das hing aber damit zusammen, dass sie auch körperlich zur Frau herangereift war. Ich will damit sagen, dass Sunita ihre Periode bekommen hatte. Das ließ sie zurückgezogen und empfindlich auf alles reagieren. Sie stellte plötzlich alles in Frage. Aber das hätte sich wieder gegeben. Es war eine typische Laune der Natur. Sie war und blieb ein einmaliger Mensch. Das wurde mir so bitter und nachhaltig vor Augen geführt, als ich neulich einmal mit ihrer Schwester auf meinem Ferienhaus war. Ich wollte einfach nur vergleichen, inwieweit junge Menschen gleichen Blutes sich ähneln und austauschbar sind. Das war eine herbe Enttäuschung. Sunitas Schwester Rupa ist im Vergleich zu ihr ein Stockfisch. Nichts habe ich in ihr wiedergefunden, was mich an Sunita erinnert hätte.«

Schultz hielt den Redefluss von Krawinckel an. »Sie haben meine Frage mit einer Gegenfrage beantwortet. Es mag sein, dass ich etwas schwer von Begriff bin. Über Motive, die Sie bewogen haben könnten, kann ich nur Mutmaßungen anstellen. Deshalb wäre es schön, wenn Sie hierzu eine Aussage machen würden.«

Krawinckel gab sich verletzt, zeigte allerdings auch einen leichten Ansatz von Zorn. »Hier ist Ihre Antwort, Herr Staatsanwalt. Ich habe Sunita nicht getötet. Es gab keinen Grund. Vermuten Sie, was Sie wollen. Es ist falsch. Ich bleibe dabei. Sunita habe ich geliebt wie keinen zweiten Menschen. Mir fehlt auch jede Fantasie, wer sie umgebracht haben könnte. Gestatten Sie, dass ich jetzt gehe? Das Thema erschöpft mich.«

Schultz schüttelte den Kopf. »Ich habe keine Fragen mehr.«

»Ich gehe davon aus, dass wir in den nächsten Tagen unser vorhin begonnenes Gespräch fortsetzen werden«, sagte Schaller zu Schultz.

Schultz nickte. »Ich rufe jetzt einen Wachtmeister, der Sie beide an einem Nebenausgang herauslässt. Sie können draußen warten.«

Als Schaller und Krawinckel gegangen waren, wandte sich Schultz an Breidel. »Haben wir eine Möglichkeit, Herrn Köhler über Handy nach dem Stand seiner Ermittlungen in Sachen Frau Vincenzo zu fragen?«

»Mache ich«, sagte Breidel und verließ den Raum.

Schultz goss sich einen Kaffee in seinen *Boss*-Becher, klappte das Fenster und zündete sich eine Zigarre an. Er wandte sich an

Diener. »In der Hauptsache hat uns die Vernehmung nicht weitergebracht. Wir klären alle möglichen neuen Sachen auf, von sexuellen Übergriffen an geistig Behinderten bis zur übelsten Körperverletzung, vom Besitz und der Verbreitung von Pornomaterial bis zum sexuellen Missbrauch von Kindern. Nur in der Tötungsgeschichte kommen wir nicht voran. Krawinckel hat zwar für die Tatzeit kein Alibi. Umgekehrt haben wir aber auch keine Beweise gegen ihn. Ehrlich gesagt, nicht einmal Indizien.«

37. Kapitel

»Stopp!«, rief Schreiner mit unterdrückter Stimme und griff nach der Hand seines Kollegen Pechstein. »Wegmann ist da. Da vorn in der Einfahrt steht sein lila Jaguar. Er muss gerade gekommen sein. Das Tor steht noch offen.«

Pechstein trat auf die Bremse des Dienstwagens und schaute zu Schreiner hinüber. »Wie geht es jetzt weiter?«

»Wie besprochen. Fahr einfach rein.«

Auf das Klingeln an der Haustüre öffnete Kellermann. Er lächelte und drehte kurz den Kopf zur Seite. »Es ist wie verhext. Die Herrschaften sind schon wieder nicht da. Ich erwarte beide erst gegen Nachmittag.«

Aus einem der Zimmer trat Rainer Wegmann hinzu. Er steckte gerade einen Umschlag in seine Hemdentasche. Sein Gesichtsausdruck war abweisend, als er sich Schreiner zuwandte. »Was wollen Sie denn schon wieder hier. Wollen Sie unseren Ruf ruinieren?«

Schreiner lachte laut auf, so dass die Narben in seinem Gesicht einen Kreis um seinen Mund bildeten. »Was gibt es bei Ihrem Ruf noch kaputt zu machen? Sie haben wohl gerade die 3.000 Euro dafür eingesackt, dass Sie Beuchert krankenhausreif geschlagen haben. Die Quittung dafür kriegen Sie von uns in den nächsten Tagen.«

»Was wollen Sie? Heraus damit. Und dann sehen Sie zu, dass Sie Land gewinnen.«

Pechstein legte die Hand auf seine Waffe. Schreiner trat so dicht an Wegmann heran, dass sich ihre Körper fast berührten. »Hören Sie jetzt bitte genau zu. Wir sind zu einer Amtshandlung hier, die Sie nichts angeht. Entfernen Sie sich und stören Sie uns nicht weiter. Sonst binde ich Sie mit meinen Handschellen so lange an die Heizung, bis wir fertig sind.«

Der Auftritt Schreiners hinterließ seinen Eindruck. Wegmann zuckte mit den Schultern, stieß einen abschätzigen Pfiff durch die Zähne und zog sich zurück.

Kellermann trat unsicher von einem Fuß auf den anderen. Wieder zuckte er mit dem Kopf. »Was kann ich noch für Sie tun?«

Schreiner wandte sich ihm zu. »Wir sind absichtlich zu dieser Zeit gekommen, da wir wussten, dass Herr Krawinckel außer Hause ist. Herr Kellermann, Sie sind vorläufig festgenommen. Gegen Sie besteht der dringende Verdacht, Sunita Beuchert getötet zu haben. Ich lege Ihnen jetzt Handschellen an und nehme Sie mit zur Staatsanwaltschaft. Dort werden Sie vernommen. Herr Staatsanwalt Schultz wartet auf Sie.«

Die Haltung von Kellermann veränderte sich schlagartig. Er sackte in sich zusammen. »Ja, aber ...«

»Hier und jetzt keine Erklärungen. Dazu haben Sie gleich ausreichend Gelegenheit«, sagte Schreiner.

Als Schreiners Mobiltelefon einige Zeit später klingelte, hatten Pechstein und er Kellermann gerade in den Haftzellen der Staatsanwaltschaft eingeliefert.

»Hat alles geklappt?«, fragte Schultz.

»Wir sind ganz in Ihrer Nähe. Krawinckel haben wir weggehen sehen. Wir wollten vermeiden, dass er und Kellermann sich begegnen.«

»Prima. Vorsorglich habe ich auch für einen Pflichtverteidiger gesorgt, der unseren Verdächtigen schnell noch in der Haft sprechen kann. Er hat ja einen Anspruch auf Verteidigung, weil es um ein Verbrechen geht. Wenn Sie in etwa einer viertel Stunde mit den beiden Herren hier sind, wäre das hervorragend.«

Unmittelbar nachdem Schultz das Gespräch beendet hatte, kehrte Breidel in das Zimmer zurück. »Ich habe Herrn Köhler erreicht. Er ist noch nicht viel weitergekommen. Zurzeit klappert er Angehörige, Freunde und Bekannte von Frau Vincenzo ab. Er hofft, auf diese Weise an die Telefonnummer in Italien zu kommen. Ein Abgleich des Telefonbuchs von Lucca hat nicht weitergeführt. Wir sollen ihn in ungefähr einer Stunde noch einmal anrufen. Er meint, dass er dann fündig geworden ist und mehr sagen kann. Er will sich nicht von sich aus melden, um nicht in unsere Vernehmung zu platzen.«

»Danke, Frau Breidel«, sagte Schultz.

Schultz legte seine Zigarre im Aschenbecher ab. Diener lachte ihn an. »Man hört gar nichts von unserem Pressesprecher. Das ist mir fast unheimlich.«

»Kaschinski ist ein echter Profi. Wenn er einmal etwas gespeichert hat, gibt es keine nervigen Rückfragen mehr. Unser Abteilungsleiter hat es übernommen, den Chef zu unterrichten, und dieser wiederum hat den Generalstaatsanwalt und das Ministerium angerufen. Dort gibt es wieder jede Menge Bedenken. Das sollte uns nicht bewegen. Es wird sich sofort ändern, wenn sie hören, dass es ein Geständnis gibt.«

Es klopfte. Schreiner trat mit einem Justizwachtmeister ein, der an seinem Handgelenk eine Handschelle trug. An deren zweiter Schelle war Mike Kellermann festgemacht. Neben Kellermann betrat ein dicklicher blonder Mann im dunkelblauen Anzug den Raum, der sich als Rechtsanwalt Flach vorstellte und ebenso wie Schreiner die Anwesenden begrüßte.

»Soll ich hierbleiben?«, fragte der Uniformierte.

Schultz schüttelte den Kopf. »Nicht nötig. Wir haben genügend Polizeikräfte hier. Schließen Sie ihn bitte los.«

Kellermann wirkte völlig verstört. Man sah ihm an, dass er mit diesem Teil der Staatsgewalt noch nicht in Berührung gekommen war. Er hatte Angst. Seine Augen waren eingefallen, seine Lippen zitterten. Gelegentlich zuckte sein Kopf kurz zur Seite. Von dem selbstsicheren Auftreten in seiner vertrauten Bad Homburger Umgebung war nichts übrig geblieben. Er rieb sich das freigeschlossene Handgelenk. »Darf ich mich setzen?«

Schultz gab ihm die Hand. »Selbstverständlich. Nehmen Sie bitte Platz.« Anschließend belehrte er ihn über seine Rechte. »Ich hoffe, Sie haben das alles verstanden, Herr Kellermann. Sie sind hier, weil wir Sie eines Verbrechens verdächtigen. Das hat Ihnen bestimmt Herr Schreiner schon bei Ihrer vorläufigen Festnahme eröffnet. Wir werfen Ihnen vor, am 1. November Sunita Beuchert getötet zu haben. Sie konnten sich schon mit Ihrem Pflichtverteidiger, Herrn Rechtsanwalt Flach, beraten. Wollen Sie eine Aussage machen?«

Flach setze eine wichtige Miene auf. »Mein Mandant ist auf meine Verteidigungslinie eingestellt. Wir haben nichts zu verbergen. Herr Kellermann wird Angaben machen und aufzeigen, dass der Vorwurf absurd ist.«

Durch den Kaffee, den Diener ihm eingeschenkt hatte, war Kellermanns Verängstigung ein wenig gewichen. Seine Haltung zeigte, dass sein altes Selbstbewusstsein langsam wiederkam. »Darf ich fragen, wie Sie überhaupt darauf kommen, mich zu verdächtigen? Ich verstehe gar nicht, wie Sie mich mit dem Tod der armen Sunita in Verbindung bringen können.«

Schultz rieb sich gerade mit gequältem Gesicht den Nacken. Er hatte vergessen, aus seinem neuen Hemd das Etikett herauszuschneiden, das ihn nun ständig am Hals kratzte. Ruckartig richtete er sich auf. »Wir haben am Tatort eine goldene Kette mit Anhänger gefunden. Diese Kette muss der Täter hinterlassen haben. Sie war gerissen. Der Anhänger hat die Form eines Herzens, dem allerdings unten die Spitze fehlt. Lange wussten wir nicht, was es damit auf sich haben könnte. Haben Sie jetzt eine Vorstellung, warum wir auf Sie als möglichen Täter gekommen sind?«

Die Verblüffung stand Kellermann ins Gesicht geschrieben. »Ich beginne zu verstehen. Allerdings ziehen Sie, wie ich glaube, falsche Schlüsse.«

Schultz hielt seine Augen fest auf Kellermann gerichtet. »Ich helfe Ihnen gerne noch ein bisschen weiter auf die Sprünge. Als wir gestern im Hause von Herrn Krawinckel durchsuchten, waren die Eheleute nicht zu Hause. Deshalb habe ich Sie gebeten, das Beschlagnahmeprotokoll zu unterzeichnen. Das haben Sie getan. Mit Vor- und Zunamen. Mit Vornamen heißen Sie Mike. Den Buchstaben M haben Sie wie ein Herz gemalt, das nach unten nicht geschlossen ist. Als ich mir vor wenigen Stunden das Foto des Goldanhängers vor Augen hielt, stellte ich die Übereinstimmung mit Ihrer Unterschrift bei dem ersten Buchstaben Ihres Vornamens fest.«

Kellermann hatte während der Ausführungen von Schultz die ganze Zeit genickt. Jetzt faltete er die Hände und legte sie in seinen Schoß. »Mir wird nun klar, warum Sie mich im Verdacht haben. Aber Ihre Annahme ist falsch. Das müssen Sie mir glauben. Ich kann das auch beweisen. Damit tue ich mich schwer, weil ich eine andere Person kompromittieren müsste.«

Rechtsanwalt Flach spitzte die Lippen und hielt den Kopf schräg. »Ich habe meinem Mandanten empfohlen, vorbehaltlos auszusagen. Immerhin geht es um seinen Hals. In einer solchen Situation kann man keine Rücksichten mehr üben.«

Schultz wehrte ab. »Das scheint mir zu dramatisch formuliert. Es gibt keine Todesstrafe mehr. In der Tendenz dürften Sie dennoch richtig liegen, Herr Flach. Herr Kellermann hätte im Falle seiner Überführung mit einer langjährigen Freiheitsstrafe zu rechnen.«

Diener ermunterte Kellermann fortzufahren. »Sie sollten sich dem Vorschlag Ihres Anwalts anschließen. Ritterlichkeit ist in diesem Fall nicht angesagt.«

Kellermann atmete tief ein. »Meine Arbeitgeberin, Frau Krawinckel, und ich sind befreundet. Wie soll ich mich ausdrücken? Wir pflegen eine Beziehung, die sogar ein wenig über das Freundschaftliche hinausgeht.«

»Sie haben also ein Verhältnis mit Frau Krawinckel«, stellte Schultz fest.

Kellermann deutete ein Nicken an. »Sagen wir, wir sind uns nähergekommen. Frau Krawinckel hatte irgendwann einmal im Salon gesessen und geweint, als ich hinzukam. Sie vermittelte mir damals nachdrücklich, wie einsam sie sei und wie wenig ihr Mann es verstehe, ihre Herzensbedürfnisse zu erfüllen. Diese Verbindung müssen wir natürlich vor Herrn Krawinckel geheim halten. An unserem ersten Jahrestag haben wir uns bei einem Juwelier zwei Ketten mit Anhängern fertigen lassen, die sich völlig gleichen.«

Schultz kniff die Augen zusammen. »Ich will vorerst nicht nach dem konkreten Inhalt der von Ihnen so genannten Herzensbedürfnisse von Frau Krawinckel fragen. Wie kam es zu der besonderen Gestaltungsform des Anhängers.«

»Das war Frau Krawinckels Idee. Sie kannte meine Unterschrift. Daraus hatte sie ebenfalls bei dem Buchstaben M den Vergleich zum Bild eines Herzens gezogen, genau wie Sie, Herr Staatsanwalt. Das gefiel ihr. Sie meinte, es sei ein Symbol für die Aufrichtigkeit unserer Zuneigung. Wir überlegten weiter, eine Gravur unserer Vornamen anbringen zu lassen. Frau Krawinckel schreckte davor zurück. Es hätte Gerede in dem Juwelierladen geben können.«

Schultz trommelte mit den Fingern auf einer vor ihm liegenden Akte. »Trugen Sie die Ketten auch?«

»Wir hatten uns bei einem Glas Champagner gegenseitig eine Kette umgelegt.«

Nervös beschrieb Schultz mit der Hand einen Halbkreis. »Und weiter? Haben Sie Ihren Anhänger noch? Tragen Sie ihn gerade? Sie lassen sich allzu sehr die Würmer aus der Nase ziehen.«

»Ich werde mich bemühen, Ihnen die Zusammenhänge aufzuzeigen. Leider trage ich den Anhänger heute nicht. Meist habe ich ihn bei meinen Privatsachen. Ich habe immer Angst, dass Herr Krawinckel die Kette einmal sieht und nach der Bedeutung fragt. Frau Krawinckel sagte einmal, ihr sei das gleichgültig. Das hielt ich allerdings nicht für überzeugend. Anderenfalls hätte sie sich nicht gegen eine Gravur gewehrt. Immerhin trug sie die Kette eine ganze Weile und dann nicht mehr.«

Schultz forderte Kellermann mit einer ausladenden Handbewegung zum Weiterreden auf. »Haben Sie nach dem Grund gefragt?«

»Selbstverständlich! Sie sagte mir, Sunita habe erst kritische und später hämische Blicke auf den Anhänger geworfen. Sie müsse etwas bemerkt oder geahnt haben. Sunita habe einen indischen Freund ein Drohbriefchen schreiben lassen und wolle sie damit erpressen.«

Als der Name Sunita fiel, horchte Schultz auf. »Inwiefern? Und wie hat Frau Krawinckel darauf reagiert?«

Kellermann machte einen verlegenen Eindruck. Er zögerte. »Ich weiß nicht.«

Drohend reckte Schultz den Zeigefinger. Er stand davor, Kellermann auf die Bedrohung Dubhos vor der Frankfurter Börse anzusprechen und ihn mit dem Verdacht zu konfrontieren, er halte ihn insoweit für den unbekannten Täter. Irgendetwas hielt ihn davon ab. Er beschloss, die Aufklärung dieses Tatkomplexes zurückzustellen. »Hat Sunita Ellen Krawinckel direkt auf den Anhänger angesprochen?«

»Das weiß ich nicht. Davon hat sie mir nichts erzählt. Ich habe sie auch nicht danach gefragt.«

Für einen Augenblick kämpfte Schultz mit sich, ob er Kellermann der Unwahrheit bezichtigen und versuchen sollte, ihn weiter in die Enge zu treiben. Er überlegte es sich anders. »Jedenfalls bedeutet dies, dass Sie den Ihnen gehörigen Anhänger nicht vermissen. Dann werden wir mit Ihnen im Anschluss an die Vernehmung nach Bad Homburg fahren und nachschauen müssen.«

»Das wäre mir sehr peinlich vor Herrn Krawinckel. Jedenfalls wäre ich sehr dankbar, wenn Sie Diskretion üben könnten.«

»Wir werden sehen«, sagte Schultz. »Wo hielten Sie sich am Vormittag des 1. November auf?«

»Zu Hause. Genauer gesagt, im Hause der Eheleute Krawinckel in Bad Homburg. Wie eigentlich jeden Tag.«

»Gibt es Zeugen dafür? Können zum Beispiel die Eheleute Krawinckel Ihre Angabe bestätigen?«

Kellermann fuhr sich über sein leicht öliges Haar und legte dann wieder seine gefalteten Hände in den Schoß. Er schüttelte den Kopf. »Nicht Krawinckels. Beide waren an diesem Morgen nicht zugegen. Wohin die Herrschaften gingen, verschließt sich meiner Kenntnis. Es war nicht üblich, dass sie mir im Alltag ihren Terminkalender mitteilten. Allerdings müsste die Dienerschaft sich an meine Anwesenheit erinnern. Ich pflegte jeden Morgen zu kontrollieren, ob an alles gedacht war. Im Übrigen fällt mir gerade ein, dass ich noch mehr aufzubieten habe. Es gibt ein Foto.«

Als Kellermann schwieg, setzte Schultz einen verwunderten und abschätzigen Blick auf. Er rief sich das Erscheinungsbild von Ellen Krawinckel vor Augen und stellte sich die Frage, welche Gemeinsamkeiten sie wohl mit Kellermann verbanden. »Was ist das für ein Foto? Womit wollen Sie uns jetzt kommen?«

»Ein Automatenfoto. Als Ellen und ich ... Entschuldigung, ich meine, als Frau Krawinckel und ich unsere Goldkettchen angelegt hatten, suchten wir in der B-Ebene des U-Bahnhofs an der Hauptwache einen Fotoautomaten auf. Wir schlichen hinter den Vorhang und schraubten den Drehstuhl nach unten. Sie setzte sich auf meinen Schoß. Wir knöpften unsere Kragen auf, um die Anhänger mit auf das Foto kommen zu lassen. Eines der Bilder müsste ich in meiner Brieftasche haben, die mir nach meiner Festnahme abgenommen worden ist.«

Schultz warf Schreiner einen auffordernden Blick zu. »Das klären wir.« Er schaute sich in der Runde um. »Wir sollten jetzt nach Bad Homburg fahren. Herr Schreiner wird die Organisation übernehmen. Bevor wir losfahren, will ich noch etwas erledigen.« Er zwinkerte zuerst Diener zu und sah anschließend Frau Breidel an. »Wenn Sie bitte kurz mit mir kommen wollen. Ich habe da noch zwei kleine Aufträge für Sie.«

38. Kapitel

Der schrille Klang der Glocke hallte ungewöhnlich lange nach. So als sei das Haus zwischenzeitlich leer geräumt und verlassen worden. Schultz strich sich über seinen Bart und trat von einem Fuß auf den anderen. »Das kann nicht sein.«

Dann endlich Schritte. Die Tür zur Villa der Eheleute Krawinckel öffnete sich. Phillip Krawinckel stand selbst im Eingang, als im Schlepptau von Schultz dessen Kollege Diener, der Polizeibeamte Schreiner mit Kellermann an den Handschellen sowie Rechtsanwalt Flach eintraten.

Die Tür blieb offen. Krawinckel wirkte wieder sehr gefasst. »Kommen Sie bitte. Ich bin sehr verblüfft und enttäuscht über den Ausgang der Geschichte. Das hätte ich nicht für möglich gehalten. Herr Kellermann genoss mein vollstes Vertrauen.«

Schultz hatte den Eindruck, dass Krawinckel unter Medikamenten stand. Anders konnte er sich dessen angepasstes Auftreten nicht erklären. Außerdem fand er es erstaunlich, dass sich ausgerechnet Krawinckel schon wieder über andere Menschen erhob. »Herr Kellermann genießt bei Ihnen Hausrecht. Ich gehe davon aus, dass Sie nichts dagegen haben, wenn wir uns mit ihm in den von ihm bewohnten Räumen umsehen.«

Mit großer Geste und freundlichem Lächeln wies Krawinckel in das Innere des Hauses. Aus den Augenwinkeln warf er einen Blick auf seine frisch gefeilten und lackierten Fingernägel. »Mein Haus ist das Ihre. Sie sollen nicht annehmen, dass ich mich der Wahrheitsfindung entgegenstelle.«

Im gleichen Moment kam Rainer Wegmann den Flur entlang. Er ergriff den Arm Krawinckels. »Was wollen die denn schon wieder hier, Phillip. Ich meine, es reicht jetzt. Ruf doch mal den Chef von der Truppe an und sage, wer du bist. Dann haben wir in zwei Minuten Ruhe. Es muss schließlich für irgendetwas gut sein, dass du die ganzen Kerle immer mittags durchfütterst.«

»Sei vorsichtig, Rainer, und übertreibe es nicht. Du könntest es bereuen. In meinem Haus entscheide noch immer ich, wen ich kommen und gehen lasse«, sagte Krawinckel.

Wegmann fuhr sich durch seine Dauerwelle und schüttelte den Kopf. Schultz verdrehte die Augen. Er sah an Wegmann vorbei zu Krawinckel hin. »Es wäre nett von Ihnen, wenn Sie uns mit Herrn Kellermann alleine ließen. Ganz alleine.«

Krawinckel machte eine Verbeugung und ging einen Schritt zurück. Er hängte sich bei Rainer Wegmann ein und zog diesen ein Stück mit sich fort. »Keine Sorge. Das geht in Ordnung. Sollten Sie mich brauchen, genügt es, einen der Bediensteten anzusprechen. Sie wissen, wo ich mich aufhalte.«

»Herr Diener wird Sie begleiten. Wir müssen ohnedies Ihr Dienstpersonal nach einer Angabe von Herrn Kellermann zu seinem Aufenthalt an Allerheiligen hier im Hause fragen.«

Als Diener gerade mit den beiden Männern außer Sichtweite war, drang von der Einfahrt her das Geräusch überlaut quietschender Reifen in den Eingangsbereich. Schultz, Schreiner, Kellermann und Flach drehten auf dem Absatz um und schauten zur Tür. Für einen Moment glaubte Schultz, Rainer Wegmann habe sich davongemacht.

»Das ist er. Der ganz links da drüben. Sie können mir wirklich glauben. Er war es!«, rief der junge dunkelhäutige Mann fast mit Kopfstimme und zeigte auf Kellermann.

Natascha Breidel legte Dubho die Hand auf den Rücken und schob ihn langsam näher zu den Männern heran. Sie lächelte. Hinter ihr betrat Pechstein das Haus.

Kellermann glühte im Gesicht und sah zu Boden. Schultz sah in an. »Bevor wir uns um Ihr Alibi kümmern, will ich Ihnen Gelegenheit geben, Ihre vorhin gemachten Angaben zu ergänzen. Kennen Sie den jungen Mann?«

Die ruckartige Kopfbewegung Kellermanns signalisierte seine ganze Nervosität. »Ja!«

»Lassen Sie sich nicht schon wieder die Würmer aus der Nase ziehen. Sagen Sie, was war.«

»Es trifft zu, was er sagt. Ich habe den Jungen an der Skulptur ›Bulle und Bär‹ vor der Börse ein wenig eingeschüchtert, um sicherzustellen, dass er schweigt. Es war eine ausdrückliche Bitte von Ellen ... Krawinckel. Sie hatte mir die Notwendigkeit deutlich gemacht. Auf mich war sie verfallen, weil der junge Mann mich nicht kannte. Sonst kam für solche Aufträge eher ihr Bruder in Betracht.«

»Sie scheinen sich jetzt auf alle anderen Beteiligten als Verantwortliche festgelegt zu haben. Das werden wir genau überprüfen. Immerhin räumen Sie ein, dass Sie Dubho bedroht haben.«

»Nach der Schilderung von Frau Krawinckel musste ich davon ausgehen, dass der Junge Dreck am Stecken hat. Sie hielt es nicht für unwahrscheinlich, dass er Sunita auf dem Gewissen haben könnte.«

Schultz winkte ab. »Ich kann Sie beruhigen. Das hat er nicht. Im Gegensatz zu einigen anderen Personen hier hat er ein hieb- und stichfestes Alibi.« Er lächelte. »Dubho hat Minderwertigkeitsgefühle wegen seiner Akne. Zur Tatzeit hielt er sich bei der Mutter eines Mitschülers auf, die einen Kosmetiksalon führt. Wir haben es überprüft. Kommen Sie jetzt bitte mit.«

Auf dem Weg zu Kellermanns Privaträumen flüsterte Breidel Schultz etwas ins Ohr. Er hörte konzentriert zu. Auf einmal strahlte er. »Ein hervorragendes Ergebnis. Jetzt schaue ich langsam durch. Das war es, was ich wissen wollte.«

Das Zimmer von Kellermann war ausreichend groß, um die ganze Personengruppe aufzunehmen. Schreiner löste Kellermann von den Handschellen und reichte ihm seine Brieftasche. »Wir haben sie nach Ihrer Festnahme mit Ihren übrigen persönlichen Sachen in Verwahrung genommen. Wenn Sie bitte nachschauen wollen.«

Kellermann setzte sich auf den Rand eines Sessels und forschte in seiner Brieftasche. Sein Gesicht verklärte sich zu einem Lächeln. Er hielt ein passbildgroßes Foto hoch. »Hier ist es.«

Schultz griff zu. Sein Blick verfinsterte sich. Für einen Moment ballte er die Faust. Die Übrigen schauten über seine Schultern. Er hielt das Bild weiter von sich weg, damit es alle sehen konnten. »Das Foto entspricht Ihrer Schilderung. Das sind Frau Krawinckel und Sie. Die identischen Anhänger sind klar auszumachen. Bitte zeigen Sie uns jetzt, wo Sie Ihre Kette verwahren.«

Kellermann ging zu einem Sekretär und klappte ihn auf. Darin waren auf der rechten und linken Seite untereinander je drei kleine Schubladen eingelassen. Er öffnete eine davon und erschrak. »Sie ... sie ist nicht mehr da. Ich bin mir ganz sicher, dass sie vor meiner Festnahme noch hier war. Jeden Tag habe ich sie mir angeschaut.«

»Nur mit der Ruhe«, sagte Schultz. Vielleicht haben Sie den Schmuck versehentlich in einer der anderen Schubladen abgelegt.«

Während Kellermann noch in den Schubladen nachschaute, kam Diener in den Raum, ging zu Schultz und flüsterte ihm etwas zu. Schultz nickte und bat Kellermann um Aufmerksamkeit. »Lassen Sie es gut sein, Herr Kellermann. Wie mir Herr Diener eben sagt, haben die Angestellten Ihre vormittägliche Anwesenheit am 1. November hier im Hause bestätigt. Das Übrige wird sich finden. Seien Sie so gut und holen Sie Herrn Krawinckel wieder zu uns. Wir brauchen ihn.«

Kellermann nickte und verließ das Zimmer. Es dauerte nur wenige Sekunden, bis er mit Krawinckel zurückkehrte. Wegmann folgte den beiden. Krawinckel sah Schultz an. »Ich bin erleichtert. Wie mir Herr Kellermann gerade mitteilte, scheint sich der Verdacht gegen ihn zu relativieren. Was kann ich noch für Sie tun?«

Schultz tauschte Blicke mit Diener und den Polizeibeamten aus. Seine Frage blieb unausgesprochen. Er registrierte dennoch ein einhelliges Nicken. »Wir würden gerne mit Ihrer Gattin sprechen. Ist sie im Haus?«

»Ja, aber sie hat sich vorhin schon zurückgezogen. Kann ich Ihnen nicht weiterhelfen?«

»Das geht in diesem Fall leider nicht. Wir müssen sie persönlich sprechen.«

»Wenn es Ihnen recht ist, gehe ich einmal nachschauen. Sie wollte sich in Ihrem Schlafzimmer zur Ruhe legen.«

Nach einer geraumen Weile kam Krawinckel zurück. Seine Frau folgte ihm. Sie sah so blass aus, dass selbst ihr knallroter Jogginganzug keine Farbe auf ihr Gesicht abstrahlte. Um den Hals trug sie eine goldene Kette mit einem Anhänger in der Form eines Herzens, dem die untere Spitze fehlte.

Ellen Krawinckel grüßte mit einem Nicken. Ihr abschätziger Blick ruhte einen Moment auf Diener. Sie musterte ihn von oben bis unten. Ihre Miene behielt sie bei, als ihre Augen zu Kellermann wanderten.

»Frau Ellen Krawinckel? Sie sind vorläufig festgenommen wegen des Verdachts der Tötung von Sunita Beuchert«, sagte Schultz. »Wenn Sie möchten, können Sie sich umkleiden. Frau Breidel wird sie begleiten. Wir nehmen sie anschließend mit in die Staatsanwaltschaft. Dort werde ich sie über Ihre Rechte belehren. Für die Anwesenheit eines Pflichtverteidigers haben wir gesorgt.«

Phillip Krawinckel wirkte überrascht, sein Blick versteinerte.

Ellen Krawinckels Gesichtszüge glichen einer Fratze. Sie räusperte sich. Ihr Äußeres hatte sich dem metallischen Kratzen ihrer Stimme angepasst. »Ich fasse es nicht, dass Sie wegen eines kleinen billigen Flittchens so einen Aufwand betreiben. Vor allem verstehe ich überhaupt nicht, was ich mit der ganzen Angelegenheit zu tun haben soll. Wissen Sie überhaupt, wer vor Ihnen steht? Sie sollten sich vorsehen. Ich brauche nur mit dem Finger zu schnippen, und Sie sind alle Ihre dicken Posten los. Hören Sie endlich auf mit dieser Komödie und sagen Sie, was Sie wollen. Falls ich es kann, helfe ich Ihnen. Ansonsten lassen Sie mich bitte in Ruhe.«

»Sie haben offenbar den Ernst der Lage noch nicht verstanden. Entweder Sie entsprechen jetzt meiner eben geäußerten Bitte, oder wir nehmen Sie so mit, wie Sie sind«, sagte Schultz.

Ellen Krawinckel sah zu ihrem Mann. Ihre Stimme überschlug sich. »Nun stehe nicht nur so herum, sondern tue endlich etwas. Lässt du deiner Frau von ein paar nachgeordneten Beamten Befehle erteilen?«

Phillip Krawinckel hielt die Hände gefaltet vor seinem Unterleib und blickte unter sich. »Ich befürchte, dass dies kein Spaß mehr ist, Ellen. Du wirst dich vorläufig in den Wunsch schicken und die Herren begleiten müssen. Ich rufe jetzt sofort unseren Freund, Rechtsanwalt Doktor Dunkel an. Er wird dir zur Seite stehen. Herr Doktor Schaller kann uns schließlich nicht beide vertreten.«

»Tun Sie das. Das ist eine gute Idee. Sagen Sie ihm bitte, dass er in einer Stunde in meinem Büro eintreffen sollte, falls er Ihre Gattin verteidigen will«, sagte Schultz.

Breidel folgte Ellen Krawinckel. Schultz rief Schreiner und bat ihn, die Rückfahrt zu organisieren. Anschließend wandte er sich an Kellermann. »Ihre vorläufige Festnahme hebe ich auf. Sie sind hiermit entlassen und wieder ein freier Mann. Die Formalitäten veranlasse ich in meinem Büro. Wegen der Bedrohung Dubhos werden Sie sich verantworten müssen.« Er sah zu Rechtsanwalt Flach. »Wenn Sie wollen, nehmen wir Sie mit zurück nach Frankfurt. Herr Kellermann benötigt Ihren Beistand nicht mehr.«

»Danke, nein. Ich habe auf dem Amtsgericht Bad Homburg noch einige wichtige Dinge zu erledigen.« Flach klopfte Kellermann auf die Schulter. »Nun sehen Sie, wie gut meine Verteidigungsstrategie aufgegangen ist. Sie werden zugeben, dass Sie in besten Händen waren.«

Schultz wandte sich ab. Breidel kam mit Ellen Krawinckel zurück, die sich Jeans und einen Lammfellmantel angezogen hatte. In einer Hand hielt sie eine größere Umhängetasche. An der anderen Hand hatte ihr Breidel Handschellen angelegt. Sie warf ihrem Mann einen unnahbaren Blick zu. »Bis später.«

Die Beamten verabschiedeten sich ebenfalls bei Krawinckel und verließen mit seiner Frau das Haus. Als Natascha Breidel zu Schultz aufgeschlossen hatte, stieß sie ihn am Arm an. »Wie ich Ihnen vorhin schon zugeflüstert habe, ist Ihr zweiter Auftrag auch auf dem besten Weg. Unser Freund wird da sein, wenn wir ankommen. Wir haben kurzen telefonischen Kontakt gehabt.«

Schultz benötigte eine Sekunde, bis ihm wieder klar war, welchen Inhalt die Botschaft hatte. Er rieb sich die Hände.

Anschließend rief er mit seinem Mobiltelefon Kaschinski an, den Pressesprecher der Staatsanwaltschaft. Auf seinen Gesichtszügen zeichnete sich nach einer kurzen Zeit des Zuhörens blankes Entsetzen ab.

39. Kapitel

Absperrgitter über Absperrgitter. Davor Dutzende von Bereitschaftspolizisten in voller Montur, Arm in Arm eingehängt, um dem Druck auf den abgeschirmten Bereich standzuhalten. Hinter den Abzäunungen ein Gewimmel von gestikulierenden Menschen, bestückt mit Fotoapparaten, Kameras und Mikrofonen. Blitzlichter flammten auf. Unzählige Körper pressten und schoben sich in dem Wissen gegen die Absperrungen, dass diese ebenso verrückbar waren wie die Polizisten.

Schreiner saß hinter dem Steuer und grinste, so dass seine Narben im Gesicht rot hervortraten. Diese Situation gefiel ihm. Hier war endlich wieder etwas los. Mit instinktivem Gefühl für die Seitenbegrenzung des Fahrzeugs fuhr er in eine von den Polizeibeamten freigehaltene Gasse, die an der elektronisch gesicherten Zugangstür zu den Haftzellen endete.

Als das Auto die Einfahrt passiert und das hohe Eisentor sich wieder geschlossen hatte, atmete Schultz auf. Sein Anruf bei Kaschinski war wohl einer seherischen Qualität entsprungen. Alles schien geklappt zu haben.

Vor der Tür des Dienstzimmers von Schultz und Diener standen schon Rechtsanwalt Doktor Dunkel und Köhler. Dunkel war ein gepflegter älterer Herr, der einen maßgeschneiderten Anzug trug. Sein Äußeres vermittelte Seriosität.

Dunkel unterbrach seine Unterhaltung mit Köhler und grüßte Schultz. »Schön, dass wir wieder einmal miteinander zu tun haben. Sie gestatten, dass ich mit meiner Mandantin unter vier Augen sprechen kann? Anschließend unterrichte ich Sie sofort, ob wir Angaben zu dem Vorwurf machen oder heute schweigen.«

Schultz nickte. »Dieses Recht steht Ihnen zu.«

»Darf ich vorher einen Blick in die Akten werfen, damit ich weiß, wie ich die Mandantin beraten soll?«

Schultz schüttelte den Kopf. »Insoweit kann ich Ihnen nicht entgegenkommen. Die Akten sind noch sehr bruchstückhaft. Sie vermitteln deshalb kein vollständiges Bild der Beweislage. Ich bin aber gerne bereit, Ihnen jetzt den wesentlichen Stand der Ermittlungen mitzuteilen.«

»Kein Problem. Wir kennen uns lange genug. Ich vertraue Ihnen.«

Schultz und Dunkel gingen ans Ende des Flurs. Sie besprachen sich für eine kurze Zeit und kehrten dann zurück.

»Wo ist eigentlich der Pflichtverteidiger geblieben, den wir vorsorglich bestellt hatten?«, fragte Schultz.

Dunkel lachte. »Den Kollegen habe ich sofort nach meiner Ankunft nach Hause geschickt. Er geht ja dadurch finanziell nicht leer aus.«

Breidel und Schreiner begleiteten Dunkel und Ellen Krawinckel zurück in den kürzeren Teil des Flurs im Erdgeschoss, wo sich die Haftzellen und die Besuchsräume für die Anwälte befanden.

Währenddessen nahmen Köhler und Schultz in dessen Dienstzimmer Platz. Diener nahm die Kaffeekanne, um in der Teeküche Wasser zu holen. Er drehte dabei den Kopf nach hinten zu Köhler. »Warten Sie bitte mit Ihrem Bericht, bis ich wieder zurück bin. Ich bin von Natur aus neugierig.«

Mit zufriedenem Lächeln holte Schultz ein Kästchen mit Nougatpralinen aus seiner Schreibtischschublade und legte sie auf den Tisch. Auffordernd sah er zu Köhler hinüber. »Bitte! Die sind für uns alle.« Er fixierte Köhler und setzte eine erwartungsvolle Miene auf. »Das Wichtigste weiß ich schon aus einigen knappen Bemerkungen von Frau Breidel. Da zu viele Ohren zuhörten, konnte sie mir nur das Ergebnis mitteilen. Jetzt bin ich auf die Einzelheiten gespannt. Bisher bestreitet Frau Krawinckel nämlich die Tat.«

Köhler lehnte sich zurück und prüfte den Sitz seiner Frisur. Seine Wangen färbten sich dunkelrot wie auf den Holzfiguren der Weihnachtsengel aus dem Erzgebirge. »Ich erspare Ihnen die Details, auf welchem Weg ich schließlich die Erreichbarkeit von Frau Vincenzo ermittelt habe. Das wäre ein Kapitel für sich. Jedenfalls bekam ich sie nach zahllosen Versuchen ans Telefon. Eine nette und kooperative Frau. Sie war erst etwas skeptisch, als ich ihr sagte, worum es ging. Zu Recht machte sie geltend, dass sie ihre wirtschaftlichen Interessen verletzen würde, wenn sie einfach einem Anrufer Auskünfte über Geschäftsabläufe erteilen würde.«

»Das kann ich sehr gut verstehen«, sagte Schultz und schluckte den Rest der Praline. »Das Juweliergeschäft Friedrich hat schließlich einen ausgezeichneten Ruf. Es ist schwer, einen solchen zu erwerben, aber leicht, ihn zu verlieren.«

Köhler lächelte. »Jedenfalls bot ich ihr an, mich unter Vermittlung der Polizei zurückzurufen.« Er reckte sich. »Sie hatte sich allerdings schon ein Bild von mir gemacht und versprach, mir zu helfen. Anschließend erklärte ich ihr die Einzelheiten.«

Diener goss Kaffee ein. Schultz steckte sich eine Zigarre an. Köhler stand auf und klappte das Fenster. »Frau Vincenzo berichtete mir, dass Frau Krawinckel schon vor einiger Zeit bei ihr gewesen sei, um diese beiden Anhänger in Auftrag zu geben. Wann dies genau gewesen sei, könne sie aus der Erinnerung nicht sagen. Dazu müsse sie erst nach ihrer Rückkehr aus Italien im Geschäft in Frankfurt die Unterlagen einsehen.«

Schultz steckte sich wieder eine Praline in den Mund und nickte. »Das ist nachvollziehbar.«

»Ellen Krawinckel habe eine mit Hand gezeichnete Skizze für die Fertigung des Anhängers dabeigehabt«, fuhr Köhler fort. »Erklärungen, wofür sie diese speziellen Schmuckstücke gearbeitet haben wolle, habe sie nicht abgegeben. Frau Vincenzo will auch nicht danach gefragt haben. Ellen Krawinckel habe einige Zeit später die Anhänger selbst abgeholt und zwei identische Goldkettchen dazu ausgesucht.«

Diener trank einen Schluck Kaffee und streifte seine halblangen blonden Haare nach hinten. »War bei beiden Besuchen nie eine weitere Person dabei, zum Beispiel Kellermann?«

Köhler schüttelte den Kopf. »Ellen Krawinckel sei bei dem dritten Besuch allein gewesen. Bei der Gelegenheit habe sie den Abholschein erhalten, den wir bei der Durchsuchung gefunden haben.«

Schultz schien einen Augenblick arithmetische Probleme zu haben. Dann nickte er. »Konnte sich Frau Vincenzo insoweit auf Allerheiligen festlegen?«

»Ohne jeden Zweifel. Sie erinnerte sich deshalb so genau, weil an diesem Tag zahlreiche Besucher aus Rheinland-Pfalz und Bayern wegen des dortigen Feiertags in das Geschäft kamen. Frau Vincenzo will die Frage gestellt haben, warum sich Ellen Krawinckel nicht einen ruhigeren Tag ausgesucht habe. Ellen Krawinckel soll dies mit der Eilbedürftigkeit begründet haben«, sagte Köhler.

Diener rieb sich die Hände. »Das ist wirklich eine absolut glaubhafte Begründung, zumal Frau Vincenzo sicher kein Interesse haben dürfte, Ellen Krawinckel zu Unrecht zu belasten.«

Köhler stimmte ihm mit einer Kopfbewegung zu. »Frau Vincenzo konnte sich überdies an das Kundengespräch an Allerheiligen genau erinnern. Ellen Krawinckel habe den gleichen Anhänger wie auf der Skizze mit der Goldkette ein weiteres Mal in Auftrag gegeben. Sie habe erklärt, ihre Kette beim Sport verloren zu haben. Dies sei ihr vor ihrem Mann peinlich, da die Anhänger einen persönlichen Bezug hätten.«

Schultz hob den Zeigefinger, um Köhler zu unterbrechen. »Konnte sich Frau Vincenzo erinnern, zu welcher Uhrzeit Ellen Krawinckel das Geschäft aufgesucht hatte?«

»Selbst das«, sagte Köhler. »Wenn auch nicht auf die Minute genau. Sie meinte, bereits nach Ladenöffnung um zehn Uhr morgens seien vor der Tür wartende Kunden in den Laden geströmt. Das Personal einschließlich ihrer Person habe sich bemüht, dem Andrang zügig gerecht zu werden. Genau in dieser Phase habe auch Frau Krawinckel das Geschäft betreten. Frau Vincenzo erinnert sich deshalb so gut, weil sie ihr gerade aufgenommenes erstes Verkaufsgespräch unterbrach, um Ellen Krawinckel bevorzugt zu bedienen. Schließlich habe es sich bei ihr um eine Stammkundin gehandelt.«

Schultz schmunzelte. »Ich vermute, dass Frau Vincenzo allerdings nicht mit Sicherheit sagen konnte, ob Ellen Krawinckel bei dem Besuch an Allerheiligen eine derartige Kette mit Anhänger trug.«

Köhlers Miene drückte Verunsicherung aus. Seine Wangen glühten. »Ich gebe zu, dass ich danach nicht gefragt habe. Wie hätte das sein können?«

»Herr Kellermann vermisst sein Schmuckstück. Es könnte sein, dass Ellen Krawinckel sich bei ihm Ersatz beschafft hat. Schließlich hatte sie in ihrem eigenen Haus überall Zutritt.«

»Ich bedaure«, sagte Köhler. »Diese Variante war mir zum Zeitpunkt meines Gesprächs mit Frau Vincenzo noch nicht bekannt.«

Es klopfte. An der Handschelle von Frau Breidel trat Ellen Krawinckel ein. Hinter ihr folgten Dunkel und Schreiner. Ellen Krawinckel trug einen weit geschnittenen roten Strickpullover, der ihre Figur, vor allem ihre starke Oberweite betonte. Gleichwohl verbarg das Äußere nicht ihren erschöpften Zustand, der sich in ihrem Gesicht abzeichnete. Sie schien gealtert.

Nachdem alle Platz genommen hatten, belehrte Schultz Ellen Krawinckel. Dann schaute er zu Dunkel. »Sie hatten Gelegenheit, mit Ihrer Mandantin zu sprechen und sie zu beraten. Wie wollen Sie es halten? Wird Frau Krawinckel Angaben zur Sache machen?«

Dunkel zog seine Bügelfalten hoch und nahm seine randlose Brille von der Nase. Er zog ein Etui aus der Brusttasche, entnahm ihm ein Putztuch und reinigte seine Brillengläser. Anschließend setzte er seine Brille wieder auf und rückte sie noch mehrere Male hin und her. »Wir sagen aus.«

Schultz machte eine gleichmütige Bewegung und setzte sich dann gegenüber von Ellen Krawinckel in Positur. »Gut! Ich möchte zunächst ein paar Randfragen klären, um mir ein Bild machen zu können, wie die Begleitumstände bei dem Tod Sunitas von Ihnen gesehen werden. Sie sollen den Auftrag erteilt haben, den Adoptivvater von Sunita, Wolfgang Beuchert, zu überfallen. Trifft das zu und, wenn ja, aus welchem Grund? Gibt es einen Zusammenhang mit dem Tod von Sunita?«

Ellen Krawinckel warf einen überraschten Blick zu Dunkel. Der runzelte die Stirn und schien einen Moment zu überlegen. »Da ich keine Verbindung zu dem Tötungsdelikt gesehen habe, habe ich diesen Teilsachverhalt nicht mit meiner Mandantin erörtert. Gleichwohl, es bleibt dabei, dass wir aussagen. Frau Krawinckel, bitte. Es ist Ihre einzige Chance.«

Trotz der vielen Menschen in dem Raum herrschte plötzlich eine erwartungsvolle Stille. Die metallische Stimme Ellen Krawinckels platzte in die Spannung, als hätte ein Opernbesucher an der falschen Stelle mit dem Klatschen begonnen. »Wer behauptet, dass ich den Überfall auf Beuchert in Auftrag gegeben hätte? Das möchte ich zuerst wissen, bevor ich antworte.«

»Ihr Vater«, sagte Schultz.

Das Gesicht von Ellen Krawinckel verfiel noch mehr.

In ruhigem Ton fuhr Schultz fort. »Außerdem gibt es zu seiner Aussage einen passenden Beleg. Am Todestag von Sunita wurden von Ihrem Konto bei der Deutschen Bank 3.000 Euro abgehoben. Das entspricht genau der Summe, die Sie dem Täter versprochen haben sollen.«

»Sagt Herr Andreas Wegmann, dass ich ihm den Auftrag erteilt haben soll?«, fragte Ellen Krawinckel.

Schultz hob die Hand. »Nein, das tut er nicht. Versprochen haben Sie die Summe Ihrem Bruder. Ich möchte an der Stelle anmerken, dass wir hier die Fragen stellen und nicht Sie, Frau Krawinckel. Ihre Antwort, bitte.«

Ellen Krawinckel ließ ihren Kopf pendeln. Ihr Blick drückte Bitterkeit aus. »Das nennt sich Familie. Ich weiß, warum ich sie alle verachte. Ich gebe zu, dass ich meinem Bruder diesen Auftrag erteilt habe. Er belästigte mich ständig mit Geldwünschen. Um des lieben Friedens willen kam ich ihm häufig entgegen. Phillip bemerkte das nicht. Er ist großzügig und kontrolliert meine Ausgaben nicht. Außerdem hätte er nie etwas dagegen gehabt. Da mich die ungebremste Gier meines Bruders nervte, entwickelte ich die Idee, dass er dafür etwas arbeiten sollte.«

»Ich verstehe«, sagte Schultz. »Aus welchem Grund beauftragten Sie Ihren Bruder mit dem Überfall auf Herrn Beuchert?«

»Beuchert forderte ebenfalls ständig Geld. Es war ekelhaft zu sehen, wie er Phillips Gutmütigkeit ausnutzte. Ich wollte dem ein Ende setzen. Im Zuge der Untersuchungen von Sunitas Tod geriet Phillip immer mehr unter Druck. Er hatte Beuchert mit dem schriftlichen Geständnis der sexuellen Zudringlichkeit gegenüber Lisa-Marie in der Hand. Beuchert musste deshalb kuschen und lebte in der Angst, Phillip werde von dem Schriftstück Gebrauch machen. Andererseits sorgte sich Phillip, dass seine besondere Beziehung zu Sunita bekannt würde und ihm durch eine öffentliche Diskussion die gesellschaftliche Basis verloren ginge. In dieser Situation wollte ich Phillip helfen. Mir kam die Idee, Beuchert durch die spezielle Misshandlung seiner Geschlechtsteile in Verdacht zu bringen, er habe zu Sunita eine unerlaubte sexuelle Beziehung unterhalten. Damit wollte ich eine falsche Spur legen und von Phillip ablenken.«

»Sie haben also von den sexuellen Praktiken Ihres Mannes mit der kleinen Sunita gewusst«, stellte Diener fest.

»Sagen Sie nicht, dass sie klein war. In dem Kulturkreis, aus dem sie kam, wäre sie im heiratsfähigen Alter gewesen. Ehrlich gesagt, war mir alles klar, wenn wir dieses Thema auch nie ausdrücklich besprochen haben. Sie nutzte aus, dass er sich mit ihr ungeniert vergnügen konnte, ohne an seinen sexuellen Versagensängsten zu verzweifeln. Ich freute mich für meinen Mann. Er ging jedoch nicht aufrichtig mit dieser Beziehung um, weil er sie romantisierte und überhöhte. Damit hat er aber niemand geschadet. Am wenigsten diesem kleinen Luder, dem es ohnehin nur um sein Geld und die Ausnutzung seiner gesellschaftlichen Möglichkeiten ging. Mir selbst ging dabei nichts verloren. Ich halte zu Phillip. Vor allem empfinde ich ihm gegenüber eine tiefe Dankbarkeit dafür, dass er mich aus meinen schwierigen Familienverhältnissen herausgeholt hat. Wir sprachen gerade darüber. Immer wieder kommt in mir die Angst auf, diese neue Existenz zu verlieren.«

Diener setzte ein sardonisches Grinsen auf. »Einen körperlichen Vollzug Ihrer Ehe hielten Sie nicht für existentiell?«

»Ich weiß, worauf Sie hinauswollen. Mein Mann war aus gesundheitlichen Gründen dazu nicht in der Lage. Dies hatte aber keine Auswirkungen auf die Qualität unserer Ehe. Es hat mir nie gefehlt. Wir liebten uns trotzdem. Auf unsere Weise!«

Schultz machte ein spöttisches Gesicht. »Sie sagen, die fehlende körperliche Nähe hätten Sie nie vermisst. Welche Rolle spielte in diesem Zusammenhang Herr Kellermann?«

Ellen Krawinckel streckte sich. Sie griff mit einem Ruck an ihren Hals, riss die Goldkette herunter und warf sie vor sich auf den Tisch. »Sie meinen das hier? Sie wissen doch schon alles. Diese Geschichte bedeutet nicht, dass ich vorher gelogen habe. Eine kleine Affäre, sonst nichts.« Sie setzte ein kaltes Lächeln auf. Ihre Stimme klang, als spreche sie aus einem Tunnel. »Kellermann hatte Kondition, wenn Sie verstehen, was ich damit meine. Mehr nicht. Ein kleiner wichtigtuerischer Spießer. Gefühlsmäßig bedeutet er mir nichts.«

Schultz zeigte eine besänftigende Miene. »Woher haben Sie diese Kette, die Sie eben auf dem Tisch abgelegt haben?«

»Auch das ahnen Sie bereits. Ich habe sie bei Kellermann aus dem Sekretär genommen. Es war seine.«

»Es soll mal zwei identische Ketten mit Anhängern gegeben haben. Die Ihre ist Ihnen offenbar abhanden gekommen. Trifft es zu, dass Sie am 1. November eine gleichartige Neuanfertigung bei Frau Vincenzo im Juwelierladen Friedrich in der Frankfurter Goethestraße in Auftrag gegeben haben?«

»Ja.«

Schultz schlug seine Anzugjacke auf und klemmte seine Daumen in die Ärmel seiner Weste. »Das wirft die Frage auf, wo Ihre Kette geblieben war. Wie wir wissen, gab es zwei Ketten.«

»Ich hatte eine Vermutung, wo sie sein konnte. Dort traute ich mich allerdings nicht mehr hin. Deshalb wollte ich ein identisches Exemplar anfertigen lassen.«

Mit unveränderter Haltung behielt Schultz Ellen Krawinckel im Auge. »Meine Vorfragen sind abgearbeitet. Wir sind am Kernpunkt angekommen. Haben Sie Sunita Beuchert am Morgen des 1. November getötet?«

Ellen Krawinckel schaute ihren Anwalt an. Dunkel nahm seine Brille ab und tätschelte ihr mit der anderen Hand auf die Schulter. »Sagen Sie, wie es war. Das ist Ihre einzige Chance, der Verurteilung zu einer lebenslangen Freiheitsstrafe zu entgehen. Ich habe Ihnen erklärt, dass die Staatsanwaltschaft deshalb von einem Mord ausgeht, weil sie annimmt, dass Sie aus Heimtücke und vielleicht auch aus niedrigen Beweggründen gehandelt haben. Wenn Sie erklären, was tatsächlich hinter Ihrem Handeln steckte, besteht die Möglichkeit, dass Sie nur zu einer zeitlich begrenzten Freiheitsstrafe verurteilt werden. Damit erhalten Sie sich eine Perspektive für Ihr weiteres Leben.«

Wieder grub Ellen Krawinckel ihre Fingernägel in die Handballen. Sie wischte sich über die Augen. »Ja. Ich habe sie umgebracht.« Wie ein Fallbeil ließ sie plötzlich ihre Hände auf den Tisch krachen. »Sie hatte es verdient.«

Schultz nahm die Daumen aus der Weste. Mit gleichmütigem Gesicht sah er Ellen Krawinckel an. »Bitte erzählen Sie uns im Zusammenhang, wie es gewesen ist. Von Anfang bis Ende.«

Ellen Krawinckel benötigte einen Augenblick, bis sie sich gefangen hatte. Ihre Stimme klang nun wie ein Reibeisen. »Es war am Nachmittag vor Allerheiligen. Sunita war bei uns zu Hause. Das kam selten vor. Ich weiß nicht, ob Phillip sie mitgebracht hatte. Jedenfalls sah sie mich im Salon sitzen und setzte sich mir gegenüber.« Sie hustete. »Kann ich bitte ein Glas Wasser haben?«

Diener stellte ihr ein Glas Wasser hin. Ellen Krawinckel sah nicht zu ihm auf. Sie trank mehrere Schlucke. »Sunita war todschick angezogen. Offenbar hatte mein Mann sie wieder neu eingekleidet. Obwohl sie einen karierten Faltenrock trug, schlug sie die Beine provokativ so übereinander, dass ich auf ihren Slip schauen konnte. Sie bemerkte meinen Blick und sagte, ich solle nicht so tun, mein Mann hätte das auch gerne.«

Ellen Krawinckel trank wieder ein paar kleine Schlucke. Sie formte die Augen zu schmalen Schlitzen und zeigte mit dem Finger auf Diener. »Ich habe neulich schon zu Ihrem Kollegen da gesagt, dass sie ein raffgieriges Flittchen war. Er hat mir nicht geglaubt.«

Sie starrte mit empörtem Gesicht in die Runde, sammelte sich allerdings wieder. »Sunita sagte, dass sie mit mir reden müsse. Ihre Sprache war streckenweise gewöhnungsbedürftig. Sie meinte, es sei nun Zeit, dass mein Angetrauter seine Finger von ihr lasse. Ihr reiche es jetzt. Wenn er ihren Bitten nicht entspreche, werde sie ihn auffliegen lassen. Da ich mich sorgte, einer der Bediensteten werde mithören, bat ich sie, mit mir in mein Zimmer zu kommen. Dort ist es dann passiert.«

Schultz sah ratlos in die Runde und nahm dann wieder Blickkontakt zu Ellen Krawinckel auf. »Das müssen Sie mir erklären. Was ist denn geschehen, nachdem Sie Ihre Privaträume aufsuchten?«

»Sie sah das Bild von Kellermann und mir. Ich hatte dummerweise meine Brieftasche offen auf dem Tisch liegen. Das Foto muss herausgerutscht sein. Dieses Luder hat sofort die Tragweite kapiert. Nicht dass Phillip etwas dagegen gehabt hätte, wenn ihm bekannt geworden wäre, dass ich mich anderweit amüsiere. Aber er wollte nichts davon wissen. Diskretion war bei allem die Hauptsache. Schon gar nicht durfte etwas hinter den

Kulissen im eigenen Hause passieren, was das Ansehen von uns und die Distanz zu den Bediensteten in Frage stellte. Das Gesicht von Sunita verriet, dass ihr all dies auf Anhieb klar war.«

»Bleiben wir erst einmal bei dem Grundanliegen, weshalb Sunita zu Ihnen gekommen war. Sie sagen, dass sie mit Ihrem Mann nichts mehr zu tun haben wollte. Warum hat sie ihm das nicht selbst gesagt?«

»Sie hat es versucht, aber Phillip verstand nicht, worauf sie hinauswollte. Besser gesagt, er wollte es nicht begreifen. Die ganze Zeit zuvor war Sunita den Wünschen Phillips widerspruchslos gefolgt, ohne Fragen zu stellen. Das lag an ihrer Erziehung in der Kindheit. Ihr war eingetrichtert worden, dass das ganze Leben darin bestehe zu leiden. Hieran könne man nichts ändern. Das sei Gesetz. Deshalb konnte Sunita selbst Dinge, die sie gefühlsmäßig völlig ablehnte, dulden und ertragen. Sie nahm das Leben hin, wie es sich ihr darstellte. Davon profitierte Phillip.«

»Und nun kam sie plötzlich zu Ihnen und wollte nicht mehr weiter das gefügige Spielzeug Ihres Gatten sein. Was war geschehen?«, fragte Diener.

»Ganz einfach. Sie war zur Frau geworden. Kurz zuvor hatte sie erstmals ihre Monatsregel bekommen. Phillip hatte mir davon erzählt. Sie sei schwierig und eigenwillig geworden. Er meinte, das lege sich wieder. Wahrscheinlich seien nur die Hormone durcheinandergeraten. Ich hatte einen anderen Eindruck.«

Schultz stutzte. Er machte ein verwundertes Gesicht. »Welchen?«

»Sie trat auf wie eine launische Diva, sehr bestimmt. Sie sagte, Sie würde Phillip anzeigen, wenn ich nicht umgehend für die Beendigung seiner Nachstellungen sorgen würde. Sie wäre lange genug geduldig gewesen. Nicht einmal seine Versprechungen, ihr im Gesangs- oder Modebereich Zugang zu verschaffen, habe er eingehalten. Sie lasse sich nicht weiter ausnutzen. Mit Phillip darüber zu reden, mache keinen Sinn. Sie habe dies versucht. Er nehme sie nicht ernst, gebe sich überlegen und tue sie wie ein Kind ab. Offenbar halte er sich aufgrund seiner gesellschaftlichen Stellung für unantastbar. Es könne vielleicht so sein, dass alle übrigen Menschen seines Umfelds in ihrer Angst und Abhängigkeit kuschten. Für sie gelte das nicht, jedenfalls nicht mehr. Phillip sei ein geiler, alter Egoist, der seine Primitivität mit angelernter Vornehmheit überspiele. Mir machte das deutlich, dass sie unberechenbar und gefährlich geworden war.«

»Die ich rief, die Geister«, murmelte Schreiner vor sich hin.

Keiner der Beteiligten ging näher darauf ein. Nur Schultz machte mit den Augen und Schultern Bewegungen, die verrieten, dass er die geschilderte Entwicklung ebenfalls für zwangsläufig hielt. »Ausgerechnet in diesem Zusammenhang hatte nun Sunita das Foto von Ihnen und Herrn Kellermann gesehen?«

»Genau! Damit verschärfte sich ihre Attacke. Sie drohte mir unverhohlen, dass sie Phillip davon erzählen werde, wenn ich nicht für eine Lösung der Situation sorgen würde.«

»Brauchen Sie eine Pause?«, fragte Rechtsanwalt Dunkel.

Ellen Krawinckel schüttelte den Kopf. »Ich will es lieber hinter mich bringen.« Sie holte tief Luft und nahm noch einen Schluck Wasser. »Im ersten Moment war ich völlig vor den Kopf gestoßen. Fieberhaft überlegte ich, wie ich mit ihr umgehen sollte. Mir war augenblicklich klar geworden, was die Drohungen Sunitas gegen Phillip und mich bedeuteten. Wenn sie ihn bei der Polizei anzeigen oder mich wegen der Affäre mit Kellermann bei ihm verpfeifen würde, hätte das für mich den Rückfall in die Gosse bedeutet. Wo wäre ich geblieben? Mit keiner Faser dachte sie an die Auswirkungen für mich. Ich war ihr gleichgültig. Sie war bereit, alles zu zerstören, was ich mir mühsam auf einem langen Leidensweg aufgebaut hatte.«

Schultz kratzte sich im Bart. »In Ihrer Erklärung der Situation kommt sehr häufig das Wort ›Ich‹ vor. Hatten Sie denn kein Verständnis für die Lage Sunitas, in die sie immerhin unverschuldet geraten war?«

Ellen Krawinckels Gesicht geriet wieder zur hässlichen Fratze. »Das können Sie nur fragen, weil Sie Sunita nicht kannten. Sie war ein berechnendes Biest. Heute denke ich oft, dass sie die Beziehung mit meinem Mann bewusst selbst eingefädelt hat, um daraus den größtmöglichen Profit zu ziehen.«

Schultz zog die Nase hoch. »Weiter kommen wir an dieser Stelle nicht. Sagen Sie uns bitte, wie Ihr Gespräch mit Sunita zu Ende ging? Haben Sie ihr versprochen, ihr zu helfen?«

»Sie brauchte keine Hilfe. Aber lassen wir das. Ich ging zum Schein auf sie ein. Gleichzeitig fragte ich sie, wo ich sie in nächster Zeit unauffällig erreichen könne. In diesem Zusammenhang erzählte sie mir, sie habe am nächsten Tag schulfrei. Wir verabredeten uns. Sie notierte sich den Termin auf einem Zettel.« Ellen Krawinckel straffte ihren Körper. »Auch daran können Sie sehen, wie berechnend sie vorging. Sie zeigte mir triumphierend die andere Seite des Zettels. Darauf stand irgendetwas, dass jemand alles auffliegen lassen wolle. Ausdrücklich drohte sie damit, dass ihr Schulkamerad Dubho offenbar meinen Mann wegen seiner sexuellen Verfehlungen in Verdacht hätte.« Sie zuckte die Schultern. »Jedenfalls wollte Sunita am nächsten Morgen in die Innenstadt fahren. Irgendetwas sei mit ihrem Handy nicht in Ordnung. Sie wolle den Telekom-Shop auf der Zeil aufsuchen. Sie erzählte mir, dass ihr Adoptivvater sie mit in die Stadt nehmen werde. Er habe etwas an der Konstablerwache zu erledigen. Die Uhrzeit sei zwar für sie ein wenig zu früh, weil die Läden noch geschlossen hätten. Das sei allerdings kein Problem. Sie werde bis zur Öffnung des Handy-Ladens einen kleinen Schaufensterbummel machen. Die genaue Beschreibung ermöglichte mir, am nächsten Morgen etwas früher als Sunita in der Stadt zu sein und mich in der Nähe des Telefonladens hinter einer Ecke zu verstecken. Sie kam wie angekündigt.«

»Hatten Sie schon zu diesem Zeitpunkt den Entschluss gefasst, Sunita zu töten? Was hätten Sie getan, wenn es Ihnen misslungen wäre, Sunitas Spur aufzunehmen?«, fragte Schultz.

Als Ellen Krawinckel antworten wollte, stoppte sie Rechtsanwalt Dunkel. »Bevor meine Mandantin in die Einzelheiten geht, will ich zu Ihrer ersten Frage erwähnen, dass wir vorhin in den Haftzellen diesen Punkt schon vertieft haben. Bedenken Sie bitte, dass Frau Krawinckel unter dem Schock der Drohung dieses jungen Mädchens stand. Es dürfte in der Logik liegen, dass sie zu diesem frühen Zeitpunkt noch keine klare Vorstellung der weiteren Abläufe entwickeln konnte.«

Schultz zog eine Augenbraue hoch. »Was ist mit meiner zweiten Frage?«

Wieder kam das kalte Lachen von Ellen Krawinckel. »Kein Problem. Dann hätte ich unser geplantes Treffen in einer unbewohnten Gegend vereinbart und erklärt, dass niemand uns beobachten dürfe. Das hätte sie bestimmt geglaubt. Es war nicht nötig.«

Doktor Dunkel faltete die Hände über dem Bauch. »Was die Richtigkeit meiner vorherigen Bemerkung nicht berührt.«

»Schildern Sie jetzt bitte den weiteren Ablauf, nachdem Sie Sunita auf der Zeil gesehen hatten«, sagte Schultz.

»Ich folgte ihr. Für einen kurzen Moment hatte ich das Gefühl, sie hätte mich entdeckt. Doch sie ging weiter. Schließlich nahm sie einen der beiden Fahrstühle in der Zeilgalerie und fuhr hinauf. Ich hatte keine Mühe, ihr zu folgen. Zu dieser Zeit benutzte noch niemand die Aufzüge, da die kleinen Läden noch alle geschlossen waren. Als ich schon meinte, dass ich sie verloren hätte, sah ich sie draußen auf der Terrasse stehen. Sie stand mit dem Rücken zu mir und hielt sich am Geländer fest. Ich schlich mich an sie heran. Ich sah sie, von Kopf bis Fuß in die schicksten Klamotten eingekleidet.

Alles, was dieses hinterhältige Geschöpf trug, war von meinem Mann bezahlt. Von unserem Geld! Nun wollte ausgerechnet dieses Persönchen zum Dank für alles meine mit Blut und Tränen erkämpfte Existenz vernichten, obwohl sie von uns nur Gutes erfahren hatte. Insbesondere ich hatte ihr nichts, aber auch gar nichts angetan. In diesem Augenblick drehte ich durch. Die Lösung schien mir so furchtbar leicht. Sie hielt sich nicht einmal richtig fest. Auf einmal stand ich hinter ihr, bückte mich und packte sie bei den Beinen. Bis dahin hatte sie nichts bemerkt. Instinktiv umfasste sie das Geländer fester. Aber der Schwung, den ich ihr gegeben hatte, war zu groß. Sie verschwand kopfüber in die Tiefe. Ich sah zu, dass ich wegkam. Dumm war nur, dass bei dieser spontanen Aktion offenbar meine Halskette gerissen war. Irgendwie hatte ich eine Spannung am Hals gespürt, hatte sie aber als Gefühlsreaktion auf die unbehagliche Situation zurückgeführt. Als ich unten die Zeilgalerie verließ, spürte ich plötzlich wieder am Hals einen Druck, als hätte mich etwas gerieben oder gekratzt. Ich griff nach meinem Hals und stellte den Verlust der Kette fest. Allerdings war ich viel zu aufgeregt, um noch einmal nach oben zu fahren und nachzusehen. Ich entschloss mich spontan, zum Juwelier Friedrich zu gehen und eine

Nachbestellung aufzugeben. Mehr ist dazu nicht zu sagen. Das ist die Wahrheit.«

Schultz betrachtete sie mit versteinerter Miene. »Nur der Vollständigkeit halber: Vor diesem Hintergrund haben Sie wohl dann ein paar Tage später Herrn Kellermann angestiftet, Dubho unter Druck zu setzen. War es so?«

Ellen Krawinckel nickte nur. Für einen Augenblick herrschte Schweigen. Sie beugte sich nach vorn und verbarg ihr Gesicht in den Händen. Dunkel legte ihr die Hand auf die Schulter. Er sah Schultz an. »Wir sollten die Vernehmung an dieser Stelle beenden. Ich glaube, meine Mandantin benötigt Ruhe. Wenn Sie erlauben, werde ich sie noch bis zu den Haftzellen begleiten und einen neuen Beratungstermin mit ihr ausmachen.«

Schultz schaute sich in der Runde um. Es kam kein Widerspruch auf. Er wandte sich an Dunkel. »Ihrem Vorschlag wird entsprochen. Für heute habe ich keine Fragen mehr.«

Breidel schloss Ellen Krawinckel wieder an die Handschelle und verließ das Zimmer. Dunkel, Schreiner und Köhler folgten. »Wir kommen wieder, um eine Bestandsaufnahme zu machen«, sagte Schreiner im Weggehen.

Als die Tür geschlossen war, schenkte Diener Schultz und sich noch einen Kaffee ein. »Ob das alles gestimmt hat? Meinst du, sie hat die Wahrheit gesagt?«

Schultz hob seinen *Boss*-Becher und trank einen Schluck Kaffee. Er zündete sich eine Zigarre an und paffte weißgraue Kringel Richtung Fenster. »Ihre Aussage fügt sich jedenfalls in unsere Ermittlungsergebnisse ein. Falls sie das eine oder andere beschönigt hat, hat Dunkel in der kurzen Zeit gute Arbeit geleistet. Natürlich bleibt es beim Mord, weil Ellen Krawinckel auch nach ihrer eigenen Schilderung der Abläufe heimtückisch gehandelt hat. Sunita stand auf der Galerie mit dem Rücken zu ihr. Sie rechnete nicht mit einem Angriff und hatte deshalb keine Möglichkeit, sich zu wehren. Aber die ganzen Begleitumstände, vor allem die Drohungen Sunitas, die Ellen Krawinckel geschildert hat, werden nicht leicht zu widerlegen sein. Andererseits muss man sehen, dass die Krawinckels für das Verhalten und die Befreiungsversuche von Sunita selbst verantwortlich waren. Ich nehme Ellen Krawinckel nicht ab, dass sie sich erst auf dem Balkon spontan entschieden hat, das Mädchen umzubringen. So, wie sie vorgegangen ist, und so verzweifelt, wie sie war, spricht alles dafür, dass sie bereits am Vortag während des Gesprächs mit Sunita auf eine günstige Gelegenheit aus war, sie zu töten. Von da an hatte sie Sunitas Tod fest geplant. Wir klagen Ellen Krawinckel wegen Mordes an. Wie das Schwurgericht in seiner Weisheit entscheiden wird, werden wir erleben.«

Diener stimmte zu. »Wir haben noch mehr zu tun. Nach Abschluss der Ermittlungen müssen wir noch Phillip Krawinckel wegen sexuellen Missbrauchs von Sunita und der Internet-Geschichte und die Wegmanns wegen des Überfalls auf Beuchert anklagen. Was an ihm wegen der Zudringlichkeit gegenüber Lisa-Marie hängen bleibt, wird sich zeigen. Immerhin beruht alles nur auf der Behauptung von Phillip Krawinckel. Außerdem könnte die Sache verjährt sein.«

Schultz lachte. »Sei mir nicht böse. Wenn du glaubst, dass das heute erledigt werden soll, kannst du es alleine machen. Ich muss jetzt unbedingt zu meiner Frau ins Krankenhaus. Sonst wird es zu spät für heute.«

Epilog

»Kommen Sie! Sie dürfen hinein!« Die Stationsschwester, ein herber, bärbeißiger Typ im blütenweißen Leinenkittel, hielt Schultz die Tür zum Krankenzimmer seiner Frau auf und machte eine einladende Handbewegung. Schultz schaute auf seinen gekrümmten Zeigefinger, mit dem er gerade hatte anklopfen wollen, bedankte sich und trat ein.

Als er die frischen, entspannten Gesichtszüge seiner Frau in erheblichem Kontrast zu dem weißen Kopfkissen antraf, auf dem sie ruhte, strahlte er. »Wie geht es dir? Du siehst blendend aus. Da ich nicht wusste, wie lange du noch hierbleiben musst, habe ich wieder etwas Wäsche und ein paar Zeitungen mitgebracht.« Er hob die schwarze Ledertasche, die er mitführte, auf einen runden Hocker. »Ich bin früh für meine Verhältnisse, nicht wahr? Unten am Main, in der Höhe vom Eisernen Steg, ist gerade, als ich ankam, ein Parkplatz frei geworden.« Schultz nestelte am Reißverschluss der Tasche herum und bemerkte nicht, dass seine Frau ihn wegen seiner begrenzten Geschicklichkeit auslachte. Endlich war er erfolgreich und blickte auf. Er sah verlegen aus. »Also, wann darfst du nach Hause? Was haben die Ärzte gesagt?«

»Morgen! Bei der Visite heute war alles okay. Meine Befunde sind prächtig, sagt der Doc. Die Laborwerte haben keine Hinweise auf Bösartigkeit ergeben.«

Schultz ließ sich am Fußende auf das Bett fallen. »Halleluja! Ich weiß nicht, was ich sagen soll.« Er tupfte sich mit dem Finger unter die Augen. »Es macht mich froh.«

Traudel erkannte, dass ein Themenwechsel anzustreben war. »Was macht dein Fall Krawinckel? Hast du ihn hinter dir?«

Mit der flachen Hand schlug sich Schultz auf den Oberschenkel. »Wir haben die Nuss geknackt.« Er erzählte Traudel ausführlich von den Geschehnissen der letzten Tage.

Als Schultz geendet hatte, starrte Traudel ihn an und schüttelte den Kopf. »Wer hätte das gedacht? Wirtschaftskriminelle Geschichten haben wir ihm immer zugetraut. Aber nicht so etwas. Das ist ja eine ganz andere Richtung.«

Schultz schaute sie mit versonnenem Blick an. »Man glaubt nicht, wie vielfältig sich die Dinge entwickeln können. In diesem Fall haben wir die breite Palette von Liebe und Gewalt erlebt. Da war Liebe aus Dankbarkeit, aus Existenzangst, aufgrund biologischer Fehlsteuerung, aus der Macht der Triebe und aus vielen anderen Beweggründen.« Er zuckte die Schultern. »Und beim Gegenstück, der Gewalt, war es genauso bunt. Vom Zuschlagen bis zur subtilen Drohung, vom psychischen Zwang bis zum Ködern mit Vorteilen, von der Ausnutzung einer Machtstellung bis hin zur furchtbaren körperlichen Vernichtung.«

Traudel nahm seine Hand. Sie spürte, dass der Druck der letzten Tage noch immer stark auf ihm lastete. »Jetzt schalte erst einmal ab. Unsere Liebesgeschichte ist und bleibt sowieso die schönste. Aufgrund meines Krankheitsverlaufs haben wir nun wieder allen Anlass, uns gerne daran zu erinnern. Weißt du noch? Im Café Bauer gegenüber von der alten Universität an der Bockenheimer Warte?«

Er strich sich über den Bart und nickte. »Natürlich. Ich wollte mir vom Nachbartisch die Zeitung herüberholen und habe übersehen, dass neben mir gerade meine Kaffeetasse im Weg war. Der ganze Kaffee ergoss sich über meine Hose. Wie peinlich.«

Sie lachte laut auf. »Jetzt guckst du wieder wie damals. Noch schlimmer wurde es, als ich vom Nachbartisch aus auf dich zukam und dir in deinem Erstarrungszustand behilflich sein wollte. Du hast dich ständig bei mir für die Unannehmlichkeiten entschuldigt.«

»Als du endlich genug von meiner Ratlosigkeit und mir mit einer Serviette und heißem Wasser ausgeholfen hattest, hast du mich im Anschluss zu einem Kaffee eingeladen. Das war das Ende der Geschichte.«

»Nein. Das war der Anfang. So viel zum Thema Liebe. Das Gegenstück, die Gewalt, wollen wir nicht vertiefen.«

»Vielleicht doch, weil auch ich ein Opfer sein könnte.«

Traudels Gesicht glich einem einzigen Fragezeichen. »Jetzt komme ich nicht mehr mit.«

»Ich sprach doch von der subtilen Gewalt und dem Ködern.«

»Und weiter?«

»Es könnte sein, dass ich für meine Alleingänge in Sachen Krawinckel einen Preis zahlen muss. Immerhin habe ich mich von den Bedenken und Anregungen des Ministeriums nicht nachhaltig überzeugen lassen.«

Ein Verstehen glitt über Traudels Züge. »Sie wollen dich also abstrafen, indem deine Beförderung wieder in die Ferne rückt. Ist es das?«

»Du dürftest den Nagel auf den Kopf getroffen haben.«

Traudel machte eine wegwerfende Handbewegung. »Ich bin stolz auf dich!«

Danksagung

Besonderen Dank schulde ich:

Frau Cornelia Franz für ihre psychoanalytischen Erläuterungen; Frau Hedi Friedrich für ihre psychologischen Erklärungen; Herrn Thomas Kirn für seine konstruktive Kritik; Herrn Dr. Jürgen Kron für seine geduldige Betreuung und Beratung; Herrn Jens Lossau für sein kollegiales Lektorat; Herrn Dr. Albert Möller für seine Einführung in die Intensivmedizin; Herrn Dr. Hans Georg Steuer für seine vermittelnde Unterstützung; dem gesamten Team des Societäts-Verlags für seine professionelle Begleitung; allen lieben Menschen meines Umfelds für ihre spontanen Ratschläge und ihren verständnisvollen Umgang mit meiner gelegentlichen Eigenwilligkeit während der Geburt des Romans.

Bereits im Societäts-Verlag erschienen:

Udo Scheu

Das blaue Licht

Ein Frankfurt-Krimi

256 Seiten, Broschur
ISBN 978-3-7973-1090-3
€ 8,90

Der Insider-Krimi

Udo Scheu, lange Jahre Präsident des hessischen Landeskriminalamtes und davor Staatsanwalt in Frankfurt, kennt das Verbrechen wie kaum ein anderer. Sein erster Roman ist geprägt von diesem Blick eines Insiders: Schnörkellos beschreibt er die Arbeit der Polizei, die Psyche der Verdächtigen und das Leiden der Opfer. Ein Buch, das ins Zentrum des Verbrechens führt.

„Was erhält man, wenn ein langjähriger Top-Ermittler einen Krimi schreibt? Ein Buch, bei dem man merkt, dass der Autor ein echter Insider ist." *BILD*